說妳是我的

史黛拉

我躺在地上。

雙腳縮在胸前，手臂環抱雙膝。

吸氣，吐氣。

心跳聲仍在耳際重擊，胃部的絞痛也轉為噁心，但至少我已不再發抖。

我叫史黛拉・伍德斯川，現年三十九。我已不是十九歲的那個喬韓森，也不再飽受恐慌症之苦。

秋日的灰暗光芒射進屋內，我聽見外頭大雨傾盆。我診所的辦公室看來一如既往，仍是高窗配上青苔綠的牆，牆上掛著很大的風景畫，木地板鋪著手織地毯，門邊的角落則是扶手椅和我那張陳舊的桌子。我記得我在擺設時，是多麼小心翼翼地斟酌每個細節，現在卻怎麼也想不透自己當初在堅持什麼。

一直以來，我都覺得我會先找到她，而不是由她打探出我的下落。或許她只是好奇，想看看我的模樣，也或許她想責備我，讓這件事成為我永生的痛。

又或許她是想復仇。

我花了好幾年的時間才重建生活，才把自己打理成現在的模樣。我已讓往事過去，記憶卻仍難以抹去。有些事，就是想忘也忘不掉。

我躺在地上。

雙腳縮在胸前，手臂環抱雙膝。

吸氣，吐氣。

亨瑞克吻過我的臉頰後出門上班，我跟米羅一起吃早餐，然後送他上學，接著再自己前往國王島。這是個平凡無奇的日子，窗戶照樣起霧，特朗博格橋一樣塞車，梅拉倫湖黯淡的水面上飄著薄霧，市區裡的停車格仍是一位難求。

她跟我約在午休前一小時。敲門聲響起，我一開門就知道了。我們握過手後自我介紹，她說她叫伊莎貝兒・卡爾森。

她知道她的**真名**嗎？

我接過她的濕外套，隨口聊了幾句天氣，並請她進門。伊莎貝兒笑著坐上扶手椅，臉上有酒窩。

我按照接見新病患的習慣，問她為什麼想尋求協助。伊莎貝兒有備而來。她嫻熟地扮演病患的角色，聲稱自己在父親死後，一直有睡眠失調的問題，覺得迷惘又沒安全感，在社交場合感到無力，需要我幫助她克服悲傷。

一切的一切都極度熟練。

為什麼？

為什麼不直接說她想要什麼？她有什麼理由隱瞞來意？

她現年二十二，身高中等，腰部纖細，有著沙漏般的好身材，指甲剪得很短，沒有塗色，身上看不見任何刺青和穿洞，連耳洞都沒有。一頭黑色直髮垂在背後，殘留的雨水讓髮絲閃閃發亮，和她蒼白的肌膚相互映照。突然間，我覺得她好美，美到我無法想像。

剩下的對話在我腦海中一片模糊，我幾乎想不起自己說了什麼，似乎是說團體治療能帶來動力，說人的自我意象會影響我們看待他人的方式，還有提到溝通議題的樣子。

伊莎貝兒・卡爾森聽得很專注，她甩甩頭髮，再次露出微笑，但我看得出她很緊繃，處於戒備狀態。

我開始覺得噁心想吐，接著一陣暈眩，胸口的壓力也讓我呼吸困難。熟知這些症狀的我道過歉後馬上離開辦公室，一路直奔走廊上的廁所，我感到心跳加劇，背上冷汗直流，雙眼深處的抽痛也如光束般直往腦袋裡竄。我的胃揪成一團，整個人跪在馬桶前乾嘔，卻什麼也吐不出來，最後只能靠著牆面的磁磚坐到地上，閉起雙眼。

不要再去想妳犯過什麼錯。

不要再想她。

不要再想了。

快停下來。

幾分鐘後，我回到辦公室，告訴她下週三下午一點有團體治療，歡迎她來參加。伊莎貝兒・卡爾森穿上外套，我看著她將頭髮從頸部拉出來往後一拋，幾乎要伸手去碰，幸好及時止住。

但她注意到了。

她看見了我的困惑，和我想碰觸她的慾望。

或許她就是希望讓我感到猶疑不決也說不定？

她背上包包，我開門將她送走。

我一直幻想著這一天的到來，想像場面會怎麼發展，我心裡會是怎樣的感覺，我又會說些什麼，但真實經歷卻跟我想像中完全不同，而且痛到令人難以置信。

我躺在地上。

雙腳縮在胸前，手臂環抱雙膝。

吸氣，吐氣。

她回來了。

她還活著。

伊莎貝兒

「伊莎貝兒！」

喬安娜的聲音讓我轉過頭去。我回到校園盡頭的M字型建築時，午餐時間已快要結束。每到中午，餐廳總是擠滿學生，今天照樣是座無虛席。我轉身搜尋喬安娜的身影，但一直到她起身揮手後才找到人。

「快過來呀！」她大喊。

但我不想。剛才的那一個小時讓我如坐針氈，我心中強忍的情緒彷彿隨時都要爆發。我悲傷、憤怒又充滿恨意，我必須隱瞞真正的自己，微笑裝出甜美的模樣，演一個根本不屬於我的角色。

其實我寧願趁著下堂課開始前一邊吃著三明治，一邊回想剛才在心理治療師那兒的場景，**但我就是很不會拒絕別人**，於是我揹起包包，開始往人潮中擠，一路上不知道經過多少張綠桌紅椅，又閃過多少放在地上的背包。

喬安娜是我這輩子唯一可以勉強稱作朋友的人。我剛到皇家理工學院（ＫＴＨ）就讀時過得很不順，幸虧有她的照拂，還讓我跟她一起租房子。究竟是為什麼其實我也不知道，畢竟我們倆的個性根本完全不一樣。她頂著一頭紫髮，雙耳和鼻子上都有穿洞，下背部和前臂也都有刺青，圖案是噴火的獨角獸；她曾遊歷世界各地，人生經驗豐富，是個充滿自信，又知道自己想要什麼的酷妹。

坐在她身旁的蘇西和瑪麗安人也很好，但我只有在喬安娜身邊，才能放鬆地做自己。

「妳跑去哪啦？」瑪麗安問，「上數學課時沒看到妳。」

「我沒去。」我說。

「怎麼了？」蘇西將一隻手按在心上，「妳平時都不會缺課的。」

「我有事得去處理。」我拉出她旁邊的那張椅子，掛好外套，坐了下來。每次有人發現我的存在，我都還是會覺得很訝異。我已經太習慣當隱形人，所以實在很難相信旁人竟然會注意到我，甚至是想念我。

我打開背包，拿出在7-11買的三明治，卻發現已經壓壞，於是又丟了回去。

「外面還在下雨嗎？」喬安娜問。

「跟早上一樣大。」我回答。

「唉，星期一真討厭。」她邊嘆氣邊翻著機械力學課本，「妳們看得懂嗎？」

「我上次寫了一堆關於動量的筆記，」喬安娜說，「但根本完全看不懂。」

我跟著她們一起笑，卻覺得某部份的自己好像被困在玻璃牢籠中，只能巴望著外頭。我覺得自己體內彷彿住著兩個人，一個是旁人眼中的我，另一個則是只有我看得到的，真正的我。這兩個分身的個性天差地遠，真正的那個我心中，有著深不見底的黑暗。

而且還很容易太過誇張地想太多。

「伊莎貝兒，妳應該懂吧？」瑪麗安轉過來問我，「我們差不多得開始準備考試了，我好焦慮喔。」

「妳只要好好看課本，就一定可以看懂，真的。」我說。

「其實妳大可以直說啦，要是我們沒有浪費時間喝酒跳舞，而是跟妳一樣用功讀書的話，一定也可以看懂的，對不對？」蘇西一邊輕輕推我，一邊笑著說。

「伊莎貝兒，妳就承認吧，」喬安娜用紙巾丟我的頭，「妳一定是這樣想的，對吧？」

「妳們覺得我很無趣是嗎？」我說，「妳們覺得我是個古板又不會玩的書呆子是吧？要是沒有我，妳們這些懶惰鬼可就死定囉。」

我把紙巾往喬安娜丟回去，結果馬上又被砸了兩下，我不禁放聲笑了出來，並開始用紙巾丟向蘇西和瑪麗安。不過一會兒，餐桌上的紙巾大戰便全面開打。我們又笑又叫，餐廳裡的學生們也都站起身來，大聲呼應，然後——

我的手機響了。

又來了，我又陷入了虛構的白日夢裡。我太常這樣了。我的腦海中會播放荒謬的微電影，幻想自己和身邊的眾人一樣自在又隨興。

我摸出手機，看看螢幕。

「是誰啊？」瑪麗安問，「妳不接嗎？」

我讓來電轉入語音信箱，然後把手機放了回去。

「不是什麼重要的電話。」

下課後，喬安娜要去她男友家，於是我獨自回家。其實和史黛拉見完面後，我就已精疲力竭，很想直接回去，但因為不願錯過重要的課，才支撐到現在。

我獨自搭上地鐵。在他人眼裡，我不過是個平凡無奇的陌生人。剛搬來時，我曾很不喜歡旁人用陌生的眼光看我，但現在已不再介意。在斯德哥爾摩生活了一年後，我已經對這座城市相當熟悉。一開始我很怕迷路，不但把哈塞爾比和哈格塞特拉搞混，而且無論去哪，都要先把路線確認三遍，儘管如此，我仍經常四處探險，把斯德哥爾摩大眾運輸系統到得了的購物中心都去了一遍。

我曾搭到近郊鐵路的底站，也把每條地鐵全都搭遍，市中心的公車更是幾乎全部坐過。還曾漫步於南島和國王島，在瓦薩斯坦和北城的社區散步，並在市中心消磨了許多時間。

我看著身旁也在通勤的人，想像自己對他們瞭若指掌——戴紅寶石色眼鏡的那位橘髮老太太，每個禮拜都會去「健康流汗」俱樂部運動兩次，她都穿著八〇年代風格的多彩緊身褲，眼神則色瞇瞇地盯著健身房的男人看。

至於牽著手在接吻的那對情侶啊，男生在讀醫學院，女生則是國中教師。他們正要回布洛馬廣場附近的小套房一起煮飯，飯後肩並肩地在沙發上看電影看到睡著，接著她會上床睡覺，而他則會拿出電腦上網看A片。

穿著西裝的那個高瘦男子咳嗽咳到直不起腰，因為肺癌而瀕臨死亡，沒有人知道他還能活多久。至於我們，又剩下多少時日呢？人的生命隨時都有可能終結，**或許今天就是終點**。

我好想念爸。從五月那天到現在，我已捱過了漫長而空虛的四個月。爸過世後我才發現他早已經病了好幾週，但他沒去看醫生，而我也渾然不知。他這個人很少生病，大概是自己覺得沒什麼大不了，所以才不想煩我吧。

愧疚這兩個字完全無法形容我的感受。我太少回家了。最後一次見到他是在感恩節的時候，當時我甚至還沒有待滿整個週末。

我搬離家中是不是很自私？但爸也希望我把握這個機會啊。他鼓勵我到城市生活，要我週末時多跟新朋友出去玩，多多追尋自由。

我一直到他死後才知道真相。在我眼裡，她的所做所為完全不可原諒。我全心全意地希望她死。我恨她。

我恨她。

恨她。

我恨死她了。

史黛拉

我在位於布洛馬艾爾維路的家中床上醒來，身上蓋著棉被，覺得自己好像已經躺了好幾天。

我以偏頭痛為由，請芮娜取消了當天所有病人的預約後，便在雨中的聖艾瑞克斯街上叫了計程車，但接下來的事我就不記得了。抵達後我應該有付錢吧？我大概是進門脫掉鞋子和外套後，就上樓到臥房睡覺，但我真的一點都想不起來。

我雙眼痠痛，而且頭痛欲裂，有那麼一瞬間，甚至還懷疑自己根本就是在作夢，夢到一個叫伊莎貝兒・

卡爾森的女人來找我諮商。

真希望這一切都是夢。

逃避痛苦是人類最原始的本能，在痛苦面前，我們往往只想躲，而不願面對。

要是我可以逃避就好了。

車道上傳來亨瑞克那台Range Rover的聲音，我聽見後起身走到窗邊，外頭還在下雨，一個鄰居穿著雨衣站在柵欄邊，手裡牽著汪汪亂叫的狗；米羅跳下車後直往家裡衝，亨瑞克則在跟鄰居打過招呼後也趕緊跟上。大門敞開，我耳裡傳來他打招呼的聲音。我將雙眼閉上幾秒，深吸了一口氣，然後走下樓去。

米羅經過我身邊，問我晚餐要吃什麼，一聽我說不知道，便跑進客廳，攤到了沙發上。亨瑞克幫我把我丟在前廳地上的外套撿起來掛好，說他有打給我，但都沒人接。

我說大概是手機放在包包裡，所以才沒聽見，他往地上看去，發現手機根本被丟在我的鞋邊。他撿起來交給我。

「我們不知道要不要買晚餐回來，」他說，「結果妳也沒煮飯。」他的口氣平直，並沒有要質疑我的意思。

「我沒時間煮。」

「怎麼了嗎？」

「為什麼這麼問？」

「妳的車呢？」

我的奧迪沒在車道上，其實根本就還停在國王島。

「我搭計程車。」

亨瑞克仔細地打量我。我避開他的眼神，親了他一下，接著就往廚房走，而他也跟了上來。

「米羅得吃點東西，」他邊說邊打開冰箱，「他很快就得出門了。」

這是我第一次忘記米羅的籃球練習。我拿著手機坐到餐桌旁看，發現有兩通未接來電和一則簡訊。亨瑞克從冷凍庫拿出塑膠保鮮盒，一邊對米羅大喊說晚餐就快準備好了。

「妳今天過得如何？」過了一陣子後，他這麼問道。

「很好啊。」

「沒事嗎？」

「沒事，」我回答。

「妳確定？」

「確定。」

亨瑞克攪了攪義大利麵，一邊把番茄肉醬加熱，一邊跟我說他下週末想去鄉下看他父母，還說米羅星期六有籃球比賽，另外也講了講當天工作的事。他把盤子、餐具和杯子全都擺好，在水壺裡裝了水，然後又再說了一些工作上的事。

那天就跟平常的星期一沒什麼兩樣，我們各自度過了漫長的一天後在家碰面，在廚房聊天。我先生、我兒子和我們美麗的家都完全沒變，但一切卻讓我覺得好陌生。我好像已經不再是原本的我，對自己的人生也一無所知。

亨瑞克叫米羅來吃飯，但客廳毫無動靜，他又再叫了一遍，米羅卻仍舊慢吞吞的，於是我走到客廳沙發旁，拔掉兒子的耳機，將 iPad 從他手中抽走，並厲聲催促他。他先是訝異，然後轉為惱怒，接著便大步從我身邊走過，到餐桌旁坐了下來。

亨瑞克趁米羅沒看到時按住我的手臂，我完全知道他想表達什麼意思。**放輕鬆，妳是怎麼啦？**

我應該把事情告訴他，並跟他談談的，隱瞞祕密實在很不像我會做的事，畢竟我是心理學家，而且還是有證照的心理治療師。我很擅長用言語表達情緒，任何事都勇於討論，並藉此找到問題的所在，其中，我又特別擅長探討可能改變人生的事件。再說，亨瑞克是我最好的朋友啊，我們總是無所不談，對彼此相當坦承。這世上沒有誰比他更了解我了，所以我要瞞他什麼自然也非常困難。在今天以前，我從沒想過要瞞他任何事。

晚餐我一口都吃不下。我聽見亨瑞克和米羅在聊天，卻不知道他們聊了什麼。那個人一直出現在我腦海中。

伊莎貝兒・卡爾森。

她為什麼要改名，她又知道些什麼。

米羅說他想要買一台超酷超炫的腳踏車，還拿出手機來找給我們看。我道過歉後起身離開廚房，到洗衣房想讓自己冷靜一些。

恐慌症發作。過去十二年來就只有這一次，但這次我完全失控，一點辦法也沒有。我既恐慌又害怕，焦慮到身體動彈不得，也無法控制自己的思緒，感覺就像搭上了一班失控的火車，又被迫一路搭到終點。我不想再陷入那樣的困境了。我一想到家人可能會因而受到影響，就覺得害怕，如果可以阻止事情發生，要我怎麼做我都願意。

要是早知道事情會演變成這樣，我還會答應替她諮商嗎？我如果從一開始就知道她是誰，還會有勇氣面對她嗎？

前提是那真的是她。

我想像著我看著她的雙眼質問她，想像我的問題觸及她的感知，並激起她一連串的反應。

妳認錯人了。

真的嗎？還是她在說謊？

對，就是我。

真的嗎？還是她在說謊？

伊莎貝兒・卡爾森不是我可以相信的人。我都還不知道她想得到什麼，又怎麼能相信她呢？我必須查明她的意圖，這事我非查清楚不可。

站在我身後的亨瑞克摸上我的手臂。

「史黛拉，妳到底怎麼了？」他說，「跟我說說吧。」

「我只是累而已。」

「不只是這樣吧，」他說，「我看得出妳不太對勁。」

他怎麼也不肯放棄，於是我只好轉過身。

「我今天頭痛得很嚴重，」我說，「所以只好取消所有預約回家，實在是糟透了。」我刻意想讓他以為我的反常跟最近讓我很苦惱的病人莉娜有關，而他也自動把這兩件事連在一起了。

亨瑞克摸摸我的臉頰，抱著我，問我說健康社福視察局（Health and Social Care Inspectorate）有沒有主動聯絡。我說還沒。

他說他知道我過去這幾個月來壓力很大，但事情最後一定能圓滿落幕，還說今天他會帶米羅去練習，我可以在家休息。

我站在廚房的窗邊看著他們離開。

去打開閣樓上的那個包包吧。

自從我們搬來這裡後，我就沒去碰過閣樓上的那個手提包，即便已經過了十二年，我對包包的位置仍舊一清二楚，但也知道自己一打開就會再度發狂，所以始終不想去碰。

我深刻地記得二十一年前，我的生命全盤崩毀，但我選擇重建人生，選擇活著。不過事實上，那是個非死即生的緊迫關頭，我不能去死，所以只好繼續苟活。

在那之後，我便專注於學業與人生目標，並在五年後認識了亨瑞克，與他墜入愛河。

我埋葬了她，但她始終活在我的腦海裡。

去打開閣樓上的那個包包吧。

今天的恐慌症發作只是偶發事件，之後絕對不會再發生，而且我不需要去閣樓，我只需要睡眠。

我走回臥房後不但沒力氣洗澡、卸妝，更是連牙刷都拿不起來。我解下亨瑞克送我的手錶，放進櫃子，把衣褲丟到門邊的椅子上，再脫下內衣後，便躺進棉被。

我在半夜醒來，聽見雨滴仍重擊著窗戶。亨瑞克和米羅回家時，我完全沒聽到他們的聲音，想必是睡得很熟吧。厚重的窗簾把臥室遮蔽得漆黑無光，我平時喜歡那全然的黑暗，但今晚卻覺得被壓到喘不過氣來。

去打開閣樓上的那個包包吧。

我移開亨瑞克放在我腰上的手，他發出一聲嘟噥。我爬出被窩，穿上睡袍，溜出臥室後關上房門，接著從前廳把一張椅子拉到閣樓的入口下方放好。我站到椅子上，握住把手往下拉，那吱嘎的聲響讓我屏住氣息。我拉下梯子後爬上閣樓，把燈打開。

那個手提包有著藍色和酒紅色相間的變形蟲花紋，是母親好幾年前給我的，我搬開了幾個箱子，才終於在角落找到。我拿起包包，跌坐在地上，然後拉開拉鍊。

裡頭的那隻玩具蜘蛛有著柔軟的黃紫色長腳，臉上帶著大大的傻笑。我拉了拉牠肚子底下的那條線，但牠一點反應也沒有。以前如果這樣拉，玩具就會唱上幾句〈小蜘蛛之歌〉，**我們**聽到後總是笑得無法自拔。

包包裡還有一條印著灰色星星的白色毛巾，以及領口和袖口綴著蕾絲的藍色小洋裝。她的衣服我只留了這一件。我把臉埋進去聞，卻只聞到樟腦丸的味道。

我還找到許多照片，其中一張是三個快樂青少年的合照：我、丹尼爾，還有他姊姊瑪莉亞。

從前的我一直都留著豐厚的長髮，髮絲呈暗棕色，有著自然捲。照片中的我長髮垂及背部中段，身穿黃色洋裝，還繫了一條很寬的黑色伸縮腰帶；丹尼爾則頂著蓬亂的黑髮，身穿破舊的牛仔褲和一件剪掉袖子的法蘭絨襯衫。他攬著我的肩，一臉趾高氣揚，意氣風發的模樣。

不知道此刻的他在哪裡，快不快樂，又會不會想起我。

我仔細觀察照片中的瑪莉亞。她及腰的長直髮跟丹尼爾的一樣黑，長相跟伊莎貝兒・卡爾森像到令人毛骨悚然，說她們是姊妹，不對，說是雙胞胎都不為過。

但應該只是巧合吧。這非得是巧合不可。

我又再繼續翻照片，看見一個稚氣未脫的十七歲少女抱著一個小嬰兒，兩人都笑得很開心，也都有酒窩。

我感到雙眼一陣刺痛，只得用睡袍的袖口擦揉，然後拾起手提包底部那本紅色精裝本子。

〈一九九二年十二月二十九日〉

救命啊……靠，完了，我竟然懷孕了，怎麼會這樣？這問題的答案我當然知道，但我真的沒想到會發生這種事。難怪我每天都累得要命，而且還喜怒無常，一天到晚都想哭。

今天也是。我跟丹尼爾和玻妮拉去法斯達購物中心買衣服時，找到一件超好看的牛仔褲。雖然是我平常穿的尺寸，褲頭的扣子卻扣不起來，我真的很努力地把自己塞進褲子，但還是沒辦法。

我失控地在試衣間大哭，丹尼爾完全不懂我的反應為什麼那麼激烈，不過這種事男生本來就很難理解就是了。「妳是月經來喔？換大一點的尺寸不就好了嗎，這有什麼大不了的啊？」他毫不體貼地這麼說，讓我聽了更氣，也哭得更大聲。玻妮拉替我狠狠地教訓了他一番，後來衣服沒買成，我們就改去喝咖啡了。

我該怎麼跟媽說呢？她一定會氣炸的，海蓮娜也會覺得我很糟糕，至於丹尼爾呢，他會怎麼說？我們根本沒計劃要生小孩，結果他就突然要當爸爸了。

我完全無法控制自己的情緒，覺得人生就此天崩地裂。

我們怎麼會這麼蠢，這麼不負責任呢？我的人生計劃全都泡湯了嗎？

我又笑又哭，欣喜若狂卻又擔驚受怕，整個人好像瀕臨崩潰邊緣。我竟然就這樣懷上了一個生命?!我好像已經愛上肚子裡的這個小寶寶了，這種感覺是正常的嗎？

我想跟他一起養育這個孩子，也希望他同意。如果他不願意的話，我似乎也束手無策。

所以囉，素未謀面的小寶寶啊，歡迎你的到來。從現在起，世上再也沒有什麼比你更重要了。

伊莎貝兒

時值上午十點左右，火車東站人潮擁擠。我站在手扶梯上，一回頭才發現蘇西就站在下面幾階的地方看著我。也就是說，接下來的這段路，我都必須裝出無憂無慮又正常的模樣跟她聊天了。

正常啊……我都不知道這個詞到底是什麼意思了。

所謂正常，就是跟其他人一樣嗎？

我真的有辦法學會當正常人嗎？這樣一來，就沒有人會知道我有多怪、多邪惡了，是嗎？

對，我就是邪惡。我平常不做壞事，但我心中充滿著恨意與日益增長的憤怒，使我變得邪惡，也很怕自己哪天會失控。總覺得再這樣下去，我心中那些想法與翻湧的情緒一定會造成災難性的恐怖結局，但我仍不知該如何是好。

我是不是又開始太誇張，表現得太戲劇化了？

我踏離手扶梯，站到一旁等蘇西。

「嗨，伊莎貝兒！」她一邊大喊，一邊朝我走來。「今天竟然沒下雨耶，太棒了！前幾天天氣都好糟喔！喬安娜怎麼沒跟妳一起啊！」她這個人說話的語氣總是過於興奮。

「她好像去麥東西吃了。」

「麥東西吃，」她笑著模仿我那土氣的鄉下腔。她現在已經比較少學我，而我也不像一開始覺得那麼尷尬了。

「今天的課在哪啊？」

「QI階梯教室。」我回答。

「妳有寫功課嗎？」

「有啊，」我說，「妳呢？」我習慣性地甩頭髮，但其實這動作我一直很想改掉。

蘇西做了個鬼臉，「誰像妳那麼棒啊，聰明蛋。我只希望教授今天不要叫到我囉。」

接下來的那段路上，她都絮絮不休地跟我說話，說星期五真的讓她心情很好，還把她週末的計劃全都告訴我，又問我星期六晚上要不要跟她和朋友一起出去玩。她說她家的狗昨天嘔吐，所以只好帶去給一個獸醫朋友看，看過後才知道獸醫必須忍受的噁心場面可不少，哈哈，接著又說時光飛逝，九月已經過了一半，還說不久後又會開始下雨。

我漫不經心地聽，偶爾也會嗯哼回應個幾聲。我們抵達後她往洗手間去，而我則直接開門進教室。距離上課時間還有十一分鐘，我先環望四周，然後才走下樓梯，選了第三排靠旁邊的位置坐下。

我總是坐得很前面，**而且都會早到**，並將筆記本和鉛筆擺在面前，準備一字不漏地抄下豐富的筆記。我會用不同顏色的筆來做標記、劃底線，並標示出各個概念間的連結，幫助記憶。我知道這種做筆記的方式有點神經質，讀過相關資料，才知道自己對數字有種莫名的偏執。即便我深知自己一定記得住，或是以後根本不會再用到，我還是會把數字全都寫下來。

三點二十六分見。03:26。

從奧丁廣場搭五一五或六十七號公車。515、67。

身高一百六十二點五公分，體重五十五點八公斤。162.5、55.8。

許多人都覺得我太嚴肅，雖然我在KTH認識的所有學生都很重視學業，但他們也時不時就會外出狂歡。學生會在星期五販賣便宜的啤酒，還會舉辦晚餐派對。衣著光鮮亮麗的大家都會再套上一件連身長褲，免得爛醉後吐滿全身。許多班級也會舉行喝酒大賽和酒吧巡禮，考試結束後也總有大型狂歡活動，更別說學生們在自家舉辦的派對了。

喬安娜和蘇西每次都想拉我去，但我就只去過幾次，其中比較大型的，就只有去年春天的迎新派對了。其實我也不是**不想**參與，我也想融入大家。真希望人生可以簡單一些，如果我能輕易忘記自己是誰，那該有多好。

不過，搬到斯德哥爾摩仍是我這輩子最正確的決定。我在臉書上的好友人數遽增，Instagram的追蹤者也跟著變多，而且**我愛死Snapchat了！**我熱愛自拍，記錄每一天的生活，簡直把自己的虛擬人生經營得瘋狂又多彩多姿，旁人如果只看我的照片，一定會覺得我生命中充滿難忘的時刻，而且周遭還環繞著許多愛我的好朋友。我會因為每一個讚和每一則留言而快樂，雖然知道這樣很膚淺，但我並不在意，畢竟膚淺又有什麼錯呢？事實上，原先的我不僅在社交網站上高調，在現實生活中也很活躍，但一切都在去年夏天有所改變。

因為爸過世了。

我用眼角餘光看到身旁有個什麼在移動，抬頭一看才發現是個我不認識的帥哥。他只是問我可不可以借他過，讓他坐進裡面的位子，就讓我紅了臉。我站起身來，他先是對我笑了笑，才擠進座位，接著又往我的短裙和踝靴看了好一下子。

這一年來，我也逐漸適應了男性的眼光。**還沒搬家前，我根本就是個隱形人**。全身上下我就只對頭髮感到滿意，甚至還有點自豪，至於身材方面我可沒什麼自信，但男孩子有時還是會打量我，像現在就是這樣。對此我雖然覺得有點不解，卻還挺喜歡這種感覺，因為我知道大家都只看得到我的表面，沒有人會看見我面具底下那虛假、骯髒、破碎又扭曲的模樣。我不許任何人窺探我的真面目。

喬安娜和蘇西替我進行了大改造。一開始我只是跟喬安娜借上衣來穿，結果穿起來很合身，於是兩人便要我試穿她最短的那件洋裝。在我眼裡，那長度實在太短，但她們卻說剛好，而且還說我的腿生來就是要露給大家看的。

她們拖我去H&M、Monki、Gina Tricot和其他好多地方買衣服，而我也發現斯德哥爾摩的二手店比博倫厄好逛許多。現在我的衣櫃已徹底改頭換面，裡頭裝滿了全新風格、全新尺寸的衣服，全是我從沒買過的類型。

我逐漸習慣他人的眼光後，發現受人注意不但不是壞事，反而還讓我比較容易藏匿自己，因為我可以藉由外在主導旁人對我的看法。

這是我新發掘出的力量，是我新找到的自由。

要是我可以完全忘記真實的自己，那就更棒了。

這時，史黛拉・伍德斯川突然出現在我腦海中。

不過課堂開始了，我的思緒也因而中斷。我專注地聽課，寫筆記的手也始終沒停。中堂休息時，我起身讓坐我那排的同學出去。正當我在考慮要留在位子上，還是去透透氣時，我聽見了他的名字。

費德利克。

我環顧四周，發現他坐在我後面幾排。他抬起頭，跟我四目相交，然後微微地點了點頭。**我知道我不應該這樣盯著他看，但我就是忍不住**。他站起身來，轉頭要找麥迪，嘴裡大聲喊了些我沒聽清楚的話。

費德利克身材纖瘦，長得比我高一些，頂著一頭厚重的蓬亂金髮，他經常把頭髮往旁邊甩，有時也會用手順一順。他是個愛笑的男孩，我每次看著他，都可以想像七歲的他在班級團體照中的模樣——大概跟現在如出一轍，只是少了顆門牙吧。

他通常都穿著褲頭掉到屁股的牛仔褲或卡其褲，上半身搭配T恤。愛溜滑板的他有一次把我騙去玩長板，過程中他一直握著我的手，在我旁邊跑，整個人笑到停不下來，我問他為什麼笑，他說是因為我的尖叫聲跟小女生一樣。他酷帥又迷人，而且我在迎新派對上跟他跳過舞，所以知道他舞也跳得很棒。

我絕不能讓他看到我的真面目。

他身旁坐著一個瘦到像紙片人的棕髮美女。她起身拉拉費德利克的手，他看向她，被她說的話逗笑，接著兩人就爬上階梯往教室的出口去了。定是他對我感到厭煩了吧。或許他起了疑心，或許他已經知道了。

或許大家其實都知道我有問題也說不定。

我坐回位子上，心中實在好希望我的人生可以有所不同。我想要融入同學的圈子，想跟大家一樣，想甩脫心中的陰影，不想再遮遮掩掩。但我的人生注定跟別人不一樣。

這都是**她**的錯。

我要復仇。

我要她也嘗嘗我所受過的苦。

我要她從這世上消失。

我要她死。

史黛拉

碰、碰、碰。籃球落在地上，打在牆上，不時還會砸上籃板，將籃框震出回響。這些聲音在我聽來都震耳欲聾。

我走下索爾納市沃沙隆球場的看台，手中緊握裝滿滾燙咖啡的紙杯，坐下後對熟悉的臉孔點點頭，並拿出手機，避免旁人跟我交談。整個禮拜我都照常工作、聽病人說話、買菜、煮飯、洗衣，假裝什麼事都沒發生過，但我無法去思考，腦海裡只容得下伊莎貝兒・卡爾森，無論是亨瑞克每晚加班或米羅太常跟朋友出去，我都完全不介意。

這時亨瑞克的弟弟傳了簡訊來：**星期三一起吃晚餐可以嗎？我哥要我問妳**。我向來很喜歡馬克思，但此刻我實在不想從事任何社交活動，不過我還是回了簡訊，說我們很期待跟他的新女友碰面，也很期待見到孩子們。

另一個來看孩子籃球比賽的媽媽問說能不能坐我旁邊，我挪了一些位子給她後，往球員們的方向看，發現米羅在球場的另一側運球。我向他招手，但他沒看見，於是我便從包包裡拿出日記，放在腿上。青少年時期的我幾乎每天都寫日記，但在這本之後，我就再也沒寫過了。

在日記裡，我寫的不外乎是一大堆關於丹尼爾的事，不過也有寫到我身為青少女的思緒、計劃和夢想。當時的我想當一名裁縫師或製陶藝術家，也想進入時尚圈或室內設計產業發展，總之，我什麼都想要。我想在創意產業當個全才的女強人，到世界各地旅行，喜歡的話就在一個地方待上一兩個月。

但丹尼爾完全無法認同我的夢想。他對旅行完全沒興趣，也不想學新的語言，只想待在斯德哥爾摩郊區的康斯加根，也就是我們長大的地方，然後開一家修車店維生。他對車子非常執著，有時會上街飆車，週末也喜歡跟朋友們喝喝啤酒。我們倆個性天差地遠，但我愛他，當時我們好快樂。

一九九二年秋天，丹尼爾每天都開著他那台紅色雪佛蘭羚羊車載著我到處玩，我們每分每秒都膩在一塊兒，雖然不知道將來會怎麼樣，但我們都想留住我肚裡的孩子，甚至還說要再多生幾個。

挺著身孕的我寫下了自己當時的期待與害怕，也記錄了旁人對我們投射的異樣眼光。雖然我們沉浸在幸福之中，但許多人對我們這對青少年父母都不甚認同。

我寫下了生產過程，還有第一次將她捧到胸前的感覺。我將艾莉絲抱在懷裡，看著丹尼爾熱淚盈眶。那是我們第一次見到我腹中的小生命，誰都沒想到她會從此翻轉我們的人生。她的香氣我怎麼聞都聞不膩，她的酒窩和那甜甜的小嘴更是讓我愛之不已。

我原以為讀到這些片段後，心中會湧出情緒，以為日記裡字字句句都會滲入我的心，讓我快樂地大笑或難過到流淚，但老實說，關於我寫過的那些事，我記得的實在不多，對我來說，讀自己的日記竟好像在聽一個朋友講故事一樣。

事發一年後，我還是不願回想當時的情況，也仍舊拒絕開啟記憶之門。我不確定自己有沒有辦法面對那份傷痛，或承受那些指控，只知道自己絕不能再憶起過去，否則罪惡感一定會將我淹沒。

妳當時為什麼沒在她身邊？

這時場上有人得分，坐在我後面的那個男人興奮大叫，聽得我怯縮了一下。

米羅搶到籃板，開始將球運向敵隊半場。

他年紀還比較小時，籃球和網球的每一次練習和每一場比賽我都會參加，雖然他現在的年紀已經不用我隨時在側，但我還是經常到場看他。他已經十三歲了，不過我還是護子心切到有點無藥可救的地步，畢竟他是我唯一的孩子啊。

事實上應該是第二個，但不知道從什麼時候起，我便把他當成唯一的寶貝了。

我的兩個孩子都遺傳了我的笑容，米羅有我的捲髮，艾莉絲則有我的眼睛，但除此之外，兩人都比較像爸爸。

艾莉絲像丹尼爾。

米羅像亨瑞克。

這兩組人原本都過著各自的人生。

現在他們的人生道路要交撞在一起了嗎？

這對我和我的家庭又會有怎樣的影響呢？

一定只是巧合罷了，一定是我在幻想。我這輩子已經浪費了不知多少時間在相信、盼望，所以我不想再承受無謂的焦慮與猜疑了。無論如何，發生過的事都不可能重來，我再怎麼想，也無法挽回已經逝去的時光。

我們離開沃沙隆球場時，我順手把日記給丟了。

〈一九九三年七月二十九日〉

我當媽媽了！

艾莉絲・莫德・喬韓森已經出生一週囉。

真沒想到當母親的感覺竟然這麼棒，我現在終於親身體驗到了。我的人生已經徹底改變囉。

真沒想到我可以馬上就對她投入滿心的愛耶，她真的是這世上最完美的小寶寶了。她的手指和腳趾都又小又圓，茂密的頭髮蓬亂不羈，丹尼爾都說她天生就有頂毛帽可以戴。她那又黑又濃密的秀髮就是遺傳到他。

她那張小嘴啊，實在是全世界最可愛的了，而且她好像還有酒窩耶，尤其是左邊的特別明顯，就跟我一樣。她的右耳跟丹尼爾和瑪莉亞很像，看起來像小精靈似的，基因還真強大啊。

我覺得她比較像爸爸，但有遺傳到我的眼睛，所以可以說是我們倆的綜合體。我每每看著她，都會感到前所未有的快樂。

不過同時，她也是如此地無助，如此全然地依賴著我。

我肩負著好大的責任。

我記得不久前去買了好幾大袋的東西，好不容易才拖回家，結果卻被丹尼爾狠狠地教訓了一番，說我懷孕不能提重物，最多只能拿個牛奶或麵包。他將耳朵靠上我的腹部聆聽，並唱起貓王的〈泰迪熊〉和〈溫柔愛我〉，唱完後，他睜大雙眼，靜靜地看著我，用氣音說他感覺得到她在動。他把手放在我肚子上四處游移，想要找我們的寶寶，想要摸摸她的腳在哪裡。這明明就只是一週前的事，我卻覺得好像已經過了一整個世紀。

我分娩時痛了整晚，痛到幾乎失去理智，甚至一度覺得生不出來了。生產雖然非常痛苦，卻也是我這輩子最美好的體驗。最後，醫護人員終於把又皺又藍的她放到我胸口，我跟她那雙大眼四目相交的瞬間，絕對是我生命中最美好的片刻。

丹尼爾看我痛成那樣，也覺得很難受。後來他才跟我說我捏他捏得好大力，痛到他幾乎都要昏倒。

而且他也真的在艾莉絲出生的那瞬間昏倒了！他像一棵大樹般直直倒下，還撞上了椅子。雖然他一直要我別說，不過他髮線附近縫了五針呢。他是我的真愛，是我最勇敢的英雄。

丹尼爾第一次抱她時便落下淚來，我看著他，心中對他的愛意變得比以往都更加濃烈。

今天媽跟海蓮娜有來看我。媽雖然覺得我們太年輕就有孩子，但對小艾莉絲仍是愛不釋手，至於海蓮娜對我跟丹尼爾的態度都還是有些生硬。有丹尼爾在的場合，她仍無法放鬆，而且她也不想抱我女兒，讓我覺得好難過。

隨著時間過去，我們變得愈來愈不一樣了。

我這個人常常思考，個性比較內斂。因為我認為人如果完全不去思考、不去自我反省的話，怎麼會進步？但我姊姊是個行動派的人，她不喜歡想太多，也經常忽視自己心中的感受，只管一味地向前走。不過現在，我意外懷孕，而且還完全不知道將來該怎麼辦，她則是把時間用來斟酌各種不重要的細節。

我會希望自己改變嗎？我真的改得了嗎？如果我換了一種個性，那我還算是我嗎？

在無常的生命中，任何事都有可能發生。

無論我再怎麼思考，無論海蓮娜再怎麼計劃，我們終究都無法預測未來會發生什麼事，但這不就是人生有趣的地方嗎？不過我想，大人們應該會覺得我這個青少年滿口說些自以為深刻的哲理很蠢吧。

我要睡了。丹尼爾和艾莉絲已經在我身旁睡得跟木頭一樣，沒想到我們竟然已是三個人的小家庭了。

史黛拉

今天星期三。時間過得好慢，慢到令人難以置信。

早上我喝完咖啡，把空杯放入洗碗機，然後闔上餐桌上的日記。我怎麼會蠢到以為把日記丟掉就能改變什麼呢？那天我跟米羅要走去停車場開車時，我叫他等我一會兒，自己則跑回去，把日記從垃圾桶撿起來，弄乾後放回包包。

我一再重讀日記後，往事終究鮮活了起來。果然不出我所料。我再度感受到當年的愧疚與不安，也想起自己曾做過的，那無法挽回的事。但我別無選擇，我不能再走回頭路了。我一直若無其事地假裝一切正常，免得亨瑞克察覺異狀。這事我現在還不能讓他知道。

這天我鎖上大門，要走去開車時，突然有個人大叫我的名字，跟我揮手。不知怎麼地，我們每次出門或回家時，鄰居喬漢・林登堡總是剛好在屋外。他原先在一間大型投資公司當金融顧問，但後來有人發現他長期傳私密部位的照片騷擾女同事，所以他就立刻被開除了。不過他畢竟很資深，所以即便行為不當，公司還是讓他退場退得很優雅，事實上，他這輩子根本就不需再工作了。我們都喊喬漢・林登堡投資專家，而他也一天到晚在吹噓他現在有多擅長短線交易，實在很煩，不過他這個人沒什麼攻擊性，有時候跟他聊天其實還挺有趣的，但我今天沒有那個心情，於是我朝他揮揮手，直接把車開走。

我經過櫃台時跟芮娜打了個招呼，她說我看起來很蒼白，問我有沒有好一些。我沒說我連夜失眠、胃口全失，反而笑說我自己是基因不良，所以天生就沒有什麼血色。她被逗笑了，我自己也笑了幾聲。我踏入走廊，前往辦公室，掛好外套，換了鞋子，坐到辦公桌前，拿出 MacBook Air。我點開行事曆，查看當天已經排好的時程：早上有兩個病人，午餐後要進行團體諮商，結束後還有一個病人。

從我見到那個自稱伊莎貝兒・卡爾森的女人到現在，已經過了九天——毫無意義，虛無到令人窒息的九天。我自知這陣子酒喝得太多，但也只能藉酒解悶，不然又能怎麼辦呢？

亨瑞克經常帶紅酒回家，殊不知我根本就不喜歡。其實我覺得只要是葡萄酒都不好喝，而且我每次只要喝下超過兩杯就會頭痛，但過去幾天以來，我每晚都為了入睡而灌了一大堆，雖然沒什麼用，但我覺得總比吃安眠藥好。每次吃藥隔天，我的腦袋就會難以運作，當然啦，我也深知喝酒並非長久之計，喝得愈多，酗酒的惡習就愈容易復發。

最折磨人的是我心中那不確定的感受。我不但對情況一無所知，心中更是充滿繁亂的思緒和層出不窮的疑問，而且我時而確定，時而困惑，前一秒才斬釘截鐵地相信直覺，下一秒便覺得自己大錯特錯。面對這件事，我毫無耐心，情緒也跌到谷底。

伊莎貝兒・卡爾森今天會來加入團體諮商，這是她第一次參加。我已經好久沒因為諮商而這麼緊張了，還是其實我是害怕呢？或許我早已失去身為心理治療師的自信了吧。不，莉娜・尼米的事不是我的錯，我可是很專業的。不過，要是我早點發現她的問題就好了。我試了好久，卻仍舊沒辦法幫到她，最後她對我變得太過依賴，甚至還希望我可以隨時陪伴在她左右。

就在我決定把莉娜・尼米轉介給其他治療師的隔天，她便企圖自殺，那是去年五月的事了。她配酒吞了一堆抗憂鬱藥物，結果被她母親發現，送去醫院後只是胃疼了一晚，僅此而已。

其實莉娜從頭到尾都沒有生命危險，但她卻聲稱自己差點喪命，還說這一切全都是我的錯，說我在與她談話時反應不夠積極，說我沒把她的問題放在心上，甚至還說我沒注意到她的求救信號。她抨擊我不夠專業，所以才害得她對我過度依賴，最後還導致毀滅性的後果。

而莉娜的父母完全只聽她的片面之詞。這點其實我可以理解，但後來她母親竟然開始寫部落格攻擊我，說我諮商的方式很可疑，還說我會操弄病人，藉此享受被人需要的快樂。從頭到尾她都沒寫到我的名字，但在國王島執業，而且姓名縮寫又是SW的心理治療師其實也沒幾個。

即便如此，當我得知他們跟健康社福視察局檢舉我時，還是相當訝異，而且也很受傷。我在替莉娜進行諮商時，有犯了什麼錯嗎？我重複分析了好多次，但最後都得到相同的結論。

沒有。

不過同事們認不認同我的想法，我就不知道了。當然啦，沒有人想捲入這種麻煩事，所以大家都一直問我是不是真的沒觀察到莉娜任何自殘傾向。雖然我每次都保證我已經為她盡了全力，但同事們仍覺得我可能需要休息，甚至還建議我休長假，但都被我拒絕。

我把莉娜的病歷送交審查後，也向健康社福視察局說明了整個事件，目前還在等候消息。

所以現在，我絕不能再被投訴了。

我知道我在替伊莎貝兒諮商時必須保持專業，但問題是我摸不清她的來意，這實在令我害怕。

九點一到，敲門聲響起，我今天的第一個病人已經抵達了。

再過幾分鐘就要下午一點了。我害怕的情緒逐漸高漲，但我知道絕不能讓恐慌症再度發作。我努力控制情緒，保持冷靜，也試著理性地思考，好讓自己恢復理智。

史黛拉，這不過是妳無稽的想像罷了。

這事根本只是巧合，一定會有合理的解釋才對。

妳誤會了。

不可能是她。

吸氣，吐氣。

沒用。

無論我怎麼安撫自己都沒用。我焦慮到胃部隱隱作痛，視線也收縮成一個模糊的光點。

我立刻衝進大廳的洗手間，跪在馬桶前嘔吐，吐完後慢慢扶著洗手台邊緣起身，閉上雙眼，等著暈眩感消退。接著，我漱漱口，用擦手紙把整張臉都擦過一遍，看著鏡中的自己。加油，笑一下吧。我這麼告訴自己後，步出廁所，走向大廳。

廳內空氣新鮮，九張紅色扶手椅沿著圓形的地毯擺放，看起來已經有人先來打理過了，大概是芮娜吧。我坐進我平常坐的位子，強迫自己呼吸、放鬆。

索妮雅進門後便癱坐在離我最近的位子上，我跟她打招呼，但她只以一個手勢回應。她患有社交焦慮症，是團體諮商中最資深的成員，不過她從未發言，療程結束後也總是第一個離開。

我背對窗戶坐著，左側有一面嵌有數扇高窗的牆，而窗戶左邊正是大廳的門。我瞄向牆上的鐘，又看了手錶一眼。每次進行諮商時，我都很小心地拿捏時間，總是剛好在快開始前才抵達，並精準地在九十分鐘後結束。

剩下兩分鐘。

伊莎貝兒・卡爾森還是不見蹤影。

克拉拉平時最怕遲到，所以早已就定位。坐在我左手邊的克拉拉對自己有非常高的期望。她在一家知名媒體公司擔任專案經理，工作表現傲人，卻總是懷疑自己的能力。

馬格納斯也到了，罹患重度憂鬱症的他坐在我對面，盯著自己的舊鞋子看。我看著他抬起頭，把戳到眼睛的頭髮撥開，然後又再次低下頭。

這時門打開了，是伊莎貝兒。

她閃亮的黑髮紮成馬尾，身著淺藍色牛仔褲、黑色上衣和深棕色的皮外套。她悄聲關上門，然後溜到索妮雅旁邊的位子坐下。

我這才把剛剛一直憋在體內的氣全都吐了出來。

她臉上帶著一種難以言喻的表情，讓我忍不住想盯著她看，但我得控制自己的衝動。幸好上次見面時，那種強烈的情緒沒有再次席捲我的心，讓我鬆了好大一口氣。這次再見到伊莎貝兒，我覺得她似乎沒有跟丹尼爾的姊姊瑪莉亞那麼像了。不過或許我根本就只是在安慰自己也說不定。

當我們四目相交，我立刻就知道，這絕對不是巧合。伊莎貝兒會出現在這並非偶然。

她不可能是單純想來諮商。我在想，她一定是為了看看我是怎麼樣的人，所以才查出我的所在，但我真的不知道她究竟想得到什麼，又是為何要表現得如此神祕。我必須先找出這些問題的答案，才能跟她對質。其實如果她願意告訴我實話，事情就容易多了，但她卻選擇隱瞞，這點實在令我相當不解。

我正要開口時，亞維開門衝了進來，一屁股坐進馬格納斯身旁的椅子。我意味深長地看了他一眼，想讓他知道我很不喜歡他習慣性遲到，但他毫不理會，只是自顧自地拿出薄荷糖來，放入嘴裡。

這下諮商終於要開始了：歡迎各位。我上禮拜有跟大家說過，從今天起，我們會有一位新成員，她叫伊莎貝兒。

大家看著伊莎貝兒，沉默了一會兒，她則露出笑容，假裝害羞。她這演技實在是太有說服力了，到底是從哪學來的？

馬格納斯：安娜的情況才剛有起色，她根本不應該退出的。

克拉拉：她如果想繼續進步的話，就一定得退出才行。她能不能康復，完全取決於她個人的自發性，和她有沒有改變的動力。

馬格納斯：或許吧，但我還是覺得她應該繼續參加。

一陣沉默。

克拉拉：亞維，你上禮拜過得如何？我記得你說要跟家人團聚。

亞維：喔，跟家人在一起簡直就是他媽的惡夢，我才跟他們相處兩天，就幾乎要發瘋。我妹跟平常一樣古怪，我爸喝酒，我媽則神經兮兮的，動不動就激動得要命，可是我們卻還得在親戚面前裝出和樂融融的模樣，天啊，簡直就假到不行。

門再度打開，這次是皮爾進來。

皮爾：抱歉，剛才塞車。

我同樣意味深長地看了他一眼，但他似乎沒注意到。皮爾拉出伊莎貝兒身旁的那張扶手椅，她看起來很

羞赧。

我再度開口：皮爾，很高興你及時趕上，歡迎你。我剛才已經有跟大家介紹過了，伊莎貝兒是我們的新成員，從今天起，她會加入團體諮商。

皮爾：嗨，伊莎貝兒，希望妳不要像這裡的某些人一樣，對團體毫無貢獻。

他意有所指地看了索妮雅一眼，伊莎貝兒則低頭看向地毯。她被激怒了嗎？

皮爾：妳如果不開口的話，諮商是不會有用的。所以妳今天為什麼會來呢？

伊莎貝兒：我爸死了。

她說完後陡然止住，清了清喉嚨，看向我，然後又低下頭去。她看起來是真的很難過。難道是我誤會她了嗎？還是她又在演戲了？

伊莎貝兒：事情發生得很快，我根本都還來不及回家，他就走了。我沒能跟他道別，甚至連他生病的事都不知道。

亞維：回家？妳是哪裡人啊？我看妳好像有達拉納省的腔調？

伊莎貝兒：對，我是博倫厄人。

她的臉有些漲紅。如果是在演戲的話，那她真的很厲害。

伊莎貝兒：我是去年八月搬來這裡讀書的。

我：妳是在達拉納出生的嗎？

其他病人對我直接的問題似乎有點詫異，但我就是忍不住。

伊莎貝兒：我是在丹麥出生的，但後來就一直住在博倫厄。

馬格納斯：妳喜歡斯德哥爾摩嗎？

伊莎貝兒：我能搬來這裡，都得謝謝我爸。

她羞澀地笑了笑，我也露出鼓勵性的笑容。此刻，我實在不知該作何感想。她真的有那麼像瑪莉亞嗎？還是我根本認錯人了？

我：聽妳這麼說，妳似乎跟妳爸爸很親？

伊莎貝兒以一種輕蔑、鄙視，又具有攻擊性的眼光看著我。沒錯，她一定知道，不必再懷疑了，她絕對知道，但她看得出來我知道嗎？她看得出我知道她的身份嗎？假設她看得出來好了，她會知道我已經看穿了她精心打造的面具嗎？

伊莎貝兒：對我來說，世界上再也沒有比他更重要的人了，所以當我發現他不是我生父時，實在非常震驚。

來了，真相要揭曉了。大家很快就會知道她參加諮商的真正目的了。

亞維：妳原本以為他是妳親生父親嗎？

伊莎貝兒：對，但其實他是在認識我母親後，才領養我的。我不知道我生父是誰。

領養？

我們第一次見面時，她有提起這件事嗎？我不記得了。她口中的「母親」指的又是誰呢？是她真正的母親嗎？是她生母嗎？

大家繼續聊天，但我卻完全無法專注地聽任何人說話。時間是靜止了嗎？還是過得比平常更快？

「史黛拉？妳不總結一下嗎？」

我突然被拉回現實之中，一回神就看見皮爾嘲弄的表情，抬頭一看牆上的鐘，才發現已經兩點三十三分，看看手錶，也顯示相同的時間，我不知道自己有沒有辦法正常說話。但仍點頭起身，準備作結。

我知道我今天的行徑很奇怪，不但幾乎整場諮商都心不在焉，讓大家聊到超時，而且還沒來由地問了伊莎貝兒一個很直接的問題。通常我都只有在大家聊不下去，或為了幫助病人理清思緒時才會發言，從來不會像今天這樣笨拙地發問。

索妮雅第一個走出大廳，其他人也接續跟上。平常我都會馬上離開，但今天我卻站在原地，無法動彈。

我感覺到自己口腔酸臭，腋下全濕，希望別被旁人看出來才好。

我始終無法將眼神從伊莎貝兒身上移開。

她把包包背到肩上，轉身時馬尾也跟著甩向側邊。

她的右耳比左耳尖，而且也長了一些。

除了她以外，這世上只有兩個人有這樣的耳朵。

她的右耳跟丹尼爾還有瑪莉亞的一模一樣。

發現這件事讓我覺得腹部好像被人揍了一拳，不禁又開始噁心想吐。

我一清二楚地聽見丹尼爾的聲音，清楚到好像他人就在大廳裡說話。**對，我的耳朵就是跟小妖精一樣，妳應該知道這代表我會對妳的生命施展魔法吧，史黛拉，所以妳最好不要笑我的耳朵哦。**

「伊莎貝兒？」我說。

「嗯？」她回應。

我想告訴她我等這天已經等了二十多年，也好想走上前去抱住她，不再讓她離開。

「謝謝妳今天來參加諮商。」我只擠得出這句話，而且還是用氣音低語。

伊莎貝兒露出微笑，單邊的酒窩也更深了些。她轉身離開。

她走了。

我跌坐在扶手椅上，閉上雙眼，握緊我顫抖的雙手。

我埋葬了妳。我們站在妳的墓碑前，哭著跟妳道別。

但我一直都在找妳。這麼多年來，我總在人群中細察每一張臉，在每一輛公車和每一條街上，搜尋妳的身影。

我盼望著，祈禱著，等待著，總有一天妳會回來。

但後來我終究放棄了所有期盼與希望，因為我如果不放下，就會被過去消磨殆盡，最後跟妳一樣，消失在這個世界上。為了我自己，也為了我兒子，我決定展開新生活，難道這麼做錯了嗎？

我實在不知道妳為什麼要假裝不認識我？妳是想看看我是怎麼樣的人嗎？

妳是不是想看我後悔，看我被罪惡感所折磨？我已經非常痛恨自己了，妳也一樣恨我嗎？

妳想懲罰我嗎？妳是想讓我痛苦嗎？

我已經受盡煎熬了。失去妳的痛一直留在我心中，那痛苦跟妳一樣，都已成了我的一部份，讓我永遠無法把妳忘記。妳究竟想知道什麼，又希望我說些什麼呢？

我也只能向妳道歉而已。

艾莉絲，請妳原諒我。

克絲汀

我把手機放在桌上，一直盯著看，盼著鈴聲響起。伊莎貝兒最近都不太接我電話，也不回撥給我。這些年來，我替她做了這麼多，她這樣待我實在不公平。我只是個一般人好嗎，而且我真的已經很盡力了，她到底還要我怎樣？

我起身走到放在流理台上的咖啡機旁，伸手要拿馬克杯，卻發現櫃子裡一個也不剩。自從洗碗機壞了以後，水槽就總是呈現放滿的狀態。

漢斯如果還在的話，一定會馬上修好。無論什麼東西壞掉，漢斯・卡爾森一定都能修，但他已經不在了。現在就只剩我一個人了。

髒了沒洗的盤子、玻璃杯、咖啡杯和餐具雜亂地積成一堆，發出陣陣惡臭。我實在應該把碗洗一洗，但我就是沒那個力氣，而且獨自煮飯，然後一個人吃，多鬱悶啊，吃個三明治配咖啡簡單多了。至於碗盤髒不髒，又有誰在乎呢？反正屋裡也沒有別人。

我捲起袖口，洗了個杯子來裝咖啡，正要加入第三顆方糖時，卻聽見他在唸我。**克絲汀啊，妳要想想看，妳這樣會喝進多少糖份啊**。他總在我想放進最後一顆方糖時這麼訓我。

他怎麼會就這樣離開了呢？他是大我十二歲沒錯，但五十九歲也並不老啊，而且他向來很顧身體，不但不抽菸，就連咖啡也是一天一杯，而且飲酒適量，也很注意體重。不過養成這些好習慣似乎都徒勞無功，他最後死於中風。

我叛逆地放入第三顆方糖，拿起杯子，走進圖書室——其實只是廚房裡的一個小隔間而已。我啜了口咖啡，看著放滿他各式書籍的書架。我這個人對看書這件事可說是敬謝不敏，我實在不知道為什麼會有人想花時間去傾聽作者的聲音，並想像那些不屬於自己的世界。相較之下，電視讓我覺得有趣多了，溫馨、有趣的電影我都喜歡，浪漫影集當然也行，但我不喜歡性愛場景，不過這很難避免就是了。現在只要打開電視，就幾乎都會被裸露場面強暴。

這牆壁是不是有點單調啊？嗯。其實在裝潢時，我覺得褐色的牆面很美，而且又有撫慰人心的效果，不過現在好像需要翻新一下了？

我知道我根本就是在欺騙自己，畢竟我怎麼可能會真的重新油漆呢？現在就只剩我一個人會盯著這些牆壁了，所以又何必白費力氣？

自從伊莎貝兒離家，而他也過世後，整間屋子就荒涼、寂靜到令人難以忍受。牆上的時鐘仍**滴**、**答**、**滴**、**答**、**滴**、**答**地繼續在走，但時間卻完全靜止不動。我再也受不了那指針的聲音了。

我走出大門，沿著屋旁的環形碎石路走向後院。今天空氣新鮮，陽光閃耀，但花園四周的高聳樹木卻幾乎阻絕所有陽光，讓我覺得自己好像住在森林似的。

我抬頭仰望眼前的家。這棟房子的外型是經典的鄉村紅搭配白色邊線，一樓是客廳、圖書室和廚房，二樓則有三間臥室和一套衛浴，非常適合我們一家三口居住，不過和現在相比，之前的屋況好多了。現在窗框已逐漸掉漆，天溝也變得歪歪斜斜，紅色屋面也該重漆一下了。

更讓人感到雪上加霜的是，二樓的浴室竟然也開始漏水，讓廚房的天花板出現了一塊愈滲愈大的水漬。

這叫我該怎麼辦才好？我怎麼可能付得起維修費呢？

我握著馬克杯，坐在後院的門階上，雙眼盯著雜亂的草坪。這些日子以來，我就只割過一次草而已。

二十年前，我就是看中了這個院子，所以才想搬到這裡。以前每到春天，伊莎貝兒都會幫我栽種植物，但她長大後便開始覺得無聊，而我最近也乾脆撒手不種了。現在院子裡可以說是雜草蔓生。

我看我把花園裡的桌椅全都搬進棚屋放好了。那些塑膠的純白室外家具從前很漂亮，不過現在都已蒙上了一層灰。

「哈囉，克絲汀，好久沒看妳出來了耶！」鄰居在不遠處跟我打招呼。

「嗨，古妮拉。」我說。

她脫掉園藝手套，用袖口擦拭額頭。古妮拉年約五十五，頂著一頭染出來的銅色棕髮，很明顯是想遮蓋白頭髮，不過她身材保持得好，整個人也充滿活力又有精神。她每年都會參加瑞典式的鐵人四項，其中包含厄爾布雷特滑雪賽、泳渡萬斯布魯、利丁厄越野路跑，以及韋特恩湖自行車賽，對此她相當自豪。

古妮拉跟她老公尼爾斯都是喜歡戶外活動的類型，沒有子女的他們平常都把時間拿來跑步、運動，或許是為了滿足某種心理需求吧，我也不曉得。他們家看起來非常舒適，花園完美無瑕，旁邊那個一塵不染的車庫則用來存放運動裝備。這對夫婦沒有嘗過養小孩的滋味，也不知道把孩子看得比自己還重要是什麼感覺，更不曉得什麼叫犧牲自己，優先照顧他人，所以我自然而然覺得他們很討厭，而且他們似乎也很不喜歡我這個鄰居。

「今天的天氣很適合做園藝呢！」她說。

「或許吧。」我回答。

古妮拉頭一歪，用一種既同情卻又輕蔑的眼神看著我。

真不知道別人都是怎麼看待我的。我低頭看向自己身上穿的衣服，這件毛衣已經洗到褪色，毫無版型可言，但我還是經常在穿。我伸手撥了撥頭髮，心想自己一輩子過得這麼苦，白髮大概不明顯也難吧。我的皺紋漸多漸深，眼窩凹陷，雙頰也嚴重下垂，而且我最近還胖了一些。我覺得自己好像比古妮拉老上不少，事實上，她**看起來**也真的比我年輕許多。

「尼爾斯晚點要去弗耶米拉的單車中心，」她說，「車上還有一些空間，如果妳需要的話，或許他可以幫妳載一些東西？」

她問話時那短暫的遲疑讓我把她的意思聽得很明白，她所謂的「東西」，指的是我跟漢斯從工作站搬出來的那堆垃圾。我們本來要進行改造，但後來漢斯開始生病，於是就不了了之，而垃圾也就一直堆在屋前，讓附近的完美鄰居看得很不順眼。不過那些東西我有權利決定要怎麼處理，只要我想放在原地，就沒有誰能指使我移走，反正我又不欠他們什麼。

「不用了，謝謝！」我說。

古妮拉似乎被我的回應給嚇到了。她雙手一攤，準備要離開，「我只是好意而已。」

我嘆了口氣，意思是我知道自己剛才口氣很差，而且也覺得很難為情。

「抱歉，古妮拉，」我說，「謝謝妳的好意。」

我努力想擠出微笑，但感覺我只是在伸縮臉部肌肉。她坐到我下方的階梯上。

「克絲汀，其實我們都很願意幫妳。漢斯離開後，妳一定覺得房子很空蕩吧，而且伊莎貝兒又去了斯德哥爾摩，所以我們一直都很擔心妳，」她摸摸我的膝蓋，但一感覺到我變得緊繃，便馬上將手拿開，「我們都很在乎妳呀。」

「謝謝妳這麼說。」我回應。

「我記得妳以前經常在花園活動，最近怎麼都不出來了呢？」

「我沒那個心情。」

「我懂，我真的懂。」

「妳確定妳懂？」

「妳說什麼？」

「先是我女兒搬出去，然後我丈夫又過世，現在我完全是孤伶伶的一個人了。這種感覺妳可以體會嗎？妳怎麼可能會懂？」

「我只是想說，如果妳有需要的話，隨時都可以找我們幫忙。我們很不想打擾妳，但讓妳太過孤立實在也不行啊。」

「古妮拉，我不是孤立，而是悲傷，請妳分清楚差別。」

她低頭看著她那雙顏色鮮豔的慢跑鞋，然後嘆了口氣。有好長一段時間，我們倆都沒說話。

「如果有我們能幫上忙的事，妳儘管開口就是了。」古妮拉說完便起身走回他們家的院子去了。

真希望我的閒聊技巧可以好一點，不過此刻，我寧願獨自坐在這兒沉思。有漢斯的生活比現在好多了，他死後，我才發覺是他讓我成了更好的人。從前我們一家三口相處和諧，擁有屬於我們自己的快樂，伊莎貝兒也不像現在這樣充滿憤怒。

她變了，但我不知道為什麼。她再也不告訴我任何事情，而且無論我說什麼，她都冷漠又毫無回應。這孩子不可能光是因為哀悼父親就變成這樣，她一定是發生了什麼事，只是我不知道而已。每天我都想知道她在做什麼，心裡又想著什麼事，也好希望她能像小時候那樣，頂著洋娃娃般的可愛臉龐，跟我分享她生活中的一切。我親愛的女兒啊，我們曾經是那麼快樂，那麼無話不談；我們為彼此帶來笑容，難過時也總是相互安慰扶持。

我想著想著，突然一陣哽咽。這不是我想要的生活，我的人生怎麼會變成這樣？我把剩下的咖啡倒在階梯旁，起身打開露台的門，再次走入那棟陰暗、寂靜的房子。

伊莎貝兒

我站在弗瑞德漢姆廣場站的月台上，等著綠線地鐵。開往哈塞爾比的I九線列車再三分鐘就要來了。

我心裡正想著史黛拉。這陣子以來，我都忍不住地一直在想她。她長得很漂亮，看起來也很年輕，不曉得她到底幾歲？不過，我在她身上看見幾絲冷酷，但她自己大概沒有察覺吧。她想隱瞞什麼呢？是不是想保護自己？她是覺得害怕嗎？或許吧。

她的確應該害怕沒錯，沒有人知道未來會發生什麼事。

沒有人知道。

我吞下一個哈欠，坐在長凳上持續等待。我好累，甚至連憤怒的力氣都沒有。

史黛拉今天的指甲換了顏色，那櫻桃色的指甲油擦得均勻整齊；她化妝的方式也很有品味，唇膏的顏色慎重而優雅；她雙耳戴著看起來很貴的耳環，黑色長褲完美襯托她的身型，灰色上衣的質料似乎也很高級，整個人都打理得非常好，一**定是很有錢吧**。我看到她左手的無名指上戴著金色婚戒，**上頭還鑲著鑽石呢**。

史黛拉．伍德斯川的生活大概過得很愜意吧。

她坐著的時候，背挺得很直，但看起來放鬆又有自信。她是怎麼辦到的？或許她只是很會假裝也說不定。她把面具拿掉後，會是什麼模樣呢？會跟我一樣醜陋、邪惡嗎？真希望我能多了解她一些。

我一直到開門走進團體諮商的大廳前，都還覺得自己一定辦不到。我好想一股腦地說出一切，把真相告訴大家，但我辦不到。所有人都盯著我看，我的話卻卡在嘴邊，怎麼也說不出來。那些話實在太沉重了。

史黛拉一直盯著我看。她知道嗎？她了解嗎？

其實皮爾問我為什麼會參加諮商時，我大可以說出一切。大家都等著我回答，可是我卻錯失了大好機會。

我明明就已經想好說詞，結果卻一個字也說不出口。我感覺到史黛拉用質疑的眼神盯著我，簡直就要把我看穿。

要是那些病患之中有人能了解我的想法，有人能看出我真實的模樣就好了。我就在他們身邊，他們卻渾然不察，怎麼會這樣呢？

地鐵駛進月台。我上車後坐在一個老太太對面。她把包包抓得很緊，但一跟我對到眼，便露出笑容。**她也沒能看出我的真面目**。我對她回以微笑，接著就將額頭靠到窗上，閉緊雙眼，感受玻璃的冰冷。

每個人心中都存有恐懼，表面上卻必須微笑、偽裝。大家都在用臉說謊，唯有如此，我們的真面目才不會暴露在世人面前。

但我已經下定決心了。下次再見面時，我一定要告訴妳，我要把一切都告訴妳。

我會說出所有真相。

史黛拉

可惡，他們已經到了。

我在廚房就聽見眾人踩踏前廳地毯的聲音，外套的窸窣聲，衣架的哐啷聲，小女孩的尖叫聲，拍背聲，還有男人的笑聲。除此之外，還有一個女人用穿透力極強的高音在說話，讓人一聽就不得不注意她，而且非得趕快回話不可。

亨瑞克早上提醒了我晚餐的事，我也假裝期待，但其實是因為已經來不及取消，所以只好硬著頭皮辦。我請的外燴公司準備了精緻的秋季菜單，還派人來幫忙佈置飯廳，並把餐點分盤裝好，放入保溫爐。

我真的有辦法撐過這場晚餐聚會嗎？

今天的團體諮商結束後，我覺得身邊的一切都再也不重要了。

我喝了一大口葡萄酒，心裡非常慶幸亨瑞克是在客人抵達前回到家。

趕快擠出笑容，到前廳去迎接客人吧。

「妳可終於來囉！」馬克思露出笑容，給了我一個大大的擁抱。

「史黛拉，」潔琳娜雀躍地叫我，在我雙頰上各親了一下，「終於見到妳了，我聽說了好多關於妳的事。」

馬克思的新女友自稱她是模特兒。這點我們沒有人能確認是真是假，但她的外型的確很有模特兒的樣子。此外，她也有經營部落格，專寫關於美妝、健康和正念的內容。潔琳娜每次露出燦爛的笑容，她那白到有點不自然的牙齒都會閃閃發亮；她身上絲毫沒有多餘的贅肉，細長有緻的小腿也曬成亮眼的古銅色，我看得出身穿黑色短洋裝的她露腿露得很開心。就我看來，她頂多只有二十五歲吧，而且完美到令人難以接受，是那種只有她那個年紀的女孩才會擁有的美麗。

馬克思有兩個女兒，愛芭九歲，蘇菲亞五歲。兩人嗓門都很大，而且一直吵個沒完，幸好米羅走出了房間，邀請她們一起打電動——我之後千萬不能忘了要好好獎勵他。至於亨瑞克則把馬克思和潔琳娜帶往客廳，負責跟他們聊天。

毫無存在感的我也跟著他們往客廳走，心裡卻只想著伊莎貝兒・卡爾森。

不，應該說是艾莉絲才對。

我想著她的耳朵，她臉頰上的酒窩，還有她那謹慎又看不出思緒的微笑。妳根本就不知道我想了妳多少回，從妳消失的那天起，妳就一直是我心中的痛。

這些年來，妳都到哪去了？

妳為什麼不願意告訴我呢？

這些問題一直在我心中迴盪，我怎麼也無法不去想。

但我很努力地一直喝酒，希望能控制住自己的思緒。

這時潔琳娜說她想到處參觀一下。

我以必須打理食物為由逃到廚房，把整杯酒都喝掉。

等到潔琳娜興致高昂地跑來找我時，我又再倒了一杯。

她說她**超**喜歡我們家那組鋪著毯子的灰色大沙發和裝著大型仙人掌的銅製花甕，而且覺得露台旁那面牆上的黑白照片**超**可愛，還說她**超**愛房子周遭寬闊的景緻，和漂——亮到不行的地毯，還有書架上的小雕塑品！最後還說我們家實在美到太誇張，完全可以登上室內設計雜誌。

這時亨瑞克及時到廚房來救我，表示我向來很有設計方面的天份。不過也或許他是看出潔琳娜讓我神經緊繃，所以才特地來救她也說不定。

總之，我再度把酒喝光。此刻的我只想走入迷霧，逃離這尖銳又刺人的現實。

晚餐時，我幾乎全程都心不在焉。

我聽見眾人的聲音此起彼落，也聽見椅子刮削地板和餐具敲擊盤子的聲響，還有咀嚼聲和呼嚕嚕的吃飯聲。所有的聲音不斷戳刺著我的雙耳，讓我感到備受攻擊。亨瑞克說他的公司營運得非常好，不但正在擴張，業績也成長得很快，讓他等不及要迎接眼前的挑戰。你說我們啊？已經在一起十五年了，至於婚姻生活應該也有十四年了吧，對嗎，親愛的？伊比利火腿、帕瑪森起司、咖哩烤大蝦。對啊，時間過得好快。天啊，那現在狀況如何。對，我們結婚快要十四年，米羅也快滿十三歲囉。我們在這住了十二年，而且五年前還重新裝修了廚房呢，對嗎，親愛的？風乾番茄和爐烤蔬菜佐油醋醬。我們到了以後就直接往旅館去，結果。好，那這週末我們就在尼雪平郊外的伍德斯川別墅見囉。不，亨瑞克很久沒去獵麋鹿了。羊奶乳酪、哈羅米乾酪、蘆筍，然後是。我們去阿布達比時。

這些話彷彿是從另一棟房子的某一個房間傳來一樣，我覺得自己好像看著隔壁桌的人用一種我已經不會講的語言在聊天。亨瑞克把手放在我大腿上，捏了我一下。**妳怎麼了，快醒醒啊**。

沒有，我們沒有想搬家，這裡很棒啊，對不對，親愛的？亨瑞克又意味深長地捏了我一下，我像白癡一樣點頭、傻笑，好像我這輩子就只會做這兩件事。

「妳是心理治療師對不對？」潔琳娜傾身靠向我，突然問了這個問題。

我直起身來。「對。」我含糊不清地回答。

「妳怎麼有辦法成天聽病人說話啊？」她說，「大家是不是會一直跟妳傾訴他們的小煩惱跟各種問題？要是我的話一定會憂鬱到發瘋的。」

這滿口正念的女人真的是夠了。

我把空酒杯遞給亨瑞克，但他只倒了一點點。他擔憂地看了我一眼，不過我假裝沒注意到。「心理治療的重點並不是要為病人解決他們的問題，」我用機器人式的聲音說，「而是要從病人身上挖掘可以改變的行為模式，幫助他們改變習慣，學習如何面對恐懼，並有所成長。」這是我的預設式回答，基本上就是講給白癡聽的心理治療簡介。

「妳怎麼會進入這個領域工作呢？」

「因為我受到一個貴人啟發。」

「我覺得妳可以幫助那麼多病人，」潔琳娜說，「真的很厲害耶。」她深情地看了馬克思一眼，用指尖親暱地撫摸他的後頸，然後又繼續說：「馬克思說妳總是很快樂，我覺得妳看起來很心平氣和呢。」

心平氣和？當下我只想起身把所有盤子都掃到地上，叫在場的人全部都給我滾出去。

亨瑞克摟摟我，「史黛拉真的很厲害哦。她既堅強又很有目標感，只要是下定決心要做的事，就一定會做到，」他說，「我就是喜歡她這些特質。」

「她一向都是這麼沉著冷靜的嗎？」潔琳娜問。

馬克思笑了出來，「我跟妳保證，史黛拉絕對有脾氣，不過這些年來，她的稜角已經慢慢磨掉囉。亨瑞克，你說呢？」

「對啊，亨瑞克，史黛拉的沉著個性真的是這些年才培養出來的嗎？」

他對我咧嘴一笑，「她只有表面上冷靜啦。」

你這傻子。亨瑞克，我愛你，但今晚你實在再蠢不過了。

晚餐後，馬克思帶著已經把一樓全看過一遍的潔琳娜到二樓參觀，我則是再度躲進廚房。我煮了咖啡，並拿出亨瑞克的祖母送我們的那組羅斯川精緻瓷器，雖然我很想將它們砸到牆上，但最後還是默默地在桌上擺好杯組。

「妳今晚話很少哦。」亨瑞克走進廚房，靠在流理台上說。

「我非得一直說話不可嗎？」我又再喝了一口葡萄酒。

「親愛的，」他拿走我的酒杯，「妳這麼說可就有點任性了，而且妳今天也喝得比平常多。」

樓上傳來潔琳娜的高跟鞋聲。

我指向天花板，怒氣沖沖地說：「你應該是要怪她太誇張吧，我從來沒有看過有人這麼不懂得尊重別人的界線。她整個人很神經質，根本就是個無腦正妹，除了外表之外，馬克思到底看上她哪一點啊？」

「妳今天似乎比她更神經質，」亨瑞克看著我說。「我覺得妳好像恨不得要掐死她似的，實在很不像平常的妳。」

他握住我的手，將我拉到身邊，親吻我的頭髮。我讓他親了一會兒，便掙脫他的懷抱，說我要去廁所。

我坐到馬桶蓋上，雙手抱頭，心裡覺得自己實在是個可悲的爛人。

屋裡終於靜了下來。外燴公司來收走了保溫爐、托盤和碗盤，清了餐桌，連洗碗都一起包辦了。

客人離開後，米羅也上床就寢，躺在我身後的亨瑞克則摸著我的身體。我們向來都只親吻對方，然後互道晚安，已經很久沒有這樣，所以我很努力地想沉浸在他的愛撫之中，但我實在太憤怒，太悲傷了，即便喝了那麼多葡萄酒，都還是無法放鬆。

過了一會兒，亨瑞克終究放棄。他在我肩上親了一下，喃喃地說了句晚安，便轉身入睡。

我確定他已經睡著後，一個人悄悄溜出臥房，到前廳拿了手提包，坐到沙發上，打開了日記。

〈一九九四年八月五日〉

玻妮拉今天有來看我。現在我每天開口閉口講的都是孩子的事，所以跟她聊天就好像暫時放假一樣，讓我好開心。她願意來陪我，我真的很感激，相較之下，我其他的朋友好像都人間蒸發了。

不過我跟我的小毛球可是很堅強的，多數時候她都過得快樂又滿足呢。（大家都問說她乖不乖，好像她是隻小狗似的，而我也總是回答「別擔心，她很乖，不會咬人」或是「她有時會鬧脾氣，但絕對不是故意的啦」。）

不過她最近似乎變得比較易怒，睡得也比平常淺，我一把她放到床上，她就會醒來抗議，如果我在她身旁躺了一會兒後想要起身，她也會尖叫。

她會不會是在長牙齒啊？過去這幾週以來，我跟丹尼爾都一直這麼說，而這也成了我們倆之間的笑話，只要她一鬧脾氣，我們就會說：「一定是在長牙齒啦。」不過講了半天卻連一顆牙齒的影子都沒看到，所以我不禁開始覺得有可能是脹氣，或者是肚子餓，還是太飽、太累、太熱、太冷？

或許這只是過渡期而已，不過這段時間真的是很辛苦。

但無論如何，丹尼爾滿二十歲囉，他父母貼心地替我們三人安排了一個小小假期，作為他的生日禮物，耶比！下週末我們就要出發去斯莫蘭藍色海岸線上的史川德加登渡假囉。

史川德加登這個地名的字面意思就是「海岸花園」，聽起來未免也太夢幻了吧？

說不定我們到了那裡會睡得比平常好！希望如此，我們倆這陣子都累壞了。丹尼爾整個夏天都日夜不分地工作，所以我很少見到他，但我們倆只要一見面，就很容易發生爭執，所以這個假期來得正是時候。

我們必須一起到新環境轉換一下心情，一邊開車遊蕩，一邊唱傻氣的歌，到時還可以在專屬我們的小木屋游泳、做日光浴。

我真是等不及囉！

史黛拉

星期六一大早我便換好衣服，煮好咖啡。其實我應該要吃點東西的，不過待會兒再說吧。我吞下最後一口燙舌的咖啡，嘴裡卻嚐到一點洗碗精的味道，所以用水漱了漱口，吐進水槽。

我坐上奧迪，啟動車子後轉身看著後窗倒車，剛開過門柱要轉彎時，卻聽見有人在敲副駕駛座的窗戶，只好踩住煞車。

我轉頭一看，發現喬漢・林登堡正咧嘴對著我笑，身邊還帶著他那隻顫抖不已的小型犬。我搖下車窗，心想他大概又要誇口說自己今天是如何橫掃股市，或者太過詳細地描述他跟泰瑞莎的「開放式」關係了。

「妳在趕時間嗎？」他說。

「抱歉，喬漢，我沒看到你。」

「其實我剛才是躲在籬笆後面啦，所以史黛拉，妳不用道歉。」

我正想關上車窗，喬漢卻把手壓在窗上，傾身對我眨眼。

「我每次看到妳，都覺得妳變得更辣囉。」

我看看時間，然後給了他一個意思明確的笑容。

「亨瑞克那邊妳怎麼說啊？他知道美女老婆要獨自出門探險嗎？」

「拜託你千萬不要告訴亨瑞克，不要背叛我，知道嗎？」我說完便繼續倒車，緊抓著窗戶不肯放的喬漢・林登堡則一臉吃驚地看著我。

「史黛拉，妳是在開玩笑嗎？哇，妳實在是個很有個性的女孩子欸。我就說嘛，人總是需要一點刺激感，跟另一半的感情才會更穩固啊。美女，妳儘管去吧！」

我轉到街上，一路開走，從後照鏡中看到喬漢跟他的狗站在路中間。他握緊拳頭，把手高舉在空中，看得我莫名其妙。難道他是想宣示他了解我的苦楚，聲明他支持我嗎？我一這麼想，就不禁笑了出來，如果亨瑞克也在的話，我們一定會一起哈哈大笑。

一小時後，手機鈴聲響起，那突如其來的聲音是如此尖銳，讓駕駛座上的我嚇了一跳。我把車開進休息站，接起電話。

「我有把妳吵醒嗎？」亨瑞克說。

「沒有，」我回答，「你們玩得開心嗎？」

話筒中傳來風聲，他似乎在戶外的樣子。

「米羅還在睡。我剛才去跑步，現在坐在花園喝咖啡，妳呢？」

「沒在做什麼，」我騙他。

「我好想妳，」他說，「不過妳休息一下也好。」

「我也想你。」我這麼回應。

他們父子倆去了伍德斯川家在鄉間的別墅，那兒有馬、有獵場，還有一片私人海灘。其實我也應該要一起去的，不過我現在卻開車要前往別的地方。

我們聊了一下船和別墅，還有他們今天要做的事。亨瑞克說他父母跟我問好，我也要他替我向他們致意，並跟米羅說我很想他。通話結束後，我又繼續上路。

伍德斯川家的社會階級跟我完全不同。我生長於康斯加根郊區的一個勞工家庭，成長環境比亨瑞克單純得多。我母親是單親媽媽，她獨自把我養大，幸好過程中有大我七歲的姊姊海蓮娜從旁幫忙；亨瑞克則來自斯德哥爾摩地價昂貴的郊區利丁厄，從小就念好學校，還被送去學帆船，學網球，學高爾夫。他前女友是個名字聽起來很像貴族的法律系學生，不但擁有信託基金，而且在專住有錢人的斯德哥爾摩東區也有棟很大的房子。

媽跟海蓮娜都覺得我跟亨瑞克在一起不會長久，但他父母卻很歡迎我，我婆婆瑪格麗特還說她很高興兒子終於找到一個能跟他分享生活點滴的聰明女孩。這些年來，我已經把亨瑞克的父母都當成自己的家人了。

我快到尼雪平了，這裡離別墅不遠。一直到昨天，亨瑞克都還想說服我一起去。他說我們可以在壁爐邊共度寧靜的傍晚，還可以一邊散步一邊享受涼爽的秋意。在激情一晚後，隔天可以睡晚一點，但我仍堅稱我心情不佳，又累又不想社交，所以需要獨自休息一下。

通常我都會覺得愧疚，但今天卻完全無感。

就這樣，我駛越通往別墅的公路出口。

兩小時後，我開下高速公路，朝斯托維克和史川德加登駛去。我上次來的時候，是丹尼爾開車，當時我還沒有駕照，只記得開到最後幾公里時，他嘴裡不斷咒罵。那條碎石路上煙塵滿天，還有許多急轉彎和很深的坑洞。他很擔心車子會震壞，也怕碎石會把車身的噴漆刮花，或者某個瘋癲的鄉巴佬說不定會突然衝出來跟他相撞。

不過這條碎石路現在已經鋪得又平又寬了。從前的斯托維克幾乎都是森林與曠野，現在卻矗立著一排排新建的房屋，一棟接一棟，每間房子都有平整的草坪，紅色的三輪腳踏車，絕不能少的彈簧床，甚至還有石製日晷，簡直就像是從家具型錄中直接搬出來放在現實生活中一樣。這些新建地完全沒有種樹，有些地方甚至還在施工。

我一路開到柏油路底端後，老舊的碎石路迎面而來，兩側就再也沒有施工中的建設工程了。

我踩住煞車。

一頭角粗大得像樹幹的巨大紅鹿站在車子前方，用深邃、閃耀的雙眼看著我。我走下車，對牠伸出手。

其實我也不知道自己為什麼要這麼做，或許只是想打個招呼吧，不過鹿兒轉身一跳，跑進了碎石路另一側的田野之中。我看著牠一路跑到森林邊緣，消失在林木間，然後才坐回車上繼續往前開。

將近中午時，我開上一條森林小徑。在四個多小時的車程後，我終於抵達了目的地。

史川德加登。我記憶中那歷經風吹雨打的路標仍掛在車道上，眼前的那條森林小徑則以路中間的高草堆為分界點，岔成兩條彎道，兩側都是濃密的樹叢，樹枝還在路的上方彎成拱門的形狀。我緩慢開進橙色樹葉搭成的隧道，最後終於抵達停車場。

一輛門已不見，窗戶也全都碎裂的老舊露營車被棄置在那裡，松樹旁靠了幾台生鏽的腳踏車，而整塊地都覆滿了樹葉、松針和松果。

我爬出車門，伸展一下僵硬的身體，沿著碎石路走向主建築。房子地勢很低，後院的草坪如野生的牧地般一路延伸到海邊。屋子左側的迷你高爾夫球場則覆滿野草與枯枝，屋緣的長廊被向上生長的灌木侵占，木板這裡缺一塊，那裡少一片，窗戶也全用護窗板遮住。曾經是海濱渡假勝地的這裡，似乎已經廢棄很久了。

我沿著建築旁的碎石路向右走，看見離主要區域較遠的地方有六棟小木屋。那幾棟屋子位於海岸線旁的高聳樹木間，最靠近海的那棟就是一號。

我們住的這棟是一號私人小木屋，就在海岸線旁。我正坐在前廊，艾莉絲在嬰兒車裡睡覺。我把她放在樹林裡，讓枝繁葉茂的榆樹和樺樹替她遮蔭，保持涼爽。我覺得讓她呼吸一下鄉間空氣應該可以促進健康。

沙灘旁還有其他小木屋，每間都有住人，再遠一點的那個營地也完全客滿了。這兒到處都是德國和荷蘭遊客，還有一大堆帶小孩的父母和開露營車的退休人士。

我們的這棟小木屋位置隱密，而且寧靜又舒適，我跟丹尼爾和艾莉絲完全不會被打擾，就像住在自己的小泡泡裡一樣。在這裡的日子實在太美好，但我們明天就要結束這短暫的假期回家了，所以我一定得好好把握今天才行。

那幾棟小木屋的屋況也都很差，向陽面的油漆幾乎完全剝落，另一側的屋頂也破廢不堪。我走上一號小木屋的長廊，把雙眼湊上窗戶往屋內望，發現窗邊的桌子和三張椅子已經被搬走，當年那張橘棕相間的沙發，還有幾乎占據了整個臥房的雙人床，都已不見蹤影。我所記得的一切都不在了。

當下我沒有什麼特別的感受，既不焦慮，心中也未湧升任何強烈的情緒。我站在史川德加登，在這悲劇發生之處，心裡卻出乎意料地平靜。

我轉身走上沙灘。

波羅的海的風向我吹襲，吹來了海水鹹味與海草的氣味。我深呼吸，讓秋日的新鮮空氣充滿身體，又彎腰摸摸海水，水冷得像冰。現在雖然才九月，我卻覺得夏天好像已經過了很久。我站起身來，眺望著眼前那湛藍的海。

那天艾莉絲在夜裡醒來，於是我和丹尼爾決定帶她出門看看。我們當年就是坐在這裡眺望滿月，沒有別人，就我們三個。

來到這裡，讓我感到異常平靜。

這時有隻狗隔著口套吠了一聲，劃破了四周的寧靜。

「巴斯特！」一個身穿邋遢大外套的老婦人以驚人的速度追在狗後面。

狗兒先是衝進水裡，接著一看到我，就興奮地朝我衝過來，停在我面前把毛甩乾。牠身形巨碩，甩動大頭時，口水也跟著四處橫飛。

「別擔心，牠不會咬人！」婦人一邊對我大喊，一邊拉緊外套，朝我走來。這整個場面太過有趣，讓我不禁笑了出來。

健壯的狗兒有著紅棕色的短毛，體型幾乎跟主人一樣大。我對她微微一笑，輕拍了牠幾下。

「不過牠很沒規矩。」婦人邊說邊替狗套上項圈。

「我覺得牠很可愛呀！」我說。

「小壞蛋巴斯特，你有沒有聽到人家稱讚你？」她說話的語氣很親暱，狗兒則回以一聲低沉的吼叫。

「牠是什麼品種的啊？」

「英國獒犬。這種狗簡直是世上最棒的寵物囉。」她說完後打量了我一下，「妳來這裡做什麼？我們史川德加登是很少有外人來的。」

我環顧四周，「我很久以前來這裡渡過假，今天剛好開車經過，所以想來看看這裡跟我記憶中一不一樣。」

「恐怕已經變很多囉，」婦人雙手一攤，然後又笑出聲來，跟我握手，「哎，我剛才在想什麼，怎麼這麼沒禮貌呢？我叫愛兒瑪雅，住在那座山的另一側。我已經在這兒住上四十多年了，巴斯特是八年前開始養的。」

「我叫史黛拉，」我邊跟她握手邊說。「以前這裡到處都是花，整個環境很愜意呢。我記得那時有各種不同顏色的植物，花兒一盆一盆、一片一片地種得好漂亮，而且樹跟灌木也都修剪得好整齊。」

「妳是什麼時候來的？」

「一九九四年八月。」

「哎，這裡慘遭廢棄，實在很可惜。以前史川德加登維護得很好，也很受歡迎，每到夏天幾乎都擠滿遊客呢。」

「那為什麼現在沒人照顧了呢？」我問，「這塊地應該很值錢吧。」

「過去這些年來，建商都一直有來打探，大家都想開發這裡，但到現在還沒人成功。」

「為什麼啊？」

「這個嘛。對了，妳說妳是一九九四年來的，對不對？」

我跟愛兒瑪雅一起在海灘上散步，一邊聽她說話。太陽高掛在空中，把海面照得閃閃發光。再度得以自由活動的巴斯特跑在我們前方，找到一處積滿漂流木和廢棄物的海灘後，就在那兒翻找了起來。

「人老了以後啊，記憶力實在很不可靠，等妳年紀大了就知道囉，」愛兒瑪雅說，「不過有些事我怎麼也忘不了。那年夏天有個小女孩在這裡溺斃，似乎是被爸媽帶來渡假的樣子。那對可憐的父母失去了女兒，最後只能抱憾回家，實在很慘。倫丁把這事看得很重，哦，對了，倫丁是史川德加登的地主啦，他獨自一個人打理這個地方，這裡可說是他辛苦了一輩子的結晶。意外發生後不久，他就過世了，死得非常突然，所以這塊地就由他女兒繼承，但她根本什麼都不想管。倫丁離開後，我就沒再見過她了。」

我們繼續沿著沙灘漫步，經過主建築和一旁那殘存不多的迷你高爾夫球場時，愛兒瑪雅發出不屑的哼聲，然後才說道，「那年她有搬來這裡住了一陣子，但後來又消失了。我猜她是生了小孩後，覺得無力再打理這個地方吧。」

我們一路走到沙灘盡頭，遠處的空中有幾隻海鷗圍成一圈在聒噪。巴斯特一看到，就拖著龐大的身軀跑去觀察牠們。

「已經到底了嗎？」我說，「我印象中這海灘是沒有盡頭的啊。」

「人的記憶可是很不牢靠的，」愛兒瑪雅說，「而且之後還會變得更糟，等到妳活得跟我一樣久就會知道囉。」

我們走上小徑，沿途經過岩岸邊的高草堆。我突然想起這條路當年被稱做「憂煩小徑」。

「我記得這裡，」我說，「以前這條路上有幾個地方可以冥想。」

最後我們停在一個由許多大石頭圍成的圓圈前方。圈內有一堆比較小的石頭，尺寸大概跟拳頭差不多，圈外則有一塊歪斜倒在木樁上的牌子。愛兒瑪雅將雙手放在背後，傾身向前，仔細地看。

「妳眼力如果夠好的話，可能看得出這上面寫了什麼字，不過我是完全看不出來啦，而且也不記得了。」她拍拍前額，咯咯發笑。

「憂煩之環。」我說。

我走進圈內，撿起石頭在手上磨了磨，心裡想著自己的煩惱與憂愁，然後把石頭丟到圈外，象徵丟掉所有煩憂。我是非常嚴肅地在進行這個儀式，而且還覺得心頭上的負擔真的減輕了一些，結果一回頭就發現丹尼爾咧著嘴在對我笑。「史黛拉，我看我真應該把妳從那個圈圈裡丟出去，自從我認識妳那天起啊，妳已經帶給我不知道多少煩惱囉。」

我罵了一聲，沿著小徑開始追他。我們又笑又抱，還在草叢中親吻，完全不知道人生即將崩毀。

我站在石圈中，撿起一顆石頭，放在手中搓揉，然後用盡全力丟出去，心裡卻連一點舒坦的感覺都沒有，只感到無盡的痛苦。我跪倒在地上，又哭又叫，最後是丹尼爾來把我抱走。

這時，我感覺到愛兒瑪雅在捏我的手，這才回過神來。她挽著我的手臂，帶著我繼續往前走。

我們又再走了一會兒後，憂煩小徑開始沿著一道陡峭的山坡上升，下方則是一條碎石路。愛兒瑪雅跟巴斯特走那條路回家比較快，於是我們便在那兒分別。

「巴斯特容易血糖低，」她說，「所以我們如果太晚到家的話，牠會變得很難搞。」

「我可以理解，」我說，「我先生也是這樣。」

愛兒瑪雅被我逗笑，跟我擁抱道別。我繼續往山坡上走，最後走到一個很高的懸崖，左側有幾棵樹，還有一棟半掩藏在樹林後的房子。

我轉了個彎，朝面海的岩壁走去。上次我們因為推嬰兒車不方便，所以沒有上來，這次我才發現如果從山頂眺望，可以看見數英里外的波羅的海。我走向陡峭的懸崖邊緣往下看，只能見到底下的海浪正衝撞著巨石。

我腳邊的那叢灌木中有隻石鹿，動作像是要逃跑，卻永遠被固定在那兒，動彈不得。我坐到石鹿旁，遠眺海洋。

在回程的路上，我走入憂煩之環，拿起石頭用手搓磨，然後丟進樹叢之中。

伊莎貝兒

「妳不覺得很美嗎？」躺在我身旁那張毯子上的喬安娜就像隻正在伸展的貓。

我閉上雙眼，不想直視太陽，「的確很美。」

「我就說吧，德古拉小姐。」

今天是星期六，我們跟全班一起到坦托倫登公園野餐。近來我決定重拾我在爸過世前的那一點點社交生活，所以其實我很慶幸喬安娜有說服我來。**暫時把一切都拋諸腦後吧，不要走火入魔了。**

我一睜開眼，就聽見喬安娜說她男友艾克索到了。她起身上前，親吻他，擁抱他。

其實我大可以把大學生活過得像那種充滿歡笑、和朋友們動不動就會舉辦閨蜜之夜的歡樂電影，偏偏我就是無法放鬆，無法主動，所以也從來沒有過什麼風花雪月的體驗。喬安娜、蘇西和瑪麗安都曾把她們經歷過、聽過和看過的細節告訴我，這讓我更加絕望，覺得自己根本純真到無可救藥。我是跟幾個人親熱過沒錯，但始終沒能繼續進展。**我得趕快突破這個關卡才行**。其實迎新派對時，我差點就要跨出那一步了。那天我穿了一件緊身的黑色洋裝，灌下的酒比我這輩子在上大學前喝的還要多。**其實都是別人慫恿我的**。當晚我一直在心裡掙扎，幸虧葡萄酒讓我忘卻了緊張，雖然酒意朦朧，但男生在瞄我的時候，我可是全部都有看見，而且我也必須承認，酒喝得愈多，我就愈享受他們的目光。

每次想起那晚，全身就會一陣發麻，**此刻也不例外**。費德利克把我拖進舞池，雙手先是攬住我的腰，後來又一路摸到臀部，我也緊靠著他，甚至能感覺到他勃起。他牽著我的手，把我帶到空無一人的走廊，開始輕咬我的脖子，還有那隻時常讓我覺得有點難為情的尖耳，一面跟我接吻，一面搔弄我的身體。如果被媽發現，真不知她會作何反應。

費德利克正要將手伸進我的洋裝時，突然聽見朋友叫他。他要我待在原地等，但我卻犯了個錯：開始想東想西。我一想到媽那張臉，就瞬間沒了心情，所以就直接回家了。

我在毯子上坐起身來，看見到場的同學愈來愈多。有些人在打壘球，有些人在聊天、放鬆，還有個男生在彈吉他。

費德利克也來了。他手上拿著啤酒，坐在數公尺遠處，跟一群人聊天。我一見他起身，便立刻鼓起勇氣朝他揮了揮手。

「嗨。」

他看著我微笑。

「嗨，美女。」

「你最近好嗎？」我說。

「很好啊，妳呢？」

他一屁股坐到我身旁，開了一罐新的啤酒。

「沒想到妳會來耶，」他說，「要不要喝一點？」

我喝了一口，就馬上還給他，還努力忍住皺眉的衝動。費德利克把酒接過去，躺到毯子上，一會兒過後，我也躺了下來。

「你暑假過得開心嗎？」**我覺得我這枯燥又客套的口氣跟媽好像**。

「我多半都在我爸的公司幫忙，」他說，「還去了柏林和聖特羅佩幾天。妳呢？」

「我一直都在工作。」我回答。**哎，這女生還真有趣啊**。

「在達拉納嗎？」

「沒有，是在瓦靈比的一家雜貨店。」

「我之前去了好幾次烤肉派對，但都沒看到妳耶。」

我聳聳肩，「我都剛好沒辦法去。」

「真可惜。」

他又把酒遞給我。其實我不想喝，但跟他躺在一塊兒，共喝一瓶啤酒的感覺實在很棒，好像我是他什麼重要的人似的。

「妳會想念博倫厄嗎？」

我認真思考這個問題。「不會，」我說，「不對，其實有時候也會想啦，所以很難給你確切的答案。我覺得我多半是在夏天才會想念博倫厄吧，斯德哥爾摩也很棒，但回家總是比較舒適。」

「妳瘋了嗎？斯德哥爾摩這兒的群島可以看到永晝欸，而且這裡還有一大堆戶外酒吧和餐廳，不但可以坐在國王花園吃冰淇淋、喝啤酒，還可以去動物園島散步……」

「散步？」我笑他，「你是退休了嗎？」

他戳戳我的腰，讓我笑出聲來。

「但你可別忘了，在斯德哥爾摩搭地鐵時，老是得跟一大堆臭得要命的乘客人擠人，」我提醒他，「常常只要一抬頭，就會聞到其他乘客的狐臭味，實在是超噁的。」

「哈，哈，真好笑，那博倫厄有什麼好的？鄉巴佬開的俗車？民俗服裝？還是聲音尖的要命的提琴？」

「你不懂啦。」

「那妳就要跟我解釋啊。」

「我喜歡博倫厄的安寧與平靜。那兒有藍色的山，夏日晚上還可以去我外婆家旁邊的那片草原閒晃，那種感覺很魔幻。」
「藍色的山和魔幻的夏日夜晚啊，聽起來很有詩意呢。」
「是啊，可以騎腳踏車去湖邊，讓涼風吹襲頭髮，還可以在森林裡散步，就算走上好幾個小時，也不會遇到任何人，而且四周一片寂靜，只聽得見鳥在唱歌，你可以想像那種感覺嗎？」
「那妳要不要想像一下在森林裡走失，被蚊子活活咬死，最後葬身荒郊野外的感覺啊？」
「你別傻了，如果森林看膩了，就跟那些沒創意的遊客一起去萊克桑德就行啦，諾瑞特也可以，還可以去米提吃個漢堡呢。萊克桑德附近有個海邊可以游泳，你知道西利揚湖嗎？那裡的水超冰的。」
「聽起來很刺激耶。」
這次換我戳了戳他的腰。
「你去過塔爾伯格嗎？那裡好美。以前每次經過那邊那條彎曲的窄路，我爸都會故意把車開得很慢，讓我們可以欣賞兩旁的房子。有時候我們也會開過約特納斯橋，往維達布里克去。每次去到那兒，我們都會坐在湖邊吃冰淇淋，眺望西利揚湖，欣賞那美到不可思議的景緻，然後到拉特維克的碼頭散步，結束一天的行程。小時候我總覺得那個碼頭好長，好像永遠走不到盡頭，所以我們都會賽跑，看誰可以先跑到海岸邊。」
說完後我靜默了下來。
「妳在想什麼？」費德利克問。
「我爸。」
「我有聽說，也很替妳難過。呃，還是我應該說些什麼來安慰妳呢？」
「謝謝你。」

「妳應該要把事情說出來的呀。」

「說什麼？」

「妳應該把妳爸的事告訴我啊。我實在沒想到妳會突然消失，從此就無聲無息了。」

「我知道。」

他凝視我的雙眼，讓我好想永遠跟他一起躺在草皮上。其實原本並沒有想和他說心裡話，但他一問我現在調適得如何，我就承認我有開始參加心理治療，而他似乎也覺得沒什麼大不了。**不過當然啦，我沒有把所有事都告訴他。**

我們安靜地躺了一陣子後，我開始說起去年春天跟喬安娜一起去捐血車留血液樣本的事，還告訴他我最近收到了第一次的捐血通知，說捐血的感覺很棒，可惜願意參加的人還不夠多。

我滔滔不絕地說話，極力想恢復一開始聊天的氣氛，好讓他待久一點。

我說我大概會怕到昏厥，跌倒時抽血針可能會在我手臂上劃出一大條傷口，讓鮮血四處飛濺，害護士們滑倒，聽得費德利克哈哈大笑。他往我身邊湊過來，從口袋裡拿出手機，舉到空中拍了一張我們的合照。我抗議說我沒有準備好，於是他又拍了第二張。

「這張可以嗎？」他把手機交給我，徵求我的同意。

「嗯，有好一點。」

「妳別這麼嚴格啦，我們看起來明明就很搭啊，對吧？」

這時費德利克收到一封簡訊。他看完後坐起身來。「我之前一時心軟，答應我妹要載她去 IKEA，」他說，「所以得先走了。真可惜耶，不過我們之後要再約哦。」

我坐在原地，傻笑得跟白癡一樣，隨即卻領悟到我們之間根本就不可能會有結果。他發現我的真面目後，一定會覺得我噁心又恐怖。

其實，就連我自己都覺得害怕。

對於心底那個真正的我，就連我自己都恐懼不已。

史黛拉

開了八個多小時的車後，終於回到家了。我讓自己浸入熱水澡裡，直到睡著，醒來時水已全都冷掉。我爬出浴缸，擦乾身體，心裡想著亨瑞克。

我還是不知道該怎麼對他開口，說艾莉絲還活著，說我跟她碰過面，說我根本沒有在家休息，而是跑去史川德加登。說這次真的是她。

我將他掛在臥室椅子上的T恤攤放在床上，然後打開了日記。

我在一九九三年夏天懷孕。那年四月底的某一天，氣溫甚至飆到了二十七度，是那年一整年中最熱的日子，在那之前，我家鄉每年的夏天都是又長、又冷又多雨的。而一九九四年卻遇到了熱浪來襲，艾莉絲整個夏天都只包著尿布，全身光溜溜地到處爬。

由於丹尼爾的父親認識屋主，所以我們幸運地在約德伯羅租到一間公寓。我還記得那間房子的廚房窗外總會飄來金銀花的花香，臥房的灰色條紋壁紙髒得要命，這裡缺一塊，那裡破個洞，最後我乾脆全用報紙貼起來。

丹尼爾是我這輩子第一個真正愛過的人。他在學校高我一個年級，總開著他那台改裝車載著形形色色的女生到處跑。我對他表示感興趣，但沒有主動追他，不過不知怎麼地，我竟然就獲得了他的注意，而且還在他的車子後座獻出了第一次。丹尼爾有著狂野又躁動的靈魂，只要是他感興趣的事，他都會窮追不捨，所以他在追我時，就沒完沒了地一直去煩海蓮娜，但他這種作風，讓我那做事謹慎小心的姊姊很看不慣，她一直覺得丹尼爾會帶給我不良的影響，不過我還是跟著他到處參加派對，在街上飆車，經常玩到半夜才回家，也在他車裡享受了許多魚水之歡。

身為姊姊的海蓮娜向來比我可靠。我從小到大都愛作夢，而且衝動又隨興，想到什麼就會直接去做；相較之下，我姊就非常負責，總會善盡自己的責任。我們父親過世得早，所以她在很小的時候便被迫長大。我媽獨力扶養我們姊妹兩人，家裡經常入不敷出。她白天當清潔工，有時會一天排兩輪班，晚上也會幫人縫補衣物，賺點外快。當時，海蓮娜就得待在家中，照顧五歲的我。

不過長大後，我們倆卻漸行漸遠，而且我十七歲就未婚懷孕，更讓我們的關係每況愈下。

要當爸爸這件事讓丹尼爾雀躍不已。他聽了父母的話，乖乖地完成高中學位，拿到文憑，開始跟我同居，也在修車廠找了份工作，而我們就憑著倔強的性子，用他那份最低薪資過活，同時扶養艾莉絲。

我很喜歡跟寶寶一起待在家。我每次餵母乳時，都會看著她的眼睛，看她張著小嘴，尋找我的乳房，然後在找到時發出愉悅的咯咯聲。我好愛她的香氣，和她細微的聲音，也好感謝她激發我心中的柔情與對我毫無保留的信任。

艾莉絲出生後的第一年，我讀了許多資料，了解她是如何學會坐姿與翻身，還有她長牙的過程。她一歲生日那天，我親手為她做了她這輩子的第一個蛋糕，但她卻被破掉的氣球嚇哭，幸虧有丹尼爾逗她，她才破涕為笑。

就在我們踏上期待已久的旅途前，玻妮拉來看我了。

我把日記放到床頭櫃上，因為不知道自己是否承受得住，而不敢再看。我起身把頭髮吹乾，穿上內搭褲和運動衫，然後才再度拿起日記，坐在床緣讓往事襲上心頭。

那片海灘，那綿延不盡的白沙，那海，那平靜，那遍佈四處的彩色花朵，那逼人的熱氣，那擺盪的樹枝，還有我們的一號小木屋。

她紅色的嬰兒車翻倒在沙裡。

艾莉絲，妳到底在哪？

〈一九九四年八月十五日〉

妳剛才在幹麻？妳跑到哪裡去了？

妳為什麼沒有看著她？為什麼沒聽到她的聲音？

妳為什麼沒發現她不見？

同樣的問題，旁人問了我一遍又一遍。

我應該沒有離開很久才對啊，而且我一直在附近。

他們竟然覺得我會傷害自己的寶貝女兒。

大家都覺得我傷了她，害死了她。他們的表情和互望的眼神說明了一切，我從他們說話的語氣也聽得出來。

身為母親的我，竟犯下了無法被原諒的滔天大錯。我丟下孩子一個人，沒有好好照顧她，也沒能在場保護她。

當時我把她的紅色嬰兒車放在樹林間，讓她在那兒睡覺，自己則是到沙灘上散步，並坐了一會兒，在那兒想事情，但只去了幾分鐘而已。

大家都說我不可能完全沒察覺異狀，叫我要實話實說，還說就算我不講，他們遲早也會查出真相。

但我真的沒有隱瞞，而且還解釋了一遍又一遍。

她不可能自己把嬰兒車翻倒，而且如果她醒來，我也一定會聽見，畢竟我只離開了一下下，而且也並沒有走遠啊，所以她一定是被人家偷偷抱走了。但誰會偷別人家的嬰兒啊？不可能，小孩子又不是東西，有什麼好偷的？她一定還在附近，或許有哪個好心人在照顧她。這一切都怪我這個年輕、自私又不成熟的母親自己跑去散步，沒有好好看著她。

她一定會回來的，我相信她一定很快就會回來，她非回來不可。她不可能自己把嬰兒車翻倒，爬向沙灘，最後淹死在海裡。不可能，絕對不可能。

艾莉絲，妳到底在哪裡？是不是有其他人抱著妳？妳是不是很傷心？

我們到處都找過了，卻遍尋不著，可是我知道她一定在這裡，我就是知道。妳快回來啊，仔細聽我呼喚妳的聲音好不好？快回來吧，妳不回來，我該怎麼辦？

妳是我的親生骨肉，是我的一切啊！我跟妳血濃於水，沒有妳的話，我也不想活了。

史黛拉

媽一邊翻找廚房抽屜，嘴裡一面咕噥。「史黛拉，妳把開罐器藏到哪去啦？」她說著又打開另一個抽屜。她問話的語氣讓人覺得她好像已經把整個房子都找了一遍。

「在第二個抽屜。」我努力保持平靜地回答。

「沒有啊，我到處都找不到。」

「真的就在那裡。」真不知道我為什麼要邀她來，是怕寂寞嗎？還是因為這樣我就可以把想艾莉絲的精力拿來對她生氣？

「找到囉，原來就在這裡，」媽拿起流理台上的郵件，「這個放微波爐上可以嗎？」

「可以啊。」

「看起來像是這邊的報紙⋯⋯」

「沒關係的，妳就放著吧。」

「真的不用替亨瑞克和米羅多準備一點食物嗎？」

這問題她已經問第三次了。

「瑪格麗特一定會先把他們餵飽，再讓他們上路的，」我說，「要不然他們也可以自己在路上買東西吃啊。」

「妳確定嗎？反正吃不完的話，放冷凍就好啦，這樣妳明天就有東西可以吃了。」她說。

「媽，這樣真的就夠了。」

她舉起雙手，做出投降手勢，「抱歉，我可能太愛多管閒事了。我只是想幫忙而已。」

媽這個人就是喜歡掌控大局。她一來就開始煮飯、烤甜點，還問說能不能幫我洗衣、吸地。一開始是很方便沒錯，但久了以後，我總會被她弄得心煩意亂。

「妳最近有跟海蓮娜聯絡嗎？」我問。

「她這禮拜有打來，說她可能會帶查爾斯和孩子們回家過聖誕節。希望他們真的會回來。」

「妳覺得她跟查爾斯在牛津過得快樂嗎？」我怎麼會問出這種問題呢？實在是太蠢了，我是沒事想吵架嗎？媽皺了皺眉，回答道，「應該吧，妳不覺得嗎？」

「還沒回來的話，應該是過得不錯吧。」我說。

我生下米羅後不久，海蓮娜到倫敦旅遊時，就認識了查爾斯。他是英國文學教授，非常喜歡咖啡色絨布和沒完沒了的長篇大論。

海蓮娜已經跟他在牛津住了十三年，也育有三個白淨整齊的兒子。

「妳們上次說話是什麼時候啊？」媽邊問邊攪動鍋子裡的菜。

「好像是夏天開始前吧。」

「妳們為什麼突然就都不聯絡啦？」

「我們個性差太多了，其實從小到大都是這樣啊。」

我遞給媽一杯葡萄酒，她接過後坐到餐桌旁喝了一口。

「養妳可比養海蓮娜麻煩多囉，」她說，「妳什麼事都要問為什麼，相較之下，她總是很甘願地接受一切。」

「她太怕跟別人發生衝突了。」

「每個人的處事方法都不同，這點妳應該比誰都了解吧。」

「艾莉絲不見後，她一次都沒有提起那件事，也完全沒問過我好不好，還假裝什麼事都沒發生，一天到晚就只會跟我討論一些生活瑣事，像是要吃什麼，待會兒要做什麼……連到現在她都還是這個樣子，我實在覺得好討厭。」

「妳是怎麼啦？為什麼這麼暴躁，還一副很生氣的樣子？」

「妳跟她就是太害怕改變了，所以只要是棘手的事，妳們都會視而不見。發生在我身上的那件事影響了我們所有人，但妳們卻不願意承認。」

媽放下酒杯。「那妳有沒有想過，或許我們是因為妳的緣故，所以才採取這種態度？」她問，「當時妳跟我們變得非常疏離，而且還因為自己不願回憶那起意外，所以禁止大家提起。有好長一段時間，我們都很少見到妳，不是嗎？」她想碰我的手，但我把手抽走。

「有一次妳出去喝酒，結果玻妮拉打給我，叫我去帶妳回家，」她說，「那天妳喝了很多，可能也有嗑藥，結果恐慌症發作，把在場的所有人都給嚇壞了。」

我一言不發地盯著地板。這些話我不想聽。

「妳說的對，我的確應該早點正視問題，替妳做些什麼，這點我很抱歉，但後來妳就開始參加心理諮商了，不是嗎？而且妳自己也說妳的情況有所好轉，還說人生終究得繼續走下去，最後我們也真的一起撐下來啦，所以妳就別太責怪海蓮娜了。」

媽說的這番話讓我好羞愧。

她繼續說道，「妳認識亨瑞克以後，不也有把這件事告訴他嗎？他並不害怕，而且也願意分擔妳的悲傷。我知道我們之間的關係有時很緊繃，但我希望妳知道無論如何，我都會在妳身邊守護著妳。」

這次換我去握她的手了。「媽，對不起，一直以來，我都對妳跟海蓮娜太不公平了。」

「妳為什麼會突然想起艾莉絲呢？我覺得妳還是放寬心會比較好，而且妳現在跟亨瑞克和米羅過得很快樂啊，不是嗎？所以史黛拉，妳就趕快把那件事給忘了吧。」

我起身抱了她一下。媽說的對，我不該再去想了。

「妳最近有去她墳上嗎？」她問，「哦，對不起，我知道妳希望大家說紀念碑。」

我搖搖頭。我們吃完飯，媽也回家後，我一個人坐在廚房回想我跟她的對話。

從艾莉絲消失到我進入五號病房那段期間發生的事，我記不太清楚了。一九九五年春天，媽幫我辦了入院手續，讓我住進精神科的安全隔離病房，但抑鬱寡歡的我什麼都不願意吃，整個人消瘦不堪。最後是心理治療師柏姬塔救了我。她讓我對未來有了期待，也讓我決定活下來。後來我便以當上治療師為目標，攻讀心理學，執業後也把病人帶領得很好。

不對，我已經喪失引導病人的能力了。

現在我連自己都沒辦法救，還幫得了誰呢？

我起身把廚房的流理台擦乾淨，拿起媽剛才放在微波爐上的本地報紙，結果一個信封掉了出來。我從地上撿起來一看，發現上頭沒有郵戳，也沒有地址，只手寫著我名字——史黛拉·伍德斯川（從前的喬韓森），想必是有人直接投進信箱的。

我打開信封，拿出裡頭那張摺好的紙，紙的頂部畫著一個十字架，下方用黑色墨水整齊地寫了幾行字：

生於一九七五年十一月十二日的史黛拉・伍德斯川

突然離開了人世。

沒有人會想念她，

也沒有人會為她哀悼。

伊莎貝兒

寒意穿透衣物，直探我的身軀。我雖已把厚重的圍巾纏在臉上，卻還是覺得自己好像沒穿衣服似的，我只能縮起身子，在雨中的瓦哈拉路上狂奔。斯德哥爾摩已經連續三天都被暴風雨籠罩了。今天學校只有一堂課，所以很多人都自動放假。**譬如喬安娜**。要不是今天有團體諮商的話，我一定也不會來上學。**不對，應該是說我會考慮待在家啦**。不過跟史黛拉的諮商很重要，所以我不想缺席。

距離團體諮商開始的時間只剩四十八分鐘了。我已經期待了整個禮拜。

但要是她沒出現，那該怎麼辦？

我過馬路到對街的公車站搭車。車上乘客們濕漉漉的衣物和滴著水的雨傘，使空氣凝滯又潮濕。車窗上的霧氣很重，窗外的燈好像在迷霧中閃爍似的。

自從認識史黛拉後，我就一直想著她，甚至想到有點太過耽溺。上次諮商時，她非常仔細地打量我，彷彿已看出我的真面目，也知道我去諮商的目的。但不可能，她對我這個人和我的人生，根本就一無所知。

公車在衛斯特莫斯購物中心外停靠後，我馬上下車趕往診所，打開大門，走進去搭電梯上到四樓，跟櫃台小姐打招呼，繳了費用，接著便前往診療室。

我挑了一張扶手椅坐下，把手機調成靜音。史黛拉在下午一點鐘準時出現，並隨手把門帶上。我仔細地看了看她，她今天穿了一件漂亮的及膝洋裝，頭髮則是用夾子固定成優雅的圓球狀。

大家今天心情似乎都不太好。克拉拉明天要在公司長官面前簡報，非常緊張，皮爾聽完後厲聲說她老愛擔心、抱怨，但最後還不都很順利，而她也不甘示弱地回擊。

我又再偷看了史黛拉一眼。**她的心思實在好難解讀啊**。到目前為止，她都只是坐在那兒，一句話也沒說。

她聽著大家說話，同時也一個一個地觀察我們。一陣子過後，我感覺到她的目光停在我身上。

我迎視她的雙眼，對她微微一笑，但她並沒有回以笑容。

史黛拉

我實在不該推薦伊莎貝兒・卡爾森來參加團體諮商的。之前她聲稱自己有社交障礙，所以我才覺得這種諮商方式應該對她有幫助，問題是，當時我還不知道她心懷鬼胎。

除了伊莎貝兒之外，今天大家都已發言，就唯獨她一個字也沒說。

大夥兒已經安靜了好一陣子。是時候了，我得讓她說些什麼，問出她來參加諮商的真正目的。

於是我開口了：伊莎貝兒，妳這禮拜過得如何呢？

伊莎貝兒：還可以。這禮拜學校有個新的小組作業，我的組員很不錯，所以我覺得挺幸運的，哦，對了，我還正式成為了捐血人呢。」

她再度露出笑容，左頰的酒窩隨之浮現。

伊莎貝兒：昨天是我第一次捐血，但我有點害怕針頭。這點應該是遺傳到我媽，她只要一看到針，就會大驚小怪。不過整個過程比我想像中順利。

她停頓了一下。她口中的這個「媽」指的是誰呢？

伊莎貝兒：啊，對了，她叫我這週末回家，但我不太想。

馬格納斯：為什麼？

伊莎貝兒：我最近跟她處得不太好，都怪她跟我說了漢斯不是我親生父親。

亞維：她為什麼會告訴妳呢？

伊莎貝兒：當時我邊哭邊跟她說我很想爸。大家都說時間會沖淡悲傷，但我卻遲遲沒有好轉。我說我大概永遠都走不出來了，結果她卻因此被激怒，還氣得說我應該慶幸她還活著才對。

她深吸一口氣，環顧四周。她的故事究竟是真是假？她說的是實話嗎？

伊莎貝兒：我跟我爸一向比較要好。我知道媽希望我也能跟她親近一些，但我跟她相處時，就是覺得不太自然。

她說話時聲音都在顫抖，似乎瀕臨落淚邊緣，情感非常真實。如果心裡不是真的難過，是無法演成這個樣子的，所以呢？難道是我認錯人了嗎？會不會這一切根本就只是我的幻想？會不會她就真的只是伊莎貝兒，而不是艾莉絲？

伊莎貝兒：所以最後她就說，反正他根本就不是妳親生父親，所以妳也不必這麼難過。

克拉拉：太過份了，用這種方式告訴妳還真糟糕欸。

皮爾：有夠惡劣的。

亞維：未免也太差勁了吧。那妳作何感想？

伊莎貝兒：我也不曉得。我知道她跟我一樣傷心、難受，而且她這輩子都很努力地想當個好母親，也遭遇過許多波折，所以我不想全盤否定她。

伊莎貝兒現在坐在我面前，難道真的只是巧合嗎？會不會她根本就什麼都不知道？不對，事情不可能這麼簡單，她一定有所隱瞞，但她到底在瞞些什麼呢？

伊莎貝兒：所以我才覺得說不定媽也不是我的生母。

亞維：對啊，再怎麼樣，也不能那麼無情地說出這種事吧。

克拉拉：她當然也很難過，但總不能那樣跟妳說話吧。

我：怎麼說？

幾位病人盯著我看，然後面面相覷，但我不在乎，我一定得問出來才行。

我：妳母親叫什麼名字？

伊莎貝兒：克絲汀。

我：妳跟克絲汀親嗎？

伊莎貝兒：親不親啊，嗯，這該怎麼形容呢？我總覺得什麼事都可以告訴我爸，但我跟媽的話呢，我們簡直就像是從不同星球來的。

亞維：所有母親應該都讓孩子有這種感覺吧？

他這句話緩解了氣氛，讓大家笑出聲來，我也努力擠出微笑。

亞維：像我媽就堅持每天早上都要來看我，而我也始終沒能拒絕。

克拉拉：你應該要劃清自己的隱私界線才對。

話題轉向後，病人們自顧自地繼續聊，我雖然很想繼續追問伊莎貝兒，但也不敢插嘴，以免引起懷疑，不過我總覺得她似乎很想多聊一些關於克絲汀，也就是她口中那位「母親」的事。

所以我才覺得說不定媽也不是我的生母。

這句話是什麼意思呢？

她知道克絲汀不是她親生母親嗎？她是刻意想講給我聽的嗎？而且這個克絲汀是誰？她又知道些什麼？

我心中湧出太多思緒，所以完全無法專心聽大家說話。

我想著艾莉絲，以及她的失蹤對我所帶來的衝擊。

十二年前的我經歷了那件事以後，人生變得四分五裂。

我想起幾天前重遊的史川德加登。

莉娜・尼米的病歷。

我收到的那封訃聞。

到底是誰會把那種東西丟進我家信箱？

是為了要警告我嗎？

還是想威脅我？

這事我沒有報警，讓亨瑞克不太開心，但我覺得實在沒必要，畢竟恐嚇這種事對心理治療師來說是家常便飯，不過這倒是我第一次收到威脅信。無論幕後黑手是誰，可以確定的是對方一定有來我們家，把信放入郵筒，話雖如此，我還是覺得不太可能會有人想危害我的人身安全，就我所知，應該沒有人恨我恨到那種程度才對。

而且就算報警又能怎樣呢？那封手寫的信沒有署名，也沒有地址，警方根本無從查起。

在我執業的這些年來，唯一跟我公開對立的病患就是莉娜，所以亨瑞克馬上就斷定是她跟她父母幹的好事。或許他說的對，或許那封信真的就是莉娜本人或她父母寫的，但也有可能這封信和她根本毫不相干，而是出自我的另一個病人之手，也就是現在正坐在我面前，參加團體諮商的那一位。

伊莎貝兒．卡爾森。

我在思緒中耽溺了好長一段時間，才終於直起身子坐好。

皮爾正在抨擊社交網站，說他實在不知道現代人為什麼如此沉迷於臉書和 Instagram，難道獲得四十八個讚，人生就會比較有意義嗎？而且修圖修出來的照片那麼假，就算被大家捧上天，又有什麼意義呢？他問伊莎貝兒有沒有上傳過她「父親」的照片，並在下面寫什麼**你會永遠活在我心中**，還說有些人的母親或貓咪明明就已經死了十七年，結果卻還寫些什麼**我每天都想你**之類的屁話，根本就是鬼扯蛋，這種虛情假意的人太多了啦。人的記性都是很差的，怎麼可能十七年來，每天都想著、念著同一個人啊，還不都傷心一下就過去了，他這麼說。

「對你來說，悲傷是什麼呢？」我說，「你知道想念是什麼感覺嗎？我可以告訴你，失去一個人之後，就好像內心缺了一塊，而且那塊空缺是怎麼都無法填補的。失去所帶來的傷痛會永遠留在人的心中，會疼、會痛，也會流血，之後會結痂、發癢，然後掉落，但落下的那瞬間，又會開始滲血，最後才變成傷疤。傷口會癒合，但疤終會留下。」

所有人都盯著我看，現場的沉默壓得我喘不過氣來。

「幾年過後，失去所造成的傷痛會內化到你心中，」我繼續說，「改變你的本質，並形塑你剩餘的人生。那股痛會成為你的一部份，讓你每分每秒都被悲傷所圍繞。」

說完後，我完全沒去看病人們的表情，起身便離開了大廳。

〈一九九四年九月二日〉

這十八天簡直就是我人生中最漫長的日子。

一切就如同惡夢真實上演。

現在還不能放棄啊。妳得照顧好自己，要保持信念，不能放棄希望。一開始所有人都是這麼跟我說的，而我也知道大家是出於好意想支持我、安慰我，但他們說的那些根本就都是空話。

結果現在他們竟然跟我說她走了，溺斃了，死了，不存在於這世界上了。

我拒絕相信。

但其實心中早已沒了希望。

我真的只有離開一下子而已。

才一眨眼的時間，我的寶貝女兒便永遠消失了，這要我怎麼接受呢？

媽跟海蓮娜都很怕我，好像我會把悲傷傳染給她們似的。

而丹尼爾也始終不跟我談起這件事，就連正眼看我都不願意，我好討厭他對我這麼疏離。我還寧願他吼我、罵我，就像我怪罪自己那樣，但他明明覺得是我做錯，卻把話都藏在心裡，什麼也不說。

我們不但失去了艾莉絲，也在傷痛的摧殘下，失去了彼此。

史黛拉

聖艾瑞克斯街上的人們行色匆匆，一個個都蜷縮在傘下。我走進德林斯烘焙坊買了杯咖啡，坐進靠近店門口的角落。我沒先告訴芮娜，也沒取消接下來的預約，就跑了出來。我之前從沒做過這種事，而且也從未像今天這樣提前結束諮商。

我雙手抱頭，低頭卻發現自己在黑咖啡裡成了一團深色的倒影。我直起身來，觀察其他正在看書或聊天的顧客，覺得自己猶如異類，跟正常人的世界完全脫節。拿起咖啡杯時，我的雙手都在顫抖。

看來那封死亡恐嚇信對我造成的驚嚇比我想像中還大。竟然有人恨我恨到希望我死，到底是誰？又為什麼呢？我將所有問題再重新思考了一遍，希望能釐清整件事，但我的情緒太過沮喪，讓我幾乎喪失了邏輯思考的能力。

四個媽媽走進了店裡，在我旁邊那桌坐了下來。她們停好嬰兒車後，開始替正在尖叫、哭鬧的嬰兒脫下一層層的衣物，過程中也不斷叫孩子要安靜，不要在桌椅上爬來爬去。這幾個母親笑談各自想買的房子，也討論著冬天想去哪裡渡假。

我覺得我的空間受到侵犯，所以連一口咖啡都沒喝便起身離開。走出店門後，我左轉走下地鐵站，很後悔自己今天早上請亨瑞克載我上班。通往艾爾維克的列車擠滿了濕漉漉的乘客，空氣凝滯、潮濕又充滿汗臭味。車上的每個人都想趕快到家，就算不是要回家的人也想趕快抵達目的地，反正只要能逃離車廂就好。

這時我覺得後頸在燃燒，好像有人在盯著我看。

於是我轉身觀察其他乘客，但根本就沒有人在注意我。

抵達艾爾維克後，我轉乘通往家裡的公車。車窗上的雨水一滴一滴流下，外頭陰濕的街道上閃著路燈的亮光。車外的世界朦朧而迷離，天空黑沉而冷漠。我下了公車，冒雨往家的方向走去。

這時，我再度覺得好像有人在盯著我，讓我渾身不舒服。我停下腳步轉身，雖沒看到任何人，但仍加快了自己的腳步。

家裡空無一人。我在前廳掛好外套，把包包靠在櫃子旁。米羅應該很快就會回來了，亨瑞克如果沒加班的話，應該會在米羅之後不久抵達。我知道自己應該去準備晚餐，但卻沒有力氣，也提不起勁。

我那天為什麼不讓媽替我準備整個禮拜的伙食呢？我得打電話給亨瑞克，請他回家時順道買點東西回來吃，不過他這陣子下班的時間都不太固定就是了。

我走進客廳，站在窗邊，把額頭靠上冰冷的玻璃窗，閉上雙眼。

我現在需要喝杯葡萄酒，泡個熱水澡，然後趕快去睡覺。我的症狀很明顯，要是不嚴肅以對的話，後果可能不堪設想。

我打開雙眼。

有個男人站在窗外的那條路上。他身穿一件軟塌的深色雨衣，臉被帽子遮住了大半，雙手僵硬地垂在身體兩側。

我倒抽一口氣，後退了一步，但男人仍一動也不動地盯著我看。我轉身抓起客廳桌上的電話想報警，結果再回頭看時，他早已不見。

狂風吹得樹木颼颼作響，雨水也重重地擊打在玻璃窗上。

我站在原地，手裡拿著電話，但沒能來得及撥出號碼，所以也只能望向對街的花園，搜尋他的身影。

但雨衣男已消失無蹤。

克絲汀

整理療養中心儲藏室的櫃子大概花了我半個鐘頭的時間。我這個人實在很受不了髒亂，要是大家平常都保持整潔，並偶爾清一下的話，我就不必做這種苦差事了。

不過我喜歡把生活過得很規律，也覺得這樣的習慣很重要，所以每天上班並重複相同的工作有助我保持心情平靜，也讓我有種使命感。

這時安娜莉娜探頭進來，「克絲汀，妳有空嗎？」

「等我把這些東西清好就有空了。」我答道。

她找我幹嘛啊？我看看時間，發現她今天比平常早了四十分鐘到。有效率又負責的安娜莉娜經常提早上班，也從不在乎旁人有沒有注意到，明明才三十五歲，卻覺得自己比我們其他人都強，不過我從沒看過她清理儲藏室，想必是因為她覺得這種低下的工作不值得她花時間吧。我看她是永遠都不可能來幫忙的。

我不疾不徐地將噴霧式清潔劑整齊放在架上，鎖上儲藏室後悠閒地晃入走廊，一點也不匆忙。

「有事嗎？」抵達安娜莉娜的辦公室後，我這麼問道。

「請坐，」她朝她辦公桌對面的那張椅子做了個手勢，又回頭把手上的工作先處理完，接著才轉頭跟我說話。「聽說妳最近工作狀況不太好。」

「誰說的？我覺得我狀況非常好。」

「是誰說的不重要，」她打量著我，露出無奈的笑容，一副對我很失望的樣子，「重點是有人說妳對病人很兇又沒耐心。」

「所以妳現在是針對我囉？妳覺得我有問題？」安娜莉娜翻弄著她手中的紙，不願迎視我的眼神。「真是太令人難過了，」我繼續說，「跟妳告狀的那個人到底說了我什麼事？」

「她是沒有提到什麼細節啦，但……」

「既然如此，就沒有什麼好說的啦，」我插嘴，「對不對？**她**又沒有證據可以證明我做錯事。」

「但她有感覺到妳態度不佳，而且葛蕾塔也有抱怨。」

「葛蕾塔？」我噗哧一笑，表達出我對她的不屑，「她有什麼事**不能**抱怨啊？那個老女人啊，我們做什麼都錯，都沒辦法讓她滿意，妳要是負責過那層樓的話，就會知道了。」

安娜莉娜嘆了口氣，好像我這番話蠢到不能再蠢似的。

職場上的紛爭實在讓我好累，尤其是這種告密事件更讓我覺得不耐煩。其他同事都聯合起來欺負我，說我擅自換班，還說我沒把時數做滿就提早回家。為了讓我難堪，她們什麼謊都編得出來，但我實在不知道這麼做到底有什麼意義。

一定是因為我平常不太會跟其他同事聊天、交際吧，但我跟芮特瓦的年資已經將近十六年了，我們倆比其他人都來得資深，要是沒有我的話，大家一定會手足無措。像安娜莉娜這種一來就馬上位居要職的新人，很少能待得久，要把這份工作做好，就絕對不能只想著當老大，畢竟這差事可沒有像手冊上寫得那麼容易。理論是一回事，但實際做起來可是完全不同，有些人啊，顯然就是太過好高騖遠。

「這樣啊，其實我也只是想聽聽妳的說法而已啦。」安娜莉娜邊說邊露出一個傲慢的表情。

「我工作的方式並沒有問題。」

「克絲汀，拜託妳不要像刺蝟一樣好不好？這已經不是第一次有人抱怨妳了，所以我們終究得談一談的。我知道妳丈夫的事讓妳最近很不好過，但妳也不能讓情緒影響到工作啊。」

她不懂，她完全不懂，她根本什麼屁都不懂。

我一言不發地起身走人。安娜莉娜一路跟到走廊，在我身後喊我，但我都假裝沒聽見。

老實說，我真的也沒有多喜歡這份工作，誰叫我身邊那些蠢同事老愛發表高見，想要改變工作流程，卻往往把簡單的事搞得很複雜，讓大家負擔加倍，而且不知怎麼地，最後吃虧的總會是我。這些年輕人，坐領時薪，卻完全沒有工作倫理可言，不但毫不把我們這些資深員工放在眼裡，還老愛偷懶、亂換班、惹麻煩，動不動就在星期五晚上或星期一早上臨時請病假，搞得我經常得代班。對於代班這檔事，我總覺得能幫忙就幫忙，結果竟然反過來被罵，簡直是好心被狗咬。

其實我也很想換工作，但我就快要五十歲了，怎麼可能會有人要我呢？我太老了，工作機會早就輪不到我，所以我看我還是乖乖地待在哈斯佑之家，繼續日復一日的工作吧。無論同事多討厭，管理人員又有多無能，我都得忍下來才行。

我走進員工休息室。

「我很快就能擁有屬於自己的家囉，終於啊，」芮特瓦操著濃重的芬蘭腔說著瑞典語。

「是啊，」我回應，「終於。」

「我今天要跟我爸去IKEA。妳去過嗎？」

「沒有，我家的家具已經夠多了，不必再買。」

「我爸很高興IKEA在博倫厄也開了分店，」芮特瓦笑著說，「這樣他就不用老是開車去耶夫勒了。」

「嗨，」希西莉亞蹦蹦跳跳地跑進廚房。

我一聽見她的聲音便連忙轉身。她幾歲啊？二十三還二十四？反正就是個自以為什麼都知道的護理系學生，動不動就想教我們該如何改善現狀，實在很讓人受不了，幸好她沒有每天都來。這種自視甚高的小鬼最討厭了，她真正開始工作後，一定也會把那張惹人嫌的嘴臉帶入職場。

緊跟在她身後的是年約四十的海蒂，好像是伊朗人吧。她不常說話，但樸實、謙遜又討人喜歡，不像某些員工，不但以為自己最重要，還老愛對人頤指氣使。

「克絲汀，妳要咖啡嗎？」芮特瓦把一個杯子遞給我，我接過後一屁股坐進離我最近的那張椅子，然後加入三顆方糖。我今天過得這麼不順，加三顆也無可厚非。

芮特瓦又再倒了一杯，而海蒂也帶著感激的笑容接受。

「我不用了，謝謝，」明明就沒有人問希西莉亞，她卻主動先開口。「妳們怎麼有辦法每天都喝這麼多咖啡啊？」她光是喝杯花草茶都會大驚小怪。「這工作真的是讓人累到不成人形欸，但妳們竟然還能忍受這麼多年，到底是怎麼辦到的啊？」

「幸好妳不必跟我們一樣，還真幸運啊，」芮特瓦說完後坐到我身邊。「克絲汀，妳一直都是從事看護工作，對吧？」

「差不多都是，」我回答，「不過這種工作是真的會讓人身心俱疲。」

「對啊，要做的事情那麼多，」希西莉亞邊說邊把腳翹到她身旁的椅子上，「偏偏時間又不夠。」

「妳要放輕鬆，不要給自己太大壓力。」海蒂這麼說的同時，我給了她一個鼓勵式的微笑。她的瑞典語講得愈來愈好了，像她這麼有目標感又有上進心的人實在很值得嘉獎。

「工作再多，終究還是得要有人去處理的，」芮特瓦皺起眉頭這麼說。她這個人態度直接，不會巴結任何人，總是把工作完成後就直接回家，不會四處講人閒話，風格跟我完全一樣。

「伊莎貝兒最近怎麼樣，她還住在斯德哥爾摩嗎？」芮特瓦問。

「似乎是這樣，」再過幾分鐘，我就要去找值晚班的同事簽退，然後換衣服回家，所以實在懶得跟她解釋我有多擔心我女兒。雖然家裡只有一片寂寞空虛，但我還是得繼續撐下去才行，「不過我覺得她搬回家會比較好。」

「為什麼？」芮特瓦說，「是對誰比較好？」

她這直接的問題讓我吃了一驚，不過我知道芮特瓦就是這樣，所以也只好默默吞忍心中的不悅。

「我覺得是對**她**比較好，畢竟漢斯過世後，她就一直很難過，而且現在還開始去心理諮商了。」

「妳講得好像心理諮商是壞事似的。」希西莉亞說。

「我沒有那麼說。」

「既然她這麼難過的話，如果有人可以聽她訴說心事，對她來說應該會有幫助吧？」

「或許吧，」我答道，「但她大可以跟我訴說就好，結果她卻跑去跟陌生人聊家裡的私事，這種作法我實在不太認同。」

我用湯匙攪拌咖啡，把杯子敲得鏗鏘作響。眾人的目光讓我感到臉頰發燙，我實在不應該開口說這些的。

「我自己的女兒只有我最了解，」我繼續說，「她現在非常脆弱。」

「妳不必擔心，」芮特瓦說，「伊莎貝兒是個乖女孩，她不會有事的。」

「有時候跟外人談一談反而會很有幫助哦，」希西莉亞說，「我覺得其實每個人偶爾都應該去找治療師聊一聊。」

妳偏要跟我唱反調就是了？好啦，妳說的都對，這樣妳高興了沒？妳年紀明明就只有我的一半，卻老是以為自己懂得比我多。妳懂什麼啊？妳最好是知道我有多想念我女兒，而且又有多擔心她。

「如果她真的想繼續諮商，」一會兒過後我這麼說，「那我一定會盡我所能從旁支持她。」

她們有辦法了解我這種被拋棄的感受嗎？她們晚上會躺在床上輾轉難眠，擔心自己的親骨肉嗎？她們知道我跟自己唯一的孩子變成陌生人，有多難過嗎？伊莎貝兒每天都跟我愈來愈疏離，這種感覺她們根本就不可能了解，也無法想像，所以我再解釋都只是白費唇舌。我把咖啡喝完，便離開休息室，找晚班同事交接去了。

我老舊的日產汽車竟然一次就發動成功，真是謝天謝地。我用袖子把窗上的霧氣抹掉，駛離停車場，開上哈姆路，接著又轉上法盧路。後方那台車對我猛閃大燈，又狂按喇叭，開車的年輕人隨即超車，經過我旁邊時還對我比中指。對啦對啦，我剛才在十字路口的確應該停車，但此刻，我已在各種思緒與臆測的泅泳中迷失，所以根本想不了那麼多。

我轉進家中的車道後，坐在車裡沉思。雖然下班很開心，但我真的很不想走入家中的空虛。要是伊莎貝兒能搬回來就好了，這樣我們母女倆還能像從前一樣相依為命。

昨天她竟然打電話來跟我聊她諮商的事，讓我非常訝異。一直以來，諮商彷彿是個碰不得的禁忌話題，她什麼都不願意告訴我，還很沒禮貌地說那不關我的事，但昨天她卻非常興奮地說諮商帶給她許多收穫，簡直多到數也數不清，可是我問她究竟**學到什麼**，她卻又不肯說。媽，妳能想像嗎？所有病人竟然都站在我這邊耶。

不，我不能，妳在說什麼我根本就聽不懂。

在我看來，人如果遇到困難，就應該要自己解決才對，所以伊莎貝兒，我希望妳可以跟我聊一聊，而不是去找團體諮商的陌生人談。誰知道他們是怎麼樣的人，有什麼樣的背景，又會給妳怎樣的建議呢？我希望我們母女倆可以促膝長談，把事情全部講開，不過我還是得讓這孩子先試試她自己的方法。伊莎貝兒，妳之後就會懂了，身為母親的我遲早會替妳解決所有煩憂的。

我扭身去拿後座的包包時，發覺自己全身僵硬，於是在走向家門的路上停下來伸展了一會兒，突然想到忘了收信，便轉頭往回走。

大門旁的信箱是我們剛搬來時，我在一場拍賣上買的。這個黃色信箱不但做成迷你房屋的造型，還有像薑餅邊緣的半圓形花邊，而且有許多精緻的小細節，就連柵欄都沒少，所以我一看就覺得非買不可。後來伊莎貝兒騎腳踏車時把信箱撞掉，小柵欄也因而撞毀。她當時好像是七歲左右吧？那件事讓我既傷心又有點生氣，搞得伊莎貝兒也很難過，不過多虧了漢斯的巧手，現在信箱仍賞心悅目地架在原處，只不過某些小細節跟從前不太一樣就是了。

我利用這件事對伊莎貝兒機會教育，讓她知道人都會沮喪、失望，但這並沒什麼大不了，等到情緒消退後，我們還是可以當好朋友。我替她包紮磨傷的膝蓋，告訴她就算受傷，還是必須繼續往前走，而且無論如何，我們都得緊密地凝聚在一起。

我家隔壁那棟房子的大門打開了，古妮拉隨即出現在樓梯的最高那階。雖然她是好意，但我現在實在沒心情聽她叨念，於是我雙眼直視前方，逕自走上通往家門的小路，就連她開口叫我，我都不理。我笨拙地摸出鑰匙，開門進屋，把門鎖上後癱坐在前廳的地上。

我心跳加速，頸後冷汗直流，整個人也暈眩了起來。怎麼會這樣呢？一定是因為壓力大，而且又對人生失望吧？漢斯過世後我就一直很心痛，所以大概是心中的憂煩和焦慮感在作祟。

他的死是真的很令我難過，但在悲傷的同時，我卻也有種自由、解脫的感受。我這樣是正常的嗎？人生還真奇怪啊。我看這世上大概沒有誰能通曉生命中的一切吧？

我在地上坐了一會兒後，拿起手機打給伊莎貝兒。

我知道她一定也很想我。

史黛拉

米羅和玻妮拉的兒子漢普斯一起坐在後座，兩個人把頭靠在一塊兒，盯著各自的手機螢幕。

「你們從小到大都玩在一塊兒，可以說是一輩子的朋友耶，很神奇對不對？」我從後照鏡看見兩人對望了一眼，「你們倆真是太可愛了。」

「媽，妳不要講這種話啦！」米羅抱怨。

「我媽也是這樣，老是喜歡說些令人尷尬的話。」漢普斯笑著說。

「怎麼會尷尬呢？」我邊說邊把車停在《每日新聞》大樓對面的康拉德伯格斯廳。「米羅，我會把你的包包寄放在玻妮拉那兒。」

「謝囉，媽。」

我才正要跟他們道別，兩人便已迅速下了車。步態悠閒的米羅邊走邊舉起一隻手和我說再見，我不禁再次覺得他跟亨瑞克真的好像。兩人都長得又高又瘦，而且都擁有小男孩的淘氣魅力。

我看著米羅跟漢普斯背著籃球和運動包往前走，他們一走進玻璃門，我便啟動車子，往玻妮拉位於國王島附近的家駛去。

玻妮拉跟我在同一個街區長大，從小學一年級到國三都讀同一所學校，和我情同姊妹，不像海蓮娜跟我那麼疏遠。米羅出生那年，玻妮拉也剛好懷上漢普斯，所以他們倆除了會一起打籃球之外，也經常玩在一塊兒。

我生下艾莉絲以後，多數的高中同學都繼續念書，參加派對，過他們自己的日子，所以也漸漸跟我疏離，唯有玻妮拉和少數幾個朋友願意陪在我身邊。艾莉絲失蹤後，我唯一有繼續聯絡的朋友，就只剩下玻妮拉了，這都得感謝她主動跟我保持聯繫。我最低潮時的模樣，連媽都沒有親眼見過，就更別提海蓮娜了。在我跌落谷底時，陪著我的人只有玻妮拉一個。

當時我發瘋似地用盡所有辦法，試圖壓抑心中的罪惡感，忘卻悲傷，於是不顧一切地酗酒、嗑藥，動不動就參加派對狂歡，藉此逃避現實，還四處跟不認識的男生和詭異的老男人睡，事後卻什麼也記不得，就連他們的名字和長相都想不起來。外人可能會覺得我只是想重溫那些被偷走的青春歲月，但事實上，我根本已經瀕臨精神崩潰。

我跟玻妮拉約好今天傍晚要去她家後，就一直很期待，我好想跟她聊聊天，把所有事都告訴她。我把車停在伊格達姆斯街，走路前往她位於國王島的住處。

「要不要喝杯酒？還是妳有開車？」我坐上沙發時，玻妮拉這麼問。

「把酒打開吧，車子我明天再來開，」我說，「米羅今晚能住妳家實在是太棒了。」

「有他在我們覺得很好玩呀。」

我站在大片的玻璃窗邊，看著窗外的運河和卡爾伯格宮，玻妮拉則放起音樂，替我倒了杯酒。我翻著咖啡桌上的雜誌，「《健康與健身》、《窈窕健身祕笈》、《健身好心情》、《健身寶典》，看來妳是很認真在經營這個新嗜好欸。」

「別笑我了，」玻妮拉邊說邊坐到我身旁，「而且這才不只是嗜好呢，是一種生活態度哦。」

「那星期四晚上喝酒符合妳的生活態度嗎？」

「生活總需要平衡一下嘛，這也是我的理念之一，」玻妮拉向我舉杯。「史黛拉，妳現在開始絕對不算太晚。我知道妳很瘦，但多少運動一下，對健康總是有幫助的。妳只要上 Instagram 搜尋一下『#女人四十愛運動』，就會了解我的意思了。」

「我沒有在用 Instagram。」我說。

「妳也太落伍了吧，」她說，「妳要是再不動一動的話，小心皮鬆肉軟，滿臉皺紋哦。趕快跟我一起去健身房激發身體潛能吧，那種感覺真的很棒呢。」

「我哪有不運動啊，我有時候會打網球啊。」

她哼了一聲，「打網球有什麼好的，去健身房的話，可以對一群壯到嚇死人的健身教練狂拋媚眼欸。」

我笑出聲來。玻妮拉還是沒變，我實在很慶幸自己今天有來找她。

「我們已經好久沒有這樣了。」我邊說邊把一隻腳壓到屁股下。

「怎樣？週間就喝得爛醉？」

「妳今天有打算要喝到爛醉？」

「我這個人是很有彈性的啦。」玻妮拉說完後遞了一盤起司和餅乾給我。

「我上週末有跟我媽見面。」

「情況如何？」

「還不錯。」

我拿起一塊餅乾放進嘴裡，這時玻妮拉的手機響起，她拿起來看了一下之後，又再放回去。

我終於鼓起勇氣，「妳還有在跟瑪莉亞聯絡嗎？」

「瑪莉亞・孫德維斯特？」

「或者是丹尼爾。妳最近有他的消息嗎？」

我假裝只是隨口問問。

「我跟他們是臉書好友，但這幾年很少聯絡。瑪莉亞住在阿爾維斯堯爾，丹尼爾則是定居布羅，」她從旁瞄了我一眼，「怎麼了？為什麼這麼問？」

我聳聳肩，「因為我最近看到一個長得跟瑪莉亞很像的人。」

對於我的答案，玻妮拉似乎不疑有他。她再度將目光移回手機螢幕，看得哈哈大笑。

「我最近一直在想艾莉絲。」我說。

這下玻妮拉才終於抬頭看我。她皺眉說道，「這才是真正的原因吧。為什麼要想呢？」

「為什麼不能想啊？」我說，「妳這是哪門子的問題？」

「對不起啦，史黛拉，我不是那個意思，」跟我共坐一張沙發的她靠到我身旁，把手搭在我肩上。

「我今天看到米羅跟漢普斯的模樣，就不禁想起她。真不知道她當初如果沒失蹤的話，現在會長怎麼樣，又會是什麼樣的個性。」

「親愛的，妳別去想這些事，妳再想也沒用啊。」

「但如果她還活著呢？」

玻妮拉握住我的手，直視我的雙眼，「史黛拉，妳千萬不能這麼想。妳還記得妳上次的情況有多嚴重嗎？妳現在已經擁有亨瑞克和米羅，所以就別再留戀過去了，而且艾莉絲根本就已經不在人世啦。」

「妳怎麼知道？要是我跟你說她還活著呢，要是——」

「因為我有去參加她的葬禮啊，所以史黛拉，妳別再說了，」玻妮拉不耐煩地搖搖頭。這時她的手機再度響起，她也忍不住一直去看。「妳之所以會這樣，應該是因為壓力大吧？妳最近工作有些不順，對不對？」

我想起那封死亡威脅信，還有雨衣男站在窗外看我時，那威嚇的眼神。我好想把一切都告訴玻妮拉，但她並沒有專心在聽我說話。

「好吧，當我沒說。」我伸手去拿酒瓶。

「妳跟亨瑞克之間出了什麼問題嗎？」

「不是妳想的那樣啦。」

「不如你們去過個火辣辣的浪漫週末吧，」玻妮拉眨著眼說，「米羅就交給我來照顧，你們夫妻倆好好去開心一下。」

我還以為我可以跟她傾訴，以為她會懂我，但她現在根本沒心思聽我說話。

「瞧妳一副興奮的模樣，是在跟誰聊天啊？」我對她的手機撇撇頭。

玻妮拉露出微笑，「是我的私人健身教練啦，你們有見過面啊。當時妳對他很友善，讓我好開心呢。」話題實在轉得太快，看來我今晚都得跟她聊些廢話了。我真不該來找她的。

「他人很好呀，」我說，「亨瑞克也很喜歡他。」

「真的嗎？」玻妮拉一副鬆了一口氣的模樣，「漢普斯也很喜歡他呢。我知道他年紀有點小，但他真的很貼心又風趣，還讓我覺得自己是個很特別的人。」

接著玻妮拉自言自語地講了好一陣子，**說賽巴斯欽人真的很好，非常完美，比她交往過的任何男性都還要成熟，不但認真、善良、有魅力，床上功夫也很強，而且年輕、長得帥、健壯、身材好又性感，從來沒有**

誰能像他這樣，把她迷得神魂顛倒。

我一邊喝酒，一邊聽她喋喋不休，只覺得自己好淒慘。

我已經試著跟媽和玻妮拉談過了，但兩人都完全無法體會我的感受，也都只叫我要放下過去，專注於未來。

我想起了丹尼爾，想著想著，突然很思念他，甚至有股想見他的衝動。我想知道他聽我說完後會有什麼反應，但我實在不知道上次發生了那種事之後，他還願不願意聽我說話。

我臨走前，玻妮拉給了我好大一個擁抱，還說如果我想再聊聊的話，她隨時都願意聽，殊不知我今晚其實就是想來找她傾訴，但她完全沉浸在新戀情之中，所以渾然不覺，而我也沒有說破。

她原本想幫我叫計程車，但我說我想走去搭地鐵，順便呼吸一下新鮮空氣。我們再次擁抱後，我便離開了她家。

伊格達姆斯街上很冷，冷到我邊走邊不停地抓緊外套。時間還不到九點半，但路上已空無一人，弗萊明街上也相當冷清，讓平常還算大膽的我也不禁加快腳步。要是我剛才沒喝酒，現在可以直接開車回家的話，那該有多好。

我轉向聖艾瑞克斯街，走下地鐵階梯，拿出卡片，穿過閘門，一路往手扶梯走。站內相當冷清，可以明顯聽見腳步聲迴盪著——是不是又有人在跟蹤我了？還是我又在嚇自己？從玻妮拉家出來後，我就一直有種詭異的感受，覺得有人在盯著我看，在監視我，跟蹤我。

我又再走得更快。

我家窗外的那個男子為什麼要站在雨中盯著我呢？此刻，彷彿能看見他那看不出身形的雨衣，還有他蓋在臉上的帽子。

我停下腳步轉身，可是身後根本沒人，但我還是覺得手扶梯速度太慢，於是決定直接往下跑，雙眼也只敢盯著階梯。抵達後我又再停下腳步，環望四周，決定繼續狂奔，結果卻撞上迎面而來的人。對方抓住我的手，讓我嚇得驚聲尖叫，倒退半步。

「小姐啊，妳小心點，」一個理平頭的健壯保全露出友善的笑容，這麼對我說。

「不好意思，」我說，「我沒看到你。」

他向我道了晚安後便走上樓。

整趟地鐵我都搭得心驚膽戰，而且艾爾維克的公車每次都要等很久才會來，我開始考慮叫計程車，或請亨瑞克來接我，但又覺得不能這麼蠢，不能輸給恐懼。最後公車終於抵達，我也順利上車。

我在黑暗中下車，一見路燈壞掉，就拔腿開始狂奔，但其實身後根本沒人。我沿著車道跑到家門口，氣喘吁吁地將顫抖的雙手伸入包包裡找鑰匙，試了好幾次以後才終於插入鑰匙孔，打開門後突然聽見身後傳來一陣聲響，轉身一看，發現是根樹枝被風吹進了鐵門，然後又掉到門柱之間。我開門衝進屋內，然後立刻關門上鎖。

屋內很暗，亨瑞克也還沒回家。我傳了封簡訊，問他什麼時候才會下班，但他沒回。我好想把艾莉絲和雨衣男的事都告訴他。

我癱坐在前廳的地板上，心跳加快，血壓上升，呼吸困難，視線也內縮成一個模糊的小光點。

我側躺在地上，用手環抱著蜷縮在胸前的雙腳。

吸氣，吐氣。

恐慌症狀終於退去。

我起身走入客廳，把窗簾全都拉上，又去米羅房間拿了根高爾夫球桿，打開電視，選了齣荒謬的連續劇，把音量開到最大，一手拿著電話，另一手握著球桿，就這樣躺在沙發上。

伊莎貝兒

今天是星期五，我、喬安娜、蘇西和瑪麗安坐在學校圖書館外的咖啡店討論機械力學作業。最近我經常在課後留下來跟大家一起念書，有時念完後還會跟她們去喝杯咖啡，甚至去市中心晃一晃。這種活動我愈參加就愈覺得自然，也很高興自己終於可以融入大家，不再老是當局外人。

國小和國高中時期的我以學業為重，始終都沒交到什麼知心好友，所以我一直很想逃離博倫厄，搖身一變，成為我心目中的理想女孩，然後重新開始。

以前我成績很好，所以學校有個輔導老師鼓勵我繼續念大學。爸了解我的個性，也知道我想獨立生活，所以很支持我去，但媽就完全不懂我的心情，而且她到現在都還是不了解我。我媽自己年輕時明明經常搬家，但不知怎麼地，只要是我的事，她就會過度操心，我生活中的每一個細節她都要過問。她總說外頭的世界很危險，到處都有可怕的壞人；她想保護我免於一切傷害，還不斷告訴我絕對不能相信任何人。

她這樣的教養方式荼毒了我。

要是爸在我念大學前就過世，那我一定不可能搬家，這點我心知肚明。我的生活大概會和在滾輪上跑步的天竺鼠一樣無趣，一輩子在雜貨店上班，或跟媽一樣到療養院工作，過著她那種沒朋友又沒意義的人生。

我的生活方式跟同齡的朋友天差地遠，那種差異總讓我覺得自己好像來自異世界，來自只有我一個人居住的寂寞星球。我每次聽他們聊起音樂，都覺得茫然不已，這都是因為媽說流行樂會害她頭痛，所以不准我聽；朋友們大多去過法國、泰國、希臘或美國渡假，相較之下，我卻只去過諾爾蘭拜訪爸的親戚；至於穿著打扮方面，我的衣服全都是從博倫厄的二手店買來的，**每件都老舊、軟爛又可悲**，根本沒有時尚感可言。媽從小就對我灌輸「新東西很貴，能不買就不要買」的觀念，最糟的是，我有時竟也變得跟她一樣苛刻、小家子氣，生活經驗不足，忌妒心又重，可是我真的很不想跟她一樣，一點都不想。

幸好我終究是搬走了，不過我有時還是會想念達拉納，但令我思鄉的，主要是我跟外婆相處的時光。

我外婆愛娜頂著一頭白髮，做人圓滑和善，簡直就是外婆界的典範。她現在仍住在綺娜鐵路旁的那棟鄉村式房屋，屋子的主體是紅色，配上白色邊條，大門則漆成亮藍色。

跟我家相比，外婆家的花園占地較大，空間比較開放，景緻也較為吸引人，不但花床修剪得很整齊，還種滿粉白相間的牡丹，各式各樣的玫瑰及種類繁多的百合，不過當然啦，現在這個時節，那些花兒應該差不多都謝了。花園正中央有棵多瘤的蘋果樹，每年的這個時候，樹枝都會因為蘋果的重量而下垂。而花園走到底有間遊戲室，以前旁邊放了一張彈簧床，我總會在那兒跳上好幾個小時，對著來往往的火車招手。

小時候我經常膩在外婆家。她每天都去接我放學，每到暑假，我也總會在她那兒住上好幾個禮拜。我們會一起烤甜點，玩遊戲，做手工藝，或到花園摘蘋果和覆盆子來做果醬，有次還在林間撿到一大堆藍莓。有時，我也會到隔壁去找農舍的孩子玩。那兒有貓、有雞，還有一隻馬。我喜歡到馬廄去輕撫馬兒頸部那如絲綢般的毛皮，感受牠溫暖的氣息，而且每一天，我都會跟玩伴們相約去湖裡游泳。

我每次想到外婆，心都好痛。要是沒有她，我絕對沒辦法撐過來，所以我並不想跟她疏離，但我們已經好一陣子沒聯絡了，這實在讓我好愧疚。

「伊莎貝兒，妳的表情還真豐富耶，」蘇西的話打斷了我的思緒，「妳先是開心，然後轉為沉思，接著又變成驚恐，似乎還有點哀傷，到底是在想什麼事啊？」

「太多事了。」

「妳搬到斯德哥爾摩以前，真的沒來過這裡嗎？」

「沒有。我們家多半只去諾爾蘭，哥特堡和馬爾摩我也去過幾次，但就是沒來過斯德哥爾摩，因為我媽覺得這裡讓人壓力很大。」

「但妳應該有跟學校去過特維利樂園吧？小朋友應該都有去過才對啊。」

「我原本要去，結果不小心摔斷手臂，還被送去醫院。」

我記得自己當時苦苦哀求，但媽怎麼都不肯讓我去。她說遊樂園太危險，光靠幾個大人怎麼可能有辦法應付一大群小孩？要是我出了什麼意外，她可無法原諒自己。幸好老師出面跟她溝通，才把她給說服，但我卻在要出遊的前一天傷了手臂，實在非常不幸。

「最近心理知商進行得如何啊？」瑪麗安問。

「是心理諮商啦，」喬安娜糾正她。

「有遇到流口水或身體會抽搐的怪人嗎？」蘇西問道。

這話讓我很不爽。早知道就不要告訴她們我星期三吃完午餐後都去了哪裡。

「參加心理諮商的人也都是正常人好嗎，」總是站在我這邊的喬安娜這麼說，「蘇西，我看妳的心態好像需要矯正一下，不如妳也去參加諮商吧。」

「沒錯，我修完這堂恐怖的課以後，**的確**是需要去諮商一下，」瑪麗安一頭栽到桌上，「機械力學這種東西是誰發明的啦？我們到底為什麼要學啊？」

大家笑成一團，我的心情也跟著好轉了些。可惡，我發誓明年夏天一定要去特維利樂園玩，也要把至今都還沒有機會做的事全部做過一遍。我要活出自己的人生。

爸如果還在的話，一定也會支持我的。

我還要去找史黛拉談一談，把上次沒膽說的話全都說出來，這樣才能宣洩我心中積藏已久的恨意。

史黛拉

今早的宿醉讓我頭痛欲裂，明明才不到十點半，我卻覺得已經工作了好幾小時。我坐在辦公桌前，盯著打開的筆電，明知應該要寫病歷，卻連一句合理的句子都擠不出來，滿心就只想查出更多關於伊莎貝兒的事。

我打開她的病歷，把我至今寫下的筆記和她的轉診記錄都重讀一遍。

對哦，轉診記錄。

我拿起電話，致電瓦靈比的家庭醫院，留了話給醫生思芙・羅斯，說有緊急的事想跟她討論，請她盡快回電。等待時，我漫無目的地在辦公室裡踱步，一下站到窗邊望著樓下的街道，一下又去整理桌面。電話一響，我便馬上拿起話筒，甚至沒讓第一道鈴聲響完。

「嗨，史黛拉，有什麼事嗎？」思芙・羅斯問道。

「妳最近有把一個病人轉來我這裡，」我說，「名字叫伊莎貝兒・卡爾森。」

「對，沒錯。」

「妳為什麼特別把她轉來我這兒呢？」

思芙・羅斯沉默了一陣，然後才開口問道，「她有什麼狀況嗎？」

「沒有，我只是想問問妳對她有沒有其他了解。」

「其他了解？我已經把我知道的事都記在轉診資料裡啦，妳有收到嗎？」

「她是妳長期的病人嗎？」

「我只見過她一次。」

「妳對她的家庭狀況知道多少？」

「我就只知道我寫在病歷上的那些事，」思芙・羅斯聽起來有點惱怒，「她父親在五月過世，讓她陷入憂鬱狀態，社交方面也有些困難。我知道妳是個備受尊重的優良心理治療師，而且……呃，妳可能會覺得我這麼說很奇怪，但我一聽她說話……就覺得妳很適合她，讓她跟妳談談應該會很有幫助，所以才把她轉去妳那兒。」

「所以她沒有提到我的名字囉？她沒有指定要我替她諮商？」

「當然沒有。妳的口氣聽起來不太開心，到底是出了什麼事啊？」

「沒事。」

「妳確定？」

「非常確定，」我回答，「只是想確認一下而已，謝謝妳的幫忙。」

我掛上電話，把頭埋在手裡。
伊莎貝兒不是刻意來找我的，她根本不知道我是誰。

〈一九九六年七月二十二日〉

我還在找她。她還在小木屋裡哭鬧、大叫，這些我都有聽到。
我潛入水裡，愈游愈深，四處尋找她的身影，但眼前卻只有一片黑暗。
如果我乾脆放棄，決定待在水底深處，那麼上天會讓我找到妳嗎？
今天是妳三歲生日，妳消失後也已過了兩年。昨天我們在森林公墓替妳下葬，為妳舉辦「告別式」。
妳的名字刻在石碑上，上頭有隻白鴿，但妳的人卻根本不在石碑下。
大家都想趕快結束這件事，趕快展開新人生，就我一個人還是放不下。

史黛拉

伴著陽光的照耀，我走進聖艾瑞克斯街的湄泰餐廳買了春捲，外帶到克羅納伯格斯公園享用。遊樂場傳來幼童的尖叫聲，他們每個人都穿著各自幼稚園的黃色或桃紅色螢光背心；一個幫人當寵物保母的年輕女孩正同時在遛九隻狗，最小的是吉娃娃，最大的則是德國獒犬，整個畫面看起來非常逗趣。她一個人要應付這麼多隻狗，大概也很不容易吧。

通往公園地勢最高處的陡坡讓我爬得上氣不接下氣。玻妮拉那天說人到了中年後體力會走下坡，現在我才終於有所體悟。

一想到她，我還是覺得很生氣。別人不了解我的心情就算了，她怎麼會不懂呢？不過現在有了性感小鮮肉當她的玩物，她大概根本沒心思理我。

坡頂的長凳空空如也，我隨意挑了一張坐下。其實現在坐在戶外已經有點太冷，但秋天的風和朗澈的藍天都讓我覺得神清氣爽。

失去親生骨肉所帶來的失落，以及亟欲把孩子找回來的那種渴盼，都只有親身經歷過的人才會懂，所以我始終在哀悼裡活得非常孤獨。現在艾莉絲終於活著回來了，為什麼我心中仍隱約感到悲傷呢？我不是應該喜出望外，興奮大叫才對嗎？可是此刻，我卻只想著我們母女倆錯失的那些年，和以前相處的時光，我們失去的一切都讓我心情好沉重。

我的孩子啊，對於我跟她之間的往事，她根本毫不知情。

艾莉絲怎麼會跑到達拉納去呢？她在史川德加登從嬰兒車裡消失後，發生了什麼事？她怎麼會被帶到博倫厄？那又是什麼時候的事呢？她有像我這樣感受到我們之間的牽繫嗎？克絲汀知道些什麼？她怎麼會變成我女兒的監護人？她跟我一樣也是受害者嗎？

是誰偷了我的孩子？伊莎貝兒**真的是**我女兒嗎？

說不定我根本就誤會了。這陣子以來，這些問題一直困擾著我，已經讓我快要喪失理智。我知道自己不該對這件事如此走火入魔，也知道恐慌症發作是嚴重精神崩潰的前兆，米羅還小時，我就曾經失控。或許我已經無法客觀地自我分析了吧。

這時有個女人走過來坐到我旁邊的那張長凳上。「不好意思，」她說，「希望沒有打擾到妳才好。」

「不會不會，」我嘴上雖這麼說，但心裡其實不太高興。我拿出春捲，咬了一口，才發現自己已胃口盡失，於是又放回袋子裡，準備起身離開。這時女人再度開口道歉。

「不好意思，我實在不想打擾妳，」她說，「不過妳還好嗎？」

我原本想給她一句尖銳的回應，但一轉身，才發現她正在對我微笑。我實在是反應過度了，這個女人很明顯只是寂寞想聊天而已，我何必這麼冷淡呢？

「我簡直淒慘到不行啊，」我努力擠出笑聲，「希望情況趕快改善才好。」

我原以為她會企圖鼓勵我，說什麼「情況一定很快就會好轉」，或是尷尬地向我道歉，然後匆匆離開，沒想到她只是靜靜地坐在那兒看著我，沒有叫我要振作，也沒有太過刻意地替我打氣。有她陪在身邊的感覺意外地讓我覺得好輕鬆自在。

「我現在的生活簡直一團亂，」我說著說著，開始哽咽了起來，「大家都很害怕，所以都要我假裝什麼事也沒發生過，但我怎麼可能辦得到呢？」我感覺到淚水在臉上淌流，覺得自己活像個白癡。我怎麼會在素未謀面的陌生人面前崩潰呢？

女人起身離開她原本的那張長凳，走過來坐到我身邊，笨拙地拍了拍我的背。

「天啊，親愛的，妳究竟發生了什麼事？」她問。

我先前找人傾訴時，玻妮拉很不耐煩，媽則憂心忡忡，如果我告訴亨瑞克的話，他一定也會既生氣又害怕，但這個女人卻對我展現出同情與關懷。

「我女兒一歲時失蹤，」我告訴她，「大家都說她溺斃，但我知道她沒死，結果她現在真的活著回來了，可是我完全沒想到，再次見到她以後，我竟然會這麼痛苦，除了失去她所帶來的煎熬外，我這輩子還真沒有承受過這樣折磨人的痛。」

「我懂，」女人說，「我真的懂。」

「為什麼拖了這麼久？她為什麼這麼多年後才回來？」

在旁人聽來，我現在大概語無倫次，講話也含糊不清，但女人什麼也沒說，只是一直輕拍我的背。

後來我終於止住淚水，「我媽跟我最好的朋友都覺得我在幻想，所以很擔心我。」

「為什麼？」她邊說邊拿出一包衛生紙，遞了一張給我，「她們應該知道妳對這件事有多認真吧？」

「因為之前我就有說過我看到她，」我回答，「結果根本是認錯人。那件事讓我陷入重度憂鬱，在醫院住了好一段時間，工作也一直請病假沒去。她們一定是怕我又會變得像當時那樣吧。」

「那妳先生呢？」她朝我的婚戒點了個頭，「他怎麼說？」

「我還沒告訴他，」我說，「因為他一定會懷疑我舊病復發，甚至會想再把我送進醫院，我覺得我現在可能無法承受他這樣的反應。」

女人沒有說什麼，只是專注地看著我，發出**嗯**的聲音回應。

「我實在不知道該怎麼辦才好，」我說，「我從來沒有這麼迷惘過。」

「那妳**想要**怎麼做呢？」

「我想好好認識她，但認識後又能怎樣呢？而且不只是我，就連她，還有我的家人也都會因而受到影響吧？」

女人遙望整片公園。「是啊，誰知道呢？」她說。

「抱歉，」我說。「妳大概沒想到我會一股腦地說出這麼多事吧。我叫史黛拉，」我伸出手。

「我叫艾娃，」她用雙手握住我。「人生很短，而且不能重來，這點妳一定要記得。妳女兒叫什麼名字？」

「艾莉絲。」

「嗯，很好聽。」

「沒想到這事會這麼讓人煎熬，我的心實在好痛。」

「妳可以學習和這份傷痛和平共處，若無其事地繼續過日子，也可以不顧旁人眼光，盡妳所能找出真相。想想看哪個選項對妳來說比較不痛苦，然後再決定怎麼做吧。」

我們坐在長凳上沉默了許久，後來艾娃終於起身向我道別，還祝我一切順利。我看著她走下山坡，離開公園，心裡不禁覺得剛才的一切都非常荒謬，但同時又希望之後有機會再見到她，畢竟真正願意傾聽並給予同情的人實在很難得。

回到辦公室以後，我覺得心上的負擔減輕了不少。我這個人並不迷信，但在公園遇到這樣的一個好人，一定是個好預兆吧。

伊莎貝兒

我出門後順道去奧利安百貨公司和瓦靈比購物中心的H&M逛了一下，現在人已經在月台上等地鐵了。我知道自己會早到，但總比第一次那樣遲到來得好。

雖然我才剛開始療程不久，但心理諮商已勾起我許多回憶，也讓我心中浮現許多問題。我的情緒大概一直都蟄伏在心底，但我從來不敢去思考那些情緒的意義，對不擅表達感受的我來說，參加心理諮商，並試圖奪回情緒的主控權，可說是全新體驗。上次我把媽說出真相的方式告訴大家以後，他們都很好奇我作何反應，那一刻，我對媽感到前所未有的憤怒，心中的恨意也強烈到連我自己都很害怕。**她竟敢用那種口氣告訴我？這輩子我絕對不會原諒她**。我們可以恨自己的母親嗎？這樣是不是很糟糕？上次我就想訴說心裡的矛盾，卻沒有勇氣；其實我第一次見到史黛拉時，就想告訴她了。把話藏著不說的感覺，就像肚裡懷著充滿野性的生物似的，要是我放任情緒宣洩，會造成怎樣的後果？我會被恨意吞噬嗎？還是那股恨其實早已由內而外地一點一點在侵蝕著我了？

我開始願意冒險分享私事，而且說出來以後，也不會有誰質疑我的感受，更沒有人因為我說了什麼，而覺得受傷、難過或生氣，這種感覺對我來說實在很新奇。大家都很客觀地聽我訴說想法和情緒，**而且所有人好像都站在我這邊**。

手機響起，我拿起來一看，發現是媽，於是便直接放回口袋。我上禮拜實在不應該主動打給她，告訴她心理諮商有多棒，現在她動不動就打來質問我，非要我把關於諮商的一切全都告訴她才高興。

其實當初把我要參加諮商的事告訴她以後，馬上就後悔了。我就知道她一定會問題一堆，還會企圖窺探我的祕密，並從中干預。當然啦，我知道她是好意，她總是想幫忙，也總想了解我的想法，但她終究無法理解我的心情。只要在她身邊，我就會覺得快要窒息，所以我現在還沒辦法跟她談，至於以後有沒有辦法克服心魔，我也不確定，我只知道她現在就像水蛭一樣，一點一點吸走我的生命。

鈴聲再度響起，我看著螢幕但不想接，最後手機終於回復靜默。我在弗瑞德漢姆廣場站下車，走上手扶梯。

這時她又再打來，我只得接起電話。

「媽。嗨。」

「嗨，寶貝女兒，妳現在是要去心理諮商嗎？」

「妳明明就知道，為什麼還要問呢，」我的聲音透露出一絲不耐。教養方式使然，所以我從小到大都很習慣壓抑負面感受，但現在，我彷彿喪失了偽裝能力。

「妳也不用這麼兇吧，我只是問一下而已啊。」

我深吸一口氣，努力控制自己的情緒，「媽，最近家裡的狀況如何？」

「一直都很冷清啊。」

她又想害我愧疚了。爸過世後，媽就一個人住，我只是沒搬回家陪她，就老是被說成壞女兒。

「妳可以去認識一些新朋友啊，」我說，「妳最近有去看外婆嗎？」

「妳外婆很忙的啦，」媽說，「她一天到晚都在織些什麼圓形花紋，根本沒空理我。」

「那妳應該也可以去拜訪其他朋友吧？妳又不是一直都住達拉納。」

話筒另一頭一片沉默。媽只要不說話，就代表我踩到她的地雷，但這次我決定繼續追問。

「我小的時候，我們到底住在哪裡？妳為什麼從來都不告訴我？妳只說我們住在丹麥的某個地方，後來妳搬到博倫厄，才認識了爸。」

「妳說漢斯？」

對，她不准我喊漢斯爸爸。這女人竟然連這種事都要計較。

「那我的**生父**到底是誰？」我說，「妳就這麼不願意把他的事告訴我嗎？」

我已經很久不敢講到這種地步了。

媽清了清喉嚨。

「所以妳參加的那個團體諮商到底是怎麼運作的啊？」她語氣和善，聽起來似乎很有興趣，但我知道她只是想窺探我的隱私，也知道她心裡其實非常憤怒，再說，參加團體諮商是我的私事，所以我根本不想回答，不過我還是覺得自己有義務緩和氣氛，讓她冷靜下來。

「我們會坐成一圈，隨意說些自己想說的事，然後治療師就會——」

「史黛拉？」

「對，史黛拉，我覺得她很棒。每次她問我問題，都會啟發我思考、反省，讓我有所進步。」

「她都問妳怎樣的問題？是關於我們，或關於我的事嗎？」媽的聲音很冷酷，「治療師怎麼可以問妳這種問題呢？再說，她對我們的生活根本就不了解。她問妳的那些問題說不定根本有害無益。是因為妳還年輕，而且又還沒走出傷痛，所以才會看不出來。」

「她不是問妳想的那種問題啦，妳不懂。」

但史黛拉的確問過我一些很唐突的問題，大家也因為她的銳利問題而有些坐立難安。有時她會讓我對自己說的話感到不太確定，不知怎麼地，她好像就是對我特別好奇。

「那妳都怎麼回答？妳有什麼情緒好處理的嗎？」

媽傲慢的語氣中帶有憤怒與嘲弄。她老是這樣，喜歡刺探我的內心世界，完全不讓我有一點隱私。

「媽，這不關妳的事，」我說，「我要掛了。」

「好吧，對不起。」

她現在又反過來裝出那受傷的口氣了。**我是好意啊，妳誤會了。**

「妳要知道，有些治療師是很糟糕的。他們影響力很大，還老覺得自己說的都對，甚至會想改變別人的生活方式。對妳這種脆弱又敏感的孩子來說，心理諮商很可能會造成不良的後果。」

「史黛拉從來都不會裝出什麼都知道的樣子，」我說。

媽嘆了口氣，「唉，乖寶貝啊，我只是擔心妳而已。妳應該很快就會回家了吧？我實在很不喜歡在電話上這樣跟妳吵架。」

「我還不確定，」我說，「考試前的課程很緊湊。」

「但考試前不是會放一個禮拜的假嗎？」

「對，但那個禮拜我必須非常用功念書才行。」

「回來吧，伊莎貝兒，妳需要回家休息一下。」

「媽，是妳**私心**希望我回去吧？我現在只需要妳放我一個人清淨就好。」

我掛斷電話，將手機關機。

亞維：伊莎貝兒，妳今天心情好像不太好？

我：因為我剛才吼了我媽，我實在不敢相信自己竟然會做出這種事。

克拉拉：妳好像非常自責的樣子。妳們吵得很兇嗎？

我：我長大後就沒再吼過她了，我覺得自己好糟糕。

我聽見皮爾冷哼了一聲。

皮爾：妳兇她會有什麼後果嗎？

我低頭盯著地毯。

我：我也不曉得，我只知道她一定會受傷，所以我實在不該吼她的。爸過世以後，我跟她的關係又更糟了。

史黛拉：上禮拜妳說她應該不是妳親生母親。妳為什麼會覺得妳是被領養的呢？

我把頭髮抓在手裡繞圈，緊張時我總會這樣。跟媽起衝突已經夠令我難過了，沒想到吵完後再說起事情經過，竟更讓我覺得折磨。

我：我也不知道該怎麼說，但她就是跟一般母親不一樣。她想當我最好的朋友，但同時，她又會再三重申她是媽媽，所以我必須尊重她。她希望我能對她吐露心事，但每次我還沒準備好要告訴她，她就會先跑來逼我開口，而且她什麼事都想知道，就連我最瑣碎的想法都不放過，等到她得逞後，就會把那些細節拿來對付我。我也不知道要怎麼解釋，但她這個人就是很病態；跟她一起生活簡直就像長期抗戰一樣，實在很困難。

史黛拉：妳從小到大都跟她住嗎？

我：對，但小時候的事我記得不多。只要跟她共處一室，我就會覺得很不自在，所以我搬離家裡後，心情輕鬆許多，不過到新環境生活也有點可怕就是了。

史黛拉：嗯。

我：她愈想跟我親近，對我就愈是挑剔，還會說我讓她失望、難過又生氣，所以我已經知道該如何讓她隨時保持好心情，也總是盡量符合她的期望，順從她的想法。每次我想走自己的路，都會覺得好愧疚，這讓我逐漸對她產生恨意，希望她死，還發誓這輩子絕對不會原諒她，心中甚至出現想殺她的慾望，有時整個人也會被憤恨吞噬到完全無法思考。我知道我這樣不對，我這個人一定有問題。

我說到開始抽噎，臉上淌滿淚水。在眾人面前這樣落淚，讓我覺得既尷尬，卻又相當舒坦。我會不會說得太多了？我剛剛在氣頭上，所以或許有點誇大，但在媽面前，我真的是動輒得咎啊。

史黛拉：不過她平時有善待妳嗎？妳難過時，她有安慰妳嗎？她有沒有打過妳？

她又開始問這種令人緊張的問題了，現場有幾位病人顯得侷促不安。我剛才有說錯什麼嗎？

我：打我？從來沒有，她是不可能打我的，而且她最會安慰我了。

或許我剛才真的說得太超過了。

我：我們當然也有過一些快樂的回憶啦，而且她這輩子實在也過得不輕鬆。小時候，我爸因為工作的緣故，經常必須出遠門，我又常常生病，所以她一個人照顧我真的很辛苦。

我覺得喉間好像卡了什麼，所以下意識地清了清喉嚨。

我：對了，她生我時還差點喪命。她的血型是Ｒｈ陰性，偏偏我是陽性，我們的血混在一起，害她敗血症，由此可見，她是真的願意為我犧牲性命。

克拉拉：敗血症不是這樣的，而且就算妳們的血真的混在一起，遭殃的也是嬰兒，母親根本不會有事。

我：妳確定嗎？

克拉拉：非常確定。

我：這就奇怪了。這故事她跟我講了上百次，看來大概是我有哪裡誤會了吧。

眾人一片沉默，讓我覺得自己好蠢。今天全場好像就只有我跟史黛拉在說話。

我：不知道為什麼，我總覺得她好像很忌妒爸，可能是因為我跟爸的關係一直都比較輕鬆、愉快吧。

史黛拉傾身向前，雙手緊抓著膝蓋。

她問道：一直都是這樣嗎？

一直都是這樣嗎？大概吧。我跟媽當然也有過開心的時刻，但基本上，我跟爸的關係始終都比較好，至於為什麼，我也不知道。我真的很努力地想當個好女兒，難道是我還做得不夠嗎？

史黛拉：艾莉絲？

皮爾：誰是艾莉絲啊？

史黛拉

街上傳來一陣遙遠、浮動的噪音，我拉上窗簾，坐到辦公桌前，發現頸部和背部肌肉都緊繃不已，揉起來就像石頭一樣硬，怎麼按都無法放鬆。我眼球後方的那股疼痛劇烈到令人想吐，於是我只好從包包中找出媽給我的止痛藥，吞了一顆，閉上雙眼。

然後想起我說出她的名字時，她那空洞的眼神。

艾莉絲，也就是她的真名。

這個名字對她來說毫無意義，她根本就不知道我是誰。在她眼裡，我不過是個陌生人而已。她並沒有在找我，也不是刻意跑來跟我諮商，我想我大概從來就沒出現在她的腦海中吧。她並不想我、念我，沒有在等我，也不知道我當初懷孕時，是如何感覺到她在我肚裡長大。這可是我懷胎九個月後，掙扎了一整晚，還忍受了我這輩子前所未有的痛，才生下來的親女兒啊。我曾餵她母奶，凝視她的雙眼，將沉睡的她抱在懷裡，結果她竟然什麼也不記得？

在我親女兒的世界裡，我竟然完全不存在。我在克羅納伯格斯公園認識的那個艾娃說得對，其實把這件事完全忘記也是一個可以考慮的選項。

這麼一來，我就可以安穩地過回我原來的日子。或許我應該徹底忘了伊莎貝兒，不要再替她諮商。

不可能。

絕對不可能。

我都已經知道艾莉絲還活著了，怎麼可能有辦法若無其事地過從前的日子呢？我既然已經和她重逢，就不能再讓她從我身邊消失。

不能放棄。我一定要查出她究竟發生了什麼事，也得好好認識她才行。雖說這麼做一定會把大家的生活搞得天翻地覆，但我在所不惜，反正我也早已陷入一團混亂了，不是嗎？無論我怎麼做，都必須承受嚴重的後果。我知道自己不可能安然無恙地脫身。

伊莎貝兒承受得住真相嗎？她父親不是她生父的事實已經夠讓她受打擊了，結果現在就連她口中的那個「母親」也跟她沒有血緣關係？我很擔心我說出實情後，反而會造成她更多困擾，甚至毀了她一生。

我好懷念她小時候的模樣，也好懷念看著她長大的感覺。我想她在成長過程中，一定也受了不少苦吧。

艾莉絲有權利知道真相，而我也是。

克絲汀知道些什麼？為什麼會是她把我女兒養大？這件事她會怎麼解釋？

我放在桌上的手機響起，號碼我不認得。我接起電話，結果是亨瑞克的助理打來，說今天米羅練完網球後他會去接，所以我不用去。我謝過她後，掛上電話。

米羅。他知道後會作何反應？我該怎麼跟他說他姊姊還活著呢？

這時芮娜敲敲我的門，探進頭來說：「史黛拉，有病人在等妳哦。」

「病人？」

「妳還好嗎？」

我露出微笑，「我沒事，謝謝妳。」

「肯特在等候室。他說他有跟妳約時間，但等了十五分鐘妳都還沒出現。」

我完全忘了他。

我把頭髮整理了一下，抓了外套和包包就往接待區去，簡單地跟肯特握了個手後，說我必須取消今天的諮商，請他去找芮娜再約一個時間。**你沒有收到我的簡訊嗎？大概是沒傳成功吧，真不好意思。**

我知道自己說這種謊很可恥，但我離開辦公室時，心裡卻只有解脫。

史黛拉

我把車停在恩格布列克街上，沿著切穿胡姆勒加登公園的小徑走向國家圖書館。路面覆滿紅色和黃色的落葉，我頭頂上的樹冠看起來好像著了火似的。圖書館的建築本身相當優美，主棟的樓面羅列著兩排大型窗戶。我走上正門門階，踏入有著石柱和兩座巨大雕像的小型大理石廳，右轉到咖啡店旁的置物櫃寄放外套，然後把手機轉成靜音，放進包包裡。

我走回服務台，通過閘門時跟坐在櫃台的年輕男孩打了聲招呼，接著走下罩有移動式透明屋頂的階梯，一連下了五段，才終於抵達位於最底層的顯微膠片閱覽室。

高高的櫃台後方坐著一個有點駝背的纖瘦女子，看起來大約六十多歲吧。她的眼鏡一路滑到鼻尖，隨時都可能掉下來，她一見我走去，便伸手推了推鏡片，但眼鏡還是再度滑落。

我請她幫我找找在一九九四年八月到十月間，斯莫蘭當地媒體曾刊登過的文章。她帶我走到閱覽室底端，來到兩大架以膠片形式保存的瑞典報紙前方，接著頭往後一傾，開始隔著眼鏡搜找我指定的年份，找到後再轉動架側的把手，在兩排書架間開出一條通道來。

她領我走進去，替我拿出一箱標記著**一九九四年秋天**的斯莫蘭報紙，並替我示範如何將膠片裝入顯示器，閱讀時又該如何滾動頁面。

我謝過她後，便著手開始。

關於艾莉絲失蹤事件的報導並不多，主要都出現在她消失後的那幾週，而且文章內容幾乎都大同小異。

一歲女嬰於八月十五日午間消失於史川德加登。

女童的嬰兒車翻覆在沙灘邊。

來自斯德哥爾摩的家庭於週末到海邊渡假。

青少女媽媽丟下女嬰。

有目擊證人可證明事件發生時，女童的父親在奧卡斯港。

青少女媽媽接受警方偵訊。

警方確認青少女媽媽沒有嫌疑。

目前警方查無任何線索，懇請大眾踴躍提供。

有人說嬰兒車可能是被動物翻倒，也有可能是有人看女嬰一個人被丟在那兒，好心撿去照顧，又或者是女童自己把嬰兒車弄翻後爬走。眾人各有猜測，各種理論也都有可能，但就是沒有人覺得是有人刻意把艾莉絲抱走。當年我說出我的想法後，完全沒有人認同，就連丹尼爾都覺得不可能——誰會想偷抱走我們的小孩啊？警方也譴責我的說法太過牽強，畢竟我根本就沒注意到有誰對艾莉絲特別感興趣。警官有對渡假村的房客進行調查，但沒有發現任何前科，此外，他們也有到附近找人，最後仍遍尋不著。

由於案發現場周遭並沒有動物足跡，也沒有任何人知道艾莉絲的下落，因此大家便自動認定她一定是爬進水裡，結果不幸淹死，畢竟附近有道驟降的海坡，而且那一帶本來就是以激烈的海流聞名。雖然那麼小的一具屍體大概很難找到，但警方還是有到海上搜查，只不過最後仍以失敗收場，整件事就是一齣意外悲劇。

當局對女嬰的父母進行偵訊後，並未發現犯罪跡象。

幾週後，關於失蹤事件的新聞就只剩下一則短短的結語：一歲女嬰依舊下落不明，目前仍未發現任何線索，當局判定應為溺斃，且屍體已被海流捲走。

警方已正式宣布女嬰喪生，也已結束調查。

這件事如果是發生在當今這種時代，後果想必會完全不同。網友們一定會針對我的疏失與可能的責任進行辯論與剖析，我們年紀輕輕就生孩子，也絕對會被貼上不負責任的標籤，而我形象不佳的照片更會在網路上瘋傳，至於八卦報紙當然也會開始窺探我們的私生活，並在我們數月後分手時大肆報導。總而言之，大眾大概會幸災樂禍地看待這場悲劇。

我繼續讀、繼續找，但什麼有用的資訊都沒找到。這時有篇文章的標題吸引了我的注意力。

史川德加登已即刻停止營業，且未有轉手經營計劃。

對，跟愛兒瑪雅告訴我的一樣。史川德加登的地主兼營運經理羅傑・倫丁突然因為糖尿病造成的併發症過世，愛兒瑪雅的確也有說史川德加登是在那年八月永久歇業。

我走到書架旁，找出另一份當地報紙，把膠片裝好，開始捲動，但文章內容跟剛才差不多，都有提到失蹤的一歲女嬰，以及警方在偵訊後判定沒有嫌疑的母親。最後當局認定女嬰應為溺斃，就此結案。

這時我看見一張熟悉的臉，是負責調查這起案件的警官史瓦・尼爾森。我記得他既有同情心又善解人意，不但替我帶了香濃、滾燙的咖啡，還將毯子蓋在我肩上，不過他比較年輕的那個同事，也就是文章後段提到的波爾・古納森，可就沒什麼同情心了。古納森認為我有罪，覺得我一定是先殺了自己的孩子，然後再主動通報失蹤，企圖掩飾罪行。當年在警局第一個訊問我的人就是他。

案發當時，有人看到妳男友丹尼爾出現在奧卡斯港。當時妳在做什麼？

妳為什麼丟下孩子不管？妳為什麼沒有陪著她？

妳離開了多久？

妳既然在附近，為什麼沒聽見任何動靜？妳到底去了哪裡？

妳還這麼年輕，會喜歡當媽媽的生活嗎？照顧孩子一定很辛苦吧，畢竟嬰兒一天到晚都在哭鬧，有時候妳應該也會想清靜一下吧？妳有產後憂鬱症嗎？

是不是出了什麼意外，但妳不想告訴我們？如果有發生什麼事的話，妳可以說出來，我們不會不體諒妳。

真相最後總會大白的，妳現在趕快對我們坦承，後果也比較不會那麼嚴重。妳到底對妳的孩子做了什麼事？

他的眼神冷酷又充滿懷疑，我明明不是嫌疑犯，卻得承受**那種質疑**。幸好偵訊進行到一半時，史瓦・尼爾森及時出現，說有個女人看見我在樹下搖嬰兒車，而且也有看到我在艾莉絲睡著後不久走下沙灘，可以證實我的說詞，所以不必再繼續偵訊。

我拿出筆電，上網搜尋奧卡斯港警局。史瓦・尼爾森大概早已退休了吧。警方保存資料的方式我是不太清楚，但調查記錄總不可能沒有留存吧？總之，這方法值得一試。

我走出圖書館大門，伸展了一下背部肌肉，接著便拿出電話打到警局。對方替我轉接到奧卡斯港警局後，我一直在心中盤算電話接通後要怎麼說，但等了好久都沒有人接。正當我想直接掛斷時，話筒中才終於傳來一個女子的聲音。

我把方才想好的說詞一股腦兒地全都念了出來。一九九四年八月的某個週末，有個小家庭從斯德哥爾摩去渡假，結果年僅一歲的女嬰被綁架，但警方以溺斃結案。負責調查的警官是史瓦・尼爾森和波爾・古納森——

「波爾・古納森？他已經回家了。」

電話線上一陣沉默。

「喂？」我想確定她是否已經掛斷。

「等等，他還沒走，妳還真幸運啊，我這就請他接電話，妳稍等一下。」

「喂，我是波爾・古納森，」他的聲音比我印象中更沙啞，但我認得出來。

「我叫史黛拉・伍德斯川，本姓是喬韓森。你一九九四年八月有去過史川德加登，當時我女兒失蹤，她原本在嬰兒車裡，結果突然消失。」

「一九九四年？妳在說什麼啊？」古納森的語氣暴躁又不耐煩，跟他當年一模一樣。

「就是史川德加登啊，斯托維克那裡，在奧卡斯港北邊。你跟史瓦・尼爾森一起去調查……」

「妳冷靜下來慢慢講，而且要大聲一點，拜託。」

我咬牙把話重講了一遍，「我一歲的女兒失蹤時，就是由你和史瓦・尼爾森警官負責調查的，當時你還在警局偵訊我和她父親啊。」

「喔，我似乎想起來了，」波爾・古納森喃喃說道，「所以妳打來究竟是想做什麼？」

「我想查閱當年的查案記錄，也想知道你是如何進行調查，又跟誰談過話，這類的細節。」

古納森嘆了口氣，聽起來很疲憊，「小姐啊，事情已經過了多久啦，都二十多年了吧？這案子很久以前就已經結掉了，妳為什麼還想去翻舊檔案啊？我們可是很忙的欸。」

「有別人可以幫我嗎？」

話筒中又傳來嘆息聲。「妳以為警局是許願池嗎？我們忙得要命，沒時間處理這種事啦。」

我沒有回答。

波爾・古納森咳了兩聲。

「妳可以問問看史瓦・尼爾森。他很多年前就已經退休，之前我有聽說他搬到北雪平，但後來就再也沒有他的消息了。他常說當年其實有些線索，只是我們沒有繼續追查，但我一點都不這麼認為，所以也只能說他實在是個奇怪的傢伙。妳應該也記得吧，當時我們真的是無所不用其極地查，任何線索都沒有漏掉，坦白說，我覺得這案子根本就不可能查出結果，不過妳還是去找他問問看吧，除此之外，大概也沒有別的辦法。我還有別的事要處理，先失陪了。」

他掛斷電話。

我拿起手機一看，發現有九通未接來電和十則簡訊，是亨瑞克和米羅氣憤又不耐地問我在哪，殊不知我看了也滿肚子火。

我傳了簡訊給亨瑞克，說我已經在回家路上，然後便關了手機。

夜晚降臨，空氣涼爽又清新。我緩緩穿越胡姆勒加登公園，一點都不趕時間。

史黛拉

亨瑞克和米羅坐在沙發上，邊吃爆米花邊看《頂級跑車秀》的重播。幾台露營車相撞的畫面讓他們父子笑得好開心。

亨瑞克看見我走進客廳後，迅速地瞄了我一眼，我從他的表情看得出他在生我的氣。為什麼呢？就因為我沒辦法每分每秒都在他身邊待命嗎？

「哈囉，親愛的兩位。」我說。

「媽，」米羅說，「妳跑去哪啦？」

「對啊，妳到底跑到哪裡去了？」亨瑞克說。

「你們是不是很想我啊？」
「我練完球以後等了妳好久欸，」米羅說。
「什麼？」我驚呼。
「對啊，妳一直沒出現，所以我就自己回家了。」
「你自己搭地鐵？」
「對啊，我有帶地鐵卡。」
「你為什麼沒去接他？」我問亨瑞克。
恐懼讓我的語氣聽起來很憤怒。我心中頓時閃過各種意外場景——要是他受傷、迷路、被搶或被綁架該怎麼辦？亨瑞克為什麼沒去接他？
亨瑞克揚起雙眉，我們倆就在米羅頭頂上大眼瞪小眼。
「我才應該問妳為什麼沒去接他吧？」
「因為你說你會去啊。」
「我什麼時候說過了？網球練習結束後，一向都是妳去接他的啊。」
「我知道，」我說，「但你今天有打來說你要去接他啊。」
「我什麼時候打給妳了？」
「下午，大概兩點半。」
「我當時在開會好嗎。」
「是你助理打來跟我說的，不然我怎麼會不去接他呢？」

「哪個助理？愛芮卡嗎？她怎麼會打給妳？」

「我不知道她叫什麼名字，但我以為是你請她幫忙傳話。」

「我沒有請任何人叫妳不要去接米羅，不過不管怎麼樣，最後事情還是圓滿解決啦，對吧，小帥哥？」

他捏捏米羅的肩膀。

「親愛的，對不起，」我摸摸米羅的頭髮，「這一切都是誤會，我不是故意不去接你，讓你自己回家的。」

「他一個人回家沒問題的，妳別太操心了，」亨瑞克說，「妳回來之前我們已經討論過了，從現在起，他會開始自己搭地鐵通勤。」

我聽完後立刻想抗議。我不想讓米羅單獨行動，去哪都不行。

亨瑞克馬上讀出我的心思。

「史黛拉，他最近經常跟朋友一起搭車，所以不會有問題的。」

我走進廚房，倒了一杯酒，亨瑞克也跟在我身後。我已經好多年沒有像現在這麼想抽菸了。

「妳跑到哪去啦？」他說，「我一直聯絡不到妳，還以為妳出了什麼事，所以擔心得要命呢。」

他摸摸我的手，但我將手抽走。

「我去了圖書館。」

「妳為什麼要生氣啊？」他問。

「生氣的是你吧。」

「我完全沒有生氣啊，但妳一向都會把妳的行程告訴我，現在卻時常找不到人，所以我才會覺得很奇怪。」

他又想摸我，但我拿起紅酒，走到廚房另一頭。

「我才剛進門欸，你有必要馬上跑來罵我嗎？」我說。

「那妳講話有必要這麼衝嗎？妳最近實在很反常，我覺得妳可能把妳自己的情緒投射在我身上了。」

「怎樣，亨瑞克，現在要換你當心理學家是不是？拜託不要。」

他將雙臂交叉在胸前。

「我如果有說要去接米羅的話，怎麼會不去呢？」他說，「我根本就沒有請員工打給妳啊。」

「但真的有人打給我啊，不然呢，我是在作夢嗎？」

他沒有回答我的問題，只是悠悠地說：「史黛拉，米羅已經十三歲了，從現在起，他可以自己搭地鐵，妳不用再四處接送了。」

「我很樂意接送他啊。」

「我沒有要怪妳的意思。」

我不願迎視他的雙眼。

他嘆了很大的一口氣，然後便離開廚房。

我用眼角餘光看見窗外閃過一個什麼，嚇得趕緊退離窗邊。**剛才好像有人經過**。我小心翼翼地傾身往屋外偷瞄，卻只看見一個塑膠袋在街上飛旋。我把雙手撐在水槽上，大口吐氣。我是不是瘋了？如果米羅是幾週前自己搭地鐵回家的話，我的反應根本就不會如此激烈，也不會擔驚受怕成這樣，然而，最近的事件卻讓我一再想起一時疏忽的殺傷力。

我只是離開了艾莉絲一下子，結果便永遠失去了她，這樣的後果實在慘痛到令人難以承受。

至於米羅其實也曾經被我丟下過，但幸好他安然無恙，沒有出什麼事，不過那次以後，我就發誓絕對不能再粗心大意。米羅小的時候，我都盡量避免帶他去博物館這類人潮擁擠的地方，寧願他邀朋友到家裡過夜，也從不讓他寄宿在外，只有玻妮拉和他爺爺奶奶家例外。我送他去參加每一次的練習和每一場比賽，他去朋友家時，我也一定開車載或走路陪他，就算距離再近都一樣。

亨瑞克一直很努力地想平衡我對兒子的過度保護。有次他帶米羅去特維利樂園玩，而我就是無法突破心防，跟他們一起去，但他倒也不是很在意。這些年來，我已漸漸學會克服恐懼，也不再那麼拚命地想控制一切，可是現在，我卻又開始走起回頭路了。

我知道我總有一天得讓米羅獨立，但他才十三歲啊，我還沒做好放手的心理準備，或許我永遠都放心不下吧。

我把爐子上的食物加熱，但怎麼也提不起胃口，東戳西戳後，最後還是幾乎全部倒掉。

我站在水槽邊，心想再這樣下去不行，我非得把艾莉絲的事告訴亨瑞克不可，這件事他有權利知道。希望他會相信我這次真的沒看錯人，希望他會懂，會幫助我。

我倒了兩杯紅酒，走進客廳。屋外一片漆黑，樹被風吹得沙沙作響，看來是快要下雨了。我點亮咖啡桌上的蠟燭，走到窗邊，正要把其中一根蠟燭拿到手上時，發現雨衣男站在房子後方的那條街上，盯著我看。

他的臉藏在帽子底下，所以根本看不出他的長相；他身上穿著同一件塌軟且看不出身形的雨衣，站姿也跟上次一樣，僵硬又帶有威脅意味。

我猛地推開露台的門。

然後放聲大叫，「你到底想怎樣？快走！不要再來煩我了，你給我滾！」

我拔腿往後院跑，卻被門檻絆倒，在情急之下伸手抓了窗簾，結果把窗簾的橫桿整根扯了下來，整個人也倒栽蔥摔出門外。

「媽，妳怎麼了？」米羅邊問邊跑向癱倒在露台上的我，亨瑞克也跟在他身後。

「有人在監視我們家，」我伸手一指，「你們看，就在那邊，就是用帽子蓋住臉的那個人。他之前就有來過，當時他也是穿那件雨衣，而且也用帽子遮臉。」

亨瑞克走出門到街上看，米羅也跟了上去。兩人往同一個方向看了一下子之後，轉身走了回來。亨瑞克蹲在我身邊，在我肩上揉了幾下。

「親愛的，趕快進來吧，路上沒人啊。」

我看著他，「剛才明明就有人。」

亨瑞克撇過頭。

「你不相信我嗎？」

他用雙手拉我，米羅也一言不發地幫著他把我從地上拉起來。

「亨瑞克，你不相信我嗎？」

「反正現在外面沒人啦，所以妳不用再擔心了，」他微笑著說。

他每次不相信我時，都會露出這個笑容。我知道他的意思其實是：妳可不可以不要這麼情緒化、這麼歇斯底里啊？

我望出窗外，亨瑞克和米羅也跟著往外看。這時路上有個身穿雨衣，而且也戴著帽子的人影經過，我一看便猛抓住亨瑞克的手臂。
「就是他，」我用氣聲說。
「拜託，那是喬漢啊，妳怎麼會認不出來啊？」亨瑞克指向窗外，「他總會帶著他的狗啊。」
亨瑞克說得對，的確又是投資專家帶著他那隻迷你狗出來散步了。我仔細一瞧，才發現他雨衣的顏色比較淺。喬漢・林登堡發現我們在窗邊盯著他後咧嘴一笑，對我們揮手，亨瑞克也微笑著跟他打招呼。
隨後，他轉過來看著我，但這次，臉上已不再帶有笑容。

〈二〇〇三年六月二十二日〉

我找到她了，我找到艾莉絲了。
我是兩個禮拜前在斯堪森博物館看到她的。當時我跟米羅正在排隊要買冰淇淋。
結果她就出現了。
我馬上就認出她來。她長得跟小時候一模一樣，完全沒變，可是我才一眨眼，她便再度消失在人群中。
不行，我不能再失去她了。
我把米羅留在嬰兒車裡，自己跑去追艾莉絲，一路上推開了不知道多少人，還一直大喊她的名字，並尖聲叫路人全都讓開。
結果還是沒找到。她再度消失了。
這時我才想起米羅，然後趕緊跑回去找他。

他一個人在嬰兒車裡哇哇大哭。要是連他也被帶走，那我該怎麼辦？不行，我不能再讓孩子離開我的視線了，絕對、絕對不行。其實我一開始就不該帶他去斯堪森博物館的，那裡人太多了，如果在那種地方不見，根本不知要從何找起。

我絕不能再犯這種錯了。

丹尼爾馬上就趕來幫忙。我一邊大哭，一邊聽他打給警方。

警方問的不外乎是那些問題。妳是在哪看到她的？什麼時候？妳記得她長怎樣嗎？可不可以描述一下她當時的裝扮。

我說我當時正在排隊要買冰淇淋，大概是下午三點吧，結果突然看到一個頭髮黑亮濃密的女孩。她臉上只有單邊有酒窩，其中一隻耳朵尖尖的像小精靈，身上則穿著藍色洋裝，身高跟米羅差不多。對了，她身邊有個男人帶著她。

警官們一臉狐疑地看著我，眼神空洞又冷酷。他們冷冰冰地說艾莉絲已經不是一歲的嬰兒了，不可能跟米羅一樣高，所以不可能是她。妳一定是看錯了，艾莉絲如果還活著的話，應該已經快十歲了吧？

但他們不懂，他們根本什麼都不知道。我的心可以感受到艾莉絲的存在，可是他們卻只想裝好人安慰我，私底下卻偷偷跟丹尼爾說我有病，說我精神崩潰。才不是這樣呢。

我的精神狀況很正常。我真的有看到她，那是我的孩子，是艾莉絲。

我覺得好冷，有如身在冰天雪地般的冷，身上明明裹了毯子，仍不停地發抖，額頭和背部卻都在發燙，雙手也顫抖不已。一定是因為他們逼我吃藥的關係。我想回家，我不想待在這。

亨瑞克送我入院，還把我丟在這裡。

我孤伶伶地在冰冷的白色房間睡著。

醒來後，我整個人覺得昏沉又空洞。他們說我有訪客，扶我下床，帶我到接待室。

丹尼爾坐在那兒，一副擔心又憤怒的模樣，也沒有要起身跟我擁抱的意思。他叫我不要再把他捲進陳年往事，氣得我對他破口大罵：你以為我想嗎？你以為我想過沒有女兒的生活嗎？你以為我不想忘記她嗎？我好想知道她究竟發生了什麼事，卻得不到任何答案，你覺得我好受嗎？

所以我們當初才要把她埋葬啊，他說。

這樣我們才能好好地繼續活下去。

這時我看見亨瑞克的表情。他坐在角落，臉色蒼白。他看著我的那種眼神，好像不認識我似的。

妳知道妳兒子也很有可能不見嗎，丹尼爾說。

他說發生了這種事，他也很遺憾，但祝我一切順利。

然後便起身離開。

亨瑞克也走了。我不知道他會不會再回來，也不知道自己能不能再回家。

他離開後，我開始尖聲咒罵他。

我瘋狂地尖叫、怒吼，最後院方只得用強制性手段逼我入睡。

伊莎貝兒

喬安娜今晚要住艾克索那兒，所以我一個人在家。

我坐在床上，盯著窗外。天空很藍，陽光很閃耀，但我卻覺得這樣的天氣讓人好疲憊，好不想出門。其實我應該要念書才對。書這種東西是永遠念不完的，而且通常我都覺得書中的世界很有趣，但我現在實在沒心情，也沒力氣打開書本。除了全新的床、床單和天花板上的吊燈外，我房間的其他東西全都是二手貨：一幅用深淺不一的藍所繪製而成的大型抽象畫、灰色的絨毛地毯、檯燈、柚木製成的書桌和床頭櫃；書桌旁的椅子是張破損的老舊餐桌椅，另外，我還四處放了一些小飾品，至於窗頂的那片極簡風藍色布簾則是爸替我用拖車載來，然後跟我和喬安娜合力掛上去的。總之，外婆如果看到我房間，一定會說我佈置得像家一樣舒適。

我放下百葉窗，打開新買的 MacBook Air。這台電腦是我用暑假打工賺的錢買的。我看完臉書後把電腦關掉，拿起手機滑著 Instagram 和 Snapchat，隨後決定扔開身上蓋著的毯子，走進廚房燒水，並拿出茶包和馬克杯。

這間公寓的牆壁全都被刷成白色，每個房間都有很大的窗戶，因此整個空間非常明亮。我睡主臥，喬安娜則把客廳改造成她的房間，所以現在客廳的玻璃門上掛滿了一條一條的紫色和綠色染布；廚房的部份，我們合資買了一張印有各種香料圖樣的復古海報來掛，還湊了幾張顏色不搭的椅子來放在白色餐桌旁，至於地上的地毯，則是外婆親手織的。

我拿著茶杯坐到窗邊，心裡想著我跟媽的那通電話，還有我在團體諮商時是如何抱怨她，不禁覺得好愧疚。我竟然說出那種話，實在太糟糕了。

我對媽太不公平了，我怎麼可以在背後偷講自己母親的壞話呢？這樣是不對的。現在團體諮商的人大概都相信我偏頗的說法了，但我真的只是因為當下生氣、難過又失望，所以才會講得那麼誇張。

媽常說我敏感又容易受影響，**或許她說的沒錯**，但我現在只覺得非常困惑。此刻，我還是滿腔怒火，心中也仍舊充滿恨意；我對媽的怒氣彷彿自己有生命一般，不再受我控制，但同時，我卻覺得自己這樣很不應該，而且被罪惡感壓得喘不過氣來。

爸過世後，我一直處於驚愕的情緒之中，遲遲走不出來。這是因為我知道了他不是我親生父親。這件事之後，我開始對媽所說的一切都感到懷疑。這樣的感受是正常、是可以的嗎？而我從小到大的記憶之中，是不是也摻雜了許多虛假的成分呢？

去問問看史黛拉的想法好了，我知道這種事我可以跟她討論。她問起我童年的狀況時，似乎是真的很關心我。我看得出她是打從心底為我擔憂，甚至願意替我想辦法解決問題。但我該如何詳實地描述一切，而不讓她誤會呢？通常我只要誠實地說出心中的想法，結果都不太理想，所以我該怎麼做，才能讓周遭的人了解我的心聲呢？我究竟要到什麼時候才學得會呢？

克拉拉說只是跟媽媽吵個架，為什麼要這麼膽戰心驚？其實我也不曉得，我只知道自己向來很討厭跟媽起爭執，還會為了不讓她難過，盡可能避免跟她衝突，至於爸也是這樣。**不對，他根本不是我爸**。

媽總說我想得太多，也太愛問問題。或許她說的對，畢竟我一天到晚想東想西，也沒有變得比較有智慧啊，但我就是無法不去想，也無法抑制自己的感覺。

我實在不知道自己的個性為何會如此乖僻、古怪，而且我無論走到哪，都覺得自己是個特立獨行的局外人。一定是我這個人有問題吧，我在情緒控管方面一定有什麼障礙。

我明明不想哭，卻還是掉了眼淚，而且在我哭過之後，又更鄙視自己的軟弱了。

史黛拉

我把腳壓在屁股下，整個人縮在辦公室的扶手椅裡，看著被我踢在地毯上的鞋子。我今天實在很想請假，但又不得不來，來了以後也無心工作，最後乾脆呆坐在這兒等下班。一整個早上，我都不斷想著這陣子發生的事。

亨瑞克沒叫助理跟我聯絡，但我卻接到電話，而且還多次看見用帽子遮臉的恐怖男子。

那天房子後面的那條路上真的有人嗎？

有，一定有，那並不是我的幻覺。雨衣男已經出現兩次了，他不但窺探我家，還監視我、跟蹤我，而且我之前還收到死亡恐嚇信，所以又更覺得恐怖。這整件事都讓人很匪夷所思，我實在不懂。到底是誰在搞鬼？我要是再這樣下去，一定會把自己逼瘋，最後又會精神崩潰。

所以這一切必須就此打住。

我今天就要把所有事都告訴亨瑞克。原本我是想先找到確鑿的證據後，再去跟他說，但現在真的不能再拖了，而且我也得將伊莎貝兒轉到別的小組，讓她可以繼續進行諮商。其實我第一次跟她見面後，就應該馬上把她轉介給其他治療師的。我的行為實在很不專業、不道德。

而且也很危險。

這時手機發出震動，是亨瑞克打來。我接起電話，他說米羅今天要練籃球，所以他想帶我單獨去北梅拉史川德的莎托利安餐廳吃飯，問我幾點下班。我說我很期待。

我是真的很期待嗎？是，或不是呢？我也不確定，或許我是想要期待，但又提不起勁吧。以前我是很喜歡跟亨瑞克一起外出吃飯的。我很希望自己今天也能像從前那麼興奮，但偏偏就是辦不到。吃飯時提起艾莉絲的事好像很不應該，但再等下去，似乎也不是什麼上策。

幾小時後，我把車停在離北梅拉史川德最近的十字路口，往湖和梅拉亭的方向走去，看見亨瑞克已等在那裡。戴著墨鏡的他頭髮蓬亂，臉上有點鬍渣。他拿下太陽眼鏡後盯著我看。

「妳幹嘛一直看我？」他說。

「你今天很帥哦！」我猶豫了一下，才踮起腳尖親他，而他也回吻了我。

「今天是我們的獨處時光，」他說，「我們已經好久沒這樣囉。」

我們牽手走在濱海大道上，不時偷開路人的玩笑，像是拿著雙眼相機在拍照的業餘攝影師，無法制止迷你狗亂吠的老婦人，手上明明推著嬰兒車，卻硬要並肩走在一塊兒的父母，拿著登山杖的中年婦女，還有穿著緊身褲，瘋狂在行人間亂竄的慢跑者。

我們現在正需要這種時光。玻妮拉說的對，或許我們應該找個週末去散散心，畢竟我跟亨瑞克已經很久沒有花時間獨處了。

我們抵達碼頭，走入莎托利安餐廳，在亨瑞克事先訂好的靠窗座位坐下。點餐、等上菜時，他說他父母這週末要去法國玩，說馬克思跟潔琳娜最近有來這裡吃飯，還對餐廳的裝潢和菜單發表了一些評語，總之，就是很努力地想找話跟我聊。

「這週末好像會出太陽呢！」他說。

「真好。」我回應。

「我想在天氣變冷前，再帶米羅去打一次高爾夫球。他這禮拜六有籃球比賽嗎？」

「不知道耶，可能有吧，但我也不確定。」

我們到底為什麼要跑來這裡吃晚餐呢？我拿起葡萄酒喝了一口，望向窗外的騎士灣，希望能放鬆一些。妳現在可是跟丈夫一起在高檔餐廳吃飯欸，有什麼好不開心的呢？

「好吃嗎？」亨瑞克邊問邊從我盤裡挖了一口。

「還不錯。」我回答。

「最近工作順利嗎？」

我搖搖酒杯，「跟平常一樣。你呢？」

「妳應該也有發現我近來事情很多吧，不過之後應該就會好一點了。」他說完後，餐桌上一片靜默，今天我們倆都表現得很笨拙。「最近健康社福視察局有跟妳聯絡嗎？」

終於來了。他覺得我最近的異常舉動跟視察局的調查有關，所以才約我來吃晚餐，想嚴肅地跟我談談。我戳戳盤子上的食物，心想他為什麼才剛開始吃飯就要提起這件事呢？

「沒有，還沒。」我放下叉子，將毛衣披到背上。

「我沒有惡意，妳別生氣，」他說，「只是妳最近什麼事都不告訴我，所以我只好自己開口問，不過我選在這種時候，實在是太蠢了，就當我沒說吧。」

當你沒說？哪有這麼簡單？要是我不開口化解氣氛的話，接下來我們就得一直在烏雲罩頂的狀況下吃晚餐了。

「氣氛為什麼這麼緊繃啊？」我問。

「緊繃的是妳吧，」他回答，「妳這陣子整個人都好僵硬緊繃，而且也很容易生氣。」

「我最近很忙，所以才有點心不在焉。」我說。

「不只是心不在焉而已吧？妳根本就像空氣一樣，我和米羅跟妳說話時，妳都完全不回應，忘東忘西也就算了，還不時會情緒爆發，而且昨天又是什麼狀況？妳怎麼解釋？」

「我知道我這幾個星期以來表現得很奇怪，」我說，「但這件事跟莉娜完全無關。昨天已經是我第二次看到那個男人了，而且我之前收到偽裝成一般信件寄來的死亡恐嚇信，這一切當然會令我害怕。除此之外，我還有另一件事要告訴你。」

亨瑞克搖搖頭，「我們待會兒再談吧。妳想喝咖啡嗎？」

不想，我現在只想離開，但我還來不及回答，他就已向服務生招手，點了兩杯咖啡，並交代不用甜點。我望向窗外的碼頭，看見陽光在水面上閃耀，覺得傍晚的景色實在很美，而我跟亨瑞克之間的距離卻愈來愈遠。

現在已經無法回頭了，我得告訴他才行。服務生離開後，我迎視他的雙眼。

「亨瑞克，」我把一隻手放在他的手臂上，而他則盯著我，等我繼續說，「我找到艾莉絲了。」

亨瑞克放下餐巾，但視線仍停在我臉上。

我繼續說道，「這次絕對沒錯，一定是她，我知道一定是她。」

我突然發覺自己的聲音有點太大，大到離我們最近的那對男女都安靜了下來，看向我們這邊。

亨瑞克往旁邊一瞄，然後望向窗外的湖水。

「我不想現在談，」他說，「在這裡講這個不適合，我們待會兒再說。」

「說什麼？」我問。

「今天有人來公司找我。」

亨瑞克盯著我不放，讓我胃部發疼。我不知道他要說什麼，但從他的表情看來，應該是很嚴重的事。

他開口說道，「今天早上有個女人來公司找我，說她很擔心她女兒。」

「她女兒？」

「對，她女兒最近正在跟妳諮商。」

「什麼？」

「她說她女兒認識妳之後就完全變了，還說妳，這是她講的喔，」亨瑞克做出引號手勢，「『對她女兒有興趣到很不正常的地步。』」

「你是在開玩笑吧？」我再次大聲了起來，發現隔壁那對男女又再看了我們一眼後，才放低音量，「我怎麼替病人諮商，關她什麼事？」

他並沒有回答，只是自顧自地繼續說道，「她說妳一直問她女兒一些關於成長背景的問題，想讓她們母女失和。」

「伊莎貝兒。」我用氣聲說道。

亨瑞克傾身用手指敲敲桌面，「妳該不會是把這個伊莎貝兒當成艾莉絲了吧。」

「跑去找你的那個女人叫什麼名字？」我問。

「克絲汀・卡爾森。她說她女兒怎麼都講不聽，所以求我跟妳談一談，還說她女兒被妳給迷惑了。」

「她為什麼跑去找你？」我問，「她明明就可以直接來跟我談啊。」

「這很重要嗎？重點是她很擔心吧，」他聳聳肩說。

「亨瑞克，」我說，「你知道這是為什麼嗎？因為她怕她做過的事被揭穿，所以才想隱瞞一切。」

亨瑞克面帶質疑地看著我，「妳的意思是克絲汀・卡爾森綁架了妳女兒，還故意跑來操弄我的想法，以免妳發現真相？這完全不合理啊，妳想太多了吧。」

「你怎麼知道？**你怎麼能確定**不是這樣？」

「因為這種事根本就不可能發生啊，在我們這種國家，怎麼可能有人偷抱了別人家的孩子，卻完全不被發現？妳以為政府在人口這方面不會有記錄嗎？而且艾莉絲的墳墓我也去過，史黛拉，她已經死了。我知道妳一定承受過旁人都無法想像的煎熬，也知道這件事悲劇到令人難以承受，但艾莉絲已經走了，妳必須接受事實才行。」

「你明明就知道我向來都覺得她還活著，結果現在竟然講這種話？你是在罵我瘋嗎？你是不是覺得我瘋到開始編故事，騙你說艾莉絲還活著？」我把玻璃杯放到桌上時有點太大力，看得隔壁的那對男女開始竊竊私語。

「冷靜點，史黛拉，妳先冷靜一下。」

「你竟然寧願相信一個陌生人，也不願意相信我？我剛才說我有事要告訴你，結果你根本就不願意聽。」

「妳不要想把這整件事都怪到我頭上，是**妳自己**最近先怪裡怪氣的，而且那個女人跟我談的時候很真誠，我看得出她是真的很擔心她女兒，而且又走投無路，不知道能找誰幫忙，所以才跑來找我。」

「她說的那些話你就照單全收？」我胸口的怒氣在沸騰，聲音也開始發抖，「你覺得我妄想症嚴重到會去洗腦病人？難道你對我一點信心都沒有嗎？」

亨瑞克靠到桌上，「史黛拉，是妳自己先說妳找到艾莉絲的，而且這也不是第一次了，妳要我作何感想呢？」他伸手要摸我，但我把手抽走，雙手抱胸，看向他身後。

「這次不一樣，這次我知道一定是她。」

「但事情都已經過了二十多年欸。」他說。

「伊莎貝兒**就是**艾莉絲！難道你要我假裝沒發現嗎？」

亨瑞克靠回椅背，摺起餐巾，然後又再攤開。

「你他媽的不要再給我玩那條餐巾了。」我惡狠狠地說。

「妳真的覺得我有辦法相信妳找到了失蹤的女兒嗎？」他說，「她一歲時就失蹤，妳記得她什麼啊？結果妳現在竟然把妳對艾莉絲的感情投射在病人身上，還搞到人家的母親擔心諮商有問題，史黛拉，這很嚴重欸，妳應該懂吧，妳應該知道我為什麼會擔心吧。」

「我沒有編故事，」我說，「她真的就是艾莉絲。」然而，我卻發現自己的聲音尖銳又可悲，聽起來一點都不可信，就連我自己都覺得不太有說服力。此時，已經有更多客人在看我們了。

「妳如果一直認為她是妳女兒的話，」亨瑞克說，「就不能再替她諮商了。」

「我知道。」

「妳為什麼不跟我說呢？上次事情搞成那樣，妳應該還記得吧？我看你當時那麼難過，實在不想看妳再受那種苦。」

「你覺得我舊病復發？」

「我是擔心妳。」

「你覺得我有病，覺得我應該要住院，對不對？」

亨瑞克用雙手抹臉，「我們走吧。」

他環顧四周，尋找服務生的身影，我覺得好像被他從背上捅了一刀。他就坐在我對面，我們之間的距離卻彷彿有幾光年遠。我從未覺得我們之間如此疏離。

「你知道我為什麼不說嗎？」我說，「因為我知道最後一定會搞成這樣。」

我迅速起身的同時，椅子也應聲倒地。我跌跌撞撞地穿梭在各桌之間，一路奔向餐廳門口，卻突然聽見一聲重響和玻璃的碎裂聲，原來是我剛才撞到服務生，害他把托盤弄翻。我發現餐廳裡的所有人都在看我，於是加速衝向門口，用力打開大門，狂奔回到車上。

我開上特朗博格橋，接上烏爾尚達路，一路經過機場、布洛馬布拉克購物中心和索瓦拉賽車場，最後才轉下交流道，往瑞斯納的方向開去。整路上我都在想著艾莉絲，她就像一把火似的，在我心中熊熊燃燒，難以熄滅。

我開經布洛姆斯坦郊區、斯潘加和索爾罕後，抵達哈塞爾比，又左轉開上洛芙斯特路，準備要回家，但開到瓦靈比時，卻臨時起意，想在那兒暫停一下。

我停在停車場，走出車外。太陽已快要西落，四周的空氣很冷。我把披肩繞在頸上，雙手插進口袋。她就住在購物中心旁的其中一間大樓。或許其實我在潛意識中，一直想到這裡來看看吧。

我看見一間間房子燈暗燈亮，電視螢幕發出藍色亮光，窗簾後有人影移動，居民在各個房間走動，也不時望向窗外。或許艾莉絲就是其中之一，或許她現在就站在那兒看著我也說不定。或許她跟我一樣，也能感受到我們之間有種牽繫，或許她此刻也正在想著我，畢竟我們母女之間的牽絆是永遠不會斷的。

史黛拉

隔天早上，我下樓進廚房時，亨瑞克和米羅已經吃完早餐出門了。亨瑞克替我留了一盤，但咖啡不熱，果汁也已變得微溫，於是我把兩杯飲料和三明治一起倒掉，然後重新沖了杯咖啡。

我把妝化好，穿上設計師品牌的黑色老爺褲，上半身則配極簡風的綠色上衣。

窗外的街道、樹木、房子和天空全都灰暗陰沉。我看看時間，指針顯示八點半。今天是星期五，我沒有病人，所以可以不用去診所。

從我昨晚回家到現在，亨瑞克都沒有跟我說話。我到家後，看見他跟米羅在看電影，所以便自顧自地去洗澡，然後上床睡覺。他躺到我身旁時，我假裝已經睡著，但其實感覺得出他躺在那兒看我。現在的我們就好像活在兩個不同世界似的，完全無法溝通。

不過他會擔心我再度崩潰，其實也是很正常的，畢竟他說的對，我最近的確很反常，緊繃又易怒，但這次跟上次**不一樣**，這次真的是她。

要是我搶在克絲汀・卡爾森跑去嚇他前，就先把艾莉絲的事告訴他，或許結果會不同，不過這也很難說，也許他還是不會相信我也說不定。

我拿著咖啡走進工作房，打開電腦，登入臉書。其實我一直想把帳號刪掉，畢竟用臉書對我來說一點益處都沒有，根本就只是浪費我的時間和精力而已。我的「好友」基本上就是亨瑞克、玻妮拉、家人、親戚、老同學和一些透過工作或米羅認識的人，另外還有些不太熟的朋友，就是在成為臉書好友後，才會寒暄一下的那種，就這樣。我之所以一直留著帳號，基本上都是為了海蓮娜。她一天到晚都掛在臉書上，也經常透過訊息功能跟我和媽聯絡。

我在搜尋欄位中打入**克絲汀・卡爾森**，結果出現的結果好多，讓我有點沮喪。有些年紀太輕，有些居住的城市不對，有些則住在國外，所以都可以直接刪除。我挑了三個年齡看起來比我大一些的女人仔細檢視，但我根本就不知道她長什麼樣子，也不曉得她有沒有用臉書，所以完全查不出什麼名堂。

我也搜了伊莎貝兒・卡爾森的名字，但同名的人還是太多，於是我決定改用 Google 搜尋「伊莎貝兒・卡爾森，皇家理工學院」。

結果立刻就查到了一個她跟同學合作進行的專案。我點進連結，團體照中的她站在最前面。她雙手抱胸，頭髮沒綁，臉上的酒窩非常明顯。她既漂亮又耀眼，我拍了一張截圖存到雲端。

我又再搜了一下，但沒有找到其他資料，於是決定改用「克絲汀・卡爾森，博倫厄」當關鍵字。

搜尋結果比臉書上少了許多，不過哪一個才是我要找的克絲汀呢？

這時我靈機一動，想到可以用「漢斯・卡爾森，過世」來搜尋，結果就查到了這段資料。

漢斯・古納・卡爾森死於中風，享年五十五歲，留下太太克絲汀及女兒伊莎貝兒。

這則訃聞刊登在《達拉民主報》的網站上，我看完後又再搜尋「漢斯・古納・卡爾森，博倫厄。」

結果網頁跳出一個在巴卡加德的地址，而且這個地址下還登記了二十二歲的伊莎貝兒・卡爾森。

以及四十七歲的克絲汀・卡爾森。

克絲汀

其實我根本不必把毛巾和床單放進儲藏室，但我還是一如往常地幫忙做這件事，要是我不做的話，清潔車大概會一直無人問津地停在走道上。都怪大家太不負責任了，這些人啊，總覺得一定會有人替他們擦屁股，所以老愛偷懶。

我彎腰要拿車底的床單時，著實地感受到膝蓋的疼痛。其實要我減個幾公斤是不會死啦，但我現在有太多事要煩惱，實在沒力氣去想減肥的事。家裡廁所漏水、帳單愈積愈多就算了，最近車子又開始出現毛病，而且我還得去看牙醫，這些花費一般人哪有可能負擔得起啊？我當看護的薪水根本不夠，再說，漢斯留了一堆債讓我還，我替他辦喪禮時，我們的最後一點積蓄也全都用光了。

我聽見某間病房傳來動物受傷時會發出的那種狂吼，馬上就知道一定是海德薇。她吃了那麼多鎮定藥物後，竟然還站得起來，實在很神奇，不過她如果不定期用藥，恐慌症就會發作。

我放下手上的毛巾和床單，走向她房間。

「克絲汀，妳又躲在儲藏室裡了，對不對？」芮特瓦一看到我便這麼說。「警鈴都響了，妳為什麼完全不管啊？」她搖搖頭走進廚房。

那妳自己為什麼不管呢？我心裡雖這麼想，卻仍往海德薇的病房走去。有個年輕看護站在門口，一副不知所措的模樣。我拍拍她的手臂，跟她說由我來處理就好。

「海德薇，妳還好嗎？」

「救我，」她哭喊道，「救救我啊！」

「有我在，妳別擔心，妳先深吸一口氣，」我拿出鑰匙，打開儲放藥物的櫃子，心想大概又是誰忘了在兩小時前讓她吃藥。這種事我已經見怪不怪了，而且我還得幫忙寫疏失報告哩。我打開一包藥丸，倒進紅色塑膠杯裡遞給海德薇。她一口氣全部吞下，然後一頭栽到床上，在那兒大聲哭喊、抽噎。

我坐到她身旁，輕拍她的手，低聲告訴她不會有事，又把毯子蓋在她身上，包住她冰冷的雙腳，再悄聲安撫她、哼歌給她聽，一陣子過後，她才終於鎮定下來。

「海德薇，妳要不要咖啡或餅乾？」

「不要離開我，不要走。」

「我會一直待在這兒的，我保證。」

已經八十五歲的海德薇幾乎沒有訪客，她每天就是這樣服用鎮定藥物，然後躺在床上，一週一週、年復一年地過，偶爾也會失控一下，讓大家多注意她一些。我對她很是同情，畢竟晚年落得這般田地，真的很淒涼。社會上存在著像她這樣的可憐人，掌管社福制度的官員實在應該覺得丟臉，他們口口聲聲說社會福利健全，但在我看來，根本沒有什麼成效。

我坐在那兒，輕撫海德薇骨瘦如柴的手臂，心中思考著生命的意義。人生總和我們預期的發展不同，就連我打電話給女兒聊個天，最後也會以吵架收場。真不曉得為什麼我每次找她講話都會搞成這樣，這事我已經歷過好多次了，每次我都很疑惑自己到底做錯了什麼。

媽。嗨。

嗨，寶貝女兒，妳現在是要去心理諮商嗎？

她已經對我關上心房了。或許當時我應該先掛掉電話，晚一點再打給她才對，但我實在太想聽聽她的聲音，讓她知道我愛她，會一直陪在她身邊。雖然她語氣憤怒，但她內心深處一定能感受到我對她的愛，也一定知道她需要我。她還不夠成熟，還沒堅強到可以在沒有我的情況下獨自生活。

最近家裡的狀況如何？

挺冷清的，因為妳不在，所以一直都很冷清啊。

其實我只是不經意地開個玩笑，不過我早該想到伊莎貝兒會誤解才對，畢竟漢斯離開後，家裡的事就幾乎都是她在處理。

妳可以去認識一些新朋友啊。妳最近有去看外婆嗎？

女兒竟然擔心我的人際關係，讓我覺得很不是滋味。

妳外婆很忙的啦，她一天到晚都在織些什麼圓形花紋，根本沒空理我。

我的意思其實是我沒事，妳不用擔心。

那妳應該也可以去拜訪其他朋友吧？妳又不是一直都住達拉納。

她是怎麼回事啊？怎麼會突然講出這種話？而且口氣還那麼差。現在的她一點兒都不像平常的伊莎貝兒，完全不像，而且我還沒能理清思緒，她便又繼續發問。

我小的時候，我們到底住在哪裡？妳為什麼從來都不告訴我？妳只說我們住在丹麥的某個地方，後來妳搬到博倫厄，才認識了爸。

或許我不該那樣回應的，但誰叫伊莎貝兒要用那種口氣說話呢？電話上的她憤怒、難搞、無禮又不知感激地問了我一堆指責式的問題，所以我才會說出那種話。其實我自己也有點嚇到了。

這話從我口中衝了出來。我想我大概是想給她一點教訓，讓她知道分寸吧。伊莎貝兒每次攻擊我時，我的心都好痛。我當然也想好好跟她談一談啊，但我們非得在電話上講嗎？不能見面聊嗎？

妳說漢斯？

漢斯死後，我們母女倆相依為命，理當變得更加緊密，但我們之間的關係卻每況愈下。唉，真希望她知道她這個樣子，讓我有多難過。她根本就不了解我為她付出了多少，難道我這個母親在她眼中，就真的這麼不重要嗎？當年我可是懷胎十月，還痛了漫長的四十六小時，才把她給生出來，甚至差點在過程中喪命。她剛出生的那幾個月，我時不時就得抱她，把她放在搖椅上搖，替她包紮傷口，她如果生病，我夜裡都得坐在她身邊陪她，而且我還把她帶到達拉納，給了她一個安全的家庭，替她找到了全世界最棒的父親，難道這些事都不值得她感激？

對伊莎貝兒來說，漢斯就是她的全世界，而她外婆愛娜在她心中也有著非常特別的地位，就唯獨我一個人被她看得一文不值。老實說，孩子如果不想理你，還真的會冷酷到令人難以置信的地步，我一輩子都繞著她打轉，結果還是被她摒棄、拒絕，這種心痛的感受根本沒有人會懂。

海德薇不安地在床上挪動，我看到後替她重新把毯子蓋好。這可憐老婦的命運還真淒慘啊，我最後會不會也落得這種下場？我明明對女兒這麼關心，她卻似乎跟我愈來愈疏離。

我當初實在不該用那種方式把漢斯是養父的真相告訴伊莎貝兒的，我現在想起自己的口氣，都還是經常會覺得羞愧。我知道她很受傷，也很難過，我真的懂，但她最近的變化實在太大，她自己卻渾然不知。現在的她似乎總是處於生氣、惱怒的狀態，跟從前判若兩人。她之所以會變成這樣，不可能純粹是因為對我失望造成的。

我們必須見面談一談才行，如果伊莎貝兒願意搬回家的話，就再好不過了。這麼一來，我就能讓她感受到我無微不至的關心，重新成為她生命中不可或缺的角色。只要有機會好好跟她促膝長談，我一定能讓她回到我身邊，讓一切恢復原樣。

所以我決定主動出擊。

乍看之下，我的行為似乎很衝動，但其實我是經過仔細思量後，才決定出發前往斯德哥爾摩。一天要開那麼久的車確實很累，但我不能坐視自己的女兒誤入歧途，所以非去不可，而且去了之後，也覺得相當值得。

我知道夫妻對彼此的影響力很大，所以才先去找她丈夫亨瑞克‧伍德斯川談一談。為了給伊莎貝兒留點面子，我決定給她一次機會，暫時不要衝進她的診所，跟她進行不必要的對質，不過我要她知道我女兒正處於很敏感的階段，狀態又非常脆弱，所以她最好不要胡來。

亨瑞克‧伍德斯川是個友善的好人，不但讓我進他辦公室，還請我喝咖啡。他聽我說話時，中途一次都沒有打岔，而且也完全沒去看他那支昂貴的手錶，或露出不耐煩的模樣。他說他太太對病人的事一律保密，所以他什麼也不知道，但他相信她是個很盡責的治療師。他對她雖然忠誠，卻也沒有把我的話當耳邊風。我看得出他的擔憂，不過也不想造成他們夫妻間的問題，畢竟那不是我的目的，可我又能怎麼辦？我也是走投無路，才跑去找他。現在最重要的，就是我女兒的安全了，無論如何，我都得保護自己的孩子。

最後亨瑞克‧伍德斯川向我道謝，還看著我的眼睛跟我握手。他長得很高，身材不錯，臉蛋也很英俊，這種條件優秀的人通常都很勢利，但他卻溫暖又友善。她嫁了這麼好的丈夫，應該要知足才對。我跟他談過後，心情舒坦不少，覺得這次真的可以解決問題。

我繼續輕撫海德薇的手，一面輕聲哼歌。最後她終於入睡，而我就坐在她身邊，一路坐到了下班時間。

史黛拉

我在陰暗的天空下經過阿沃斯塔，一路開越達爾河。上次來達拉納是什麼時候啊？我已經不記得了。我快要抵達博倫厄時，眼前的景色突然拓展開來。四周都是廣闊的牧地與草原，遠方則有數座林木滿覆的藍色山頭，就連在今天這種灰暗的日子都讓人覺得好美。我都忘了瑞典還有如此迷人的景緻。

我向右一轉，再次越過達爾河，一路上看見不少鋼架，還有沒入多雲天空的鉛色煙霧。

巴卡加德在博倫厄的西北邊，我開到法盧路後找了一陣子，才找到正確地址。那一帶枝葉茂密的樹和冷杉長得又高又粗，不曉得是不是因為照不到光的緣故，一整區都顯得昏暗又陰沉。

巴卡加德多數的房子都照顧得很好，花園也都修剪得很整齊，不過其中還是有幾棟看起來比較簡陋的房子，不但屋體本身髒舊、破廢，花園雜草叢生，草坪上也堆滿垃圾，停著幾部老舊的車。漢斯跟克絲汀・卡爾森家就是屬於比較破爛的那種。我停在路肩，但沒有下車，只是在腦海中想像我女兒究竟是在怎樣的屋裡長大。

卡爾森家外牆的油漆已逐漸剝落，需要重新上色。這棟房子以前或許很不錯，但現在似乎疏於照料。車道旁積了一堆垃圾，廚房窗邊有台老舊的洗碗機，花床看起來很久沒有修剪，花園也長滿又高又密的雜草，倒是有個精緻的黃色信箱看起來像童話故事裡的道具，跟周遭環境相比，顯得很衝突。

我想知道克絲汀是怎樣的人，做的是什麼工作，有著怎樣的背景，又知道些什麼。她明明可以直接來找我談，卻迂迴地去調查亨瑞克在哪工作，還跑去他公司，要他在會議間的空檔擠出一點時間來跟她見面。她到底為什麼要這麼做呢？我愈想就愈覺得奇怪。

車道上空空如也，窗戶也沒有透出亮光，看來似乎沒人在家。這時，一台車往我的方向開了過來，我看到後馬上屏息趴下身子，等到車子經過後才有辦法呼吸。我感到腋下全濕，心跳聲好重，也不禁覺得自己的行徑實在很離譜。不過剛才如果是克絲汀的話，她應該沒看到我才對。

我急切地開回法盧路上，一路開到底端，但並未開上通往博倫厄的E十六號公路，而是又再掉頭。

我停在卡爾森家門前，將引擎熄火，下車查看。我非得想辦法進去不可，或許會有哪道門沒鎖，也或許我可以把哪扇地窖窗強行扳開也說不定。

我快要走到大門時，隔壁那棟房子的門突然打開，一對穿著情侶款運動衣的男女走了出來。他們走下門階時，男子一臉懷疑地望向我，好像知道我想闖進去一樣。他們家的鐵門上掛著**社區守衛隊**的告示牌，牌子中央印著紅色的三角形和一根斷掉的撬棍，下方則是警方的標誌。

我看到後便馬上轉身，迅速往車子的方向走回去。

「哈囉，妳有什麼事嗎？」男人在我身後大喊，聽得我加快腳步，跑回車上，然後迅速駛離。

我從後照鏡中看見他望著我離去。

我找了一個比較遠的地方停車，等了一會兒後，又再開回克絲汀家，但剛才那對鄰居仍在屋外，還拿出了一些園藝用具。看來他們很注意這個社區的安全，要是我再靠近卡爾森家的房子，一定會被發現。

可是我都大老遠地跑來了啊，我都已經找到了克絲汀・卡爾森和艾莉絲住的地方，結果卻沒能再踏出下一步，實在覺得很氣餒，但同時，我也鬆了一口氣。我現在絕不能再犯錯了，要是有人發現我跑來偷窺的話，我的治療師生涯一定會就此葬送。

我臨走前又再看了房子一眼。沒想到艾莉絲竟然是在這裡長大的，實在太令人難以置信了。她以前會站在窗邊欣賞屋外的景色嗎？會在花園跑跳玩耍嗎？她有被虐待嗎？有獲得足夠的愛嗎？我失去女兒後，也從此對她的人生一無所知。

伊莎貝兒

「如何？」喬安娜舉起一件鑲滿亮片的超短洋裝，「妳穿起來一定超辣。」

我聳聳肩，「我覺得還好。」

「伊莎貝兒，妳開心點嘛！」她把洋裝掛回架上，摟住我的肩，「心情不好的時候就是要逛街啊。」

「是嗎？我媽說錢花掉以後，心情反而會更差欸。」

「她說錯了啦，妳待會兒就知道了。」

我一點都不覺得逛街會有幫助。「我們就不能回家嗎？」

「我跟妳講真的，妳要是繼續躺在床上的話，一定會發瘋的。」喬安娜摟住我的肩，拖著我繼續挑衣服。

她一下課回家，就立刻到我房間把百葉窗拉開，問我在做什麼。一開始她還以為我生病，但發現我是心情不好後，立刻爬到我床上，給了我一個很大的擁抱，說她也覺得人生很痛苦，然後又命令我去洗澡。結果現在我們倆就在市中心的皇后大街，跟一大堆人擠著逛H&M了。

喬安娜拿起一件超小的銀色絲質短上衣，雖然很好看，但我還是很不甘願地答應試穿。除了這件之外，她還替我拿了先前那件亮片洋裝，和一件超緊身的黑色長褲，領我走進最大的試衣間，坐上裡頭的椅凳，比了個手勢，示意我開始，而我則脫下毛衣和牛仔褲，換上她幫我選的衣服，並聽話地轉圈。

最後我買了上衣和長褲，而且心情似乎真的有點好轉，不過大概不是因為購物，而是因為她的關心吧。

後來我們到奧利安百貨公司的阿喬果汁店坐著休息，店裡的音樂放得很大聲，顧客們也都一副很潮的模樣。喬安娜買了兩杯果汁，坐到我身邊。「妳這杯果汁的名字叫『性感一下』，我覺得妳應該很需要。」

我嘗了一口，「很好喝耶，謝謝妳。」

「我已經好久沒看妳這麼憂鬱了，是因為妳爸的事嗎？」

「是因為我整個人都很可悲。」

「伊莎貝兒，妳也太誇張了吧，為什麼突然這樣講啊？」

「我覺得我的童年生活很不正常。」

喬安娜摟住我的肩，「是因為妳爸媽沒說妳是養女嗎？」

「不只是這樣。我覺得我們一家就好像活在泡泡裡，非常孤立，除了我外婆之外，我們從來不會跟任何人見面。我媽總是想把我養得像小洋娃娃一樣，這樣一來，我就會對她百依百順，任她擺佈。」

我喝了一口果汁，腦中的思緒紛亂攪動。「我爸媽很特立獨行，教養方式也跟一般父母完全不同，所以我老是覺得很丟臉。其實多半是我媽啦，我一直感覺她好像有哪裡怪怪的。他們從來不參加親師座談會，每次班上的家長發起什麼活動，也總是找藉口說沒空，而且向來都不准我參加校外教學。我爸會讓我到修車店幫忙，我媽會帶我一起烤點心，但一直以來，我都覺得他們實在很詭異。」

「不過天下的父母腦袋都有點問題啦，我跟妳保證。」

「但沒有人會像我媽那樣吧，她可是隨時隨地都在監視我欸。每次哪個男生對我有興趣，她都會馬上發現，然後打給對方的爸媽，威脅說要通報警方。我媽瘋狂的行徑眾所皆知，最後大家也都因為她而對我退避三舍。」

「妳現在有我啦，」喬安娜靠在我肩上，「還有弗雷德，對吧？妳們最近是不是經常在傳訊息啊？」

「嗯。」

「妳喜歡他嗎？」

「一點點。」

「只有一點點？」

「不要再問了啦，喬安娜。」

「好啦。」

一陣沉默。

「妳覺得他喜歡我嗎？」一會兒過後，我這麼說。

喬安娜翻了個白眼，「他超喜歡妳好嗎，無論妳叫他做什麼，他都一定會答應。」

「但我這麼怪，他真的會喜歡我嗎？」

「我跟妳說，其實旁人根本就不覺得妳怪，是妳自己想太多了。」

「有一次團體諮商時，史黛拉也說過類似的話，但我還是覺得我心裡存在著一些很糟糕的什麼。」

「拜託，妳以為只有妳這樣嗎？我有時候也會覺得滿腔怒火啊，氣我爸媽，氣自己的人生，什麼都氣。心裡有這種情緒並不是妳的錯，重要的是妳怎麼處理才對。」

「或許吧，我也不知道。」

「但我知道啊，所以妳聽我的就對啦。現在跟我說說弗雷德的事吧。」

於是我們就開始聊起男生，討論該如何用簡訊和 Snapchat 搞曖昧，她還告訴我什麼話該講，什麼話不能說，聽得我滿臉通紅，跟她一起哈哈大笑。聊男生和性事太耗體力，一陣子過後，喬安娜便起身要去買三明治，我說這次應該換我出錢，但她只對我揻了揻手，然後便往櫃台走去。雖然我一開始很不想出門，但跟喬安娜出來晃晃真是再正確不過了。這時我的手機響起，是我不認識的號碼——打來的終於不是媽了。

史黛拉

我驅車返回斯德哥爾摩時，心裡既失望又憤怒，所以車速有些過快。我怎麼會蠢到跑去博倫厄呢？去了之後，也沒查到任何資訊，完全是浪費時間，還不如在家睡覺比較實在。而且沒找到線索就算了，現在我心中又浮出更多疑問，這些問題大概永遠都無法獲得解答。

我在恩雪平的一間加油站把油加滿，買了杯咖啡，坐到停車場邊緣的野餐桌旁，覺得自己肩膀僵硬，雙眼周圍的皮膚也很緊繃。我深吸了幾口氣，把肺部鼓到最飽，然後伸展了一下筋骨。

我拿出手機，撥了電話。

「喂，我是伊莎貝兒。」

「嗨，伊莎貝兒，我是史黛拉·伍德斯川。」

電話的另一頭一陣沉默。

「喂？」我說。

「哦，嗨！」

「星期五下午還打電話來打擾妳，實在很不好意思。」

「不會的。」

話筒中的音樂很大聲，她或許是正在參加什麼學生派對吧。

「妳方便說話嗎？」我問，「還是妳在上課？」

「我今天沒課，所以跟朋友出來晃晃。」

「真好，」我說，「妳喜歡上學嗎？」

她遲疑了一下才回答。

「嗯，喜歡，雖然有點辛苦，但很有趣。」

其實事情也沒那麼難嘛，我只要打個電話給女兒，就可以問問她今天過得如何，問她有什麼夢想，將來想從事什麼職業，這麼一來，我就可以知道她是怎樣的人了。關於她的一切，我都想了解。

「那我就長話短說吧。我之所以打來，是想給妳個建議，」這話從我口中蹦了出來，「團體諮商一週只有一次，而且我也沒辦法跟每個人都好好聊一聊，剛好我星期一有個時段空著，妳可以過來單獨跟我諮商，妳覺得怎麼樣？十一點。」

「呃，好，」伊莎貝兒聽起來有點狐疑，「這樣好像不錯。」

「妳如果不想來的話也沒關係，」我說，「我只是希望能幫妳而已。將來我們也可以約妳母親一起談，這樣應該會有助於妳們母女倆拉近距離。」

「這部分之後再說吧，」她說，「我可以考慮一下嗎？」

「當然，我只是提議而已，妳可以自己決定。」

「不過星期一沒問題，十一點對嗎？」

「沒錯，那就到時見囉。」

我掛斷電話後坐回車裡，從包包拿出行事曆，寫下**伊莎貝兒，星期一早上十一點**。我這麼做的確不符合職業道德，但艾莉絲是我的孩子，我願意不計一切代價把她搶回來。

我翻閱當週的行事曆，發現自己必須在今天下班前寄出數封電子郵件，打電話給幾個人，並更新一些病例，但時間已至中午，我卻一件事都還沒做，也沒打算要動手處理。

這時，我看見星期三那一格寫著**史瓦・尼爾森，北雪平**，是我跟波爾・古納森通過電話後寫的筆記。但後來我因為接米羅的誤會事件而和亨瑞克發生爭執，昨天又在餐廳遭人側目，所以完全忘了要打給尼爾森。

我在Google上找到他的號碼跟地址後撥出電話，耐心地聽著話筒中的嘟嘟聲。

「喂？」是一個年輕女子的聲音。

我介紹自己，並表明要找史瓦・尼爾森。女人咕噥了幾句，好像是說要幫我把電話交給他的樣子。

「我是史瓦・尼爾森。」他的聲音很粗啞，跟我印象中完全不同。

「你好，我叫史黛拉・伍德斯川，」我說，「我們在一九九四年夏天見過，當時我的名字是史黛拉・喬韓森。」

「呃？」

「我年僅一歲的女兒艾莉絲那年八月消失在史川德加登，當年負責調查這件案子的警官就是你。」

一陣沉默。

史瓦・尼爾森已經很老了，他會記得嗎？

「嗯，我記得，」他說。「可以請問妳為什麼打來嗎？」

「因為我認為艾莉絲還活著。我知道你可能會覺得我瘋了，但我知道她沒死，我就是知道。」

「我一直都認為妳女兒還活著，」史瓦・尼爾森說，「可惜沒辦法找到證據來證明我的想法，所以我實在很抱歉。在我從警的那些年裡，最讓我挫折的案件就是妳女兒的失蹤案了。」

他的話讓我淚水盈眶。我用袖口擦乾，然後清了清喉嚨。

「你那邊有什麼調查資料可以讓我看嗎？」我問。

「當然，」他說，「所有資料我都還留著，一張紙都沒少，而且其實我還知道一個當年被遺漏的線索，如果妳方便過來的話，我們可以一起了解一下。我看看啊，星期二怎麼樣？星期二早上？妳可以嗎？」

我大笑出聲。從現在到星期二還好漫長啊，但我終於能拿出線索，證明自己說的沒錯了。

回程路上，我把音樂開得好大聲。

史黛拉

早上亨瑞克烤了麵包，整個廚房充滿香氣。今天是星期六，所以我們一家三口一起吃早餐。我跟亨瑞克一直還沒把話說開，不過為了不讓米羅夾在中間，我們表面上仍假裝一切安好。我雖然不餓，但還是咬了一口麵包，稱讚好吃，然後又問了米羅今天籃球比賽的事，讓他打開話匣子，如此一來，我跟亨瑞克就可以繼續避免交談。

亨瑞克覺得我應該待在家休息，所以知道我不去看比賽後，似乎鬆了一口氣。**我今天要躺在沙發上好好放鬆**。我站在門前跟他們父子倆揮手道別時，不禁想起自己兩個禮拜前也這麼說過。當然啦，我沒告訴亨瑞克我去過史川德加登和克絲汀在達拉納的家，也沒說我跟伊莎貝兒和史瓦・尼爾森通過電話，不過我近來做事這麼不可靠，整個人又神祕兮兮的，他想必已察覺到不對勁之處。當然，我可以理解他為什麼無法相信我，但同時，我也不覺得愧疚。失去孩子的痛，只有經歷過的人才會懂。要是我一五一十地把心中的感覺和計劃都告訴他，那他一定會想阻撓我，跟我作對，所以我實在不想浪費時間處理他的猜忌與懷疑，畢竟他口中的「好意」，其實根本就是害怕我會闖禍的恐懼。事實上，人都是這樣的，我們每個人都只想保護自己，而亨瑞克也不例外，所以我才沒有告訴他我今天要去見誰。

我開下E十八號公路後，看了一下衛星導航。**似乎再一下就到了**。昨天我忍不住上臉書偷看他的頁面，不過只能看到大頭貼、他去過的地方，還有他喜歡的音樂，至於其他資料，都只有朋友才看得見。

其實一開始我並沒有打算要來，但最後我的心叫我非來不可。我只是想見他一面，看看他現在過得如何。

這事沒有其他人會懂，除了他以外，我找誰說都不對。他是艾莉絲的爸爸。他有權利知道艾莉絲還活著，也有權利知道我跟她見過面、知道她住在哪裡。

丹尼爾家位在距離斯德哥爾摩三十多公里的布羅，是棟漂亮的白色平房，很大的院子裡種著濃密但修剪整齊的樹籬。房子旁邊有間修車店，店裡有個男人正彎著腰在檢查汽車引擎，牆上則掛著**孫德維斯特修車行**的牌子。我就著後照鏡打理儀容，將白色上衣拉好，又看了看我塗成酒紅色的指甲。今早出門前，我有特別整理及肩的頭髮，所以現在髮尾有些捲度。我對著後照鏡微笑，鏡裡的女子也回以笑容，但卻一副緊張又不安的模樣。

我把車停在修車行門口。丹尼爾用手遮陽，瞇眼盯著我看，我則深吸了一口氣，開門下車。

「史黛拉？」丹尼爾笑著朝我走來。「我就覺得應該是妳。」他說。

他拿布擦了擦手，像從前那樣緊緊地抱住我，還把我抱起來轉，而我也靠在他頸上，聞著他的氣息，心中逐漸想起在他身邊的感覺。他的碰觸無預警地在我體內激起一股慾望，讓我措手不及，不，或許我一直以來都很想再次體驗這種悸動也說不定。

「妳大老遠地跑來布羅，」他說著把我放下，「有什麼事嗎？」

「嗯，只是經過而已啦，不行嗎？」

「當然可以，」丹尼爾說話時面帶笑容，但我能感覺到他的防備。他打量我的同時，我也觀察了他一下，發現他跟從前差不多，不過也有些不同。以前他相當精瘦，現在可能有去健身，所以雙肩厚實，胸膛和雙臂的肌肉也很結實；他的頭髮留得比往年都長，還紮成圓球狀，顏色雖仍烏亮漆黑，但太陽穴附近已生出些許白髮；他身穿破舊的牛仔褲，褲頭掉到臀部，上半身則是黑色背心搭上紅色的法蘭絨襯衫，手臂上的刺青比我十二年前看到他時更多。總之，他全身都散發一股危險的性感氣息。

「你自己的修車行耶，」我指向店內的牌子，「你真的辦到了。」

「對啊，夢想成真的感覺實在很不錯，」他抬頭看向招牌，接著又轉頭看我，「妳呢，還是在當治療師嗎？」

我走向他正在修的那台車。

「真美耶！」我的手滑過車體側邊。

「是啊，很漂亮吧。」

丹尼爾經過我身後時，不經意地擦到我臀部。他站到我身旁，跟我離得好近，我可以聞到他身上那機油和潤膚水的味道，也聽得見他的呼吸聲。

「我還記得你以前都開一台閃亮的小紅車載著我到處跑。」我邊說邊抬頭看他。

「拜託，什麼閃亮的小紅車啊？」他裝出失望的模樣，「那可是一九七四年產的雪佛蘭羚羊車欸。」

「那台車總讓我想起許多美好的回憶呢。」

丹尼爾笑了。他也記得，而且就他的表情看來，他大概也覺得我們在後座的那些時光很值得回味。想著想著，我不禁感到下腹一陣騷動。他往店內走，又轉頭問道，「妳要喝啤酒或什麼的嗎？」

「礦泉水就可以了。」

「妳還是沒學會喝啤酒嗎？」他轉身丟了一瓶水給我，我接到後笑出聲來。

「沒有，我看我是無藥可救了。」

他問起古姿瓦（也就是我媽）近來過得如何，說他有聽聞我跟亨瑞克幾年前買公寓給她的消息，還說很想念她做的肉丸，要我代他跟媽問候一下；而我也順口問了他母親莫德的狀況，他說她在今年初夏退休，現在每天都在廚房的風扇底下抽菸。

我們聊天的內容根本就不重要，其實我跟丹尼爾只是為了把對方留在身邊而隨意亂聊罷了。此刻的我全身都為他顫動，而我從他掃視我全身上下的眼神中，也看得出他和我有相同的感受。知道他對我還是懷抱著慾望，讓我心花怒放得無法自已。

「你這裡還真是個男人窩欸，」我環顧四周，「冰箱都是啤酒就算了，竟然還有點唱機，簡直就是全套配備。」

「很不錯吧？」他回應。

我坐到冰箱旁的沙發上。

「妳要坐那邊啊？到時妳那些高檔的衣服弄髒，我可不負責哦！」他用啤酒指向沙發。

「你也過來坐吧。」我拍拍身旁的座墊，邀請他一起坐下。他坐到我旁邊，把一隻手放在我身後，我也往他那邊挪了一些。我一直在想，我們當初如果沒有分開的話，現在會過著怎樣的日子，會住得離市區這麼遠嗎？會生更多孩子嗎？

當年發生了那樣的事，我們也因而失去了一切，實在讓我傷痛欲絕。我好想他，也很想念我們為彼此帶來的溫暖，真希望能再次體驗那種熱度。

「每個人的生命中，多少都會有幾個地位重要，而且不可或缺的人，這樣的人如果突然消失，無論是誰，應該都會覺得自己很淒涼吧？」我說，「對不對？」

丹尼爾捏捏我的肩。「妳總會花上許多時間來思考這種事，像我就不太會去想，」他說完後沉默了一下，「妳現在還有在寫日記嗎？」

「不寫了。」

「妳快樂嗎？」丹尼爾看著我的雙眼。

我避開他的目光。「生活過得還算不錯啦！」我這麼回答，言下之意是叫他不要再問。

「亨瑞克好像是營建工程師之類的？」

「對。」

「妳現在開的可是高貴又經典的奧迪呢，」他說，「很爭氣哦。想當年還有人怕開車怕到不敢學呢。」

「我還是當年那個我。」我並不是要來找他聊我現在的生活，也不想聽他繼續談論這個話題。其實，我現在真的就只是希望他陪在我身邊而已。

「我覺得他很適合妳，」他說，「像我跟妳就是都太過衝動，所以才沒辦法在一起。」

「或許吧。」

「那妳兒子米羅呢？現在應該已經很大了吧？」

「十三歲了。」

「真是時光飛逝啊。」丹尼爾喝了一大口啤酒。

「艾莉絲如果還在的話，也二十二歲了呢。」我說。

丹尼爾看了我一眼，將手臂拿開，整個人坐直了起來。他沉默了好長一段時間，似乎是在思考該作何回應。我都忘記他這個招數了。以前他的避而不答就經常讓我很生氣，現在他又再這樣，我還是覺得很不開心。

「你也會想她嗎？」我問。丹尼爾將手中的啤酒罐扭扁。「有時候吧，」一會兒過後，他才這麼回答，「偶爾啦，多半是在她生日的時候，不過想又能怎樣呢，生活還是得繼續過啊。」他說完後又一陣沉默。

「我最近一直在想她，還有我跟你之間的事，」我把手放到他的大腿上，「丹尼爾，我們當年實在過得好快樂啊。」

「我們明明就經常吵架，」他說，「而且又住在約德伯羅那間小到不行的公寓，動不動就看彼此不順眼，那些日子可一點也不浪漫啊。」他拆下橡皮筋，用手指梳頭，我則把放在他大腿上的手拿開。

「要是艾莉絲沒有消失的話……」

「我們就會過著幸福快樂的日子，是嗎？」他緩緩搖頭，盯著我看，「妳真的這麼認為嗎？史黛拉，我們當時還那麼小欸，而且妳突然間就懷孕，根本是個意外啊，我怎麼覺得妳的記憶跟我的不太一樣呢。」

他竟然如此輕易地就否認了我們曾經共有過的一切，好像那些回憶完全不值錢似的。我起身走向修車店門口，看向店外的大街。或許我根本就不該跑來的。

「怎樣，所以你覺得我記憶中的那些事，都是我自己想像出來的囉？」我轉頭看著他說。

「妳老是把一切都看得太美好了。」丹尼爾離開沙發，走回他剛才在處理的那台車旁，拿起扳手，彎下腰繼續修車。我了解他的習性，所以知道他心中其實很困惑、不安。是因為我的緣故嗎？他是不是很擔心我們之間會發生不該發生的事？對，他一定嚇壞了，一定是我喚醒了他心中的一點什麼，讓他感受到如當年那般濃烈的情緒，所以他才會覺得害怕。

「你當時明明就很愛我們啊，」我說，「你跟艾莉絲在一起時，總是一副幸福洋溢的模樣，難道是我記錯了嗎？難道我們都只是你遠大計劃中的絆腳石嗎？如果是的話，你就直說吧，不用怕我承受不住。」我向他走去，覺得自己活像個肥皂劇裡那種情緒不穩的角色。

他轉身抓住我的雙臂，傾身向前，仔細端詳我的表情，「妳現在說這些做什麼？妳到底跑來這裡幹嘛？應該不是要來聊往事的吧。」我先是低頭看著地板，然後才迎向他的目光，接著便把我找到艾莉絲的事告訴了他，還說其實應該是她先找到我，但她並不自知。我知道自己說得含混不清，也希望自己能冷靜、鎮定一些，但腦子就是不聽話，最後，我完全沒等他回應，便一股腦兒地將整件事從頭到尾給說了出來。我說完後看向丹尼爾，發現他的心思好像飄到了很遠的地方。他雙腳站得很開，背也挺得筆直，雙手深深地插在口袋裡。

「她的頭髮也又黑又濃密嗎？耳朵也像精靈嗎？」他摸了摸自己的耳朵。

「沒錯，所以我才會這麼確定。」我捧住他的臉，直視他的雙眼。我們倆的眼神都非常堅定。

「那她還跟小時候一樣，」他說，「長得跟瑪莉亞那麼像嗎？」丹尼爾的語氣柔和了下來，也開始帶點同情。他終於願意相信我了。

「她跟瑪莉亞簡直是一個模子印出來的，你一定要去見見她才行。」

我將雙手環上他的頸，整個人靠在他身上。我們談戀愛已經是很久以前的事了，但我總覺得我們倆的心從未真正分開，時間也未曾切斷我跟他之間的牽繫。

「然後妳還跟她見過面、說過話？」他說，「妳確定嗎？」

「丹尼爾，她絕對是我們的女兒。」他善解的語氣讓我放下了心中的大石，頓時覺得又悲又喜，眼淚幾乎要奪眶而出。悲的是我們錯過了那麼多年，喜的則是我們終於又重新聚首，而且彼此之間的情感仍緊密不分。

「我們的女兒已經死了，」丹尼爾掙脫我的擁抱，「當年我們已經埋葬了她，難道妳都不記得了嗎？」聽到他這麼說，我覺得腹部好像被狠揍了一拳。「史黛拉，妳到底有完沒完啊？妳之後會不會又一直跑來說妳找到她？」

「真的是她，我非常確定，我全身上下的每根神經都感覺得出她就是艾莉絲，」我把頭撇開，深吸了一口氣，然後才又轉頭看他。「我有跟史瓦・尼爾森談過，你記得他嗎？就是當年負責調查的警官啊。總之，他說警方漏查了一條線索，所以我星期二要去跟他見面，」我抓住丹尼爾的手，逼他抬頭看我，「我覺得你可能會想跟我一起去。這麼一來，我們就可以得到答案，就會知道──」

「史黛拉，妳聽我說，」丹尼爾打斷我，「艾莉絲已經死了，所以妳也別再執迷不悟了。現在最重要的是我們各自的生活，不是嗎？」

我感到喉中一陣哽咽，接著便流下眼淚，還愈哭愈大聲。

「丹尼爾，你一定要幫我，」我抽噎道，「拜託不要拋棄我，除了你之外，根本就沒有人願意聽我說。」他一把手放上我的臉頰，我就馬上癱進他懷裡。

「我的難過不比你少，」他鎮靜地說，「真的。」

「我好想她，也好想你。」我啜泣時話講得很含糊，根本聽不清楚。他發出噓的聲音，要我冷靜下來，不但邊說邊吻我的頭髮，還輕撫我的背。

這種感覺好棒，好溫暖，我想要他，現在就要。

我知道這麼做不對。我真的知道。

但躲在他懷裡的感覺好自在，我再度被慾望吞噬。我愛撫他的臉，撥弄他的頭髮，觸碰他前額的傷疤，然後拉近他的臉，開始吻他，但丹尼爾卻挺起胸膛，一把將我推開。

「妳這是在**幹什麼**？妳已經擁有美滿的家庭了，這點你可千萬不要忘記。妳丈夫是很愛你的，我十二年前見到他時，就看得出他是真的在乎妳，而且也把妳照顧得很好，比我好上太多了。」

我無法承受他看我的眼神，所以只能盯著地板。我好丟臉，好丟臉，實在是太丟臉了。

「我一點都不想跟妳去，」他說，「我真的不想，也無法再承受這一切了，我們倆都必須放下過去才行。史黛拉，妳快回家去照顧孩子吧，妳先生大概也很擔心妳。」

「爸比，爸比，」一個小女孩的聲音傳來。我本能地直起腰，看見一個孩子走進屋內，撲進丹尼爾懷中。「我們有看到小貓、山羊、綿羊和小妞哦！」

「妳是說小牛嗎？」丹尼爾笑了出來。這孩子年約四歲，頭髮又黑又多，此時，又有另一個女孩走了進來，大概八歲吧，同樣也是一頭美麗的秀髮。丹尼爾一問媽媽在哪，姊妹倆便異口同聲地說她先把食物拿進屋了。她們說媽媽叫他趕快進屋跟他最愛的三個女孩吃飯，於是他把小女兒扛在腰間，摟住大女兒的肩膀，帶著兩人要往門外走。

艾莉絲跟這兩個孩子一樣大的時候，也是這副可愛的模樣嗎？丹尼爾也會用此刻這種憐愛的眼神看著她嗎？一定會。我愈想就愈心痛，好像心中被深深割了一刀似的，覺得難以呼吸。

我彷彿能看見年輕的丹尼爾抱著我們的小寶貝坐在地上，也還記得他把艾莉絲捧在胸口，頭髮蓬亂地躺在沙發上睡覺的模樣，當時他總會保護性地把一隻手放在她小小的背上呢。**他最愛的女孩應該是我們倆才對啊**。

當下，我真的覺得自己可能會就此僵在原地，無法動彈，必須等到哪個好心人來把我抬走。

我真是個白癡。真是個不知分寸的廢物。

我怎麼會認為他這些年來都在等我，就為了重溫我們在一起的短暫時光呢？他現在有別的女兒要照顧，也已經找到新愛人了。他已重獲新生。

「史黛拉，史黛拉，」丹尼爾站在門口看我，兩個女孩也都對我投以好奇的眼光。「妳自己要多保重。」他說完後便帶著女兒往他家走去。

我看見前廊上有個女人朝我這裡看過來。她長得很美。

我爬回車裡，落荒而逃。

史黛拉

我像瘋子似地把車開走，停在路邊，一頭栽在方向盤上痛哭。愧疚與羞恥感在我心中盤旋不去，讓我愈來愈憎恨、唾棄自己。愧疚的是我竟然想背著亨瑞克偷吃，令我羞恥的則是心中湧升出的那些慾望，還有我處理情緒的方式。我怎麼會想親丹尼爾啊？當下的我是想做到什麼程度呢？這問題我根本連想都不敢想。我們之間的情感曾是那麼強勁而猛烈，我對他也始終存有慾念，結果今天一見到他，心中的渴望便一發不可收拾，而我卻完全**沒有**要控制自己的意思，還放任自己相信我們之間的感情沒變，甚至想從他身上找尋慰藉。只因為怕受傷，就想逃避現實。我每次只要想忘卻痛苦，就會使出這種手段。現在的我太過衝動，一點自制力都沒有。

我跟丹尼爾曾擁有過的一切已煙消雲散，而我也只能眼睜睜地哀悼我們的過去。艾莉絲短暫地來到我們的生命之中，卻倏忽即逝，好像根本未曾存在過。當年究竟發生了什麼事，沒有人能夠解釋，但無論如何，我們的三人小家庭已就此破滅是不爭的事實。

艾莉絲消失後，我全然崩潰，整個人陷入一種痛苦、焦慮，又絕望的狀態，每天回到約德伯羅的家，還得看見散落在每一個房間的玩具，廚房裡的嬰兒椅，還有臥房內的嬰兒床。我把她那些迷你衣物和動物造型的填充玩偶全都收集起來，然後丟進洗衣機。

當時我就像癱瘓一樣，一天到晚都躺在沙發上，蓋著艾莉絲的棉被，聞著她的氣息，為的就是想感受她的存在。那種痛，我完全無法向任何人傾訴。

丹尼爾用盡辦法想幫我，不但拜託我、求我，甚至還向上天祈禱，但緊張性思覺失調的我卻毫無回應，最後他終於忍不住開始吼我，也終究臣服於他自己的悲傷，並離我遠去。雖然我也不是記得很清楚，但印象中他從沒指控過我什麼。或許他很氣我的疏忽，氣我粗心大意、漫不經心，也或許沒有，但他從沒罵過我，也沒質問過我為什麼丟下艾莉絲一個人，不過我還是覺得他對我一定有所怨言，所以我才一直對他視而不見，深怕自己承受不住他的責怪。

四個月過去了，警方還是沒查到關於艾莉絲的任何消息。她就那樣消失得無影無蹤，而我的生命力也幾乎消失殆盡，最後丹尼爾終於收拾東西，搬出公寓。他臨走前，把包包甩到肩上，看了我好長一段時間，才終於轉身。而我就坐在沙發上，看著他離開。

我回到家時，沒在前廳看到米羅的鞋子，也不見亨瑞克的蹤影，但他的外套已掛在家裡，車子也停在屋外，一定是已經到家了吧。我走上樓時，心臟跳得好用力，整個身體也因為氣憤而顫抖。這傢伙太讓我失望了，他一定有背著我跟丹尼爾聯絡，說我舊病復發，神智不清，警告他要小心，所以丹尼爾才會說**妳先生大概也很擔心妳**。亨瑞克還聯絡了誰？他是不是打給了我身邊的所有人，說我病況嚴重，而且心理狀態失衡？

我走進臥房，發現他的運動服垂掛在洗衣籃上。看來他剛才是出去跑步。我聽見浴室傳來沖澡的水聲，又看見門口微微打開，於是走了進去，而亨瑞克就站在滿是霧氣的玻璃門後。

我把門推開，他轉過身來。

「妳跑去哪啦？」他說著把水關掉，抓了一條毛巾圍在腰上。我踏出一步，甩了他一巴掌，他瞪大雙眼盯著我，好像不敢相信剛才發生了什麼事。

「妳幹麻啊？」他伸手揉臉，但我又再推他，還用拳頭猛往他胸前捶。

「你怎麼可以這樣？」我對他尖吼，「你他媽的怎麼可以這樣對我？」

亨瑞克抓住我的手臂，讓我無法繼續打他，所以我就開始猛踢，踢得他只得更用力地把我整個人轉成背對他的方向，緊緊地把我抓住。

「放開我，」我想要掙脫，「我叫你放開我，你聽到了沒。」

「現在是怎樣啊？妳到底是怎麼一回事？」他仍用力地抓著我不放。

他終於放手後，我馬上咬了他一口，然後趁他邊罵髒話邊檢查手上的齒痕時，轉身準備再賞他一巴掌，但他抓住我的手腕，舉到我頭頂上，又把我往牆上推。

一顆水珠流下他赤裸的胸膛，他傾身向前時，我順勢用空著的那隻手將他拉近，開始親他，咬他嘴唇。

「妳想做什麼？」他在我耳邊低語。

我沒有回答。他放開了我，倒退一步。

我猛地脫掉上衣，扯得鈕扣四處亂飛，但亨瑞克只是靜靜地看著我。我抓住他的臀部，把身體壓到他身上，深吻了他很長一段時間，然後把手伸到浴巾下，摸弄他的勃起。

他把我抱到洗手槽旁的化妝台上，我扯掉他的毛巾，發現他硬挺不已，於是馬上把雙腳纏在他腰上，但他把我推開。

然後開始親吻我的喉與頸，把舌頭伸進我的嘴，還用力地扯我頭髮。他解開我的內衣，丟到地上，開始親吻我的乳房，用舌尖在我乳頭周圍畫圈，舔得我把雙唇貼上他的耳，對他低語**我是你的**。

他把我抱進臥房，丟到床上，又脫下我的長褲和內褲。我想坐起來，卻被他推倒。他跪在我大腿間，親吻那片私密，我則抓住他的頭髮，用力地往他臉上擠。

他的舌頭四處滑動，速度慢得非常具有挑逗效果，讓我扭動著身軀，哀求他繼續。他一下子舔，一下輕咬，弄得我幾乎快要高潮，但他卻及時止住，傾身看我，說到此為止。我將他拉到床上，跟他一起滾到床邊，最後又掉到地上。

我跨坐到他身上，用我的濕熱摩擦他的勃起，他也將手放上我的乳房和臀部來回搓磨。我親吻他的肩頸和平坦的小腹，然後把他含進我的嘴，對他巨大的硬挺又吸又舔，讓他發出呻吟。我看著他享受的模樣，聽著他的叫聲，感受到他快要高潮時全身緊繃，自己也覺得很痛快，但這時他叫我暫停，說他想進入我的身體。

我頭一甩，髮絲剛好掃過他的胸膛，他趁勢抓住，把我拉到他身邊，抱著我滾了一圈，讓我躺到底下。他單手把我的兩隻手都壓在頭頂上，另一手則輕撫我的陰蒂，接著才滑入我體內，將我撐得一點空隙都不留。我們倆就那樣躺在地上，用身體猛力互撞。高潮來臨的那一刻，我放聲尖叫，但同時也聽見喉間發出一聲抽噎。

完事後亨瑞克繼續壓在我身上，我也用腳纏住他，感受我倆沉重的心跳。

「嗨，親愛的，」一陣子過後他這麼說。他滾到我身邊，轉頭看我，「妳跑去哪了？」

我並沒有回答，只想暫時忘記一切，好好享受當下那個片刻，靠近他，讓他抱我，用身體緊貼著他，然後再來一次。我爬到他身上，開始吻他的唇，把他握在手裡，感受他再次硬挺。

這時亨瑞克的手機響起，他嘆了口氣，喃喃地說他得去看看是誰打來。他爬到床上接電話後，我也鑽進被窩，閉上眼睛。亨瑞克拍了拍我屁股，我一抬頭，發現他正用嘴型無聲地在跟我說**不要睡著**，但我實在已經累到一點力氣都不剩了。我的腦力已被今天這漫長又不幸的日子消耗殆盡，全身癱軟沉重，於是我把毯子拉到身上，卻又感覺到亨瑞克捏我大腿。**不要睡著**。

他掛上電話後，在我身旁坐了好一陣子，我不用睜眼也知道他在看我。我假裝睡著，耳裡卻清楚聽見他在穿衣，最後，他親親我的額頭，離開臥房，走下了樓梯。

史黛拉

我醒來後，感覺到亨瑞克躺在我身後，於是翻過身去，他也睜開眼睛。

「我不是故意要把你吵醒的，」我說，「現在幾點了？很晚了嗎？」

「不用擔心，我本來就沒睡著，」他說。

「我們已經好久沒有這樣了耶，」我將手指滑過他的胸膛，傾身湊向他，想要再刺激起他的性慾，但他只是輕撫我的臉，看進我的雙眼。

我壓在他身上，「要不要再來一次啊？」

「我想跟妳談一談。」他說。

「你確定？」

我輕咬他的頸。

「妳昨天到底是怎麼一回事？我們遲早得把話說開的。」

我起身穿上T恤，隨意紮了個包頭。

「什麼叫怎麼回事啊，我們不就性慾大發，在地上做愛嗎，而且——」

「史黛拉，拜託妳不要裝傻好不好，」亨瑞克打斷我。他坐起身來，靠在床頭板上，「妳回家時氣我氣得要命，而且還打我，到底是為什麼啊？」

我心中又燒起熊熊怒火。

「你覺得呢？你真的笨到需要問我嗎？還是你想裝傻？」

「我怎麼會知道妳在說什麼啊？每次發生什麼事，最晚知道的都是我啊，上次不也是這樣嗎？」

「閉嘴，」我說，「你現在不要給我講這種屁話。」

我拿起洗衣籃，把他的運動衣丟在地上，然後開始摺毛巾。

「對不起，」亨瑞克說，「我說得太過份了。」

我把毛巾丟在地上，站到窗邊向外看。

「親愛的，我到底做錯了什麼啊？」他的聲音很誠懇，而且坦白說，他這問題確實無可厚非。我不想說出自己昨天去找丹尼爾的事，所以在心中忖度該如何回答。

丹尼爾到底是說了什麼，讓我對亨瑞克那麼火大，讓我那麼確定他辜負了我的信任，私下跟丹尼爾聯絡？我怎麼突然想不起來了？這時，我突然覺得自己可能是誤解了丹尼爾的話，因而惴惴不安了起來。

我們的女兒已經死了。

去了也不可能會有任何發現。

艾莉絲已經不在了。

我們必須放下過去，好好地繼續生活才行。

妳先生是個好男人，他很在乎妳，也很擔心妳。

他當時究竟是怎麼說的？**他應該也很擔心妳吧**？**他不是很擔心妳嗎**？還是**他一定很擔心妳**？

亨瑞克這個人啊，如果心裡覺得愧疚，向來都是藏不住的。他個性誠實，總會為自己做過的事情負責，而我通常也是這樣，所以我們之間的感情是建構在互信的基礎之上。但現在我們的關係卻變質了，而且不誠實的人並不是亨瑞克，而是我。良心不安的我非但不敢面對自己，還對身邊的人發洩情緒。

亨瑞克起身穿上他的灰色運動褲。

「好吧，那我猜就是了，」他說，「是不是因為我不相信艾莉絲還活著，不相信妳找到她，所以妳才在生我的氣？」

「我最討厭你把我當瘋子看待了，你不但覺得我在幻想，而且還背著我跑去跟我媽和玻妮拉講我的事。」

「第一，我從來沒有跟玻妮拉和妳媽說過什麼。妳為什麼會有這種想法呢？我根本沒找過她們啊。」

我原本還想反駁，但他像個交通警察似的舉起手，要我先聽他說。

「第二，妳不要再猜測我的想法，懷疑我跟別人講妳壞話了。妳不是心理治療師嗎？妳如果想知道我是怎麼想的，直接問就好啦。」

他說的對。這時我才意識到他根本沒有打給丹尼爾。

亨瑞克還沒說完，「而且我有罵過妳瘋，罵過妳神經病嗎？有嗎？」

「沒有，」我承認，「你從來沒有那樣說過。」

「那就拜託妳不要再胡亂指控我了好不好。」

「對不起。」我用氣聲說。

「我只是沒有馬上高興到跳起來而已，又沒有說妳發瘋。妳什麼都不告訴我，還處處躲我，結果昨天又那樣自己撲上來，難道妳以為我都不會起疑嗎？」

「我只是希望你相信我而已，」我說。

「那我也希望妳跟我談啊，要是妳可以對我誠實的話，我也比較容易相信妳，不是嗎？」他坐回床緣，「我這輩子認識的女人之中，最聰明的就是妳了。平常的妳總是非常理智又有邏輯，但最近妳老是憤憤不平，動不動就爆發，而且還毫無根據地胡思亂想，這根本一點都不像妳啊。」

「那換作是你的話，會有什麼反應，心裡又會有什麼感覺？要是你二十一年前失去了米羅，現在又跟他重逢，你現在會怎樣？」

「妳只是遇到一個跟艾莉絲的姑姑長得很像的女孩子而已，就這樣，而且伊莎貝兒的**親生**母親都已經擔心成那樣了，妳卻仍堅稱她就是艾莉絲。妳覺得所有人都想跟妳作對，覺得四處都是陰謀，但妳想想，怎麼可能連醫生和伊莎貝兒從小念的學校都聯合起來騙人？偷了別人家的嬰兒以後，怎麼可能一直謊稱是自己的孩子，而不讓人起疑呢？」

「亨瑞克，我已經警告過你很多次了，我早就說過我有點不太對勁。」

「妳警告過我？妳現在又在說什麼啊？」

「我一開始就說過了。」

亨瑞克無奈地舉起雙手，做出投降手勢，「算了，我放棄，我不想管妳了。」

「亨瑞克，你不要太過份，你講得好像我……」

他指向門邊，要我住嘴。

「米羅？」他說。

「爸？」米羅的聲音好細好小。

「乖兒子，進來吧。」

米羅推開門，躲在門邊往房內瞄。他先是望向亨瑞克，然後又看看我，眼裡帶有一絲恐懼，讓我覺得好心疼。「你不是應該在睡覺嗎？」我輕聲問他，想讓他知道我沒有在生氣。

「我在找手機充電器。」

「你就拿現在插著的那個吧，」亨瑞克說，「在櫃子旁邊。」

「寶貝，過來。」米羅拖步走到我面前，我抱住他。

「媽，妳有好一點嗎？」

「為什麼這麼問？」我摸摸他的頭髮。

「爸說妳頭痛。」

我瞄了亨瑞克一眼，但他只是看著米羅。

「嗯，我已經沒事了，」我說，「昨天的比賽怎麼樣啊？」

他聳聳肩，「普通。」

「趕快回去睡覺吧，」亨瑞克說完後摟住米羅的肩，帶他走下樓梯。我從房裡聽見他平靜地跟兒子聊天後，撿起自己剛才丟在地上的毛巾，放回洗衣籃裡。

史黛拉

清晨時分天色未明，我爬到亨瑞克身邊，靠在他肩上，他則張開雙臂，把與我共蓋的毯子拉好。

我整夜都輾轉難眠，不住地想著前一天的爭吵，同時擔心我們彼此都還有話藏在心裡沒說。他那副憂心忡忡的模樣讓我很是焦慮，我怕他生我的氣，更怕我的過去會摧毀我們共同建立的生活。我柔聲說我不想再吵了，還說我讀了從前寫的日記，重溫了我懷上艾莉絲、照顧嬰兒時期的她，然後卻得失去她、哀悼她的心情。

早晨的陽光透過窗簾照射在臥房的地毯上，此刻，時間與空間彷彿都靜止不動，讓我們處於一個詭譎的平行世界，跟我們一週前所處的境地很像，但又有些不同。我的聲音遙遠而縹緲，彷彿在訴說古老的故事，而亨瑞克則在一旁靜靜地聽。

從前的記憶讓我悲傷、痛苦又憎恨自我，所以我想讓他知道回首往事，並重新經歷當時的心情對我來說是多麼折磨，但我並沒有提起恐慌症發作的事，也沒有說我去過克絲汀和丹尼爾家。

亨瑞克說我應該早點告訴他才對。**妳怎麼會覺得我不懂呢？妳應該知道我很在乎妳吧？**

我說我很害怕，簡直就嚇壞了。

他說他不希望我再生病。

我知道。

他還要我保證不會再跟伊莎貝兒見面。

亨瑞克輕撫我的臉頰，替我抹掉止不住的淚水，然後慢慢地、溫柔地跟我做愛。側躺的我讓他從背後進入，在他懷中閉上雙眼，享受這熟悉的例行公事。他結實的身體貼在我背上，動作由緩慢轉為激烈，我高潮的那一刻，他在我耳邊低聲說他愛我，然後又用力地探入我體內深處，讓我不禁出聲讚嘆，而他也緊抓著我的臀部，一邊呻吟，一邊射精。

最後，我們在彼此懷中睡著。

當天稍晚，我們在超市悠閒地購物，就跟平常的週日下午沒有兩樣。我問亨瑞克要喝蘋果汁還是柳橙汁，後來發現忘了麵包，於是又跑回去拿。購物車裝滿後，我們手牽著手排隊結帳，我付了錢，亨瑞克把東西裝進購物袋，一切都很正常、無趣，但同時也是家庭生活美好的一部分，而我也終於能夠放空心思，忘卻先前一直啃噬著我的罪惡感，心情也輕鬆許多。我們一起走回車上，把東西搬上車；我趁亨瑞克將購物車推去還時，把車子啟動，然後跟他一起開車回家。

喬漢・林登堡的迷你狗站在我們家車道上，頸部套著項圈和牽繩，但他卻不見人影。他已經不是第一次這樣了，我猜也不會是最後一次。亨瑞克看我把車停下，對我露出笑容，一副被逗樂的模樣。他下車朝瘦小的狗兒走去，把狗嚇得倒退數步，還發出一種雖然小聲，但音調很尖又很持久的叫聲。亨瑞克又再試了一次，發現沒用後，便笑著轉身，對我聳了聳肩，於是我也下車到路上搜尋喬漢的身影。

喬漢・林登堡上氣不接下氣地朝我們跑來，螢光黃的運動衣套在他肥胖的身上顯得有點過緊。他跑到我們面前，將雙手撐在膝蓋上，鼻水流得到處都是，接著又清清喉嚨，以高射炮的角度往路邊吐口水。

「泰瑞絲要我減肥，」他哀號道，「她說我太胖，沒辦法跟我上床。」

我笑著朝他掛著水壺的腰包撇撇頭，「你是打算要跑馬拉松嗎？」

「馬拉松？跑個幾公里就夠了吧？要是為了上幾次床而丟掉小命，那有多不值得啊。」

亨瑞克以同情的口氣附和了一聲。我感覺到他在捏我的腰，但不敢看他，深怕一跟他對到眼，我們倆就會爆笑出聲。我們祝喬漢減肥成功後，便把車開入車道，將剛才買的東西搬進屋內。

亨瑞克把食物從袋子裡拿出來，由我放進櫃子、冰箱和冷凍庫，米羅則在餐桌旁聽我們嘲弄投資專家跟他的狗，聽得哈哈大笑。這時，亨瑞克的手機響起，但我叫他不要接。

「為什麼？」想也知道他會這麼問。

「因為，」我說。因為我不想被打擾。這些日子以來，他總是忙得不可開交，讓我無法好好跟他相處，所以現在，我希望丈夫能好好陪我。

「但說不定是重要電話啊。」他又說。

「今天是星期日欸，」我抱怨道，「哪有什麼事不能等？」

「可是這號碼我不認得。」

「爸，你不用什麼事都這麼小心翼翼的啦，」米羅說。

我想把手機搶過來，亨瑞克也笑著作勢要跟我打架，不過只裝了幾秒便接起電話，我也轉身繼續收拾。

「喂，我是亨瑞克，哦，你好啊，好久沒聯絡了。」我轉頭瞄了他一眼，發現他馬上緊繃了起來。米羅說要打給朋友，所以也自行回房了。

「是，謝謝你，我們很好，你呢？」

亨瑞克的聲音禮貌又客套，所以對方不可能是他很熟的人。他走遠了些，翻翻信件，一會兒後才又說道，「她換過號碼，」接著又看了我一眼。到底是什麼事呢？

「你要跟她講一下嗎？她人就在這。」

誰啊？我用嘴型無聲地問，但亨瑞克沒理我，只是繼續聽著電話另一端的人說話，然後靜靜地走到客廳，回來時，手機仍貼在耳朵上。我實在不該讓他接的，這絕對不是什麼好事。

亨瑞克傾身靠向廚房的流理台，對著話筒笑了笑，但不是他平常那種開心、溫暖的笑聲。

「謝謝你打來，真的非常感激，」我完全無法解讀他的眼神，「我會轉告她的。」

流理台明明不髒，我卻拿起抹布猛擦。

他掛上電話。

我在等他開口。

但他卻一言不發。

「剛才是誰啊？」最後我終於若無其事地這麼問。

「是丹尼爾，」他說，「他想知道妳昨天有沒有安全到家。」

事情發生後再來懊悔，永遠都是浪費時間，幸好我平常也不是經常後悔的人。**每個人都得從錯誤中學習，這樣以後才能進步**。我經常這麼告訴病人，但此刻，我自己卻根本做不到。

我這輩子從沒對自己的所作所為這麼後悔過。我怎麼會跑去找丹尼爾呢？我應該要坦白、老實地把這件事告訴亨瑞克才對，但誰知道丹尼爾會打來呢？

亨瑞克靠在廚房中島上，看向米羅房間，大概是想確定他不會聽見我們說話。

「丹尼爾很擔心妳，」亨瑞克說，「他說妳昨天離開時很沮喪，」他看著我的眼神好像不認識我一樣，「還說妳如果想聊聊的話，可以儘管打給他。」

我能從亨瑞克嚴厲的神情中，看出他在想什麼，也知道他可以看出我是因為見到丹尼爾後覺得慾火中燒，所以才感到愧疚。不過現在並不是辯解的好時機，無論我再怎麼解釋，他都只會覺得我心裡有鬼而已。

「事情不是你想的那樣。」我簡短地說。

「妳說妳要待在家休息，結果我們到家時妳卻不在，然後妳又突然氣沖沖地出現，把衣服扯掉，跑來跟我做愛，這到底是怎樣？」

「我知道你在想什麼，但事情不是那樣的。」

「那妳說啊，妳覺得我在想什麼？妳似乎很會臆測我的想法，卻不太會說實話，對吧。」

「我不知道要說什麼。」

「妳不要以為我沒注意到，」他說，「昨天妳回家時，為什麼氣成那樣？妳不如就從這裡開始講吧。」

「因為你覺得我認錯人，怕我崩潰，還希望我忘掉艾莉絲，說我這樣才會比較好過，但你錯了，比較好過的人是你們，而不是我。」

「『你們』指的是誰？我、丹尼爾、玻妮拉還有古姿瓦？妳到底在說誰啊？」

我聳聳肩，「誰叫你那麼不幸，跟我住在同一個屋簷下，所以就得代替其他人受罪。」

「如果妳對我出完氣後，心情會比較好的話，那我不在意，但下次妳想幹的話就直接說，不用先賞我巴掌。」我看得出他說出這句話以後，便馬上後悔，也知道自己應該要深呼吸，不要在意他的氣話，但心中的火卻又燒了起來。

「你是在氣什麼啊？我只是想去見見我女兒的父親而已啊，這很奇怪嗎？」

「妳他媽的什麼時候想去找他我都沒意見，但妳為什麼要瞞我？妳明明就可以跟我說啊。妳知道妳前男友打來問妳的狀況，讓我有多尷尬嗎？」亨瑞克搖搖頭後，便掉頭走人。

我這個人向來愛作夢，對於萬事萬物的感受也總是很強烈，雖然現在成了心理治療師，個性卻依舊沒變，不過我始終認為自己有成熟一些，但或許我根本就只是自我感覺太過良好也說不定。

三十九歲的人生比十九歲時輕鬆多了。現在的我比較有自信和安全感，比較不在意別人對我的看法，也已學會控制自己的情緒，不會一天到晚衝動行事。我會分析各種選擇可能帶來的後果，並為自己的行為負起責任。

但現在，我似乎又變回十九歲的那個自己了。

要是丹尼爾沒有制止我的話，我會不會真的在修車行跟他發生關係？大概會吧，只不過我很不想相信就是了。事實上，我想要的是亨瑞克，他才是我愛的人，才是我想共度一生的伴侶，再怎麼樣，我都不願失去我們共同擁有的一切。

我跟在他背後走進車庫，把他的高爾夫球桿拿下車，但他對我視而不見。我再次求他原諒，說我應該把我去找丹尼爾的事告訴他，還用顫抖的聲音大聲說我覺得自己很蠢、很羞恥。他一言不發地盯著我看，然後替我拉出一張小凳子。

「妳坐這邊，」他說，「從頭開始講。到底發生了什麼事？」

「丹尼爾也不相信我，而且根本完全不想聽我說。他的反應跟你和玻妮拉一模一樣，大家一聽到艾莉絲的事就覺得煩，所以都叫我不要講，但你們有想過**我**的感受嗎？」我知道自己的語氣憤恨不平，而且滿口都在指責別人，但當下我實在管不了那麼多。

「不是這樣的，妳應該也知道我們沒有惡意吧，」亨瑞克按住我的手。

「我真的好失望，」我說，「對我自己、對你，還有對所有人都一樣。我覺得好煩，煩到已經不想再求人原諒，求人相信我了。」

「好吧，我們姑且假設她**真的是**艾莉絲好了，那妳要怎麼做？」

亨瑞克暫停片刻，確定我真的有把問題聽進去。

「反過來說，**如果**她根本就**不是**艾莉絲，是妳認錯人的話，這件事對妳和她來說又會造成怎樣的後果呢？」

他問的這些問題，我還沒有答案，而且就算有，我也不敢去想。

「現在講這些已經來不及了，」我說，「我知道大家都很害怕，但難道我應該因此而放棄嗎？」

「我不是叫妳放棄，」亨瑞克回答，「只是希望妳仔細檢視自己的行為，並思考可能的後果，就這樣而已。伊莎貝兒的母親不久前才來找我，現在丹尼爾又打來問妳的事，所以我希望妳可以冷靜下來，好好地運用邏輯思考，別忘了，妳可是個很聰明的女人啊。」

「亨瑞克，我不知道該怎麼辦。」

「那就暫時先什麼也別做吧，」他說，「還有，拜託妳一定要對我誠實，妳可以跟我保證嗎？」

我一語不發地點點頭。

他所要求的一切，我都想答應，也希望自己能誇下海口，說事情一定能順利解決，但這種天方夜譚，就連我自己都難以相信。

伊莎貝兒

我感覺有人推了我一下，於是趕緊轉頭道歉。我在學校圖書館外那間咖啡店的餐桌間穿梭，最後終於找到喬安娜，把外套掛上椅子，在她對面坐下。

「一切順利嗎？」她問。

「嗯，很順利。」

不過我卻忍不住瞄了手機一眼，心裡其實很想再打回去，跟她說我還是會去。臨陣脫逃實在很不像我的作風，而且今天我不但是毫無來由地突然不想去，還胡亂編了個理由搪塞。我平常是不會這個樣子的，只要一說謊，我就會覺得愧疚不已。也不是說我這輩子從沒撒過謊啦，但我這個人向來言出必行，一旦許下承諾，即便心裡不想，也還是會因為擔心對方生氣、失望，而硬著頭皮遵守諾言。**怕人生氣**一向是我心中最大的恐懼，但我已經有在改善這個問題了，所以我這次冒著惹她生氣的風險爽約，說不定其實是件好事？

「妳真的不想去嗎？」喬安娜大概是注意到了我的遲疑，所以這麼問，「我們可以之後再弄啊。」

「沒關係的，其實那也不是很重要，」我說，「而且把作業做完，我也會覺得比較心安。」

「好吧，再說她星期五突然那樣打給妳也有點奇怪。」

我們在阿喬果汁店那天，喬安娜就有表明過她的質疑。或許她說的對，但我放史黛拉鴿子，還是覺得很愧疚。老實說，我有點想利用今天這專屬於我的一個小時跟她談談，請她幫我理清思緒，但我心中卻有另一個聲音叫我千萬不要去。

我很欣賞史黛拉，也喜歡她直接的問話方式。她總是逼著我思考、反省，幫助我挖掘出內心**真正的想法**，而不會教我**應該**怎麼想。她整個人散發平靜又善良的光芒，感覺溫暖而可靠，讓我很有安全感。

但上次團體諮商時，她問話問得非常直接，不但不讓我跳過任何一個問題，還一副要把我說出的每個字都生吞活剝似的，感覺很奇怪，很不像平常的她。

而且上禮拜我還在瓦靈比看到她。**應該沒看錯吧**。她站在公寓樓下，抬頭直視我家，一副在想著什麼傷心事的模樣。

或許她只是去購物中心買東西，或許她剛好住附近，也或許那只是個長得跟她很像的人而已。

但無論如何，我今天作業真的很多，這點我沒有說謊。**或許下禮拜我們可以找個時間見面**。

「還有位子嗎？」我回過神來，抬頭一看，發現費德利克正低頭對我們微笑，他身後則是奧拉和麥迪。

「妳們在寫機械力學作業嗎？」他繼續問。

「對啊，」喬安娜回答，「你們也一起來寫吧。」

還好我有待在這，真是太棒了。

圖書館外的這家故事咖啡館比團體討論室和教室舒服，所以我們經常光顧。咖啡店擠滿學生，人聲嘈雜，但我一點都不受干擾。多數桌面都跟我們這桌一樣，擺滿打開的課本、筆記本、計算機、鉛筆盒、紙巾、用過的咖啡杯和汽水瓶，這種氛圍最棒了。大學生活的一切都讓我好喜歡，**就連考試的壓力也不例外**。

「費德利克，你要咖啡嗎？」麥迪問，「奧拉要去買。」

「要，謝謝！」費德利克回答。

喬安娜一聽也跳起身來。「我也需要喝點咖啡，妳要嗎？」她問我，但我搖搖頭。

「愛因斯坦小姐啊，第三題妳有想出什麼好解法嗎？」其他人都去買咖啡以後，費德利克輕拉我的頭髮，這麼問我。

「呃，你可以看一下第五十三頁。」我回答。書放在他面前，我傾身去翻，但他完全沒有要讓開的意思。我感覺到他的目光集中在我頸上，覺得很難專心，所以遲遲都翻不到正確的那一頁，後來他終於伸手幫我，我們倆的手也因而擦磨了幾下。我轉頭瞄了他一眼，緊張地露出微笑，又甩了甩髮，發現他正盯著我的雙眼。

「幾乎是綠色的耶。」他說。

「什麼？」**我是很緊張沒錯，但有到臉色慘綠的地步嗎？**

「妳的眼睛啊，很漂亮呢。」

「謝謝。」我雙頰發燙，覺得好尷尬，好尷尬，**尷尬到不行**。我最討厭臉紅了。

「而且妳的頭髮也好黑、好美啊，這顏色是天生的嗎？」

他用手指捲起我的髮絲。

「我媽總說我的頭髮跟巫婆一樣黑。」

「那妳大概是有巫術，所以才把我迷成這樣吧。」

被迷倒的人應該是我才對吧。這時喬安娜重重地坐到椅子上，發出好大的聲響，瞬間將身陷迷魂咒的我拉回現實，讓我不好意思地直起身來。費德利克從麥迪手中接過咖啡，對我笑了一下，而我也回以微笑。

每次跟他在一起時，我都覺得人生簡單許多。他總會讓我忘記爸的死、媽的苛刻，還有我不時遭遇的社交障礙。

費德利克把咖啡捧在手裡，說天氣好冷。**是啊，我也快凍壞了**。那天他用他的一雙大手摸我的背，捧我的臀，並輕撫我的大腿，讓我覺得好舒服。我盯著他修長的手指，不禁再度羞紅了臉，抬頭跟他四目相交後，臉頰更越發漲紅。雖然他只是咬咬筆，把頭髮撥到側邊，不過我覺得他應該知道我在想什麼。

他簡直就太完美了。

但媽一定會很瞧不起他。

我們又笑又鬧，聊得很熱烈，雖然說是要寫機械力學作業，但至少有一半的時間都在聊天。

「妳家在法倫嗎？」麥迪問。

「在博倫厄。」我回答。

「我可能有在那邊見過妳，」費德利克說，「只是我們當時還不認識而已。」

「為什麼會這樣說啊？」

「因為我有去過愛與和平音樂節啊，二〇一一年的時候。」

我笑出聲來。**他會不會覺得我笑得很誇張？**

「妳一定也有去吧？」他問。

「沒有。」

「怎麼會？妳不是住那邊嗎？而且那座小城市也沒什麼別的事可以做吧？」

「因為在家就完全可以聽到啊，何必去呢？」

「在家聽跟去現場不一樣啦！」奧拉說。

「我對音樂祭不是很有興趣。」我說。

「怎麼可能，別胡說了。」費德利克說。

「是真的。」喬安娜說。

費德利克好奇地看著我。

「我們得做個實驗才行。」他說。

「實驗我會不會喜歡音樂祭嗎？」我問。

「明年夏天妳跟我們去 Way Out West 音樂節，說不定妳會喜歡，只是妳自己不知道而已。」

「對啊，一起去吧，」喬安娜突然冒出這句話，「我也要去。」

「你們有沒有想過我會走失啊？」我說，「到時你們得四處找我，就什麼樂團也看不成了。」

大家聽了哄堂大笑，「那我們把妳緊緊帶在身邊就好啦。」費德利克翹著椅子，目光始終沒有離開我身上。

「而且我一首歌都不會唱，演出的人我也一個都不認識。」

「妳還有很多時間可以準備啊！」奧拉說。

「到時我可能會崩潰哦！」我說。

「崩潰？」喬安娜揚起雙眉，對我咧嘴一笑，「好像很好玩欸。」

「你們簡直是故意想害我嘛。」我嘴上雖在抱怨，但心裡覺得今天實在是我這一生最快樂的日子。**不對，其實最讓我開心的，是我跟費德利克親熱的那一晚，是他的手在我身上游移的那些片刻**。真不知道他會不會像我這樣，一直回想當晚的場景？應該會吧，**希望會**，希望他有想我，就像我想他那樣，而且下次我一定要跟他有更多進展，不能只是親嘴而已。

「這樣妳就受不了啦？」麥迪說，「那妳可要小心費德利克哦，他這個人啊，只要一有什麼點子，就非得做到不可。」

「那我們要住哪啊？」我說。

「我有個叔叔住哥特堡。」奧拉說。

「所以大家都可以去借住囉？」

「前幾年我們都是借住奧拉的叔叔家，」費德利克說，「他也習慣了，不過這次可能要睡得擠一點。」他臉上又出現剛才那種笑容。

「這我倒沒關係。」我說。

不過媽就不可能覺得沒關係了，她要是知道我想跟費德利克這個年輕的帥哥擠在一起睡，一定會火冒三丈。**伊莎貝兒啊，妳要知道，那些傢伙腦袋裡打的都是同一個主意**。但我就是希望他對我打那種主意啊，這樣會很糟糕嗎？我心裡已經開始計劃該如何在不被她發現的情況下溜出門了，要是我老實說出要去哪的話，她一定會把我罵得狗血淋頭。還記得我當年曾想跟傑克一起偷溜去賽倫，**就是把車開到我家門外，在車裡親我的那個男生**。不知怎麼地，被媽發現了這件事，媽竟揚言要告他強暴，所以後來傑克就始終跟我保持距離，不敢再靠近。

但我應該有權利偶爾放縱一下吧？我都已經二十二歲了，卻還是處女，**而且還不僅是在性事方面呢，我對很多事都毫無經驗**。就算只有一次也好，這次我一定要順從自己的心意。

早在人潮眾多的午餐時間開始前，我們把作業幾乎都寫完了。

「好餓哦，要不要先去買點東西吃啊？不然待會兒又要人擠人了。」喬安娜往櫃台看去。現在已經有幾個人在等，不到半小時後，排隊的人龍就會一路延伸到入口的大廳去了。

「對耶，天氣這麼糟，實在沒必要去外頭受罪。你們要一起吃嗎？」我對男生們說。

「我跟麥迪得先走了，」奧拉說，「我們午餐時間要參加小組討論。」他看著窗外大雨傾盆，臉都皺了起來。我們跟兩人揮手道別。

「我有帶午餐，」費德利克說，「不過我也不想出去。」

太好了！

「喬安娜，妳趕快去排隊吧，」我說，「東西我來顧就好。」

我站起身來，伸了個懶腰，發現費德利克正在看我。他的目光緩緩掃過我身體的每個部位，**也掠過我的胸部**，但我假裝沒發現，只是自顧自地繼續伸展，讓身上的那件低胸緊上衣往上縮，露出一小截腰。我實在很高興自己穿了這件衣服搭配緊身淺藍牛仔褲，而且就費德利克的眼神看來，他應該也覺得我今天打扮得很不錯。

我把筆和橡皮擦放進鉛筆盒，並收拾用過的紙巾、咖啡杯和計算紙，彎腰要撿桌子另一頭的小碎屑時，不小心擦到了他一下，他馬上伸手扶住我的腰和臀部，把我穩住。其實我馬上就站穩了，但我還是停在原地，多享受了一下他的觸碰。

「妳還好吧？」他喃喃地說。

「嗯，」我再度看進他的雙眼，把一隻手放上他的肩。要是時間可以停在這一刻就好了，但我回神一想，又覺得自己好蠢，於是便默默地走去把垃圾丟掉。

我要走回座位時，順道隔著大窗朝外頭望去。窗外雨絲淋漓，給人一種愜意、平靜的感受，好像只要待在這兒，壞事就不會找上門。我知道這種想法很幼稚，但事實上，我也真的不怎麼成熟就是了。

這時窗外的一個人影讓我倒退半步，並定睛再次細看。那是史黛拉嗎？她身穿灰色外套，頸繞彩色圍巾，手上拿著一把紅傘。我之前就曾隔著窗戶看見她站在我家樓下，那頭深棕色的長髮絕對不會錯。

就是她。是史黛拉。

但為什麼？她跑來學校做什麼？是不是她發現我說謊，發現我根本沒生病？

或許媽說的對，或許史黛拉的那些問題真的不單純，不過媽就是愛操心，所以也總會把情況設想到最糟糕的地步。

我躲在柱子後方偷看史黛拉。她沿著窗戶走，不時也會停下腳步，探頭往屋內看。

「美女？」我聽見費德利克的聲音。「妳怎麼不過來呀？」他走到我身邊，摸摸我的手。我總覺得自己在他面前，就像一本攤開的書，我的感受被他一覽無遺，他大概一眼就能看穿我的思緒，感受到我心中的憤怒和我對媽的恨意吧？即便如此，他會不會還是喜歡我呢？

「怎麼啦？」他問道。

「沒事，」我說，「我只是覺得好像看到認識的人。」

他也站到我身後往外看，不過從我們那個角度其實看不太到史黛拉。

然而，我卻能感覺到她有所目的，似乎是在找什麼東西，又或許是在找誰。會不會是在找我呢。

我感覺到雙臂爬滿雞皮疙瘩，趕緊將手抱在胸前，費德利克也把我摟住。

「是誰啊？」

我看見她停下腳步，好像是在思考些什麼，而後她便走下樓梯，往瓦哈拉路的方向走去，一會兒便消失了蹤影。

「沒有，是我看錯了，」我說，「走吧，我們去買東西吃。」走回座位時，我握住費德利克的手，而且捏得好緊。

史黛拉

這樣實在不對，我怎麼會做出那麼荒唐的事呢？我剛才沿著皇家理工學院圖書館入口旁的那排窗戶走，邊走邊往裡頭張望，但雨下得太大，根本看不清楚。還好沒被別人發現，也沒有人知道我在幹嘛。原來跟蹤別人就是這種感覺嗎？大概吧。我始終沒辦法放下這件事，也無法控制自己的行為，整個人羞恥到胃部發疼，但我在越界的同時，心中卻也有種快感，所以才愈來愈回不了頭。

我怎麼會瘋到跑來找人呢？真是太荒謬了。這所學校有幾千個學生欸，雖然伊莎貝兒說她常去圖書館旁的那家咖啡店，但誰能保證她一定會在那兒呢？KTH的校區遍佈整個老城區，她出現在哪都不奇怪，而且她也有可能在家或出城去了。不過最荒謬的並不是我明知機率渺茫，卻仍跑來找她，而是我根本就不應該出現在這座校園，也不該在諮商以外的時間跟她聯絡，這種違反職業道德的事，我在從事心理治療的這些年來從未做過，而且就算真的見到她，我又要說什麼？我該如何解釋我出現在校園的理由？還好她沒看到我偷偷摸摸的模樣，實在是太慶幸了。

往弗瑞德漢姆廣場方向的公車終於抵達，我急匆匆地上車，走到車尾坐下。我把頭靠在冰涼的窗上，閉緊雙眼，想著我各種不理智的決定，也想著伊莎貝兒。

不對，是艾莉絲。

我收到她說要取消諮商的簡訊時，心裡既失望又著急。我真的沒辦法再等了，這樣我要怎麼問出答案呢？

公車停在弗瑞德漢姆廣場，我匆忙下車後，撐開雨傘。午休時間就快結束了，不過其實剛才就算開車，也不會比較快。

我不怎麼餓，但知道什麼都不吃是不行的，於是決定去咖啡店買點東西，順便轉換一下心情。

我縮著身子走在風中，一看見有人迎面走來，便低下頭盯著人行道，頭也不抬地往側邊閃，卻仍重重地被撞了一下。我正要罵人，沒想到眼前卻是張熟悉的臉孔。

「史黛拉，」她說，「是我啊，艾娃，我們之前在公園見過。」

「哦，妳好呀，又見面了。」我按捺心中的不悅。

「這天氣真的很糟耶，」艾娃勾著我的手，把我拉到路邊的屋簷下。「妳的傘好漂亮哦。」

「謝謝妳，我也很喜歡。這傘顏色顯眼，就算人車擁擠，大家也還是會注意到我。」我甩甩傘，收摺起來，然後對藥房旁的喬治咖啡屋撇撇頭。

「我正要去咖啡店，妳要不要一起來？」

艾娃答應後跟著我走進店裡。我們買了咖啡和丹麥麵包，到窗邊坐下，隨口聊了聊天氣。我問她是不是住附近，她說她是來拜訪朋友，不會待太久。

「上次的事我得跟妳道歉，」我說著露出尷尬的笑容，「妳應該覺得我有點不太正常吧？」

艾娃按住我的手。

「人生是條艱難的路，」她用真誠而富有同情的語氣說，「妳女兒發生了那種事，實在很令人難以置信，我真的不曉得妳怎麼有辦法撐下來。妳還有其他孩子嗎？」

「幾年後我又生了一個兒子，是跟現在的老公生的。」

「那真是太好了，這樣一來，至少妳還有個人可以照顧。」

「是這樣沒錯，不過我始終無法忘記失去女兒的痛，也一直想知道當年到底發生了什麼事。我向來都覺得自己會生一大堆孩子，但這願望大概是無法實現了。」

我實在不知道自己為什麼會告訴她這些。其實沒能多生幾個孩子的遺憾，我早就釋懷了，但現在，我卻重新想起這件事，心頭更浮出一股消失已久的悵惘。

「為什麼沒再生呢？」艾娃問完後喝了一口咖啡，而我也嚐了嚐拿鐵，陷入沉思之中。

「其實我第二次懷孕時，真的很開心，」我回答，「但也非常害怕，怕得產後憂鬱症，怕無法適應新生活，更怕自己沒辦法扮演好母親的角色。當時我一直在想，要是我根本就不是當媽媽的料，那該怎麼辦？」

我二十六歲懷孕那年，亨瑞克二十九歲，當時我們並不怎麼避孕，所以事情就那樣發生了，偏偏我又犯了不負責任的毛病，放任自己混亂了一小段時間，幸好我後來有所轉念，覺得那一定是上天賜給我的禮物，才開始引頸期盼米羅的出生。

「妳會有那些懷疑是很正常的，」艾娃說。

「嗯，」我說，「或許吧。」

「結果後來怎麼樣？」

「生下他簡直就是我這輩子最正確的決定，」我回答，「我好愛他，也覺得有他這個兒子真的好快樂，在我眼裡，他就是我的全世界，不過我總是擔心太多，也往往對他過度保護。」

「為什麼？」

「因為我曾經害我女兒失蹤，」我說得很小聲，不希望艾娃以外的人聽見，「都怪我太不小心，她才會在我離開的那幾分鐘內消失，所以後來我就發誓絕對不能在米羅身上犯下相同的錯。無論是去遊樂場或買東西，我都絕不讓他離開我的視線，也幾乎不讓他單獨行動，不過他當然是覺得我很煩啦。」

艾娃笑了，「我女兒也老是說我煩，這簡直是母親們在孩子成長過程中的宿命。」

「我們有想過要再生孩子，」我說，「但後來發現我實在不敢。」

我靜默了一下，然後再度開口，「要是米羅出了什麼事，我絕對無法原諒自己。」

「我完全可以理解，」艾娃說，「那妳女兒呢？妳說妳找到她了，對不對？真是太神奇了。」

「沒錯，我的確有找到我女兒，我**知道**那就是她，而且這次，我一定要把她留住，」我堅定地看著艾娃的雙眼，「不會讓她再消失了。」

我把這話大聲說出來以後，瞬間有種解放感。

艾娃跟我雖然只有一面之緣，但我總覺得她好像了解我的感受，還願意在我需要時給我支持。她在聽我說話時，完全沒有對我露出不信任或懷疑的眼神，沒有說我不像平常的那個史黛拉，也沒有說我胡思亂想，讓我不必字斟句酌，心中更是萬分寬慰。這次，終於有人願意相信我了。

她聽著聽著，眼裡甚至泛出淚光，「史黛拉，我可以了解妳的感受，真的，我知道妳一定很煎熬，但妳現在要怎麼做呢？」

「我也不曉得，」我說。雖然不知道自己為什麼會把這事說出來，但我還是告訴了她，「我最近一直在跟蹤她，因為我真的太想知道她都在做什麼，過著怎樣的人生。我知道這樣不對，也覺得很羞恥，但算了，既然大家都已經覺得我發瘋，我又何必在乎呢？」

艾娃聽完後開口，「我也曾失去孩子，她很久以前就過世了，所以我可以體會妳的感受，真的，我懂。那種苦誰也不該承受，但妳千萬不能放棄啊。」她看了一下時鐘，然後站起身來，用肅穆的表情看著我。「絕對不能放棄，」她說，「知道嗎？」

我在咖啡店裡看著她離開。原來艾娃也失去過孩子，所以她懂，她了解我的煎熬。正因如此，她才沒有覺得我不理智，也沒有用異樣的眼光看我。

這時我才發現兩個丹麥麵包都好端端地放在盤子上，我們倆一口都沒動。

史黛拉

隔天早上，我跟米羅坐在飯廳一起吃早餐，吃完後我會送他上學，接著就要前往北雪平。我心裡有種預感，覺得事情一定會進行得很順利，不對，應該是說不順利不行，因為我和身邊的所有人都無法再承受任何壞消息了。

我很確信我去了史瓦・尼爾森家以後，一定會找到警方之前遺漏的確鑿證據，證明自己並不是在幻想。我站在廚房流理台旁，看著亨瑞克。昨天我有告訴他史瓦・尼爾森答應會把艾莉絲失蹤案件的調查檔案拿給我看。我不想再騙他了，我想向他證明我是個值得信賴的人。

亨瑞克本來一直很反對我去跟警官見面，雖然他沒把理由講明，但我知道一定是因為我最近情況很不穩定，不過，他後來卻改變了心意，還說希望我去了以後，能了卻一樁心事。

「我今天會比較晚下班，」他說著把咖啡喝完，拍拍米羅的肩，接著便往門口走去，我也跟在他身後，看他一如往常地綁好鞋帶，拍拍口袋，確定手機和錢包都有帶，穿上外套，調整領帶，然後提起公事包，並從前廳的櫃子裡拿出鑰匙。

「妳看起來很累耶，」他說，「妳確定要去嗎？」

「確定。」我回答。

「不能明天再去嗎？」

「我想趕快了結這件事，而且他也只有今天可以見我。」

「我應該要跟妳一起去比較好。」

我替他調整襯衫領口，「不用啦，你不是說今天一整天都要開會嗎？而且我看應該是很重要的會議吧。」

他的西裝完全合身，領帶打得很整齊，腳上也穿了新鞋，鬍子更是刮得乾乾淨淨，看起來十分英俊有為。

這時他的手機響起，他接起後跟對方道了個歉，側過身又繼續講，還不時發笑，露出開心的表情。

「我已經在路上了，對，十分鐘後見。」

他把手機放回口袋，定睛看我。

「妳確定妳沒問題嗎？」

「我沒事的。」

「我今天會比較晚回來。」

「你剛才已經說過啦。」

他往門邊走，但又停下腳步。

「還有啊，我今天一整天都沒辦法接電話，所以妳如果有什麼事的話，就傳訊息給我，我會盡快回的，知道嗎？」

他真正的意思是：**妳要隨時注意手機，而且一定要在米羅回來之前到家，千萬別忘記**。

「要是有什麼緊急狀況——」

「不會的。」我打斷他。

「還有，記得吃完早餐再去，」他繼續講，「我有注意到妳剛才只喝了咖啡。」

他說完便出門了。

「米羅，你還要再吃一點嗎？」我回到廚房後問。

「不用，」他把三明治吃完後問道，「妳跟爸是不是要離婚啊？」

「怎麼會這樣問呢？」

「你們以前從來都不吵架的，」他說，「可是最近卻老是在吵，而且還以為我沒聽到。」

「你這麼說就不對了，我們並沒有每天都吵呀。」

「但妳跟爸看起來都很生氣，有時候妳還一副很傷心的樣子。」

「我們只是在討論一些事，」我說，「沒有要離婚啦，而且我們本來有時候就會意見不合啊，這沒什麼大不了的。我跟你爸還是很彼此相愛，知道嗎？」

米羅一副不太相信的樣子。

「你吃完了嗎？」我問。

他點點頭。

「那我們就走吧。」

我把米羅送到學校，跟他揮手道別後，自己再開車上路。

我取消了今天的所有預約，病人大概很快就會開始在診所議論紛紜了，或許已經有人開始講我壞話也說不定。我知道自己不能再繼續荒廢工作，棄家庭生活於不顧，所以才這麼重視今天跟史瓦・尼爾森的會面，畢竟我歷經了這麼多波折以後，總該獲得一點好消息吧？現在竟然連米羅都開始擔心起離婚的事，我實在覺得好愧疚。雖然我跟亨瑞克偶有爭執，但我是真的深愛著他，也相信他跟我在一起很開心，所以無論如何，我都不會讓這事危及我們的婚姻。

北雪平的天空雲層滿佈，陰暗無光。我抓起剛才買的肉桂捲，打開車門，匆匆在雨中穿越停車場，跑向一旁的連棟房屋，按下電鈴。一會兒過後，一位高瘦的男子前來應門，他雖然老了許多，但我仍認得出來。二十年前，他就髮量稀疏，現在更只剩下耳後殘留著幾縷白絲。他的長褲垮垮地掛在他削瘦的骨架上，衣服也只紮了一半。

「請問是史瓦・尼爾森嗎？」我說。

「對，我就是，」他回答。

「你好，我是史黛拉・伍德斯川。」

他一臉不解地看著我。難道我跑錯地方了嗎？不，我很確定這個人就是他。還是他忘了我要來呢？我看我還是再試一次吧。

「呃，我叫史黛拉・喬韓森？」我說，「我們上禮拜有通過電話，你請我今天過來，要跟我討論我女兒失蹤案件的調查資料。」

他還是毫無反應。

「是關於艾莉絲的事，你記得嗎？」

他的身體抽動了一下，好像突然被我搖醒似的。

「記得，請進。還站在那邊做什麼呢？趕快進來吧。」

我跟著他走進乾淨又整齊的廚房，聞到現煮咖啡的香氣，還有一股淡淡的老人味和尿味。

「我帶了肉桂捲來，」我邊說邊舉起袋子。

「妳太客氣了，來，請坐，」他正在拿咖啡杯時，一個深色頭髮的矮小女子剛好走進廚房，一見到我便盯著我看。

「史瓦？」女孩說話時帶有輕微的外國腔。她抓住他的手肘，又更大聲地說道，「史瓦，你約朋友來喝咖啡啊？」

他心不在焉地對她笑。

「你們在喝咖啡嗎？咖——啡——」

「咖啡？」史瓦・尼爾森說，「對啊，我們要喝咖啡。」

她從他手中接過咖啡杯，放在流理台上，史瓦則把肉桂捲放上餐桌，坐到我身邊。女人替我們斟滿咖啡後便離開了，不曉得她是史瓦的什麼人。

「所以妳是開車從……」

「從斯德哥爾摩過來的。」

「哦，沒錯，斯德哥爾摩。沒塞車的話，從E四號公路直直開過來應該挺快的吧。」

「是啊，我沒遇到什麼車潮。」

我們繼續聊路況，聊我從斯德哥爾摩過來的車程，也聊多雨的秋天。雨一天到晚下個不停，實在很令人受不了，對不對？不過這麼一來，野外可就有許多野生蘑菇可以採囉，這可是瑞典森林的驕傲啊，除此之外，今年的莓果產量也一定會很可觀……對了，今天路況如何？妳從斯德哥爾摩一路開過來，是吧？妳有沒有去森林裡採過最讓我們瑞典人驕傲的蘑菇啊？

同樣的話他總會重複好幾遍，讓我覺得他似乎是想拖時間，但也有可能只是平常過得寂寞，所以想找人聊聊罷了。我很想直接切入正題，但仍努力掩飾不耐，繼續跟他聊了一下斯德哥爾摩的景色和交通，最後，我終於按捺不住了。

「史瓦？」

「嗯？」

「你不是說你手上有線索嗎？我真的很想知道究竟是怎樣的線索。」

他茫然地看著我，好像完全不知道我在說什麼，讓我挫折到突然好想使用暴力，把眼前的老人打醒，但我硬是忍住這股衝動，深吸了一口氣。

「一九九四年在史川德加登的案子，」我說，「不是有一條警方沒追查的線索嗎？你說檔案你全都留著，而且還有一些資訊可以告訴我。」

「哦，妳說調查的事啊，」史瓦・尼爾森眼睛一亮，「檔案我當然有，跟我來。」

史瓦起身後往側邊踉蹌了幾步，然後才踏出步伐，領著我穿過走廊，去到他的辦公房。房裡堆著一個又一個的箱子，桌上散落著滿滿的紙張，還擺著一台年代久遠的電腦和超大的螢幕。

「我看看，喬韓森，史川德加登，一九九四年，」他的聲音變得銳利、機警。「妳想找的資料應該在這其中一個箱子裡，」他指著三個箱子說，「就是放在最後面，靠近衣櫥的那幾個。」

「可惜我這個老頭子已經不像以前那麼有活力囉，所以我得坐下來休息一下才行，記得啊，紅色的那個檔案夾一定要看，如果有需要的話，隨時可以來找我幫忙。」

我捏緊他脆弱又滿佈血管的手。「史瓦，謝謝你。」這句話讓他很高興。

他離開後，我便著手把一箱箱的資料搬開，但箱子很重，所以在我終於挖出他方才指的那幾箱時，整個人已氣喘汗流。

我蹲到地上，打開第一個箱子。裡頭裝滿資料，我掀開頂層的報紙，想看看下面放了什麼。

結果還是報紙，一大堆報紙。

有二〇一〇和二〇一二年的本地報紙，也有些是從二〇〇二年一路留到現在。我快速翻閱，想知道史瓦為什麼叫我看這些。一頁頁的報紙上滿是紅色筆跡，有的是隨便圈起某個標題，有的就只寫了一個字，還有些是在不同的文章之間劃上箭頭，就算其中真有什麼邏輯，我也不可能看得出來。

這跟我女兒失蹤案的調查有任何關係嗎？我把報紙從箱子裡拿出來，放到地上整理，心想待會兒一定要去問問史瓦．尼爾森。

我在箱底找到兩個資料多到幾乎闔不起來的檔案夾，挑了紅色的那個打開，發現裡頭是二〇〇六年的舊帳單，再仔細地翻閱每一頁後，卻還是沒能找到有用的資料。一定是我開錯箱了吧。

可是箱子上的確寫著**史川德加登**，**喬韓森**，一**九九四**啊，這就奇怪了。我打開第二個箱子，發現裡頭也都是報紙、帳單和銀行的存款證明，甚至還有放了很久的衛生紙，至於第三個箱子也一模一樣，看得我摸不著頭緒。我看看時鐘，兩小時已經過去。

我站起身來，想去找史瓦．尼爾森，跟他確認我需要的箱子到底在哪，但卻在門口遇到一個長得跟史瓦很像的高瘦女子。她看起來很生氣。

「妳是誰？妳跑來這裡做什麼？」她說。

「哦，妳好，」雖然她擋在門口，我仍設法走了出去，「是史瓦約我來——」

「妳是什麼時候跟我父親聯絡的？」

「我星期五有打來，然後——」

「妳跟他講過電話？」她仰望天花板，嘆了口氣，「我明明就有跟他們說過，除了我們家的人以外，絕對不能讓他跟別人通電話。」她朝一團亂的房裡看了看，「妳想幹嘛？為什麼要翻這些垃圾？」

我頓時覺得自己猶如被逮個正著的小偷。

「妳父親很多年前曾負責調查我女兒的案子，所以才會邀我來看他留下的檔案，但那些資料似乎跟我女兒無關，」我指向我身後的那堆報紙，「我正想去問他呢。」

女人聽完後伸出手。

「不好意思，我剛才應該先自我介紹的。我叫佩特拉・尼爾森，我們去廚房談一下好嗎。」

我跟在她身後，經過客廳時，看見史瓦・尼爾森嘴巴半開地坐在扶手椅上睡覺。

這是怎麼一回事？

「請坐，」我們走到餐桌旁，佩特拉・尼爾森指向我剛才跟史瓦喝咖啡時坐的那張椅子。我再次坐下，等著她倒完兩杯咖啡，並坐到我對面。「我爸是不是答應幫妳重新調查以前的案子？」

我怕自己一說話就失控，所以只是點點頭。

「很抱歉澆妳冷水，但我父親其實患有阿茲海默症。有時候他神智的確很清楚，但平常他多半都處於癡呆的狀態。妳或許會覺得我很殘酷，但事實真的就是這樣。」

我不確定自己是不是有發出哀號，但佩特拉・尼爾森看著我的眼神似乎很憂心。

「我們讓他去療養院住了一陣子，但他變得很憂鬱，而且食慾不振，什麼東西都不願意吃，所以我們才把他帶回家，也發現他的情況的確好轉許多，不過他需要二十四小時的貼身照料，但我們無法整天在家，也很難找到全天候的家庭照護服務，所以這才讓他有機會跟妳通上電話。」

我覺得全身好像被刺了千萬根針，只想起身離開，或者直接癱倒在地上大哭。

「現在家裡並沒有任何檔案，」佩特拉・尼爾森繼續說道，「因為我們很久以前就全部丟掉了，妳剛才應該也有發現箱子裡全都是他的垃圾吧。塞垃圾似乎能替他帶來心靈上的平靜，所以我們才沒阻止他。讓妳白跑一趟，實在很抱歉。」

我把臉埋進掌中，用手指猛壓眼窩，感到前額抽痛不已。要是丹尼爾也在的話，我想我絕對承受不住他的反應，也還好亨瑞克沒有跟我來，否則我一定會當場崩潰。

「但他在電話上聽起來很清醒啊。」我說話時雙手都在顫抖，所以只好一再地用力握緊拳頭。

「我剛才也說了，有時候他腦袋的確很清楚，但他目前的狀況就是這樣，我也很抱歉。」佩特拉・尼爾森無奈地指向她父親。

「拜託，讓我跟他談一談，他說他手上有一條警方始終沒去追查的線索。」我如果沒把事情弄清楚的話，是絕不可能放棄，也絕對無法放下的。

「我覺得最好不要。」

「只要幾分鐘就行了。」

「我不希望他的心情受影響，這樣對他來說很不好。」

「拜託，這是我這輩子最重要的事了，」我說。

空氣中凝滯著沉默。

我看得出佩特拉・尼爾森不太喜歡我。她一臉猶豫，更帶著一副想把我轟出去的表情，於是我心裡也默默做好了跟她吵架的準備。

「好吧。」她說。

「太謝謝妳了，」我說，「妳絕對無法想像這件事對我來說有多重要。」

「不過我得先警告妳，他會盡說些妳想聽的話，而且還會胡亂扯些不相干的話題，妳待會兒就知道了。」

我們走回客廳，這時史瓦．尼爾森已經睡醒，並坐直了起來。

「爸，」佩特拉溫柔地摸摸他的手，「你要不要說說你對奧洛夫．帕爾梅的謀殺案有什麼想法？大家都說他是被暗殺，但其實這個案子另有隱情，對不對？」史瓦．尼爾森眼睛一亮，把拳頭往扶手上一搥。

「妳說首相帕爾梅嗎？那件案子從一開始就不應該當成謀殺案來調查的，」他伸出食指，在空中晃了晃，眼神落在我身上，「首相先生奧洛夫．帕爾梅根本是假死，他刻意製造自己被謀殺的假象，但其實是換了新身份去過新生活，現在大概跟他情婦在里約熱內盧吧，不過沒有人知道他究竟住在哪就是了。那些警察啊，就連這麼簡單的一個小案子都查不清楚，實在很蠢。嗨，親愛的，妳今天好嗎？」史瓦．尼爾森瞄了我一眼，好像我是個素未謀面的陌生人似的。

佩特拉．尼爾森觀察著我的反應，臉上一副勝利的表情，但也帶點懊悔。**妳看，我說的沒錯吧**。

我走上前去，彎腰靠向她神智不清的父親。

「我的名字叫史黛拉，我們很多年前見過面。當時我女兒艾莉絲失蹤，而帶頭調查這起案件的警官就是你。」我輕撫他的手，希望能用念力讓他短暫地清醒過來，想起這件事，並對我伸出援手。

「艾莉絲，艾莉絲，艾莉絲，」他大喊，「啊，我記得妳。」

我的禱告應驗了。史瓦・尼爾森傾身向前，用手勢示意我靠近一些，而我也不顧他散發的尿味，彎腰靠了上去。史瓦・尼爾森低聲說道，「愛麗絲・芭布斯、愛麗絲・媞曼德，愛麗絲夢遊仙境，消失之後又跑回來，變小又變大，兔子先生，兔子先生，他遲到囉，遲到囉。」他繼續胡言亂語，而且聲音愈來愈大，我的希望也像石頭般墜落谷底。我起身跟他女兒道了歉，說不好意思跑來打擾，然後便往前廳走去。佩特拉跟在我身後，邊走還一邊大吼，叫看護去照顧他父親。

「他就是很喜歡談論一些『陳年案件』，」佩特拉做出引號手勢，「真的很抱歉，其實我也很希望他能幫到妳。」

我們走到門邊時，史瓦仍自顧自地在說話，我停下腳步，細聽了一下。

「小女孩失蹤後，怎麼找都找不到，石頭，好多石頭，要冷靜，要沉著。事情有蹊蹺，一定有，知情的老兄爛醉如泥，但一直想要說出真相，哦，吧啦吧啦吧啦。」

屋內有個女人要他安靜。

我把毛衣掛到肩上，轉身正要離開時，他突然大喊。

「史黛拉，史黛拉・喬韓森，他想把一切都告訴我，但他什麼都還來不及說，就突然死了，死得好突然。」我看向佩特拉・尼爾森，但她只是翻了個白眼，然後便打開大門，把我請了出去。

克絲汀

謝天謝地，我終於快抵達伊莎貝兒在斯德哥爾摩的家了。對於搭火車這件事，我一向都痛恨不已，因為隔壁會坐怎樣的人，誰都無法預測，而且我每次都很不幸地遇到愛講話、意見多、吃東西太大聲，或侵占到我位子的鄰居。話說回來，今天明明就是星期三，也不是什麼假日，車上為什麼坐得這麼滿啊？真夠讓人不開心的。不過我的車太不可靠，要是開到一半拋錨，被困在路邊的話，那可就更麻煩了，所以我決定把車留在車庫，免得連最後一點點的積蓄都得拿去修車。

我對面的那個小男生非得這麼大聲不可嗎？現在的父母都把孩子養成小怪獸，放任他們像動物般地撒野、尖叫，到處干擾別人，實在很糟糕。現代社會似乎已經不吃禮數這套了，許多人就連一點點尊重和基本禮節都沒有。

我又惡狠狠地瞪了男孩的母親一眼，但她沒注意到，而且也不在乎，就連她兒子踢我包包，她都假裝沒看見，最後我只好自己出手把男孩的雙腳抓住，警告他不要再踢，結果那小子竟然開始哭，他母親也馬上氣憤了起來，還用責怪的眼神瞪我，好像是我做錯似的。怎麼樣，難道成人在社會上就**不值**得被好好對待，就只能任人踐踏嗎？

剩下的車程不長，於是我拿了包包，離開座位，在隔壁節車廂找了位子坐下。

我沒有跟伊莎貝兒說我要去斯德哥爾摩，要是先講的話，她一定會阻止我。其實我昨天就想出發，不過因為工作纏身，所以晚了一天。我根本不知道她在不在家，但不在的話也沒關係，大不了我去購物中心等到她回家就是了。之前我有叫她把她家的備用鑰匙給我，可是她卻一直沒寄來，這次我一定得拿到才行。

如果她願意的話，我也很想了解一下她的日程，看她每天都在做些什麼。我覺得她一個人可能沒辦法把自己的生活打理好，需要我這個老太婆幫點忙才行。

火車開進斯德哥爾摩中央車站，我一直等到其他乘客都下車後才站了起來，一起身就看見剛才那個壞小孩還有他糟糕的母親走在月台上，而她也迎上我的視線，用憤怒的眼神瞪我，不過我仍自顧自地下車，穿過月台，然後走進車站大廳。這裡總是太過擁擠，喇叭裡傳來廣播的聲音，說某班火車將會誤點，我周遭也盡是人們的笑語和尖叫，隨處可以聽見各國語言，各種氣味更是從四面八方瀰漫而來，有咖啡香、披薩味、新鮮的肉桂捲，也有香水味與汗味。

我乘著手扶梯下樓，準備要去搭地鐵，但樓下簡直就像人間煉獄，情況比剛才更糟。走道上的人龍像湍急的的水流般永無止盡，每個人都急匆匆地在跑，趕時間趕得沒完沒了，讓我覺得壓力萬分。一開始我走錯邊，差點就搭上近郊火車，往家的方向又再搭回去。等我終於走到市內地鐵的入口時，整個人已滿身大汗。我翻出錢包，抽出卡片，心裡對地鐵的大型玻璃閘門感到有點害怕，那閘門開關得那麼快，如果沒有馬上通過，或許會被夾到也說不定，不過最後我還是闖關成功，並搭上另一道手扶梯到通往瓦靈比的綠線月台等車。

我搭上地鐵，找了空位坐下，打算抵達後再打電話給伊莎貝兒，提前一分鐘都不行，這樣我才會知道她以為我遠在天邊時，都在做些什麼好事。

史黛拉

星期三的早晨悄悄到來，我坐在辦公室裡，聽著病人訴說他們的煩惱與困境。

我沒有在聽。

我心不在焉。

我根本不在乎。

我實在不配當治療師。

病人們在傾訴時，我突然異想天開，覺得自己或許可以辭掉工作，搬到別的國家，改名易姓，重新開始。

昨天的情況實在太慘烈，我在史瓦・尼爾森家所受到的打擊簡直嚴重到令人無法承受。我原本還以為可以了解警方當年究竟採取了哪些方式去找艾莉絲，可以取得線索，繼續調查，並證明她真的沒死，結果檔案竟然全部都被丟掉了？這樣沒有違法嗎？應該有吧？那些文件可是承載著艾莉絲的生命啊，他們怎麼可以說丟就丟呢？未免也太汙辱人了吧。

我女兒的命就這樣被人給丟掉了。

不過或許史瓦・尼爾森手上從頭到尾都**沒有**什麼鬼文件也說不定，或許佩特拉說的沒錯，或許他根本就只是講我想聽的話而已。

他手上**到底**有沒有線索呢？一定有吧。我一想到史瓦口中的「線索」可能只存在於他的幻想之中，就痛苦到無法自拔，所以也只好一直安慰自己。悲傷的浪潮如海水打上廢棄的海灘般沖刷著我的心，而且我一想到自己竟然如此自憐自艾，還想出這麼陽春的譬喻，就更覺得難過、羞恥。

昨天晚歸的亨瑞克一到家便問了我跟史瓦見面的狀況，我說事情已經過了太久，資料已經全部丟掉，握有線索的那個人也早就過世了，不過我並沒有把史瓦・尼爾森罹患阿茲海默症的事也老實說出來。這麼悲劇的細節我還是自己藏在心裡就好。

亨瑞克說他很遺憾，也問我心情如何。

我說我並不意外，畢竟事情都過了二十一年，我還能期待什麼呢？

亨瑞克幫我拉下通往閣樓的階梯，讓我爬上去把日記放回那個變形蟲花紋的手提包，然後再把包包塞到離入口最遠的那個角落，用一大堆箱子擋住。

亨瑞克整個晚上都對我很體貼，不但煮咖啡，點蠟燭，按摩我的背，還在我躺上沙發時替我蓋毯子，看來我先前犯的錯，他已經完全不放在心上了。他這個人向來不記仇，我也很喜歡他這個特質。

而且他應該很高興我沒把這事看得太重吧，再說，我的最後一絲希望終於破滅，他大概也鬆了一口氣。我想他心裡**一定**一直覺得事情都過了這麼久，我絕對不可能找到任何新線索。無論如何，實在很慶幸他沒有跟我一起去找史瓦・尼爾森。

我知道他是因為愛我，希望我好，要我快樂，所以才比任何人都期盼這件事能有個了結，讓我終能放下。

可是他心裡始終都不相信艾莉絲還活著。

亨瑞克很體貼，也很在乎我，但他似乎很確信我一**定**是認錯人，也很怕我又再次崩潰。**妳有沒有想過妳這麼做會有什麼後果？**他很明白地問過了。

後果會怎樣，我們倆都心知肚明。

時近中午，午休時間馬上就要開始，而團體諮商也近在眼前。

我終於能再見到艾莉絲了。

伊莎貝兒

重感冒讓我精神不濟，覺得腦袋重得就像被塞了濕棉花似的，聲音也變得很啞，至於發燒症狀雖然不是太嚴重，但溫度也已經高到我必須在家休息了。**其實我一點都不想待在家**，但媽總說生病時要穿暖和的襪子平躺休息，所以我只好乖乖照做。

今天不能去上課，所以我有強迫喬安娜幫我抄筆記，她雖然沒有我那麼仔細，但至少抄得比蘇西好。

這時電鈴響起，我看向時鐘，指針停在十二點半。**這時間會是誰啊？**我爬下床照了一下鏡子，發現**沒化妝**的自己顯得有些蒼白，但也只是用手順了順頭髮，便走向前廳應門去了。結果門一打開，我馬上慶幸自己身上穿的是仿牛仔內搭褲，而不是很舊的那件睡褲，但身上的寬鬆紅色帽T和一張素顏的臉可就讓我很懊悔了。

費德利克靠在門外的牆上，臉上帶著大大的笑容。

「你沒有密碼，怎麼進得了樓下的門啊？」**我真的想不到更好的話講嗎？**

「剛好有人出去，我就進來啦，」他走過我身邊，逕自到前廳掛好了外套。「我聽說妳臥病在床，所以決定來伺候妳，」他邊說著邊把兩桶班傑利冰淇淋遞給我。

「冰淇淋？」我說。

「對啊，我媽總說冰淇淋是最能治病的良藥，妳媽沒跟妳說過嗎？」

「我媽好像比較相信消毒水，」我說，「還有熱茶。」

「我最喜歡草莓起司蛋糕口味了，不過女生都愛巧克力，所以我也帶了香濃巧克力布朗尼口味哦。」

我看著他脫掉鞋子，望向他身上那件桃紅和藍色相間的印花T恤，又發現他卡其長褲的褲頭已掉到屁股，褲管更緊緊地繃在腿上，臉上不禁露出愚蠢的傻笑，而他也抬頭對我露出笑容。我把冰淇淋放在走廊的桌子上，向他走近一步，結果不知怎麼地，我們突然就抱在一塊兒了。

「嗨。」我用氣聲說。

「嗨。」他一邊回應，一邊把我拉得更近。我墊腳把臉靠在他頸上。

「我可能會傳染給你哦。」我說。

「我不在意，」他輕撫我的臉頰，「妳笑的時候有酒窩，實在是太可愛了。」

「真的嗎？」

「妳整個人都很可愛呢。」

這真是我這輩子最快樂的一天了。

費德利克四處參觀時，我到廚房拿了兩支湯匙，然後跟冰淇淋一起放到我房間的桌上，又從抽屜裡抓了幾件衣服，大聲地喊說我要去一下廁所。我脫掉帽T，噴了些香水，換上黑色蕾絲胸罩，又穿上星期五跟喬安娜一起去買的上衣，至於內搭褲很能突顯腿部線條，所以我沒有換掉，不過離開浴室前，我還是照了照鏡子，刷了點睫毛膏，然後又轉身端詳自己的背，調了調內衣，把胸部擠得集中一些。

我回到房間時，費德利克已經坐在我床上，靠著牆壁開始吃冰淇淋了。他慢慢地舔著湯匙，把我全身上下都打量了一遍。**還好我有去換衣服，真是太明智了**。

「不分我吃一點嗎？」我坐到他身旁，他把湯匙送到我嘴邊，讓我嚐了一口。「你今天沒去上課嗎？」

「有去，但提早走，」他說，「因為我實在太想妳了。」

「你午休時間過後要回去嗎？」

他意味深長地看了我一眼，「可是妳不能沒人照顧啊。」

沒錯沒錯，我最需要照顧了。

他一邊餵我吃冰，我們一邊聊著自己喜歡哪種口味，而且還必須說明理由。**他說的對，我果然比較喜歡巧克力**。他把冷冰冰的湯匙放在我肚子上，一聽我大叫出聲，便笑得很開心，還學我一路往下滑，滑到全身幾乎都平躺在床上。我喜歡他逗我、盯著我看，也很享受我們之間有些緊繃的曖昧氛圍。

後來他問我想不想看電影，於是我把電腦交給他，讓他開機去選，自己則把冰淇淋拿到冰箱放好，還開心地在廚房手舞足蹈了一陣。

「我覺得我好像也快感冒了。」我回房時他這麼說。

「真的假的，是我害的嗎？」

「有可能哦，所以我要處罰你照顧我。」

他對我咧嘴一笑，結果被我用枕頭丟，於是索性抓住我的手，把我拖到床上搔癢。我凝視他的雙眼，希望他親我，但他只是定睛看著我，看了好長的一段時間，然後便轉身去把電腦放在床邊的托盤上，開始放電影，與此同時，我則找了一個很舒服的位置坐好。他問我看不看得清楚，我說沒問題。

電影一開播，竟出乎我意料地是齣浪漫喜劇。我們安靜地躺在一起看，但我心裡完全只想著他離我有多近，也想愛撫他全身的所有部位，感受他壓在我身上的重量。

後來電影裡的角色也開始一起看電影，跟我們倆一模一樣。**費德利克心裡在想什麼呢？**我往他挪近了一些，還把頭靠在他手臂上。

電影繼續演。這時主角已經開始做愛了。

我又再湊近費德利克身邊，把腳壓在他雙腿上，彎起膝蓋，用腳掌摩娑他的脛骨。他喃喃自語了幾句後把手放到我腿上，不讓我繼續。

「你好像沒生病啊。」我對他耳語。我把膝蓋一路往上移，感受我方才低頭時，在他褲襠附近看見的**那塊突起**。他動了動身子，直盯著我看。

「所以你喜歡我嗎？」我挑逗地說。

「喜歡到快瘋了，」費德利克平靜地說，「我明明就在妳旁邊，卻不能碰妳，每分每秒都好折磨啊。」

「那為什麼不碰呢？」我輕舔嘴唇，看著他瞇起雙眼。

「妳不是生病嗎？」

「也沒有病得**那麼嚴重**啦。」我說著爬到他身上。

我把頭髮塞到耳後，感受他的雙手滑過我腰際，然後慢慢地舔他雙唇，試試水溫，接著才真的開始親他，而他也回吻了我。

就這樣，我們唇舌相纏地親熱了起來，一開始很熱烈，而後轉為緩慢，接著又再激情了起來。他輕撫我的頭髮，雙手也在我身體和屁股上游移，摸得我雙頰發燙，趕緊將他推開。他愉快地躺在那兒盯著我看，一副對自己很滿意的模樣，實在好性感。我要他，好想要。

我躺在他手臂上，跟他十指交纏，發出**快樂**的嘆息，他聽了不禁發笑。我拿起手機，照了一堆自拍，有些只是我們肩並肩地躺在一塊兒，或做些蠢鬼臉，但有一張是他咬我耳朵，讓我大笑出聲，還有一張是我們在接吻。

「我帶了冰淇淋來看妳，有沒有獎賞啊？」我在看照片時，他吻著我的頭髮，含糊不清地說。

「當然有囉，或許我可以賞你一個『#全世界最棒男友』。」我屏住氣息，等著看他怎麼回應。

「結果女朋友竟然一個人把冰淇淋全部吃光，實在是太過份了。」

「我哪有啊！」

他雖然被我捏了一把，但笑得很開心，然後又把我的頭髮撥開，重新開始親我。

我們再度唇舌交融，親熱了好長一段時間。我一想到可以跟費德利克把上次被打斷的事做完，就覺得好快樂，性慾也強烈到快要爆發。

我的心砰砰狂跳，血液也衝入雙腿之間。我把手放上他腹部，抓住他的勃起，感受他變得愈來愈大，還用手指又揉又捏，他嚥下口水，用氣音叫著我的名字。

這時我的手機響起。我一抬頭，費德利克就做了個鬼臉，逗得我咯咯發笑。我低頭親他，完全不理會再度響起的手機，只是低聲說不是什麼重要電話。他把我拉到身上，手抓著我臀部，而我也壓在他身上磨蹭，愉快地感受他的硬挺，在他耳邊用氣聲說我要他。

他用雙腳纏住我的身體，滾到我身上，結果我們卻一起撞到床邊的托盤，讓他哈哈大笑。他起身把電腦蓋上，跟整個托盤一起放到地上，過程中都一直跨坐在我身上，發現我盯著他的身體後咧嘴一笑，脫掉T恤，重新壓回我身上，更熱烈地親我，雙手不斷摸弄我的胸部，大腿也夾在我的雙腳間，跟我不斷磨蹭。

偏偏手機這時卻再度響起。

我抬頭看向手機，大罵出聲。我很少會這麼失控的，而且我每次這樣，都覺得自己看起來很蠢。費德利克想把我拉回床上，不過我還是先去關了手機鈴聲，才躺回他懷中。

「剛才進行到哪了？」他喃喃地說完後，又再繼續搓揉我上衣底下的胸部。

我解開他長褲的鈕扣，把手伸進內褲，感受他硬挺但滑順的下體。我將他握在手裡，好喜歡那股溫熱，也很想舔舔看是什麼味道，卻沒那個膽子。我對他上下搓揉，弄得他呼吸加快，又再變得更大。他的尺寸好驚人啊。

費德利克脫掉我的上衣，讓我騎到他身上。我摸弄自己透出胸罩的乳房，也知道他的視線集中在我硬挺的乳頭上。他拉低我的褲頭，把手伸向我的下體，開始輕觸，我則微微挪動，讓他更容易碰。我盡情地享受他在我內褲裡的摸弄，嘴上也叫得很大聲，更迫不及待地扭動臀部，好把褲子完全脫掉，而費德利克也伸手幫我，但就在這時，我們不小心把手機撞到地上，結果耳裡便傳來震動聲。

「到底是誰一直打來啊？」他的聲音粗啞又不耐煩。

「我直接關機好了，」我趴到床緣，撿起手機，發現有一大堆未接來電，還看到一封簡訊的前幾行。我的身體瞬間冷卻。我坐在費德利克身上，拿著手機，輸入密碼，他也半坐起身來親我脖子，摸我的乳頭。

「靠，」我邊看訊息，一邊低聲咒罵。

「怎麼啦？」費德利克說完後繼續親我肩膀，還拉掉我內衣的肩帶。我閉緊雙眼，又再讓他親了片刻，但心裡其實早已感到挫敗、失望到快要忍不住眼淚。

「費德利克，你得走了，」我說著把他推開，「現在就走，趕快。」

史黛拉

一直到最後，她都沒出現。我就這樣白白浪費了九十分鐘，實在太沒意義了。

大家今天都在聊什麼啊？我不知道。

她是在躲我嗎？為什麼？

團體諮商結束後，沃爾夫跟我有約。

「我知道這樣不對，偏偏我就是沒辦法控制自己，所以事情還是發生了。」

沃爾夫一直講個不停。他說的那些事我都有聽見，但聽話時的心態不對。我一直在想，過去這兩年來，他到底把同樣的事跟我講了多少遍啊？

「是沒辦法還是不想？」我問。

一臉驚嚇的沃爾夫似乎能從我的語調中聽出我的惱怒。他又出去玩到太晚，又喝了太多酒，醉醺醺地回家後，再度跟老婆大吵一架，還說都是因為他母親小時候沒有陪在他身邊，所以他現在才會變成這樣。嗚嗚嗚，可憐的小沃爾夫啊，怎麼都沒有人了解你呢，真是太令人傷心了。

不，他根本就是隻死肥豬，是隻不成熟又只關心自己的臭沙豬。

其實最有效的治療方式就是往他屁股猛踹一腳，或往他臉上狠揍一拳。我曾建議他嘗試不同形式的諮商，像是參加戒酒無名會，或是培養個興趣也好，但他始終沒能接收到我的暗示，所以就一直跑來諮商，而且每個禮拜都來。我愈聽愈覺得無法忍受，不禁開始覺得自己實在入錯行——這是我這輩子第一次對職涯感到後悔。

我丟開原本放在膝蓋上的筆記本。「沃爾夫，你到底為什麼要來諮商？」我惡狠狠地說，「你這樣到底有什麼意義？」

「妳說什麼？」

「你為什麼要一直來諮商？你有從中學到什麼嗎？在我看來，你根本就是在浪費我時間。」

他瞠目結舌地看著我，一副聽不懂我在說什麼的模樣。我說他一直都在原地打轉，從我第一次替他諮商到現在，他不但毫無進步，還可悲到一再犯下相同的錯，而且每個禮拜都找一樣的藉口，說他之所以會瞧不起自己，都是因為他母親太窮，沒把他養好，殊不知這說法根本就薄弱到我一眼就能看穿。最後，我叫他最好趕快長大，為自己的人生負起責任，否則一輩子都會遭遇相同的問題。

「妳懂個屁啊？」他說。

我起身走向門邊，用力地把門甩開，對他尖吼，「你不要再來了，我不想再見到你。」

滿臉漲紅的沃爾夫落荒而逃。我看見另一個治療師約翰站在走廊上，芮娜則坐在櫃台後方。兩人都盯著我看，然後竊竊私語了幾句，但我只是砰的一聲把門甩上。

不久後，有人來敲我辦公室的門。

「請進，」我說。

芮娜打開門，嚴肅地看著我。

「史黛拉，我向來都很喜歡妳，但妳可能真的得休息一下了。」

她大概覺得我是受到莉娜的事件影響吧，其實診所的所有人都一樣，他們都覺得病人不會無緣無故就指控我，所以我應當接受調查，而且我剛才又把沃爾夫轟出去，想必現在大家都認為問題出在我身上。

他們一定覺得我病得不輕。

我獨自縮在辦公桌後方的椅子上，蓋上電腦，拿起手機打電話給她，打了好幾通，卻始終沒有人接，又再撥了好幾次以後才終於死心。我靠回椅背，閉上雙眼，一聽見手機發出「叮」的聲音，便匆匆忙忙地趕快拿起來看，結果是亨瑞克傳簡訊來。

什麼！真的假的？珍妮，妳也太棒了吧！餐廳妳選，我請客。

我一頭霧水地把訊息重複看了好幾遍。我先生為什麼會傳簡訊給這個叫做珍妮的人？而且珍妮是誰？他又為什麼要帶她去吃飯？這是怎麼一回事？

亨瑞克最近用手機的頻率的確比平常高，他說工作忙，所以經常晚回家，而且週間、白天也就算了，就連週末，甚至到深夜都還是會有人打電話、傳簡訊給他。難道昨天早上來電的就是珍妮嗎？他當時究竟是要去接誰？

我已經在路上了。昨天早上他是這麼說的。**對，十分鐘後見**。

忌妒的感覺讓我整顆心都糾結在一塊兒。

妳跟爸是不是要離婚啊？

我的胃隱隱作痛。我打了一段話要回他，刪掉後又再重寫了一遍，可是仍覺得不夠滿意，想了好久，才終於打好一封不會讓他覺得我歇斯底里的簡訊。

不好意思，我不是珍妮，不過你如果要請我吃飯的話，我很樂意哦 ;)

傳完後手機毫無動靜。我看著黑漆漆的螢幕，等得心急如焚。亨瑞克應該要打給我才對啊，他打來後會怎麼說？聲音聽起來又會如何？但我等了好一陣子，最後卻只收到他的簡訊。

傳錯人了：）我今天七點後才會到家。

我起身在辦公室裡踱步。他竟然敢跟我裝沒事，完全沒有道歉，也沒有任何一句解釋。你以為我不知道你跟珍妮之間有鬼嗎？我走到角落，拿起亨瑞克在診所開張時送給我的那個陶瓷大花瓶，舉到頭頂上，然後狠狠地往地上砸。

陶瓷碎裂時發出巨響。

但我卻覺得不夠大聲。我原本希望花瓶摔碎的聲音可以把我淹沒，讓我忘記心中的憤怒，結果卻一點用也沒有。

吼病人、摔花瓶都於事無補，我再怎麼做，都沒辦法克服心中的恐懼和無力的感受。

克絲汀

我坐在伊莎貝兒家樓下的長凳上打給她，但打了四次她都沒接，最後只好改傳簡訊。一會兒過後，她回了我訊息，說她在休息，沒聽到電話響，換好衣服後會趕快下來接我。很好，她有乖乖待在家，不過她剛才到底在做什麼呢？

大門打開，我站起身來，但迎面而來的是一個年輕的金髮男子。他雙手插在口袋裡，褲子好像隨時都會掉下來似的，經過我身邊時只是瞟了我一眼，一句話也沒說。現在的年輕人啊，連基本的禮貌都沒有，簡單地打聲招呼有這麼難嗎？

不久後，我亭亭玉立的乖女兒便出現了。我用力地抱了她一下，仔細地觀察她，發現她看起來很累，還有，她穿的這是什麼衣服啊？這孩子打扮的風格似乎有點改變。她事先不知道我要來，所以這想必就是她平常的穿著了：她的上衣和牛仔褲都緊得要命，讓她的每一道曲線，還有她年輕而挺拔的胸部、細腰、臀部和胯下都顯露無遺，而且這上衣未免也太短了吧？她隨便一動，肚子就會露出來，實在很丟臉、很不雅觀，簡直就像妓女一樣，穿成這樣跟裸體有什麼差別嗎？

這都是喬安娜的錯，她根本就是壞朋友。那個小蕩婦啊，頭髮染成那樣，鼻子上還穿洞，這種人怎麼可以接近我的伊莎貝兒呢？

我端詳著她，發現她眼神呆滯。她有在喝酒嗎？有嗑藥嗎？

「妳穿成這樣，最好小心一點，」我警告她，「男孩子心裡想的都是同一件事，妳應該也知道吧。」

此話一出，她立刻緊繃了起來。看來我又說錯話了。

「妳有好好吃飯嗎？」我改口問道，「是不是有變瘦？」

「都有吃啦，媽，我沒有變瘦。」她替我壓住門，讓我進去。

伊莎貝兒心情好像很糟，我們倆搭電梯上樓時都沒有說話。她打開門鎖，走入屋內，我環顧四周，覺得採光很棒，整個環境也很不錯。雖然只來過幾次，不過我實在很想多來看她。其實她當初搬進來時，我就很希望可以來幫她掛相片、吊窗簾，把房子弄得舒適一些，畢竟這些事不就是母親該做的嗎？但這些日子以來，伊莎貝兒似乎一直很想證明自己能夠獨立，讓我覺得自己好像遭到背叛，心裡很不是滋味，雖然我很努力地隱藏內心的不滿，有時還是會不經意地顯露出來。女兒跟我愈來愈疏離，我的心可是痛得要命啊。

我趁伊莎貝兒煮咖啡時去上廁所，上完後把她櫃子裡的藥全都翻遍，但沒看到毒品，也沒有避孕藥。接著我又到她房裡看了一圈，發現床上的被子又皺又亂，像是情急之下鋪的，讓我心裡不禁一陣擔憂。

她是不是跟誰上床了？會不會她其實有很多床伴？我女兒已經破處了嗎？我剛才在大門口遇到的那個男生是誰？他是來找伊莎貝兒的嗎？是來跟她上床的嗎？她會不會來者不拒，讓人予取予求？會不會蹲在男人膝下，讓他們喘氣、呻吟？我一想到那個畫面，就覺得心煩意亂，而且噁心想吐到極點。難道她都沒想到我會有多難過嗎？她太軟弱了，所以必須由我這個母親來矯正她的觀念才行。

我轉身走向廚房，我知道自己不能讓情緒顯露在臉上，否則她一定會看出我已經發現她在幹什麼勾當。我坐到餐桌旁，看她從容地處理著手上的事。

「搭火車實在很討厭欸，坐了那麼久，我腳都腫起來了，妳看。」我拉下襪子，戳戳腫脹的腳，要她仔細看清楚。

「妳在家時不也是整天坐著嗎？」伊莎貝兒說話時完全沒轉頭看我。

她怎麼會變成這樣？為什麼開口閉口都在酸我，對我毫不尊重？她為什麼就不能永遠當我那個可愛又貼心的小女兒呢？從前的她覺得我對任何事都有答案，覺得我無法取代，也總是讓我安慰，讓我替她補衣服，結果現在我卻成了討厭、煩人又讓她丟臉的蠢媽媽？

我忍住心中的怒火，又再開口說道，「最近課業順利嗎？」

「還可以，目前所有考試都有通過。」她的聲音聽起來很開心。

「真是個棒女兒，」我說，「妳爸一定也會很以妳為榮的。」

把她養大的人畢竟是我啊，我在心中這麼提醒自己，**她只是暫時叛逆而已**，**不久後就會恢復正常了**。

伊莎貝兒倒了兩杯咖啡，並擺出紅蘿蔔蛋糕。

「很好吃耶。」我說。

「我昨天做的。」

「妳從小就很喜歡烘焙，我看一定是遺傳到我。妳還記得我們以前都會一起做點心嗎？」

「媽，妳跑來做什麼？」

這時我才發現伊莎貝兒的聲音很沙啞。

「妳感冒了嗎？」我摸摸她的額頭，似乎有點燙。她該不會是懷孕了吧？

「很快就會好了啦！」她說。

「妳還是躺著休息一下吧？我來替妳泡茶。」

「媽，妳不用這樣啦，我很少生病的。」

「妳整天都待在家嗎？」我問道。

「對，妳說的話我都一字不漏地照做，不但待在家，穿暖和的襪子，」她舉起腳，動動腳趾，「也有多洗手，喝溫的東西，還把床單也全都換了。」這時她才終於對我露出微笑。我親愛的女兒啊，妳讓我打從心裡暖和了起來，這感覺就好像烏雲退散，太陽終於露臉一樣。

「乖女兒，」我邊說邊回以微笑，「妳做得很好，生病就是要待在家嘛，妳應該也沒去心理諮商吧？」

她那張臉又沉了下來。她為什麼非得這麼敏感不可啊？但這件事我非提不可，這不就是母親的責任嗎？我們作母親的人，就是必須不厭其煩地重複叮嚀，這樣才能達到教育、引導和保護的目的。

「我不是說了嗎，我今天一整天都沒出門。」

「我希望妳不要再去諮商了。」

伊莎貝兒把椅子往後推，椅腳擦過地板時發出刺耳的可怕聲響。她起身走到水槽邊，轉身背對我。我知道她很生氣，但她最後一定會了解到我說的沒錯，現在她只需要聽我的話，理性地讓我好好跟她講道理就行了。我真的完全是為她好啊。

她一定會懂的，她非懂不可。

伊莎貝兒

恐慌感在我心中逐漸滋長，此刻，我憤怒到連自己都覺得害怕。

她為什麼老是喜歡這樣突然出現，入侵我的生活，窺探我的隱私呢？她為什麼就是非得來干擾我不可呢？我集中精神，不想被憤怒淹沒，**但我實在氣到快要失控了**。不行，我現在一定得把怒氣往肚裡吞，控制住自己的情緒，否則情況只會變得更糟。

等一下，或許史黛拉說的對？要是我遲遲不敢劃清界線，讓媽知道她不能這樣控制我的話，她說不定會得寸進尺。這是我的生活，我要自己做決定，所以我必須坦白地說出心中的想法才行。我轉身看著她。

「我去不去，並不是妳可以決定的，」我平靜地說。其實我平常多半都順著她，很少跟她吵，但我真的沒辦法再繼續這樣下去了，而且我們母女之間的關係如果夠堅定，就應該要經得起衝突才對。我說完後，媽張嘴結舌，一副震驚的模樣，整張臉都垮了下來，好像我賞了她一巴掌似的。我看得出她覺得被污辱、被冒犯，也知道她待會兒一定會說她為我付出了這麼多，養我長大，指引我人生的方向，結果我竟然不知感激，害她有多傷心。

但人總是要獨立的，而且她總愛誇口說她把我教養得多好，如果真是這樣的話，那她還擔心什麼呢？

媽用力地把杯子摔在桌上，兇狠地瞪著我，「我不喜歡妳用這種口氣跟我說話。」

「我已經是大人了，」我說，「可以自己做決定。諮商是我自願去參加的，這是為了我自己好，跟妳沒有關係。」我實在是太自豪了。我現在之所以有辦法不畏衝突，勇敢地說出自己的想法，都是多虧了心理諮商讓我進步，這對我來說可是很了不起的成就啊。

但媽對我似乎不怎麼佩服，還用一種我再熟悉不過的眼神瞪著我。**小時候我要是害她頭痛，或是讓她失望地掉頭走人，她就會那樣看我。**

她嘟起雙唇，自顧自地說道，「有些事妳不懂啦。」接著，她開始將桌上的食物碎屑集中成一堆，「過來坐下。」

她的語氣很強硬。我雖然不想聽她說教，卻還是乖乖坐下，知道她一定又要對我長篇大論。真希望她趕快消失啊，如果此刻在我身邊的是費德利克就好了，我們可以裸體躺在床上，盡情做愛——這事根本就不像媽講的那麼骯髒、噁心啊。

我心裡一直想著費德利克，身體也蠢蠢欲動。我們剛才差點就要開始做愛了，而且可以做上好幾個小時，甚至整晚不睡，明天再繼續一整天。

我現在明明應該跟費德利克在享受魚水之歡才對啊。

都怪媽突然出現，壞了我的好事。

我剛才實在不該去讀她的簡訊，應該要勇敢地讓她等，而不是為了討好她而拋下一切。**唉，千金難買早知道。**

這時媽打斷了我的思緒，「妳那個治療師史黛拉啊，她一定有問題。」

「妳怎麼知道？妳又不認識她。」
「我是擔心妳，因為妳最近變了很多啊。」
「可能是因為我之前一直活在謊言之中吧？」
媽縮了一下，然後握緊拳頭，似乎很怕自己失控。
「妳這是什麼意思？」她用氣音說道，眼中也泛出淚光，讓我覺得自己好像瞬間變回五歲，又開始想要安慰她，想賠罪，想獲得她的原諒，好讓一切都恢復正常。
「因為漢斯不是我爸啊，」我繼續說道，「他不是我生父，對吧？我知道真相時，是真的很受打擊。」
媽縮在椅子上，把臉埋進掌中。她又要開始呼天搶地了。
「親愛的，我懂，我真的懂，請妳原諒我，其實我也很不想把真相告訴妳啊。」
接著她又繼續跟我說史黛拉其實身陷危機，語氣跟她平常說話時一模一樣，摻雜著憤怒、嘲弄和愉悅。有時我都覺得她實在有問題，而且問題非常嚴重。
「她之前就有個病人想自殺。那個女孩子年紀比妳小一點，她父母心疼得不得了呢。其實他們也有察覺到危險的徵兆，但還是姑且相信諮商對她有幫助，結果呢？像妳們這麼年輕的女孩子對陌生人掏心掏肺，就是很容易會有這種下場。」
「妳怎麼會知道這件事？」
「這陣子以來，我都很擔心妳啊。」
「我知道，妳說過了。」**我就知道**她會這麼說。最近我們每次講電話，她都一定會說她有多擔心我。
「是我在網路上查到的啦，我甚至還有去跟那個病人的父母談過呢，他們很真誠，是對很好的夫婦。那孩子遭遇過的事，妳也正在經歷，所以我當然不能袖手旁觀啊，我是一片好意，妳應該懂吧？」媽頭一歪，握住我的手。

「我沒有想自殺啦，我跟妳保證。」我乾笑了幾聲，但媽的表情依舊嚴肅。她把我的手握得好緊，我被捏到發疼，於是趕緊將手抽走。

「媽，我很信任史黛拉，**或許**那個病人的事並不是她的錯啊，我們又不了解當時的狀況，所以妳也不用這麼果斷吧。」

「伊莎貝兒，妳給我聽清楚了，史黛拉這女人是瘋子，她心裡有病，根本就不是正常人，」媽嚴肅地看著我，然後又繼續說。

「她很多年前丟了個孩子，是個小女孩，當時她還很年輕，確切的情況也沒有人清楚，只知道她一度被列為嫌疑犯，不過警方始終找不到證據，最後她還被送進精神病院呢，就是關瘋子的那種地方喔。她這種人怎麼可以當治療師，我實在不懂，她很有可能是殺人犯欸，或許是她殺了自己的孩子也說不定啊。」

我正要插嘴，但媽做了個手勢，示意我安靜。

「我覺得她一定以為妳是當年失蹤的那個小女孩，」她說。「我知道她失去孩子一定很受打擊、很心痛，這我可以理解，但妳要知道，史黛拉．伍德斯川這女人很危險，她有病，而且會威脅到妳的安全。」

我想起史黛拉之前那段關於悲傷的獨白，不禁打了個冷顫。

媽傾身靠到桌上，「妳說她有問起妳的成長背景，也有問到關於我的事，對不對？她該不會還有問說我是不是妳親生母親吧？」

我心裡愈來愈不安。對，她的確有問，對於我的成長背景，她確實是有點過度好奇。

媽繼續說道，「治療師對病人的影響力可是很大的，她就是因為自己過得不順遂，所以才會利用她的影響力，讓妳開始懷疑一切，但有些事情明明就是無庸置疑的，不是嗎？要是她跟蹤妳怎麼辦？妳怎麼知道她沒在監視妳？」

我的確有看到史黛拉站在我家樓下，也有在學校看到她。

媽說的對。

我原本以為她只是敬業，不過現在看來，她對我的關心似乎有點病態。

但同時，她也帶給我一種安全感，我第一眼見到她，就對她很有好感，可是我真的可以相信自己的判斷力嗎？這整件事都不合理，我實在想不通。

媽繞過餐桌，到我身旁摟住我。

「乖女兒，我是真的很怕會失去妳，所以妳一定要小心。妳應該了解我的心情吧？」

我抬頭看著媽。對，她的確很難搞，有時候甚至無理到了極點，但她終究是我媽啊。我知道她很在乎我，甚至會為了保護我而奮不顧身。

「媽，我知道啦，」我說，「我會小心的，我保證。」

史黛拉

星期三傍晚，我坐在沙發上看著亨瑞克靠在廚房中島邊，邊笑邊手勢不斷地跟玻妮拉的新歡賽巴斯欽聊天。十五年過去了，我對他的一舉一動都很熟悉，但今晚我決定以全新的眼光觀察他，希望他不小心露出馬腳，讓我看出一些什麼。我應該直接問他才對，偏偏我太膽小了。其實我平常都是很直接的，但我現在已經如此混亂、多疑了，要是他否認的話，我一定會更加懷疑自己的理智，可是如果他承認，我也絕對會徹底崩潰。

米羅打完網球後，賽巴斯欽和玻妮拉去接他，我叫了披薩，開了瓶葡萄酒。亨瑞克回家後跟他們打了招呼，接著就上樓換衣服，而我也拿著酒杯，跟了上去。

我問他今天過得如何，他說一切正常，然後便脫下襯衫，換上T恤和褪色的舊牛仔褲。我站在一旁，看著他扣上褲頭，把手機放進正面的口袋。

我原以為他多少會提起簡訊的事，跟我解釋一下，告訴我珍妮是誰，但他卻什麼也沒說，只是瞄了我手上的酒杯一眼，問我在慶祝什麼。

可以說是為愛舉杯吧，我說。

以前我如果說這種話，我們倆一定會笑成一團，但今天他卻露出一個很客套的笑容，說披薩會冷掉，我們最好趕快下去吃。

他在廚房的站姿看起來很放鬆，整個人看起來似乎既開心又滿足。這個珍妮到底是誰？他在她身邊時，也會笑得這麼開心嗎？她長什麼樣子？是不是比我年輕、漂亮？他外遇多久了？又跟她上床了幾次？

這時玻妮拉用枕頭丟我，我才突然回過神來。她斜靠在沙發的另一端看著我，踢了踢我的腿。

「妳在想什麼啊？」她說。

「沒什麼，只是覺得今天很漫長而已，」我說完後灌下一大口酒。玻妮拉抓住我的手，捲起我的袖口，發現我手腕上有幾塊淡淡的瘀青。

「妳這是怎麼弄的啊？」

我的眼神再度不受控制地飄向亨瑞克。賽巴斯欽不知道說了什麼，讓他哈哈大笑，他往我的方向轉過頭來，直盯我的雙眼，表情很嚴肅，但沒過多久便撇開了頭。

「他該不會打妳吧？」玻妮拉問。

我一想到亨瑞克星期六晚上是如何親我，抓我的手腕，並在地上擁有我，就覺得渾身發燙。

「是不是親熱時弄的啊？」玻妮拉咯咯地笑，「妳不用說我也看得出來，所以妳不如就老實告訴我吧。」

「沒有什麼好講的啦，」我微笑著說，「沒有人在地毯上運動哦，真的沒有。」

玻妮拉笑出聲來。她沒看出我的笑容有多僵，也不知道我已經發現亨瑞克除了我以外，還有別的女人。

這時，他又再次朝我們的方向看過來。

「小姐們，聊得開心嗎？」他坐到我身後的沙發扶手上。

「亨瑞克，你最近是有在做瑜珈嗎？」玻妮拉說。

「瑜珈？」他笑問。

「聽說做瑜珈對身體很好，」玻妮拉裝作沒事地看著他，「而且臥室柔軟的地毯很適合用來練習呢。」

「玻妮拉！」我發出抗議，並撇頭看了身後的亨瑞克一眼。他看看我，然後又再轉頭看向玻妮拉，顯然是不願意討論這個話題。為什麼？是不是因為他現在滿心只想著珍妮？她是不是比我更能滿足他？

「這樣啊，或許我之後可以考慮試試看。」他邊說邊把我的酒杯抽走，但我拿了回來，還再次斟滿，畢竟我近來遭遇了這麼多事，應該有權利可以暫時放鬆、享受吧？就算只有一下下也行，而且我現在正聊得盡興呢。我又變回了從前那個平穩、友好又安全的史黛拉，大家一定都覺得我非常和善，而且他媽的善解人意又有智慧吧。

晚些時候，我靠在亨瑞克身上，輕撫他的大腿，在他耳邊用氣聲說我要他，還說我會比任何人都更讓他滿意。他皺起眉頭，問我是不是喝了太多，然後又看向玻妮拉，她也皺了皺臉，意思是**不要再讓她喝了啦**。我表面上假裝沒看見他們在互使眼色，心裡卻在怒吼：**你們倆到底是怎樣？為什麼大家都這麼奇怪？**

亨瑞克推開我的手，把葡萄酒拿進廚房，玻妮拉也說時間不早，他們差不多該回家了，於是我一口乾掉杯中的酒。

這時我聽見米羅跟漢普斯在討論要去愛沙尼亞參加籃球錦標賽。

「媽，」米羅說，「我可以自己去嗎？」

「自己去？」我說。

「對啊，妳之前不是都有跟我去嗎，」他繼續說道，「所以妳應該也知道那裡有很多大人會照顧我們吧，所以囉，拜託啦。」

「我覺得這樣不好。」我說。

就在那不到一秒的瞬間，恐懼如神經毒劑般將我完全癱瘓，讓我變得氣憤、固執又難搞。

「媽，妳不要生氣啦，不會有事的，那邊很安全，妳也知道的啊。」

玻妮拉開口附和，「漢普斯也要去，所以或許——」

「我不准你自己一個人出國，」我打斷她，「你才十三歲欸。」我拿起玻妮拉的酒杯喝了一口，她先是看著我，又望向廚房，然後伸手想拿回去，但我刻意把杯子放到離她很遠的地方。

「但只是去愛沙尼亞而已啊，」米羅說。

「我們之後再討論。」

「媽。」

「米羅，我不是說之後再討論了嗎？你他媽的不要再哀哀叫了好不好。」

亨瑞克走進客廳，一臉質疑地看著我，然後又轉向米羅。

「爸，我只是想自己去參加籃球錦標賽而已，結果媽就突然生氣了。」

他把手搭在米羅肩上，「放心，事情一定能解決的。」

「只要我不答應，」我說話時不小心把酒灑到沙發上，「你就別想去。」我想用手把酒抹掉，卻灑出更多酒來。

我看亨瑞克想把酒杯拿走，於是猛地縮手，結果酒又再灑了出來。

「你想幹什麼？」我聽見自己含混不清的聲音。

玻妮拉摸摸我的手臂，但我將手抽走，她和亨瑞克又再度面面相覷。

「史黛拉，冷靜點，」亨瑞克說，「妳不必這麼大聲。這件事我們之後再討論吧，好不好？」

「我沒有大聲，誰大聲了啊？這件事沒有什麼好討論的。」

「媽，妳什麼都不懂，」米羅吼道，「其他人的媽媽都不會跟，就妳一個人老是堅持要去，我最討厭妳了。」

他奔離客廳。

我在他身後尖吼，「那些白癡媽媽就是太蠢，所以才會丟下孩子一個人不管！」

我一個人坐在沙發上。

米羅把自己鎖在房間裡。

賽巴斯欽、玻妮拉跟漢普斯都回家了。我聽見玻妮拉用氣音跟亨瑞克說了些什麼，好像是問他有沒有什麼事需要幫忙吧，亨瑞克向她道謝，並低聲回應了幾句，但內容我聽不清楚。後來他去敲了米羅的房門，進去後又馬上把門給關上。

我獨坐在沙發上，感受自己沉淪。

我無法克服恐懼。也無法控制自己。

一切都超出了我的掌控。我是真的病了。

史黛拉

我的眼皮好像被膠水黏住似的，必須用手指才扳得開。我昨晚穿著睡覺的上衣瀰漫汗味與酒味，我覺得口乾舌燥，滿嘴臭氣。

我在客房的床上醒來，身上的毯子大概是亨瑞克昨晚進來替我蓋的吧，反正我不記得有自己蓋被子就是了，其實我就連上樓躺下的記憶都沒有。我一坐起身就頭痛欲裂，也覺得自己實在很可恥，在床上自憐自艾了一會兒後，才往臥房走去。

床上空無一人。我看向昨晚沒拿掉的手錶，現在才七點出頭。我脫光衣服，把水開得很熱，沖澡沖了好久，接著又去刷牙、剔牙，並用了漱口水。

盥洗過後雖然有些許好轉，但我還是沒有神清氣爽的感覺。上妝後的我仍舊是一副槁木死灰的模樣，我把頭髮高高地綁成球狀，戴上亨瑞克送我當結婚禮物的耳環，不禁懷念起當年的日子，思緒也鮮活了起來。

我打開衣櫥，挑了一件海軍藍的直筒及膝洋裝，裙子的左右兩側都有開岔，上半身則是七分袖。我凝視鏡中的自己，過了一會兒才把頭撇開。

亨瑞克坐在餐桌旁看報紙，身上已經穿好黑色西裝褲和藍灰色的羊毛製毛衣，準備要出門了。他一看到我，便起身跟我道早安，問我睡得如何。

我沒有回答，只是硬擠出一個道歉式的笑容。他沒有反應，只是摺起報紙，往前廳走去。

我彷彿已墜入深谷，而他則站在高處。

我聽見他叫米羅下樓，還從窗邊看見他們在聊天。亨瑞克笑著拍了拍米羅的肩，接著父子倆便開著Range Rover 出門。

我在水槽上方的櫃子裡找到一些水溶性的止痛藥，拿了兩顆丟進水杯，坐在餐桌旁，等到藥片嘶的一聲全部溶解在水裡後，拿起杯子一飲而下。

車窗上起了霧，特朗博格橋車陣不斷，梅拉倫湖灰濁的水面上也霧氣繚繞。四周的景象都跟這一切發生的那天沒有兩樣。

我開到聖艾瑞克斯街，在診所大門外停下，坐在車裡往外看，看四周車潮擁擠，看路上的人們行色匆匆。這時有人在我的擋風玻璃上用力地敲了一下，嚇了我一跳。

是交通警察。他指向街上的指標，說這邊不能停車，所以我也只得啟動車子，加速開走。

我坐在偉恩咖啡館的窗邊喝拿鐵，一邊看著赫托耶格廣場上賣花、賣水果的攤販和光顧的客人。

我開車在市區到處繞，也逛了幾間店，但鞋子和衣飾都讓我心煩。

接著我又把車開到市區南側兜了一會兒。

最後我開到森林公墓，把車停好，但坐了好一會兒才終於下車。

我走向艾莉絲的墳墓，蹲在墓碑前，看著白鴿下方的字。

永遠活在我們心中的艾莉絲・莫德・喬韓森

上次來看她是什麼時候，我已經想不起來了。**或許我應該帶花過來才對**。但我才這麼一想，就覺得自己實在好蠢。艾莉絲又不在這，我帶花來要做什麼？

我女兒從頭到尾都不在這裡啊。

我跟亨瑞克坐在餐桌旁吃晚餐。我因為不想煮飯，所以回家路上到熟食店買了烤馬鈴薯和瑞典鮮蝦沙拉。

「可以把奶油拿給我嗎？」亨瑞克說。

「當然。」

「妳有幫我洗牛仔褲嗎？」

「有，」我回答，「掛在洗衣房。」

「上衣也洗好了嗎？」

「在衣櫃裡。」

「謝謝。」

「不客氣。」

我為了營造浪漫氛圍，甚至還點了蠟燭，結果卻一點用都沒有，讓我只覺得自己很蠢。這時一封簡訊傳來，亨瑞克道了個歉，拿起手機回完後才繼續吃飯，我們倆都沒有說話。我已經沒力氣去猜測傳簡訊來的是不是珍妮了，此時此刻，我的心思幾乎全在兒子身上打轉。我好希望現在就可以跟米羅談談前一天發生的事，求他原諒，偏偏他去朋友家做功課了。

「妳還好嗎？」亨瑞克問。

「我很累，」我承認後放下餐具。眼前的食物索然無味。

「妳有去上班嗎？」

「有。」

「這樣好嗎？」

這問題讓我很惱怒。他是覺得我能力不足，無法把工作處理好嗎？

他看出了我的思緒。「我只是隨口問問而已，」他說，「妳還有跟伊莎貝兒聯絡嗎？」

「沒有，」我說，「完全沒有。」

他點點頭，露出一個近似微笑的表情。

「史黛拉，妳真的有辦法放下這件事嗎？」

他為什麼非得問這麼多問題啊？我現在根本沒心情接受他的質詢好嗎。

「應該可以吧，」我說。

「我覺得妳應該去找人談一談，或許可以找妳之前的那個治療師柏姬塔啊，她還有在執業嗎？」

「不知道。」

我把手伸到桌上。即便情況已經演變至此，我還是得努力挽回才行。

亨瑞克握住我的手。看他的表情，他好像正在忖度著該怎麼告訴我。他終於要把珍妮的事說出來了。

這時電鈴響起，他放開我的手，起身走向前廳。我聽見他把門打開，跟按門鈴的人交談，然後又走了回來。

「史黛拉，」他的語調清楚地讓我知道事態嚴重。我起身繞過餐桌，走向前廳，看見一個黑人女性站在那兒，背後還跟著一個矮小的白人男性。

「請問是史黛拉・伍德斯川嗎？」女人問道。她年紀似乎跟我差不多，身材高挑又纖細，臉上一條皺紋也沒有。她用力地跟我握手，指尖有點冰冷。

「我就是，」我說。

「我是警探奧莉薇亞・倫德維斯特，這位是我同事麥斯・海丁。」

這個麥斯・海丁長得比奧莉薇亞・倫德維斯特矮，看起來不太友善。他的脖子很粗，身材結實，上臂肌肉發達，臉上帶有傷疤，一雙眼睛更散發出質疑的眼神，就像波爾・古納森當年看我那樣。

我什麼話也沒說，只等他們先行解釋來意。

「我們可以找個地方坐下嗎？」麥斯・海丁說。

亨瑞克領著他們走進客廳。兩人在沙發的一角坐下後，奧莉薇亞・倫德維斯特警探朝四周看了一圈。

「你們家很漂亮耶，」她說，「非常舒適。」

「謝謝，」我嘴上這麼回答，但還是站在一旁。

「妳知道我們為什麼會來嗎？」

我現在應該要發言嗎？我該說些什麼？我瞄了亨瑞克一眼，發現他在皺眉頭。

「完全不曉得，」我回答，「跟艾莉絲，不對，跟伊莎貝兒有關嗎？發生了什麼事嗎？」

我可以感覺到亨瑞克正盯著我看。

「妳要不要先坐下，」奧莉薇亞・倫德維斯特說。

我試著吞嚥口水，但喉嚨好乾。亨瑞克拉我到沙發的另一端坐下，然後把手放在我腿上。**冷靜**。

接下來的那整段對話都讓我覺得自己好像靈魂出竅似的。我耳裡有聽見問題，嘴上也有回答，但魂魄卻彷彿已離開身體。一直到亨瑞克將臉埋進掌中後，我才驚覺到自己的生活已全盤崩毀。

伊莎貝兒

有人在敲我房間的門。媽已經起床了，我還躺在床上。我從門縫中看見一團蓬亂的紫色頭髮，接著喬安娜便探出頭來，做了個鬼臉，**大概是因為自己昨天的行徑而很難為情吧**。

「美女啊，妳媽做了早餐哦。」她說。

「好，我馬上就來。」

「但在妳出來之前，我有話要先跟妳說。」

喬安娜跳到我床上，從我身旁抱住我，還在我臉上親了一下。

「謝謝妳。」她說。

「謝什麼？」我用袖子擦了擦臉頰。喬安娜笑著說道，「伊莎貝兒・卡爾森。」

「怎樣？」

「妳有時候真的跟木頭一樣欸。」

我一開始還覺得有點受傷，看到她笑得那麼燦爛後，才知道她不是真的在罵我。

「是這樣沒錯。」我自己說著說著也笑了。媽走進房間，坐到床緣，先是看著喬安娜，然後轉頭看我，又摸摸我們倆的臉。

「妳們這兩個孩子啊」，她說，「可愛歸可愛，但實在是太瘋狂了。」

我知道媽一直覺得喬安娜是壞朋友，畢竟她穿鼻環，染紫色頭髮，衣服總是穿得很緊，愛玩又愛跟男生廝混，總之，她的一切媽都看不順眼，但這時，我突然想起昨晚發生的事。我握住媽的手，緊緊地捏了一下，跟她四目相交。

我們之間的結似乎就這麼解開了。

媽這個人啊，很少讓我覺得臉上增光，**老實說，應該是從來沒有才對**，但此刻我卻非常以她為榮。她生性愛操心，而且通常十分嚴格，對於她認為隨便的人，也總是輕蔑不已，所以昨晚喬安娜回來時，我還覺得媽可能會失控爆發。喬安娜被男友艾克索狠甩，跑去借酒澆愁，喝了一大堆烈酒、啤酒，還獨自灌掉一整瓶葡萄酒。警察離開後，她一進門便在前廳的地毯上吐了滿地。

媽全程目睹。

我很同情喬安娜，但也覺得很尷尬，所以決定閉上雙眼，等著媽對我們倆破口大罵。她的台詞我一清二楚：**妳看，女孩子家要是不自重，跑去跟著男生到處廝混的話準沒好事，我告訴妳啊，那些壞男生心裡想的都是同一件事。妳如果以為自己已經長大，想跟父母劃清界線，最後就會落得她這種下場。**

但媽什麼也沒說。一個字都沒有。

而且她還去拿了水桶，跟我一起把嘔吐不止的喬安娜扶住。媽用擦手紙幫喬安娜擦臉（因為怕扯到鼻環，所以動作非常小心），還不斷輕聲安慰，就像我小時候受傷或生病時，她安撫我那樣。

接著媽又跟我合力把喬安娜拖到浴室。喬安娜趴在馬桶上，又開始嘔吐，邊吐邊哭，哭到整個人癱在地上抽噎。她涕泗縱橫，哭喊著自己沒人愛，甚至說她已經厭倦了這個沒人把她當人看，而且滿是豬哥渣男的世界，恨不得馬上離開。

媽輕撫她的頭髮，說一切都會好轉，叫她不要傷心，然後又要我去拿毛巾和乾淨的衣服，自己則替喬安娜卸下衣物，帶她進浴缸，替她洗澡，擦乾她的身體後幫她穿上棉褲和長袖T恤。我們各撐住喬安娜的一隻手，將她扛進房間，媽替她蓋上棉被，坐在床邊顧到她睡著，讓坐在地上看著她們的我覺得好光榮。媽非常沉靜、安穩地坐在床邊，輕撫喬安娜的頭髮和臉頰，嘴上還輕輕地哼著歌。在我的記憶中，媽從來沒有那麼慈祥過，而我也從未如此以她為榮。

喬安娜睡著後，我跟媽到廚房喝咖啡。我說她不請自來，讓我很生氣，但也說我的氣已經消了。

「那妳現在心情如何？」媽說。

「我覺得妳是全世界最棒的媽媽，」我邊說邊抱住她，同時也感覺到她臉上似乎有些濕潤。**在我印象**

中，她幾乎從來沒哭過。我們擁抱了很長一段時間，然後我率先開口為自己先前惡劣的態度道歉。媽說既然我有心認錯，那她當然願意原諒我。接著她又說起我小時候經常跟她一起做這個、做那個，有些事我已經忘記，有些我卻記得很清楚。爸過世後，我們就很少再有這種相處融洽的時刻了。其實我們之間的關係搞得那麼僵，我也覺得很遺憾，或許這都是我的錯吧，媽受了那麼多苦，我應該待她好一點才是。

「如果妳願意的話，可以跟我回家住幾天，」她說，「伊莎貝兒，我不想逼妳，但我真的很想妳，這妳也是知道的。」

我答應她會考慮看看，然後回家的話題就此終止，至於警察來訪的事我們也沒有多談，大概是我跟媽都覺得當下提起會破壞氣氛，所以才不急著開口吧，不過媽倒是有先聲明什麼事都可以跟她討論。

「我知道我向來對妳很嚴苛，」我說，「但從現在起，我會努力改變的。」我對她太不公平，把她想得太糟糕了，其實她有時候也沒那麼惹人厭啊，說不定我們之間的關係會有所改善？應該會吧，希望如此，而且我知道媽心中一定也是這麼盼望的。

「兩個小妮子啊，快來吧，」媽說，「早餐已經準備好囉。」

她走回廚房，讓我跟喬安娜有一小段時間獨處。

「妳媽真的很了不起欸，」喬安娜說，「如果換作是我媽的話啊，我一定會被教訓得很慘，而且她會放我一個人自生自滅，不可能像妳媽那樣照顧我。我這輩子從來沒有被照顧得那麼無微不至欸。」

「我媽就是這樣，」我回答，「她很喜歡照顧人。」

「或許就是因為這樣，她才在照護中心工作？」

「大概吧。」
喬安娜又想親我，但我把她推開。
「妳嘴巴很臭欸。」
我丟開毯子，起身下床。
「妳才全身屁味咧。」喬安娜笑著打了我屁股一下。
我們走進廚房，到餐桌旁坐下，發現媽準備了超級豐盛的早餐，有果汁、牛奶、優格、現烤麵包，還有她帶來的肉、起司和抹醬。她替自己跟我煮了咖啡，還為喬安娜泡了綠茶。
「快吃吧。」媽說著也坐了下來。
早餐吃完後，我陪喬安娜到陽台抽菸，留媽一個人在屋內整理桌子、洗碗盤。
「要不要抽根菸給媽咪看啊？」喬安娜說。
「菸很臭欸，妳明明就知道我最討厭菸味了。」
「抽菸很酷好不好。」
「我不知道妳又開始抽了。」
「我不開心時就會抽菸，這樣心情會舒坦一點。」
喬安娜深吸了一口氣，把煙往我臉上吐，然後瞄了在廚房忙進忙出的媽一眼。
「妳破處了沒啊？我聽說妳的小費德利克有來哦。」
我揪了揪手，想把煙霧揮掉。
「妳怎麼知道？」我說。

「我怎麼知道妳是處女？」

「喬安娜，妳很煩欸，我當然是問妳為什麼知道費德利克有來啊。」

「妳媽說她來找妳之前，家裡好像有人，所以我就覺得一定是小費德利克。妳放心，我什麼也沒說，不過其實妳媽也不會怎樣吧？我覺得她人很好啊，不像妳講得那麼糟。」

「嗯，」我說，「大概吧。」

「所以呢？」

「所以什麼？」

「不要再裝傻了啦，」喬安娜拉緊外套，瞇起雙眼，把香菸塞進嘴角，看起來很酷，是我這輩子永遠都無法企及的那種酷。「有什麼祕密都可以告訴我，我不會說出去的啦。」

「祕密？」我還是不知道喬安娜在說什麼。她朝天空吐出一朵藍色煙雲，然後低頭看向我被棉褲遮住的胯下。

「妳的童貞啊，有沒有？」

我平常多半都只是聽喬安娜滔滔不絕地評論她睡過的無數男子，自己其實沒辦法像她那麼自在地談論這種事。我想起我們匆忙地穿好衣服後衝進電梯，費德利克把我推到牆上，在下樓時一路跟我親熱，我也順勢把雙腿纏到他身上。**這些事其實我都很想告訴喬安娜**。費德利克在我耳邊低語，說他應該一來就把我撲倒，跟我享受充裕的床上時光，說得他自己跟我都咯咯發笑，接著又再吻上對方的唇。他臨走前輕撫著我的臉和頭髮，叫我要打給他。費德利克離去後，我冷靜了片刻，整理了一下頭髮，然後才去迎接媽。**光是想到這些細節，我心裡就覺得好暖**。

我透過窗戶望向屋內，看見媽在整理水槽上方那個櫃子裡的碗盤。她帶著開心的表情轉頭看我，彷彿有感受到我的目光似的。我舉手朝她揮了揮，她也向我揮手。

我轉頭靠在喬安娜身上，用氣聲說：「差一點，真的就只差那麼一點點，偏偏我媽突然出現，不過他實在是太完美了。」

「他大嗎？」

「什麼？」

「快跟我說啦，我想知道。」

「妳說**大**是什麼意思？該不會……」

喬安娜點點頭。我實在不知道她怎麼問得出這種問題，也有股衝動想叫她閉嘴，但一跟她對到眼，就不禁跟她一起爆笑出聲。

屋外雖然冷，但我們還是在陽台多待了一會兒。我表面上在聽喬安娜講艾克索的事，但心裡其實是想著媽對史黛拉的指控。

還有昨晚上門的那些警察。

他們問起史黛拉的事，我也老實說我好像有看到她出現在學校和公寓樓下，但我並不怕她，**一點也不怕**。

可是憂心忡忡的媽卻誇大其詞，讓我有點擔心事情會演變到難以收拾的地步。除了我以外，她也有跟那組一男一女的警官談，雖然她並沒有捏造事實，但她講的那些話實在不好聽，我想史黛拉一定會因而受到懲處，至於我的證詞似乎也只是強化了媽的說法。

我有問警方為什麼會跑來問我這些，之後又打算怎麼做，畢竟我根本就沒有報警啊，但他們並沒有回答，只是向我們道了謝，說他們會深入調查，叫我不用擔心，然後就離開了。**他們莫名其妙地跑來，就已經讓我夠擔心啦**。警方說如果史黛拉有再跟我聯絡，我一定要馬上通報。其實我原本打算長期參加每週三的諮商，但當下的情況似乎不太妙，所以我並沒有說出來。

媽跟著警官走到前廳，繼續跟他們說了些什麼，但我沒聽清楚，甚至也不確定自己會不會想知道。

我試圖拼湊整件事的線索，卻總覺得好像有哪裡兜不起來，心裡也升起一股詭異的感覺，覺得好困惑，但此時此刻，我並不想、也真的無力思考這件事，所以就等到之後再說吧。

喬安娜把香菸熄在花盆裡，跟我一起進屋，結果媽竟然問她要不要玩拼字遊戲，讓我很訝異。喬安娜不但答應，還給了媽一個好大的擁抱。

這時我的手機叮了一聲，我拿起來一看，是費德利克傳來的訊息。

一切都還好嗎？趕快來我家吧！想妳！XO

我躲進浴室回覆。

我很好，只是很忙而已。我也很想你！好想趕快去見你啊。今晚打給你哦XO

他馬上又回傳了一則訊息。

我也好想見妳，快過來吧！

等媽回家後，我就要把什麼喪命女嬰和警方跑來問話的事全部拋諸腦後，直接跳上地鐵，搭去費德利克家找他。

史黛拉

警方指控我威脅、騷擾病人，好像還有非法跟蹤之類的罪名吧。

我完全不敢直視亨瑞克的雙眼。他看我的眼神充滿嫌惡，好像我是路上哪個隨便的瘋女人，我可以感覺到他失望的情緒就像毒氣一般，阻絕在我們之間。

奧莉薇亞・倫德維斯特警探負責問問題，麥斯・海丁則板著一張臉，從旁觀察著我。我彷彿被綁死在刑具上，根本無處可逃。

對，我認識莉娜・尼米。

對，我之前有替她諮商。

對，莉娜的確有聲稱她企圖自殺，但那只是她的片面之詞。

沒有，在我看來，她完全沒有自殺傾向。

對，我知道她父母認為我跟她太過親近，但事實上我並沒有越界。

對，我知道他們有舉報我。

當然是跟健康社福視察局檢舉啊。這又不是祕密，想必你們也知道吧。

對，我認識沃爾夫・瑞克森。

沒錯，我有幫他諮商。

我平常都會在病人面前展現私人情緒嗎？其實我們做這種工作多少都會，但並不是像你講的那樣。完全沒有，根本就不是那樣，我從來沒碰過他一根寒毛。

事情不是你說的那樣。

我沒有對他大吼，只是講話比較大聲而已。他覺得受到人身威脅？

我同事？什麼時候？

沒有，我今天請假。

沒有，我忘了通知大家。

對，伊莎貝兒・卡爾森是我病人。

她有參加我們診所的團體諮商。

我還有在跟她聯絡，但之後就不會了。不是那樣的，我**非常確定**她就是我女兒。你聽我說，我……你就不能先聽我把話說完嗎？

我想跟亨瑞克對眼，但他不願看我。他起身走到窗邊凝視花園，我則閉上雙眼。

吸氣，吐氣。

對，我有去過瓦靈比。

在她住的公寓樓下，沒錯。

你這是什麼意思？我沒有聽懂。

對，我也有去過博倫厄。

沒有，我沒進到屋裡，鄰居騙人……絕對沒有，我只是坐在車裡看而已。

我知道她在皇家理工學院念書。只有一次而已。

我打過幾通電話給伊莎貝兒。對，有留言。

留了什麼內容我不記得。

我在進行諮商時沒有任何違反職業道德的行為，絕對沒有。

在諮商以外的時間跟我見面？我只是跟她建議而已，而且這完全是在正常的治療範圍內。

亨瑞克轉向倫德維斯特警探。他從頭到尾都沒有正眼看我。

「是有哪個**正在接受治療的病人**跑去控訴我太太騷擾還有其他那些鬼罪名嗎？」

「沒錯，」奧莉薇亞・倫德維斯特回答，「莉娜的父母也相當關注這件事。史黛拉的執照很有可能被吊銷，畢竟之前已經有人向健康社福視察局檢舉過她了，現在又有人來跟警方報案，所以目前看來，她的情況很不樂觀。」

奧莉薇亞・倫德維斯特急切地看著我，她臉上那嚴肅的神情彷彿是在替我定罪，好像我不知道自己的情況有多糟似的。

她對我已經先有成見了。

「那現在呢？」亨瑞克問。

奧莉薇亞・倫德維斯特說警方必須進行正式偵訊及初步調查，至於要不要起訴，則得留待檢察官決定。

家裡好安靜。警方離開後不久，亨瑞克也出門了。

他剛才也問了我一些問題。

妳腦袋到底有什麼問題，為什麼要一直瞞我？妳怎麼可以一次又一次地當著我的面說謊？妳為什麼要這

樣？到底為什麼？

我說這一切都是天大的誤會，我也不是故意要惹出這些事端。事實上，我最不想傷害的人就是他了。他說事情都搞成這樣了，怎麼可能是誤會。我承認我的確對他說了謊，不但跟蹤伊莎貝兒，還打電話給她，繼續替她諮商。**所以妳還是覺得她是艾莉絲囉？妳不是說妳今天有去上班嗎？結果妳根本沒去？那妳整天都在幹什麼？**我去了艾莉絲的墳上。**那博倫厄呢？妳跑去那裡幹什麼？妳還有什麼事沒告訴我？**我說他跟米羅去尼雪平的那個週末，我其實去了史川德加登。

一個又一個的謊言。

亨瑞克穿了外套，狠狠地把門摔上。我聽見他啟動 Range Rover，然後開車離去。

我在沙發上癱了好一陣子後，坐起身往屋外看，發現花園裡竟然有人。對方穿著一件看不出身形的外套，整張臉都用帽子蓋住。我動彈不得，甚至連呼吸都有困難。

我跟那個人直盯著彼此。

我閉上雙眼。

等到我再睜眼時，花園已空無一人。

一塊破掉的防水布被風吹來，卡在樹上。我起身走向窗邊，看向窗外的花園，仔細地將每個角落都檢查了一遍。

那是我的幻覺嗎？說不定花園裡根本沒人，是我自己心緒混亂，所以才覺得看到人影。這麼說來，我會不會還產生了其他幻覺呢？

說不定艾莉絲根本只存在於我的想像之中？

我一想到這樣的可能性，就覺得難以承受。

我走進廚房。

開了一瓶紅酒，直接對著嘴喝。

史黛拉

我在沙發上醒來時頭痛欲裂，發現酒瓶已經不見。一定是亨瑞克怕米羅看到，所以先拿走了吧。我拿起手機，時間是九點十五分。亨瑞克剛過八點時有傳訊息給我。

醒來後傳簡訊給我。

過沒多久，他又傳了另一則：**拜託妳好好待在家。我有事得到公司處理，但我會盡快回去。我們到時再談**。

他沒傳**我愛妳**、XO或任何親暱的話語，也沒說**事情一定會順利解決**。

其實我真的只是希望他安慰我，說一切都會過去。如果他這麼認為的話，或許我真能度過難關也說不定。

我在腦海中重播昨天和過去幾週以來的畫面。其實如果我理智一點，根本就不會惹出這一大堆事來。

我怎麼會鬼迷心竅到繼續替伊莎貝兒諮商呢？這根本是大錯特錯。我身為專業治療師，卻沒有能力跟病人保持適當的距離，所以才導致同事和病人都對我喪失信心。

我再也沒辦法繼續當心理治療師了。

其實應該是由別人來替我諮商才對。我實在病得不輕。

伊莎貝兒前幾次諮商都沒來，原因我完全可以理解。因為我跟蹤她。我竟然跟蹤自己的病人。

丹尼爾不想再跟我有任何瓜葛就算了。現在我竟然連自己的丈夫都快要失去。昨天他看著我的那種眼神，就好像我是陌生人似的，不過我並不怪他，因為就連我都快要不認識自己了。

亨瑞克開始跟我保持距離，態度也冷淡又疏離，但他會覺得我有病，覺得我發瘋，其實全都是我的錯。

我為什麼不跟他談呢？我為什麼就是不肯說實話呢？因為我太害怕了。

這份恐懼已經纏了我二十多年，現在還毀了我的人生。

我好怕我自己，怕我心裡有病。

也好怕亨瑞克和米羅如果沒有我會過得比較好，而且我愈怕傷害到他們，跟他們就愈是疏離。我永遠都不可能查出艾莉絲當年到底發生了什麼事，也無法再見到她，更不可能跟她好好認識了。

約莫十點時，亨瑞克打電話來，但我只是無動於衷地盯著手機，並沒有接。

他掛斷後又再打了一次，我雖然知道自己不可能躲他一輩子，但還是沒接。我坐起來後感到一陣暈眩，連忙往廁所衝，趴在馬桶上喘哮、抽噎了好一陣子，卻什麼也吐不出來，所以又走回沙發休息。

這時亨瑞克打了第三通電話來，我仍舊沒接，只是望著手機閃爍、震動，看著他的名字和微笑的他顯示在螢幕上。桌子上的手機一路朝我的方向滑來，彷彿在催促我接電話，但終究停止震動，也暗了下來。

我傾身盯著手機，在深色的玻璃中看見自己的倒影，卻好希望能跟螢幕裡的那個人撇清關係。

手機裡的那女人已經瘋了。她心緒紊亂，顛三倒四，是個不折不扣的精神病患。

她用發亮的雙眼盯著我，但眼神很空洞；她的嘴巴在動，好像想說些什麼。我舉起拳頭，一遍又一遍地狠狠打她，一直打到手機粉碎、掉到地上後才停手。

史黛拉

我又來到了購物中心附近，在馬路的另一側看著那棟建築。

我並沒有生病，也沒有發瘋，事實上，我這輩子的心理狀態從來沒有這麼健康過。我心中毫無猶豫，也知道自己這麼做是正確的決定。我已失去一切，手上只剩下追求真相的權利，所以我也別無選擇了。

艾莉絲，我來找妳了。

親愛的女兒啊，我知道妳一定會懂。我和妳有血緣關係，所以我們之間的牽繫絕對不會斷，而妳也始終活在我心裡。妳的呼吸彷彿與我的心跳相連，讓我總能聽見。

這次我絕不退縮，沒有誰可以阻止我。我對妳的情感強烈到勝過一切，所以我才會奮不顧身。

我看見妳了。真希望妳能聽聽我的說法，就算只有幾分鐘也好。我知道我們之間存在著特殊的連結，也知道我可以觸碰到妳的心。

妳朝我走來，也看到了我，卻在中途頓住，停下腳步，臉上雖然沒有害怕的神色，看起來卻很有戒心。

為什麼呢？

相信我，拜託妳相信我，求求妳，說妳是我的。

我對妳伸出手，想讓妳知道我並不危險。我知道妳懂，也知道妳能感受到我的心意，畢竟一直以來，妳都活在我心中啊。

妳是我的一部份。

妳的體內留著我的血。

伊莎貝兒

我買完東西，正要回家。陰雨連綿的天空一片灰暗，雲層很厚。我的燒已經退了，感冒症狀也大幅改善，能出外透透氣，感覺實在很不錯。

我一想到喬安娜去上課，自己最近卻經常缺席，就覺得有點壓力，不過跟媽一起待在家實在很舒服。話雖如此，我今天還是沒打算跟她一起回家，否則就沒時間好好獨處，把這陣子發生的事給想清楚了。或許我下週末可以回去看她，不然就等考完試吧。

史黛拉。我一直想起她，也很想知道警方為什麼會跑來問她的事。我下禮拜三再去參加諮商的話，會不會很奇怪？我總覺得自己好像欺騙了她，但她那樣跟蹤我，的確也讓我覺得不太舒服，**不過我是在媽告訴我那些事以後，才覺得不太對勁就是了**。我想得很煩，於是決定把史黛拉·伍德斯川拋諸腦後，改想費德利克。

我滿心雀躍地打算到商店後就要打給他。我一想起他的聲音和他說的話，就覺得一顆心好癢，也好想趕快重回他的懷抱，就連等個一分一秒都讓我覺得難熬。**我們應該很快就能見面囉**。我露出微笑，心裡一邊想著見面時該穿什麼才好，一邊穿越廣場，過到馬路的另一側。

結果她竟然站在公寓樓下，抬頭往我們家的窗戶看。

跟上次一模一樣。

她通常都穿很高級的衣服，妝容完美，豐厚的捲髮往往整理得很好，整個人看起來也總是很健康，但今天的她卻完全不同。

她把頭髮凌亂地紮成一球，黑眼圈很重，身上的洋裝也滿是皺褶，看起來像是昨晚穿著睡覺。

我一開始還很好奇她為什麼會跑來，後來才想到警方大概已經找她談過。**她一定很生我的氣吧**。

「妳跑來這裡做什麼？」我說。

她回答時有點結巴，好像沒預料到我會出現似的。

「我——我有事要找妳。」

「什麼事？」

她看起來悲傷又痛苦。

一副隨時都可能崩潰的樣子。

「我只是想弄清楚這究竟是怎麼一回事，」她說，「就我看來，妳好像很喜歡跟我說話啊，不是嗎？而且我總覺得我們有些地方很像。」

我低頭看著地上。**伊莎貝兒，腳不要這樣搓來搓去的！**我把雙腳放好，直起身來，強迫自己迎上史黛拉的目光。「我是很喜歡跟妳說話沒錯。」

「那妳為什麼星期一跟星期三都沒來？而且還跟警方檢舉我？」

這是怎麼一回事？她在說什麼？但這時，我突然想通了。我抬頭看向公寓，但沒看見媽的身影。**她應該沒有躲在窗簾後面監視我吧？她做了什麼好事？**

我回頭看向史黛拉，她指向不遠處的一張長凳。

「要不要跟我去坐一會兒？」

我雖然不想，卻仍跟著她走去坐下，但刻意跟她隔了一段距離。

「還是妳也不知道警方的事？」史黛拉說話的語調很善解人意，但並沒有等我回答，「算了，其實這也不重要，我只是不希望我們之間有誤會而已。」

「我不知道，」我說，「警方的事我很抱歉，但我是真的不曉得。」

「沒關係的，」她說著摸了摸我的背。「妳不是跟我聊過妳的想法、成長背景，還有妳跟妳母親之間的關係嗎？那些事我都有仔細想過。」

「然後呢？」

「我有過一個女兒，」史黛拉說，「很久以前。」

她上次在對我們訴說她的悲傷時，就是這種眼神和語氣，好像她心中的情緒強烈到她無法控制。

「但有一天她卻突然消失，」史黛拉繼續說，「我也一直不知道她究竟發生了什麼事。大家都說她溺斃，說她已經死去，但我就是知道她還活著，我知道一定是有人把她偷走。」

史黛拉看進我的雙眼。我無法承受她那瘋狂而強烈的目光，所以只好低下頭。

「妳有沒有想過克絲汀或許不是妳親生母親？或許她跟妳沒有血緣關係？」

我斷然起身，「我要走了。」

「伊莎貝兒，拜託妳聽我說，求求妳聽我說完再走。」

她從手提袋中翻找出一張照片，拿給我時手都在顫抖。

「妳先看就是了，這是瑪莉亞。我沒有跟妳提過這個人，但我第一次跟妳見面時，就馬上想到了她。妳們倆簡直是一個模子印出來的。」

照片裡的人的確跟我很像，就算說是我姊或我妹也不為過。

「瑪莉亞是妳姑姑，」史黛拉又再拿出另一張相片，「來，妳看，這個是妳，是我的小女兒啊，當時妳才十個月大呢。妳看這烏黑的頭髮，還有這耳朵和酒窩，跟妳不是一模一樣嗎？」

她讓我看了一會兒，然後才繼續說道，「妳有妳嬰兒時期的照片嗎？應該沒有吧？我想妳對那段時期應該是充滿疑惑才對。」

我受夠了，我不想再聽，也不想再看了，但這時史黛拉又從包包裡拿出一隻布製的蜘蛛玩偶。

「這隻蜘蛛是妳的最愛，妳小時候喜歡得不得了呢，」她說話時淚水在眼眶打轉。「我覺得妳就是我失蹤的女兒，」她對我伸出手。

「才不是呢，」我倒退了一步，「妳認錯人了，妳這喪心病狂的瘋子。」

「妳會覺得驚嚇也是很正常的。」

「妳給我閉嘴，」我大叫，「不要再跟蹤我了。她說的對，她早就跟我說過妳一定會跟我講這些了。」

我腦袋裡的嗡嗡聲愈來愈大，逼得我用雙手把耳朵摀住。

史黛拉起身走到我面前，把我抱住。

「妳說的『她』是誰？是克絲汀嗎？我很想跟她見面，聽聽她對這件事的說法。」

「為什麼？」我哭了出來，「妳為什麼要這樣？我還以為妳很善良，以為妳是真的在乎我，以為妳是唯一願意聽我傾訴的人，結果妳從頭到尾都是在裝好人，妳根本就是個瘋子，」我把她推開，推得她往後一倒，跌坐在長凳上。

「伊莎貝兒，拜託妳給我一個機會，」她哀求道，「妳想想看，妳不是一直覺得自己跟別人很不一樣，覺得克絲汀很不像妳母親嗎？」

「我已經失去我爸，現在我唯一可以依靠的親人就只有她了，而且我們好不容易才把關係修復好，妳憑什麼跑來跟我說這些？妳這個騙子。」我又開始放聲大叫。

史黛拉對我伸出手。

我狠狠地打掉她的手。

「去死吧！妳比我媽發瘋時還糟糕。她是有些缺陷沒錯，但至少她很誠實，相較之下，妳根本就是個虛假又愛操弄人心的騙子。妳最好給我趕快消失，永遠都不要再來打擾我們。」

史黛拉用哀求的眼神楚楚可憐地看著我。

「我是妳媽啊，」她說，「妳叫艾莉絲，妳是我女兒。我就知道妳總有一天會回到我身邊，自從妳消失後，我就一直在等妳回來。」

我用最快的速度衝向公寓，按下密碼，猛力推開大門，然後狠狠甩上，進門後才發現自己忘了拿剛才買的東西，回頭往長凳的方向望去，便看見她一個人坐在那兒，縮著身子，手裡拿著幾張相片，還有她說我小時候最喜歡的那隻玩偶。

克絲汀

我看到了。對話內容我當然聽不見，但我不用聽，也可以想像她們說了些什麼。那畫面讓我氣得渾身發抖。

身為母親的我當然會不顧一切地想保護自己的孩子啊，我這麼做錯了嗎？自己的孩子受到威脅，我怎麼可能不生氣呢？這樣很奇怪嗎？

不，我沒有錯，我的反應很正常。當母親的人就是應該這樣保護孩子才對。

伊莎貝兒開門走進前廳，但我仍自顧自地繼續摺衣服，等到她走到房間後，我才抬頭看她。她站在門檻上哭，一副裹足不前，但又很想進來的模樣，跟她小時候的樣子好像。此刻，她又變回我從前的那個小女兒了。

我放下手上正在摺的床單，起身抱住伊莎貝兒。她抽噎不止，雙頰上的淚流個不停，鼻子也一吸再吸，想要平復下來，卻喘不過氣。

小寶貝啊，快過來，媽在這，妳別擔心，我不會讓任何人傷害妳的。我應該要這麼說才對。

而且我平常也總會這麼說。

通常我都會摸撫她的頭髮，輕聲安慰她，讓她知道我懂，我願意聽她說，而且也會幫助她、支持她。

但這次我並沒有像從前一樣。

我雖把她抱在懷裡，嘴裡卻一言不發。

因為我要她知道那女人有多危險、多瘋、多病態。我為了讓伊莎貝兒心中產生恐懼，所以怎麼也不開口安撫她，這麼一來，她才會真正領悟，並找到內在的力量，堅強起來。現在的她還太軟弱了，所以才需要我這個母親，而我就在我的小寶貝身邊給她支援，而且永遠不會離開。

伊莎貝兒對生命認識得還不夠透徹，不過總有一天，她一定會懂的。

史黛拉

我連外套都沒脫，就躺在前廳地上，絕望地盯著天花板，全然崩潰。我開車回家時，整路上都在哭，還一度必須停在路邊，先冷靜下來，才有辦法繼續上路。

我跟艾莉絲見面時的場景，和我說的話都不停地在腦海中重播。

她說的那些話。

我把真相告訴她的方式。

還有她的反應。

我嚇到她了。我讓她既生氣，又對我嫌惡、鄙視，但我真的只是想跟自己的女兒說說話。

我實在是羞恥到了極點。

難道我的直覺和本能錯了嗎？難道我被情緒給騙了嗎？

我知道自己狀況不佳，情緒不穩，已經快要進入狂亂的狀態，但至少我還能覺察到自己的想法與感受，所以還不算完全發瘋，否則我怎麼可能有辦法躺在這兒，仔細思考自己的處境呢？此刻，我已經準備好要迎接真相，對現實低頭了。

所以事實到底是怎樣，真相又是如何呢？答案就在艾莉絲身上。

至少艾莉絲這個人是真的。

而且她也真的是我女兒。

她是這一切的起點與終點。我現在面臨的這些問題，都是從我開始進行調查後才一一浮現。我只是問起伊莎貝兒的成長背景，結果就收到恐嚇信，還看到雨衣男站在屋外。這一切是真的有發生，而不是我想像出來的。

但會不會我根本就認錯人了呢？會不會我就是一心害怕美好的幻想被戳破，所以才想盡辦法地欺騙自己？

不，錯的是其他人，我知道自己是對的。

只是我無法證明而已。

這時手機響起。原來沒被我打壞啊，一定是亨瑞克吧。我懶得去看，只希望他待在公司，不要回家，不然他看到我這副模樣後，一定會再把我送去醫院。我實在不想再被關回去了。

但鈴聲一遍又一遍地響，最後我終於撿起那該死的手機。碎裂的螢幕上顯示的是未知號碼。

我接了起來。

「請問是史黛拉・伍德斯川嗎？」對方的聲音聽起來很遙遠。

「對。」

「我是想跟妳通知妳兒子米羅・伍德斯川的事。」

我坐起身來。

「他怎麼了？」

「他們班今天去校外教學，但回程時大家都找不到他，回到學校後也不見他的蹤影，他好像不見了。」

「不見？妳這是什麼意思？妳又是誰？」

「很抱歉，我只是負責打給妳而已，其他細節我也不清楚。」

對方的聲音又變得更遠，話筒裡也傳來沙沙聲。手機一定是被我給打壞了吧，我幾乎什麼也聽不見。

「妳是誰？妳有跟他們去校外教學嗎？現在是什麼狀況？妳對我兒子幹了什麼好事？」但電話喀的一聲就切斷了。

我穿越走廊，衝向學校辦公室，往門上猛敲。一個女人把門打開，我雖不認識，但仍直衝著她大吼。

「我兒子被綁架了，這裡的負責人是誰？你們有報警嗎？」

「綁架？我沒聽說啊，妳兒子叫什麼名字？」

「米羅・伍德斯川，班級是7B，他們今天去校外教學。妳他媽的竟然不知道發生了什麼事？」

她拿出一本資料，開始翻找日程表，但動作實在太慢。

「他們在哪？他們班的人都在哪？」

「在教室啊，」她用恐懼的眼神看著我回答。

我再度衝上走廊，途中經過一個滑手機滑到沒在看路的孩子。我把他往旁邊一推，害他撞上牆壁，跌坐在地上，手機也從手中掉落。他在我身後大喊「妳他媽的賤女人」，但我仍頭也不回地繼續狂奔。

我猛力把教室大門推開的那一刻，時空似乎瞬間靜止，所有人的目光都投注在我身上。那堂課的老師比我年輕，臉上的鬍子和眼鏡都很嬉皮。我把他推到白板上，狠捶他的胸口。

這次我沒有大吼，而是直接咆哮，「我兒子在哪裡？是誰把他抓走？米羅人呢？」

「媽，妳怎麼會在這？」

我一轉身，才發現米羅站在他的位子旁盯著我看。他雙眼圓睜，一張臉完全失去血色，整個人看起來既驚嚇又羞赧。

整間教室彷彿瞬間結凍，氣氛一片死寂。

我抽噎著衝向米羅，把他拽進懷裡，緊緊抱住，跟他說我有多愛他，而且永遠都不會讓他再離開我身邊。

這時校長建斯・利亞走進教室，我剛才在辦公室看到的那個女人也跟在他身後。

「怎麼回事呀？」他說，「彼得，一切都還好嗎？」

老師點點頭，把眼鏡推正。

「沒事。」他說。

「史黛拉，」建斯輕輕地把手放到我肩上，「怎麼啦？」我轉頭看向校長，但雙手仍緊緊地抱住米羅不放。

「有人打電話給我，」我回答，「說你們去校外教學，還說我兒子被綁架。」我滿帶指控意味地指著校長、老師和剛才在教師辦公室的那個女人，「你們怎麼解釋？」

建斯・利亞轉向彼得，兩人開始悄聲討論。一會兒過後，校長對彼得點點頭，然後對我說：「史黛拉，學校沒有人打給妳呀。」

「但我明明就有接到電話啊，」我說，「真的有人打給我，而且是學校的人。」

「我們今天沒有去校外教學，」彼得說，「上次去是九月的事了。」

「而且米羅也好端端地在這兒啊。」建斯・利亞接腔。他有力地抓住我的手臂，但我仍緊抱著米羅不放。

「有人打給我，」我說，「你們學校有人打給我說米羅不見。」

「米羅，那是你媽嗎？」我聽見有人悄聲說。

「還真是個好媽媽欸。」又有另一個孩子這麼說。

「簡直就是神經病。」

一陣竊笑和輕蔑的笑聲在教室中蔓延開來。米羅掙脫我的雙臂，衝出教室，用力地把門摔上。

「史黛拉，我們走吧。」建斯・利亞用和善的語氣小聲地對我說。我任憑他將我帶出教室，眾人的眼光讓我覺得背部灼熱到好像快要燒了起來。

殺了我吧。

史黛拉

亨瑞克把車停在米羅學校外的停車場，我跟他一起坐在車裡。他拿了我的車鑰匙，請人幫我把車開回家，至於是誰我就不知道了。

他表現得很平靜，但比以往都來得冷淡、疏遠。重複的問題他問了我一遍又一遍，我很努力地想逐字不漏地重述那通電話的內容，但他愈問，我就愈講不清楚。

「是誰打給妳？」

「我也不知道，是個女的，應該吧，但她沒有說……」

「她是什麼時候打給妳的？」

「就在我開車過來之前。」

「她有說米羅被綁架嗎？」

我用手摀住眼，試圖回想。

「沒有，但……沒有，他，呃，我想想……那個人說他在校外教學的回程途中消失，我就以為……」

「根本就沒有校外教學這回事啊。」亨瑞克毫不退讓。

「我那時還不知道啊。」

「妳確定妳真的有聽見校外教學這四個字嗎？」

他靠到椅背上，望向窗外的停車場，「真的有人打給妳嗎？」

「你這是什麼意思？」

「或許是妳弄錯也說不定？」

「弄錯？」

我拿出手機，交給亨瑞克，「你自己看看通話記錄吧，這樣你就會知道我沒有在幻想了。」

他接過手機，發現螢幕碎成一片，「怎麼會這樣？」

「我今天早上不小心摔到地上。」

我看得出他並不相信。他輸入我的手機密碼，也就是我出生的年份，「妳說妳是什麼時候接到電話的？」

「我不是說過了嗎，就在我開車來學校以前啊。」

「那就奇怪了。如果真是這樣的話，妳的手機怎麼會沒電呢？」他對我舉起無法解鎖的手機。

「所以你是不相信我的意思囉？」我說。

「因為妳之前就說過這種話啊，妳說我請愛芮卡打給妳，叫妳不用去接米羅，但我根本就沒有那樣吩咐過她，而且愛芮卡也說她沒跟妳通電話，」他看著我，「所以，妳真的確定今天有人打給妳嗎？」

亨瑞克在擔心什麼，我非常清楚。雖然他沒有明說，但他的想法和情緒全都寫在臉上。我看得出他最害怕的是什麼狀況，也知道他的擔心不無道理。

「天啊，史黛拉，妳還看不清自己的問題嗎？」

「你覺得我發瘋，瘋到產生幻覺，是嗎？」我說。

他指向學校，「妳自己說呢？」

我沒有回應。

「妳再這樣下去不行，」他發動引擎，開出停車場，「我得送妳去醫院。」

就這樣，我們來到了聖古蘭斯醫院的情緒失調中心。莎薇克醫師是個嬌小又有活力的女人，她說話直接，毫不避諱，雖然滿懷同情心，但同時也很敏銳，所以任何事都逃不過她的法眼。她從我還是青少女時便開始替我治療，我狀況好或是憂鬱、焦慮的時刻她都看過，所以這世上大概沒有人比她更了解我的人生了。

亨瑞克是什麼時候跟她聯絡的呢？他大概是先把米羅、彼得和學校的人都先安撫好，然後趁著上車前打給她的吧。在旁人眼裡，我一定是個精神錯亂，分不清現實與幻覺的瘋女人，而亨瑞克‧伍德斯川則是個顧老婆的好先生。

珍妮‧莎薇克醫師替我進行檢查，聽過我的心跳和肺部後，用光筆照射我的雙眼，又替我量了血壓。這些例行性檢查根本完全沒必要，但我仍乖乖地全盤接受。如果我反抗的話，情況只會變得更糟。

我們聊起過去幾週發生的事，我也一五一十地全盤托出，完全沒有隱瞞。

我把伊莎貝兒，也就是艾莉絲的事全都告訴了她，也坦承我在診所情緒失控，恐慌症發作，就連我跟蹤伊莎貝兒，還跑去博倫厄的事也都說出來了。

珍妮‧莎薇克醫師聽我說話時單手撐著頭，翹著的那隻腳也晃個不停。

「我之所以會做出那些事，完全是為了艾莉絲，」我說，「因為她還活著，她回來了，我所做的一切都是為了她啊。」

我的聲音很虛弱，言下之意其實就是**拜託妳體諒我，拜託不要把我關進醫院**。

「我希望妳能在這裡待上一兩天，這妳應該可以理解吧，」珍妮‧莎薇克說。

我一語不發地看著她，她也觀察著我。我從她眉間的皺褶看得出她很猶豫。

「我不想待在這，」我說，「拜託妳讓我回家好嗎。」

「妳確定妳回家沒問題嗎？這樣情況說不定會再繼續惡化。」

「不會的。」

珍妮‧莎薇克對我端詳了一番，而我也只能無力、後悔又滿心羞愧地盯著地板。我知道她能看穿我的所有弱點，也聽得出我用來捍衛自己的藉口，但弄到要住院的地步實在太誇張了，我一點都不想、也絕對不能待在這。

珍妮・莎薇克起身走到門邊，開門叫亨瑞克進來。他坐到我身邊，開始回答醫生的問題，但答案我早已心知肚明。

「史黛拉有正常吃飯嗎？」醫生問。

他瞄了我一眼，「沒有，她最近吃得很少。」

「那她睡眠正常嗎？」

「斷斷續續的，半夜經常醒來，而且酒也喝得太多。」

珍妮・莎薇克醫師把眼鏡推低，先是望著亨瑞克，然後又看向我，說她已經做出決定，叫我們要仔細聽。

她說我承受了極度沉重的壓力，體重減輕，血壓嚴重超標，胃部發炎，雙手有時還會顫抖，恐慌症也已經發作了幾次，所以還好亨瑞克有帶我來看醫生。

「我們必須在妳變得更加混亂前，趕快先消除這些症狀，」她說，「所以妳必須開始請病假，我也會開一些助眠藥跟抗憂鬱藥物給妳，還有，妳大腦中的化學物質受到酒精很大的影響，所以從現在起妳不能再喝酒了，而且要戒到滴酒不沾的程度。雖然我覺得住院是最好的治療方式，但我今天暫時先讓妳回家，不過史黛拉，妳絕對不能出門，只能在家休息，知道嗎？」

「我知道，」我說，「我會好好休息的。」

「還有，妳最好再重新開始進行諮商。柏姬塔・愛爾伶已經退休了，但我可以把妳轉給一個我認識的治療師。」

亨瑞克點頭說道，「這樣很好。」

莎薇克醫師飛快地打字，把藥單傳給藥房，又替我印出請假需要的醫生證明。

「史黛拉，記得兩個星期後再過來。」她說。亨瑞克接過我下次看診的預約單和醫師證明，顯然他覺得我已經瘋到沒辦法拿好這些重要文件了。

「回家休息吧，讓妳先生照顧妳，還有，答應我，從現在起妳一定要好好放鬆。」

亨瑞克起身跟莎薇克醫生握手。

「謝謝妳。」他說。

而我則一語不發地離開。

其實他大可以直接把我送去急診室，或讓我入院，所以或許我應該高興才對。不過我看，他大概遲早會逼我住院吧。

我走向亨瑞克的車子時，天空開始下起了雨。他追上我的腳步，跟我肩並肩地走在一塊兒，但始終保持著一定的距離。亨瑞克把車子解鎖，替我打開副駕駛座的門，但我正要坐進去時，他伸手擋住我。

「妳都沒有話想說嗎？」他問。

「我有什麼好說的呢？」我凝視遠處。

「妳不氣我嗎？」他說。

「氣你？」

「對啊。」

「我為什麼要氣呢?」

「因為我把妳帶來這裡?」他指向醫院門口。

「不會。」

「不會?」

「這事我也怪不了你。」

「妳知道我為什麼要帶妳來看醫生嗎?」

我沒有回答。看來他覺得我已經完全喪失思考能力了。

「如果妳是我的話,」他說,「如果我像妳這樣,妳會怎麼做?如果連續有**兩個**客戶跟警方舉報我,如果有人跑去找妳,問我的狀況如何,如果我在家情緒失控,還跑到米羅的學校大吼大叫,表現得毫無理智,妳會怎麼做?我是真的很想知道,所以請妳告訴我好嗎。」

他說話時並沒有失控,但我聽得出他的絕望、憤怒與無力。

我看著他,「我已經說我不怪你了。」

他放掉擋住我的那隻手,走到車子另一側,開門坐進駕駛座後把門關好,等到我也關上門,把安全帶繫好後,才把車子開上路。

他戴上墨鏡,一語不發地開到藥局門外停下,要我幫他拿駕照,我也乖乖地遞過去,但不願意正眼看他。在他眼裡,我大概是個不懂得替自己著想的死小孩吧。

他坐回車裡,把一個袋子放在我大腿上。我才不想要呢,這種效果粗糙的藥我最討厭了。

「米羅下課後我爸媽會去接他，」他說，「這週末他會跟他們待在鄉下。史黛拉，請妳好好檢視一下自己的狀況，再這樣下去，我跟米羅都會受不了的。」

我們在午後的車陣間穿梭，亨瑞克躲在他的墨鏡後，我則沉溺在慘淒的情緒中。

「你不相信我。」我平靜地說。

「請問妳剛才說什麼？」他明知我最討厭他說話時過於正式，卻還是用那種禮貌的語氣問我。

「我只是很怕失去米羅而已。」我眨了眨眼，嚥下口水。

我不想哭，也很怕失控。我如果再爆發的話可就不妙了。

「我已經失去過一個孩子了，難道這樣就叫做心裡有病嗎？這種事沒經歷過的人是不會懂的，所以你少在那兒幫我貼標籤。」

「妳太誇張了，」亨瑞克說，「我不想再聽妳找藉口了。」

我把我們中間的那個資料夾狠摔到地上，裡頭的紙全都掉了出來。

「我他媽的不能害怕是不是？你就覺得我那麼不正常嗎？」我大吼。

亨瑞克猛地將方向盤一扭，駛入停車場，狠狠地踩下煞車，然後拿下墨鏡。

「我明明就一直相信妳，」他吼道，「也一直陪在妳身邊，這麼多年來，我也始終讓妳那樣過度保護米羅，我如果不了解妳的心情，又怎麼會順著妳呢？」

「**我只是害怕而已，難道這樣就算生病嗎？**」我也吼了回去。

「米羅，不是，艾莉絲。」

「我知道！不要把我講得跟白癡一樣。」

「妳好好回想一下自己最近的行徑。妳現在說話這麼不理智，又搞成這副德性，我他媽的都快認不得妳是誰了。」

他再度戴上墨鏡，發動車子，開出停車場。我凝視副駕駛座的窗外，回家路上我們完全沒有說話。

亨瑞克開入車道，把車停在我的車旁。這時他的電話響起，他拿起手機，看了看來電顯示，接起後笑著跟對方討論某個派對的事。我從他說話的語氣可以聽出打來的人是女的。

「那就晚點見囉，」他說完後又笑了笑，好像把我當空氣似的，「妳還在辦公室嗎？不，米羅那邊沒有問題，謝謝妳的關心。好，那就待會兒見啦。」

他再度看向螢幕，打了些不想讓我看到的東西。

我的心瞬間碎成千萬片。

「我得走了，」他說，「我會請妳媽來陪妳。」

「去死吧，我才不需要人陪呢。」我奮力擠出這句話。亨瑞克拿下墨鏡，看著我的眼神好像不認識我似的。他不是我丈夫嗎？

但是我也覺得他好陌生。

此刻的我們形同陌路。

「史黛拉，妳想要怎樣，妳自己決定，但我勸妳好好把握這次機會，如果還是沒效的話，」他指向我腿上的那包藥，「我絕對會馬上讓妳住院。」

他再次拿起手機來看，一邊等我下車。我爬出車門後，用盡我最大的力氣把門摔上，站在原地看著他加速駛離。

所有人都覺得我瘋了，對，我看我真的是瘋到無藥可救了。

伊莎貝兒

傍晚時分，我坐在舊花園椅上仰望星星。巴卡加德的夜空很澄澈，不像斯德哥爾摩那樣，幾乎都看不到星星。今晚天氣很冷，空氣吸起來也更加清新、乾淨，不過回家最棒的一點，其實是可以享受安靜的獨處時光。斯德哥爾摩總是有著大大小小的噪音，但在這裡，四周只有風吹樹木的聲響，想事情時也比較能夠專心。

媽很高興我跟她一起回家，而我也並不後悔，因為她是真的有所轉變，不再像以前那麼難搞了。我們這陣子處得這麼融洽，實在很令人開心，雖然我腦海裡還是一直想著史黛拉今早對我說的話。一般治療師應該不會沒事跑去找病人吧？**媽也說她這樣是違反規定的**，而且她之前還問了一堆關於媽和我小時候的事，我實在愈想愈覺得不對勁。

話雖如此，她的那番話還是一直在我腦中打轉。

會不會我真的就是她失蹤的女兒？

我是艾莉絲嗎？

不。

不可能。

史黛拉心裡有病，所以才把我幻想成她女兒。我一想到她竟然病成這樣，就覺得好可怕，也很可憐她。

其實我對她還是很有好感的，所以事情演變成這樣，我也很惋惜，不過這一切或許有一個合理的解釋也說不定。

這時我的手機叮了一聲。現在每次手機響，我都覺得一定是費德利克傳 Snapchat 來。果不其然，我一滑開便看見他的自拍，照片還套用了狗狗的濾鏡，讓他長出兩隻小耳朵和粉紅色的鼻子，看起來很傻氣。他故意裝出憂鬱的表情，在照片上寫道：**妳真的整個週末都要待在家嗎？**

我笑了出來。他帶給我一種前所未有的感受，讓我覺得自己就像正常人一樣，不再是那個孤僻、不善交際的大怪咖。我舉起手機，裝出難過的表情，拍了張照，套用了頭上會有花圈的那個濾鏡，心裡思考著該寫些什麼。**整整兩天！**

五秒後我立刻收到他回傳的訊息。

太可惜了，我原本還希望妳明天可以來過夜呢。

我到底為什麼要回家呢？我真是太衝動了，畢竟回家也不能改變什麼啊。要是我待在斯德哥爾摩的話，現在就可以跟費德利克在一起，今晚還可以在他家過夜欸。我這麼一想之後，心中的渴望就越發強烈。

我忖度著該如何回覆，但最後決定直接打給他，而他也馬上接了電話。我一聽見他的聲音，就更是想他，也把事情如實說了出來。

我問他記不記得之前有人在學校偷看我，說我覺得那個人應該就是我的治療師，說她變得有點奇怪，而且後來又跑來找我，所以我週末才會回家。

他善解人意，體貼地問我現在心情如何，讓我差點止不住眼淚。**希望他不要發現才好**。我說我沒事，回家的感覺也很不錯，不過我很想他，所以已經等不及要回去了。

費德利克也很想我，說他想趕快再親親我，在床上抱著我，跟我一起吃冰淇淋，然後又說了些讓我心裡好暖，又渾身顫動的話。我從他的聲音中聽得出他也很無奈，也知道自己今晚就寢後，一定會幻想他在我身邊跟我纏綿。

我看我明天就回斯德哥爾摩好了。

我們講了四十八分鐘。

我掛斷電話後，馬上收到另一則Snapchat，是費德利克開心地豎著拇指拍照。

他身穿黑色背心，斜靠在沙發上，髮絲遮住一隻眼的模樣看起來好性感。天氣雖冷，但我仍脫下外套，解開衣服最上面的幾顆扣子，往後一躺，讓頭髮散成光芒狀，還把頭側向一邊微笑，然後用Snapchat回傳給他。

照片中的我下巴很尖，酒窩很深，肌膚雪白，濃密的頭髮烏黑亮麗，雙眼也又大又綠。**看起來應該還不錯吧**。但片刻過後，我馬上想起媽經常說的那句話——得意忘形。即便費德利克回傳說我性感破表，我還是因剛才的自滿而感到很羞愧。

我很想繼續跟他一來一往地互傳訊息，但外頭寒冷難耐，於是我只好進屋。

家裡一片混亂，每個房間都髒亂不堪，只有我的臥室跟我上次回來時一模一樣。

樓上浴室漏的水已經滲出廚房天花板，但媽只是放了個水桶去接。她說爸過世以後，她就沒力氣再照顧家中的一切了。

我覺得好愧疚。自從回到家以後，我心裡就一直好自責。我應該聽她的話，早點回家探望她的，要是我明天就回斯德哥爾摩，她一定會很失望。她這麼照顧我跟喬安娜，我怎麼能不感激呢？

史黛拉

我坐在客廳角落，雙眼直盯著前方。

全身汗臭，頭髮濕黏。但我實在沒力氣洗澡。此刻，我已經動彈不得，怎麼可能還有力氣把自己拖去浴室呢？

我差點就要被關進醫院了。

我被迫請病假。

還被人通報到健康社福視察局。

甚至有人跟警方檢舉我。

亨瑞克走了。

米羅走了。

艾莉絲也走了。

一切都毀了。

我這輩子完蛋了。

我整天疑神疑鬼，精神狀態不穩，甚至已經做好被關進醫院的心理準備。我怎麼會變成這樣？我思緒狂飆，無法入睡。伊莎貝兒，艾莉絲，妳在哪裡？心裡在想什麼？米羅，你現在好嗎？你恨我嗎？亨瑞克，我知道你是怎麼看待我的，但你今晚在做什麼呢？是不是在跟珍妮幽會？雖然我也很不想面對現實，但我非查清楚不可。

我從地上爬了起來，拿起 iPad，打開應用程式。

亨瑞克的臉書帳號沒有登出，他已經很久沒更新狀態，但分享了公司網站的幾個頁面。八月時有個朋友到他牆上打過招呼，他五月生日時也有許多人祝他生日快樂，但除此之外，就沒什麼東西可看。他沒有新朋友，也沒被標記在別人的相片裡。

我關閉臉書後，發現 iPad 上裝了 Instagram。是什麼時候的事啊？米羅沒有在用啊，難道是亨瑞克嗎？我按下圖示，發現使用者帳號是他公司的名字。「Instagram 是可以幫我們拉到多少新客戶啊？」我還記得他曾不屑地這麼說。

我滑著螢幕，檢視所有相片，每張看起來都自信、專業又時髦，角度非常完美，背景裡也沒有忘記拿走的垃圾桶。頁面上多半是工地的照片、設計圖的近照，還有他們開放式的辦公室和公司大廳。團隊裡的每個人似乎都熱愛工作，臉上總是帶著笑容，而且個個都年輕、新潮、時尚又成功，所有人一副和樂融融的模樣。

亨瑞克的照片也出現了。

面帶笑容的他拿著米羅父親節時送他的那個超人馬克杯，一邊跟同事討論，一邊看著 iPad 上的資料，另外還有他站在大型螢幕前，於各式場合進行簡報的照片。他英俊上相，穿著整齊，袖口捲到手肘（他每到下午就經常會這樣），一副沉著又專業的模樣，看起來完全就是個熱愛工作而且能力超強的成功人士。

我滑到頁面上方，點進一張照片。他在幹麻啊？竟然在大廳跳舞？鏡頭捕捉到他手舞足蹈的瞬間，他身穿白色T恤和那件很突顯他臀型的緊身淺色破牛仔褲，雙手高舉在頭頂上，笑容滿面，一副充滿自信的迷人模樣。

#老闆最棒 #辦公室之夜 #tgif

一百八十個讚。我點進按讚名單，心裡覺得「讚」這個字實在很俗、很討厭。**這些人的使用者名稱還真夠蠢的欸**。我正要關掉名單時，卻突然看見jennie_89也按了那張照片讚。

珍妮，妳也太棒了吧！

我感到一陣噁心。

我按下使用者帳號，開始看起她的相片，隨後便找到一張她跟亨瑞克其他員工的合照。她一定是新來的吧。

亨瑞克最近經常在辦公室待到好晚。

而且還出現在她 Instagram 的第一排。

我繼續點閱其他照片。她是個身材纖細的性感金髮正妹，所以自拍照當然有一大堆。她雙唇豐翹，胸型小巧漂亮，也經常穿些緊身的T恤、上衣，毫不避諱展現好身材。

我滑到比較下面的一張照片，看見亨瑞克再度出現。他對著鏡頭微笑，揚起的雙眉彷彿是在說**別鬧了啦**。相片中的他看起來隨和、俏皮。

又開心。

我瞬間感覺到腦袋充血，雙手也抖個不停，甚至必須重複開掌、握拳好幾次，才有辦法停止顫動。

我點開兩小時前才剛上傳的那張照片，亨瑞克就在裡面。

還有珍妮。亨瑞克跟珍妮。

照片中還有其他同事，但我眼裡就只看得見亨瑞克和珍妮。他頭髮蓬亂，眼神發光，手裡拿著一瓶啤酒，臉上帶著性感破表的笑容，似乎正直盯著我看，身體卻靠向珍妮，而她則仰頭笑得好開心，手還輕放在他胸口。

跟全世界最棒的老闆在公司狂歡，她這麼寫道，後面還加了十四個不同的表情符號。

#bestnightever

五十六個讚。

底下有人留言：「老闆也太帥了吧！」四個表情符號。

另一則留言：「你們很配耶！」五顆愛心。

我從沒對他感到這麼懷疑過，真的從來沒有。我知道他不是會偷吃的類型，但這次不一樣。他這陣子動不動就在講電話，而且還錯把要傳給別人的簡訊傳給我，結果現在 Instagram 上又出現這種照片，怎麼可能沒事？

他一定是受夠了我，所以才投向 jennie_89 的懷抱。

我躺在床上等他，一直等到凌晨三點半，才聽見他打開大門，蹣跚上樓，結果腳趾撞到櫃子，還很大聲地罵了幾句。他爛醉如泥，全身都是啤酒味跟菸味，還有她的味道。

亨瑞克和珍妮。

我想像他豪飲啤酒，跟珍妮共抽一根菸，在她耳邊低語，而她則將那性感、苗條的身體往他靠過去，整個人貼在他身上。亨瑞克在笑，珍妮也在笑，他們倆一起笑得好開心。

根本就是在笑我。

他拿起香菸抽了一口，投以珍妮一個性感笑容，她輕撫他的頸部，說她想要，然後兩人便激吻了起來。

沒有誰比妳讓我更舒服了，做愛時，亨瑞克還這麼告訴她。

相較之下，我這個年近四十，還被警方偵查的妻子卻只能在家等他，在他眼裡，我大概只是個又臭又可悲的瘋子吧。我很想問他究竟出軌了多久，想逼他把所有細節都告訴我，但卻一句話都說不出口。他看了我一眼，拿走他的棉被，接著便跌跌撞撞地走出房間。

他甚至連睡我旁邊都不肯。

我躺在那兒，吸氣、吐氣。

我沒辦法繼續待在家裡了。

我走下樓梯，看見他躺在沙發上，突然有股衝動想替他撥開蓋住眼睛的頭髮，但終究只是坐到他身旁，聽著他淺淺的打呼聲。

我還記得我第一次見到亨瑞克・伍德斯川時，他用那對淡藍色的眼睛看著我的雙眼，當時他是那麼地喜歡我，也總是對我投以性感的笑容。我們常會熬夜聊天，天南地北，又笑又鬧；他也曾牽著我的手，跟我去過艾莉絲的墳墓，更從來沒有用異樣的眼光看我。

他成了我的愛人、我最好的朋友，最後我們還結為夫妻。我還記得我們的初吻，我們第一次纏綿，也記得我們一起搬進工業路上的某棟房子，他努力工作、成立自己的公司，而我則完成學業。我把懷孕的消息告訴他時，他欣喜若狂，米羅是我們共創的奇蹟，結果我們倆現在卻走到這般田地。

我站起身來，匆匆走入前廳，拿了車鑰匙，衝出大門，奔入一片寒冷之中。我不能繼續待在這個家了，只要在他身旁，我就覺得難受，彷彿可以聞到她的氣味、看見她那狡詐的笑容。

他背叛了我。

丈夫竟然要為了一個比我年輕的女人離開我。

我沒有穿鞋，身上也只有棉褲和一件背心，就那樣光腳站在冰寒的雨中，覺得風寒徹骨，只得趕緊跳進奧迪，驅車開走。

我太不老實了。我騙了亨瑞克，對他隱瞞許多祕密，不想讓他知道我在打什麼主意。

但事實上，被騙得更慘的是我自己。

他出軌的跡象那麼明顯，我怎麼會沒發現呢？都怪我滿心想著艾莉絲，所以才對那些徵兆視而不見。醉醺醺的亨瑞克啊，他找到新歡，而且還剛洩過慾，一定很開心吧。現在他有珍妮這個年輕漂亮的金髮辣妹了。她沒生過孩子，身材當然完美，不像我這種產後婦女，身上總會留有幾圈肥肉和妊娠紋。

看來他已經做出選擇了。我雖然恨他，卻可以理解他的想法，也因此對自己越發憎恨。誰會想跟自怨自艾的中年精神病患在一起呢？他的耐心已經被消磨殆盡，他受夠了。

我情緒不穩，看不清現實與虛幻的界線，而且還充滿攻擊性。無論是誰來關心，我都一律推開，跟我最親近的家人、朋友明明都是為我好，我卻不願聽從建議，更拒絕面對現實。

我有病。

艾莉絲就是我的病因之一。

快來救救我啊。

我停下車子，下車走在冰冷的雨中，吹著刺骨的風，然後開始奔跑，又走，又跑，結果絆到一個什麼，整個人摔在地上。

就這樣，我癱在街上，嚎啕大哭了起來。

伊莎貝兒

星期天了，其實我原本今天就想回斯德哥爾摩的。

但我正要買票時，媽卻突然開始偏頭痛，而且情況非常糟糕。她已經很久沒有病得那麼嚴重，所以我實在無法丟下她不管。幸好這幾天剛好不用上課，只不過我沒辦法跟同學一起念書、準備考試就是了。

這週末在家的日子讓我想起自己的童年是多麼孤立，爸也過世後，媽就更顯得寂寞了，但她似乎從來不想從事社交活動，完全不想。巴卡加德小成這樣，她竟然還有辦法完全不跟任何人來往，說來實在也很神奇。

我好想念費德利克、喬安娜，還有我在斯德哥爾摩獨立自主的生活。我跟費德利克的訊息一直沒斷，而且他傳的內容總讓我覺得飄飄欲仙，**也讓我對他更加渴望，時時刻刻都想著他**。

不過回家的感覺其實也不差。我幫媽把家中最髒亂的角落全都清理乾淨，洗了碗盤，還把廚房和客廳都打掃得乾乾淨淨。

時間已至下午，我們才在準備午餐。媽擺出家中最精緻的碗盤，一邊跟著收音機哼歌，甚至還微微跳起了舞，讓我不禁笑了出來。吃飯時，我們看著餐桌上的拼貼照，細數每張照片的拍攝地點，聊著我們當時在做些什麼，感覺很溫馨。

「媽。」

「什麼事啊，小寶貝。」

「我的生父是誰？」

她馬上緊繃了起來，顯然不想討論這個話題。

「相信我，他只會拖累我們而已，」媽無情地說，「他爛得要命，是個沒出息的男人。」

我的這個生父從來沒有試圖跟我聯絡，所以或許媽說的是事實，但她的回應還是讓我很難過，因為她又關上心門，開始築起高高的牆了。每次我問起童年的事，她都會這樣，二十二年來，她似乎從不覺得這事對我來說很重要。即便如此，過去這幾天以來，我們母女間的關係確實有所改善，我也因而有了開口問她的勇氣。我的問題或許會很讓她不舒服，但這畢竟是我的人生，所以我非問不可。

「我們的這張拼貼照妳做得很可愛耶，」我說。

「是吧？」

「但為什麼都沒有我嬰兒時期的照片啊？我好像完全沒看過我一歲以前的照片耶。」

「妳是在丹麥出生的啊。」

「我知道。」

我等著她繼續解釋，**但她卻什麼也沒說**。

「就是因為我在丹麥出生，所以才沒照片嗎？」我說。

媽嘆了口氣，起身把煮水壺放到爐子上，拿出兩個杯子和茶包。

「我們搬回瑞典時很匆忙，所以沒辦法把照片都帶回來，妳現在是連這個都要怪我就對了？怎樣，我還做錯了其他什麼事嗎？」

「妳為什麼會搬回來？是因為跟他吵架嗎？」

媽沒有回答，只是轉身背對我，讓我知道她並不想談。

「他有照顧過我嗎？為什麼他從來都沒跟我聯絡？」

「他是個很危險的人，妳只要記住這點就行了。」

「他對妳很差嗎？有打妳嗎？他該不會有犯罪吧？」

「伊莎貝兒，」她一拳捶上廚房的流理台，讓我嚇了一大跳。她轉過身，「妳應該知道這些問題讓我很心煩吧，我實在很受不了妳這樣問東問西的，妳害我又開始頭痛了。」

她發現我被嚇到後，趕緊握住我的手。我們在瓦靈比時，相處起來輕鬆多了，我才覺得我們的關係有所改善，結果下一秒就變成這樣，真不知究竟是哪裡出了錯。可能是這間房子的詛咒吧，多年來，我們的相處模式已根深蒂固，所以一回到這裡，一切就原形畢露，不過也或許是我的錯也說不定，或許是我問了太多問題，太常把想念朋友掛在嘴上，所以她才會對我失望。

我實在不該跟她回家的。

「我記得妳五歲以後，就很少這樣問東問西了耶，」她勉強擠出笑容，「妳記不記得妳小時候很愛問『什麼時候？怎麼會？在哪裡？為什麼？』，老是問得我頭昏腦脹呢。」媽捏捏我的手，拉我起身，「跟我來。」

我跟著她走到廚房後面的圖書室，照她的話乖乖坐下。她把裝了茶的杯子遞給我，我握著暖手，喝了一口。**加了一堆蜂蜜，好甜啊**。媽叫我閉上眼，我也沒有反抗。

我聽見她拿出藏在書櫃裡的鑰匙，打開書桌下的櫃子。其實我很清楚她把鑰匙放在哪裡，只是一直沒說出來而已。

「可以張開眼睛囉，」她說話時已坐在我身旁，手裡拿著一本資料。

「這是哥本哈根哈德維夫醫院的出生證明，」她說，「妳就是在那兒出生的，一九九三年八月二十九日。」我已經不知道多久沒聽她用這麼輕柔、慈愛的聲音說話了。「我盼妳盼了好久呢。」

「那是妳這輩子最棒的一天，」我替她把話說完。

「誰說的啊？」她嘲弄道。

媽很少說笑，所以她的回應讓我很訝異。

「開玩笑的啦，不過生孩子實在也是我這輩子最慘痛的經歷，簡直就像跟死神擦身而過似的。小美女啊，妳差點要了我的命呢。」

我靠到她手臂上，「妳說我是Rh陽性，妳是Rh陰性，結果血液混在一起，對不對？」

「一點也沒錯，後來我得了急性敗血症，在鬼門關前徘徊了好幾天，所以一直到妳出生的三天後，才終於見到妳呢，」她用手指替我梳頭。

「但如果混血的話，生病的應該是嬰兒才對吧？」我說，「就我所知應該是這樣，而且因為免疫作用的緣故，所以接下來出生的寶寶風險會更高。」

上次大家在團體諮商中討論過這個話題後，我讀了許多相關資料。

「我說我是敗血症啊，妳沒聽清楚嗎？」媽說。

「但妳說是因為……」

「親愛的，拜託，」媽把一隻手放上前額，意思是**我又害她頭痛了**，「妳這樣曲解我的話，我實在很受不了欸。對了，茶好不好喝啊？天氣這麼冷，妳還在外頭坐了那麼久，小心又再感冒哦。」

我不想再忤逆媽的意思，於是舉杯把茶喝光，而她則繼續翻找資料。

「妳看，妳那時候真的很小耶，體重不到三公斤，整個人也才大概五十公分，而且頭頂正中央長著濃密的金色捲髮，簡直就像洋娃娃似的。」

「金色捲髮？」我皺起眉頭，看向我垂在肩上的髮絲。

媽啪的一聲把資料蓋上，站起身來。

「對，這很正常。」

我的問題又害她難過了。我們愉快的相處時光又被我給毀了。

「我的頭痛得要命，我要去睡了，」她說。「那瘋婆子完全操弄了妳的心思，妳當初就應該聽我的才對，結果妳看，妳現在什麼事都要質疑。我們本來相安無事，妳卻非得毀了一切不可，這樣妳高興了吧？」

媽起身把資料簿鎖進櫃子，忘了叫我把眼睛閉上，就直接把鑰匙藏進書架，然後離開圖書室，走進前廳。

「對不起，」我在她身後哭著說道。

她撇撇手，踏著重重的腳步，怒氣沖沖地上樓，她這樣的舉動意思是：**妳到底還要跟我鬧幾遍？**

我很後悔自己毀了剛才的融洽氣氛，但這一切實在讓我非常不解，讓我好想得到答案，可是媽卻把所有事都藏在心裡，什麼也不說。

或許史黛拉對我的影響真的比我想像中還大。媽這一路走來並不好過，所以我真不該那樣逼她的。我把茶杯留在廚房，走回樓上的臥室。

這回，我又再次像從前那樣，覺得如鯁在喉，但也只能癱在床上，把頭埋進枕頭裡哭。要是費德利克現在可以在這照顧我，那該有多好。

伊莎貝兒

四周雖一片寂靜，屋子本身卻噪音連連：樓梯和牆壁都嘎吱作響，刮擦聲不絕於耳，風也吹得屋頂飄搖、屋簷的天溝顫動，地下室的熱水器更是轟隆隆地響個不停，好像有生命似的。

我從來都不喜歡家裡的氣氛，但現在房子彷彿活了過來，大剌剌地用威脅式的眼光看著我，似乎是想等我不小心絆倒後出手攻擊，用刀鋒把我開腸剖肚，或讓我大病一場。**家裡一定有某個看不見的邪靈要我生病**。

我知道自己很幼稚、荒唐，卻怎麼也沒辦法消除這樣的想法。我打開房門，站在門邊細聽，又躡手躡腳地往前廳走去，把耳朵貼在媽的臥室門上聽，但裡頭一點聲響也沒有。

我匆匆下樓，跑出屋外，跳上腳踏車往歐納斯的方向騎，騎過高速公路下的陸橋時，只覺頭頂上的車聲震耳欲聾。

我繼續騎了一會兒後，就看見歐納斯書報攤和熟悉的披薩店，不禁想起自己以前經常央求外婆帶我去吃，偏偏**媽老是叫她不能讓我吃垃圾食物**。接著我又騎經鐵路平交道，而且很幸運地沒遇到火車，否則就得等上好幾分鐘了。我越過鐵軌後左轉，開始往下坡滑，一路滑向外婆住的村莊。

田野在我兩側展開，磚製磨坊旁的河急速奔流，陽光也衝破雲層。奧斯揚湖在遠處閃耀，我右手邊的岬角上則是歐納斯之屋，古斯塔夫・瓦薩國王在躲丹麥人時，真的是從糞溝逃出來的嗎？又或者這根本只是傳說呢？我每次經過時，都會很好奇地這麼想，不過無論如何，這實在是個精彩的故事，所以每年總會有觀光客跑來喝超貴的咖啡，並在那棟搖搖欲墜的老屋前自拍。

路途中有一段很長的上坡，我經過海格納斯的網球場時，甚至得站起身來，非常奮力地踩。球場再過去有塊沙灘，不過只有附近那間煉鋼廠的員工可以進去，所以我從來沒去過。但說來也奇怪，瑞典的法律不是有授予人民行動自由嗎？如果我真的跑去游泳會怎樣嗎？警衛會要求我出示身分證明，確認我能不能進去嗎？

我右側的那幢紅色大房子是間古老的當地學校，但是已經廢棄許久，長年沒有整修了。經過學校，再騎一小段之後，就能看見村莊的指標「綺娜」。我小時候總覺得這名字很有異國風味，好像外婆住在中國似的。

我熟知歐納斯和綺娜間的每條大街和小巷，對於田野間的彎道與沿路的四季景緻，我都一清二楚，在我心目中，這裡比巴卡加德還像家，我每次會想回達拉納，都是因為思念這個地方。

再直直往前騎個大概幾百公尺，就會看見五朔節用的花柱。五月慶祝過後，花柱不會馬上撤掉，而是會留到夏天過完一半，再拆下來送去換上新葉。仲夏的時候，我曾在這兒慶祝過好多次，跟大家一起到牧地和堤防上撿毛茛、野生車窩草和幸運草，外婆跟村民合力架起花柱時，我就在一旁幫忙把撿來的花草纏成環狀，綁到柱子中央，而外婆也教會我該如何製作花圈，告訴我晚上睡覺時，要把七種不同的野花放在枕頭底下。每次慶祝時，小提琴手都會穿著傳統服飾演奏音樂，我也會花錢參加摸彩，希望抽到大獎。活動結束後，我跟外婆總會手牽手走回家，然後好好地睡上一覺，這是屬於我們倆的傳統。

我經過花柱後再往前騎，看見那條通往湖泊的小徑。以前我每年都會去那兒游泳，唯有今年例外。

我有點想騎過去碰一下水，但外婆家就在不遠處了。我回頭確定沒有來車後，就向左轉上碎石路，加速下坡，接著便看見外婆在鐵道另一側的家。我記得那條平交道的氣味很特別，只要被太陽照了整個夏天後，聞起來就會有種枕木摻雜焦油的味道。我騎進大門，把腳踏車丟在碎石路上，跑上門階。

外婆向來都聽不太到我敲門的聲音，而且門又沒鎖，於是我就逕自進屋，大聲地跟她打了招呼。坐在扶手椅上看電視的她被我嚇了一跳，但很是高興，不用我扶便自己起身，搖搖晃晃地走到我身邊，給了我一個溫暖的擁抱。

她替我煮了咖啡、倒了牛奶，又擺出肉桂捲和好幾種餅乾。我記得我從前也總是這樣，坐在餐桌旁的椅凳上，喝著牛奶，享受眼前堆積如山的餅乾。

外婆說我來看她，讓她覺得很窩心，我問她近來好不好，她說身體有些毛病，不過她有在參加志工活動，幫助剛抵達瑞典的年幼難民。後來她又問起我在斯德哥爾摩的生活，我說我最想念的人就是她了。就這樣，我們一路聊到天色漸暗。

「媽最近都還好嗎？」我說。

「為什麼這麼問？發生了什麼事嗎？」

「妳最近有去我們家嗎？我覺得她這陣子的行徑有點詭異，比平常還奇怪。」

外婆猶豫了一下。「我近來很少跟她聯絡，」她邊說邊撥掉廚房台面上的碎屑。

「她要求很多，隨時都需要人家關心，」我說，「只要事情不順她的意，她就會暴跳如雷，但她高興的時候又非常體貼，很好相處，可是她每次都瞬間翻臉，我都不知道自己究竟踩到她哪顆地雷。」

外婆坐到桌邊，又再猶豫了一下，似乎是在思考該如何把她想說的話告訴我。

「或許當初真的該讓她去治療才對。其實我們一直懷疑她可能有狀況，但她認識漢斯後，似乎變得比較穩定，所以我們才覺得她的情況有所改善，而且她還有了妳呀，對她來說，世界上沒有人比妳更重要了。妳小時候經常生病，克絲汀總是把妳照顧得很好呢。」

「從來沒有人跟我說過這件事。她明明就是我媽，但我卻對她一無所知。」

外婆看著我，「伊莎貝兒，妳別對她太嚴厲了。她十二歲時才寄養到我們家，而且很年輕時就搬到外地，有好多年都不願意跟我們聯絡，後來才突然帶著妳一起回家。對她來說，妳是她這輩子最棒的禮物了。」

我努力擠出微笑，「那她親生父母呢？我也完全沒聽過他們的事。」

「克絲汀的生母問題很多，不但在懷孕期間喝酒，就連克絲汀出生後，也還是繼續酗酒、嗑藥，個性更是非常刻薄。她似乎是以賣淫維生，但我也不確定。關於她這個人，我們都知道得不多。」

「那她父親呢？我外公？」

「他從來都沒出現過。克絲汀好像調查過他這個人，還有去跟他見面，但結果如何我並不曉得，而且她也絕口不提。」

「那我生父呢？妳知道任何關於他的事嗎？」

「我只知道克絲汀很怕他。」

「為什麼？」

外婆看著我，一副很哀傷的模樣。

「伊莎貝兒，我也不知道。關於妳生父的事，克絲汀從來都絕口不提，所以我也完全不知情。」

她遞上一個玻璃罐，問我還要不要多吃幾片餅乾，但我卻覺得一陣噁心，只得趕快用手摀住嘴巴。

「親愛的，妳還好嗎？妳臉色好蒼白啊。」

「可能是吃太多了，」我說。

「要不要躺一下？」

「不行，我得趕快回家收行李，我明天一早就要回斯德哥爾摩了。」

外婆微笑，「那我載妳吧，晚上騎腳踏車不安全。」

我們走到大門外時，她拍拍我的手臂。「看妳找到自己在生命中的定位，我實在很為妳開心。妳在那兒有沒有遇到喜歡的人啊？」她對我眨眨眼。

「其實有耶，」我邊說邊按住翻攪的胃，「他叫費德利克，超可愛的。我有照片，但我過來前一直找不到手機，所以沒辦法給妳看。」

「那妳晚點傳給我吧？」外婆說，「我會試試看我的手機打不打得開。」

「外婆，妳最好了，」我笑著說。

「誰叫妳是我的小寶貝呢，」她摸摸我的臉，這麼對我說。

史黛拉

聲音。是我認得的聲音。一男一女在前廳吵架。

「她人在哪？一定還在妳家吧？」

「你不要這麼大聲。」

「她為什麼會跑來？妳昨天為什麼不讓我進門？」

「因為你不但宿醉，還一副氣沖沖的模樣，你覺得史黛拉承受得住嗎？」

「她到底在哪？」

「你冷靜點，不然就直接回家吧。」

「我很冷靜，但她突然消失，真的讓我很擔心。我回家時她明明就在睡覺啊。」

「你什麼時候回家的？星期六凌晨是嗎？而且你是跟誰出去？你跑去哪了？」

「誰？我沒有跟誰出去啊。」

「你現在講話的口氣跟漢普斯他爸一模一樣，根本就是在撒謊，太明顯了。」

「我只是去參加公司的派對而已，妳為什麼非問不可呢？」

「公司的派對啊。」

「玻妮拉，我……」

「你回家後發生了什麼事？」

「什麼事也沒有啊，史黛拉那時已經睡了。」

「**不可能**，不然她為什麼會跑來這裡？」

「玻妮拉，我已經說了，真的什麼事也沒有。」

「我在路上發現她時，她神智不清，整個人都凍壞了。我聽見路人在尖叫，過去一看，才發現是她倒在地上哭，當時的場面真的很糟糕。我一路把她拖上來，帶到沙發上躺好，但她嘴裡還是一直念著艾莉絲跟米羅，還有你跟珍妮的事。」

「珍妮？」

「亨瑞克，這個珍妮到底是誰？你幹了什麼好事？」

他沒有回答。

「你怎麼可以丟下史黛拉，自己跟珍妮跑去**喝酒狂歡**？你是腦袋有洞嗎？你究竟做了什麼好事？」

「玻妮拉，我什麼也沒做，只是去參加公司派對而已，員工們都有去啊。你可以讓我跟我太太談一談嗎？」

「你先冷靜下來再說。」

「我很冷靜，我他媽的冷靜到極點好嗎。」

「這種事口說無憑。」

「玻妮拉，拜託，我真的很擔心她。」

一陣靜默。

「好吧，但只能一下下，而且談完後你就得馬上離開。」

亨瑞克坐在我身邊，握著我的手，說他很想幫我，卻不知從何幫起。我看著他，覺得他好透明，好像我的目光可以穿透他一樣；也發覺他消瘦許多，瘦到好像快要消失——我坦白地這麼告訴他，但他只說他真的不曉得該怎麼辦，又在我額頭上親了一下，然後便站起身來。

他跟玻妮拉說我精神狀況有問題，應該要送去急診，但玻妮拉說她會照顧我，叫我定時吃藥，還說他現在什麼忙也幫不上，不如趕快回家。

他彎下腰，靠向我。他是在哭嗎？還是這是我自己的眼淚？我眼睜睜地看著他離開。

他走了。

就這麼走了。

史黛拉

我雙眼酸澀，喉嚨乾啞。

整個人頭昏腦脹。

玻妮拉躺在沙發旁的墊子上。我拿起她的手機一看，時間是早上，十月二十日，星期二。我竟然在這裡躺了整整三天。

我坐起身來，發現身上穿的內搭褲和灰色無袖上衣不是我的。我衝向浴室上廁所、漱洗，在洗手台上的鏡子裡看見自己的倒影時，嚇了一跳：我頭髮蓬亂，臉色慘白，黑眼圈也深不見底。我把頭髮紮成一球，開始洗臉，並直接從水龍頭接水喝。

我知道玻妮拉把菸藏在廚房的一個餅乾罐裡，於是走去找菸，並倒了一杯果汁，拿到陽台，坐在木製的小板凳上喝。我點燃香菸，深深地吸了一口，坦露的雙臂很冷，但陽光把我的臉照得好暖。

我的人生已跌落谷底，但世界還是一如往常地繼續運轉。卡爾伯格宮仍舊矗立在河的另一側，底下那條路上依然有人在慢跑，也有父母推著嬰兒車在散步。我看著煙霧飄散，心裡實在想不通自己為什麼會走到這般田地。

這時玻妮拉走了出來。

「現在滿冷的耶。」她說。

「但至少有太陽啊。」我說。

「妳還好嗎？」

「還活著。」我一邊回答，一邊穿上她拿來的毛衣，並接過咖啡。她坐到我身邊，把一條毯子蓋到我跟她的大腿上，接過香菸，抽了一口，然後又遞回給我。

「我不會對妳碎碎念，叫妳吃藥的。」

「那就好。」

玻妮拉把一支手機放在桌上。

「亨瑞克叫妳醒來時跟他說一下。」

我低頭一看，手機殼是我的沒錯，但螢幕完好如初。

「他帶了新手機來給我？」

當下的我已支離破碎，再微不足道的善意舉動都能讓我熱淚盈眶。我雖然很不想哭，卻仍被亨瑞克的體貼感動到落下淚來。

「史黛拉，我們都被妳嚇到了，」玻妮拉說，「亨瑞克星期六就來過一遍，他當時還在宿醉，既生氣又著急得不得了，我把他載回家，跟他說妳需要靜養一下，後來他星期天又有過來，還在妳身旁坐了一會兒，妳記得嗎？」

「有點印象。」

「妳知道妳怎麼會在我家嗎？」

「不太記得。」

「要我告訴妳嗎？」

「拜託不要。」

「好，那我就不說了。」

「謝謝妳。」

「亨瑞克帶了手機跟一袋乾淨的衣服來給妳。」

我熄掉香菸，玻妮拉單手摟住我的肩。我們就那樣在原地坐了好久。

「上星期六到底發生了什麼事？」她問，「妳跟我說艾莉絲已經死了，不見了，說米羅跟亨瑞克也會離妳而去，還說妳要殺了一個叫珍妮的人。」

「我有這樣講？」

「對啊。」

「我說我要殺她？」

「妳說妳恨她，恨到要她死。」
「真的？」
「對，還說要抓她的頭去撞牆。」
我笑了。
「最好是啦。」
「所以這個珍妮到底是誰？」
我又再點了一根菸，開始解釋我為什麼會忌妒、猜疑，承認我在網路上偷看照片，還把 jennie_89 的事也告訴了她。
玻妮拉拿起手機，在 Instagram 上搜尋珍妮的帳號，仔細觀察那些照片。
「去死吧，亨瑞克，」她說，「臭豬哥。」
我大笑出聲，笑得既粗啞又可悲。
「妳覺得他真的有出軌嗎？」玻妮拉問，「跟她？」
「妳覺得呢？」
「妳說妳們從夏天到現在幾乎都沒上床，結果現在來了一個金髮辣妹，」玻妮拉再度看向照片，「不但長得漂亮，顯然也對他很有興趣，所以大概很難拒絕吧，他畢竟是個男人啊。」
「謝謝妳的安慰喔。」
「一邊是陷入危機的中年老婆，一邊是比他年輕十五歲的金髮美女。」
我往河望去，「想必不難選吧。」

「或許不是妳想的那樣也說不定啊，」玻妮拉說，「畢竟他眼中向來都只有妳，對吧。妳真的覺得他有跟她上床嗎？」

我有感受到玻妮拉的目光，但仍點了第三根香菸，舉到空中，盯著菸頭看。

「抽菸實在很有助於舒緩情緒，」我說，「妳知道很多人都是因為進了精神病院，所以才開始抽菸的嗎？我以前住的那裡有一間吸菸室，就在五號病房裡，或者大家也會去陽台抽。陽台的欄杆建得很高，為的就是要防止我們從四樓跳下去，當時我總覺得好像被關在雞窩裡似的，每天不是吃了藥後覺得焦慮，就是在抽菸平緩心情，真不知道海蓮娜覺得哪一個比較糟。」

「史黛拉，她其實是很關心妳的。」

「我最近應該讓你們大家都不好受吧。」

「是這樣沒錯。」

「亨瑞克把事情都告訴妳了嗎？」

「妳怎麼沒有**早點**跟我說呢？」

「對不起。」

「還有，妳剛來的時候，說艾莉絲已經死了，妳現在還是這麼認為嗎？」

我靈機一動，拿起手機，翻出我之前截圖下來的那張照片，拿給玻妮拉看。

「這什麼？是她嗎？」她表情驟變，把照片放大後還倒抽了一口氣。「她長得跟瑪莉亞一模一樣，」玻妮拉看著我說。「妳要怎麼辦？」她問，「妳要怎麼做？妳決定了嗎？」

「嗯，」我回答，「我已經想好了。」

「那就趕快跟我說啊。」

「我現在只想好好泡個熱水澡。」

我走進浴室，在浴缸放熱水，伸手一試，水溫滾燙。我脫下衣服，打開窗戶，讓秋季的涼風滲入室內，在我裸露的肌膚表層吹出雞皮疙瘩，接著取出亨瑞克替我領的藥，拿到洗手台底下的垃圾桶丟掉。

我爬進蒸騰的水裡，屏住呼吸，感受那灼人的熱度，並用雙手握住浴缸邊緣，閉緊雙眼，讓身體往下沉，短促地喘氣。

我把身子向後靠，抬頭望著天花板，吸入窗外吹來的冷空氣，我的思緒、心中的所有疑問、愧疚、恥辱、愚蠢的決定、走投無路時的孤注一擲，還有我全部的失敗與謊言彷彿都消散在蒸氣之中。

一切都煙消雲散。

我一直泡到水都冷透，才爬出浴缸，走到鏡前。鏡子裡的女人正好奇地看著我。

我認識她，也比任何人都了解她。她的一切我無所不知，在我面前，她沒有祕密，她所做的一切，都逃不過我的法眼。

但此刻，我已對她厭倦不堪。

她滿腦幻想，自我侷限，讓自己身陷危機，還造成了難以挽救的後果，這一切我都無法再忍受了。我看著她，而她也知道我心裡在想些什麼。

我穩健有力地將幾天前還顫抖不已的雙手舉起，關上窗戶，拿了一條毛巾圍在胸口，使勁地用手指將髮絲緩緩順開，打開藥櫃，找出剪刀，往食指上割。一滴鮮血淌流而出。

剪刀很利，正合我意。

克絲汀

伊莎貝兒生病後，我已經照顧了她好幾天，幸好她發作時，人還沒搭上火車要回斯德哥爾摩。她得在家待到完全康復才行。

這幾天來，我一直在打掃、除塵、吸地、擦地、整理東西，甚至還替花澆水，伊莎貝兒也有幫忙。

我看著房子重現生機，心中的感受實在難以言喻。雖然漢斯死後，我承受了那麼多的悲苦與傷痛，雖然我近來經常擔憂得睡不著覺，但我終究跟這個家一樣，**重新活過來了**。

伊莎貝兒終於又重回我身邊，不過其實她的心從未與我分離。她這陣子受到慫恿，一直急切地想追尋「真相」，以為只要知道生父是誰，知道他為什麼從來沒有出現，就可以解決所有問題。這孩子怎麼會這麼天真呢？她根本就不曉得自己在說些什麼。真相的殘酷我比誰都清楚，如果真的被她問出來，她一定會後悔，也絕不會想去見她口中的那個「生父」，所以說啊，現在讓她暫時冷卻一下也好。那個爛渣男最好不要來擾亂她的人生。

她怎麼會想要剖析我的人生、我的選擇和我的決定呢？人們往往以為知道真相後，就能獲得心靈上的自由，殊不知真相往往會留下傷痕，讓人心痛，甚至摧毀一切。

孩子誰都可以生，但生下來後如何用愛滋養，為他們形塑性格與優勢才是重點。

漢斯跟伊莎貝兒雖然沒有血緣關係，但他善盡了父親的責任，如果換作她生父，絕對沒辦法像漢斯做得那麼好。我當年實在不該跟那傢伙在一起，後來還必須挽救自己犯下的錯誤，但現在再把從前的事翻出來講，有什麼意義嗎？再講也都無濟於事啊。

伊莎貝兒跟漢斯很親，我很是慶幸，也覺得她應該要滿足於他這個好爸爸才對。要是她能像小時候那樣，對我心懷感激，不吝展現她對我的愛就好了。我知道她愛我，但我希望她能表現出來，這樣我才感受得到，畢竟我們可是血濃於水的母女啊。

但她卻那樣看我、嘲弄我，而且滿腹猜疑，問題接二連三。她以前明明就不會這樣，而且我們在斯德哥爾摩時也處得很好啊，但回到家後，她卻開始緊迫逼人，突然用一大堆問題轟炸我，我雖然已經盡力回答，她卻仍不滿意。她變了，就好像中毒似的，一定是史黛拉的那些謊在她心裡生了根，給了她懷疑我的動機。

我當然也可以一天到晚後悔自己的選擇，但木已成舟，現在再來懊惱也只是浪費時間。漢斯不是伊莎貝兒生父的事，我應該早點告訴她嗎？不，我一點都不這麼認為。

我告訴自己要有耐心，卻仍難以按捺脾氣。這年頭的孩子養尊處優，以為人生本應一帆風順，殊不知自己根本就是被寵壞。他們發表意見時，從來不以自身經驗為根據，只說得出一些廢話，還老是固執己見，假裝心胸寬大、開放，但只要有誰提出不同的看法，他們就會覺得受到羞辱，然後進入批鬥模式，指控對方心懷惡意。現在的小孩啊，總是想把大小事都怪到父母頭上，好像我們犯了什麼罪，應該被審判、判刑。

成熟一點吧，別再無病呻吟了，真正的苦妳根本沒嘗過呢。

我自己的母親是個沒用又惡毒的酒鬼，但我還不是長得很好，也從來沒跑去找治療師哭說她有多過分，更不會當面質疑她的決定，這種離經叛道的行為我壓根兒連想都沒想過。伊莎貝兒怎麼可以讓陌生人擾亂她的心思，以為治療師可以替她解答人生的所有問題？她這麼做根本是莫名其妙。

我雖然惱火，但仍嚥下怒氣。作母親的人就是必須退讓。

我知道我每次對伊莎貝兒的穿著發表意見時，她都覺得我不懂，但我看到她現在跟離家時打扮得這麼不一樣，實在很震驚。而且如果她只是想趕流行的話，那我倒還可以理解——應該吧，可是她同時人也變得氣憤、挑剔又難搞，完全不像原本的她，好像是刻意想改頭換面，變成**另一個人**似的。

我看她不久後就會去刺青、穿洞了吧，但就算她真的做到那樣，我也得盡量壓抑自己，不要跟她吵。我會照常泡茶給她喝，睡覺時替她蓋棉被，相信她不久後就會恢復，找回原本的自己。

她一定會回到我身邊，事情最後也一定會圓滿落幕。她當然會想念斯德哥爾摩，不過我始終相信人要活在當下，所以我一直要她暫時別去想之後的事，先把身體養好再說。

休息。

喝茶。

腳要保暖。

其他的事都會迎刃而解。

我一定會把所有問題全都解決。

到時我們就能像從前那樣，快樂地過日子了。

史黛拉

一把長捲髮掉到地上。

髮絲一根根地掉落。

全部剪完後，我看著鏡子審視成果。

然後穿上亨瑞克替我帶來的衣服。黑色緊身牛仔褲、白色背心和灰色帽T。

廚房傳出陣陣香氣，似乎有義大利麵、大蒜、蝦子、新鮮起司、番茄和各種香料，讓我肚子咕嚕咕嚕地叫。這會兒我終於餓了。

原本正在做事的玻妮拉一看到我便瞬間僵住，瞠目結舌地問：

「史黛拉，妳怎麼會變成這樣？」

「改變一下造型啊。」我邊說邊把蝦子送進嘴裡。

玻妮拉摸摸我的頭髮。

「高中之後，妳頭髮就沒這麼短過了耶，」她說，「妳還記得當年的畢業照嗎？」

「怎麼可能忘得了？」

她笑出聲來，「我實在不知道妳當時是蠢還是大膽，不過這次剪得不錯，看起來很不一樣。」

「我也有種煥然一新的感覺呢。」

飯後，我從包包拿出 MacBook Air 和行事曆，不禁想起自己不久前還每天用那本小冊子來寫筆記，並登記病人預約的時間。當時的我把生活照顧得很好，但現在想起來，總覺得那好像是上輩子的事了。我拿出夾在行事曆裡的死亡恐嚇信，攤開來看。我不知道雨衣男到底是誰，也不曉得他為什麼要我死，但我拒絕再被恐懼挾持。

「別忘了要打給亨瑞克，」玻妮拉說，「我有答應他會跟他聯絡，所以如果妳不打的話，就得由我來打了。」

我把電腦、行事曆和死亡恐嚇信都放回包包，然後打給芮娜，她說亨瑞克已經有跟診所聯絡，所以他們知道我要請病假。這通電話講得很短。

接著我又再打給亨瑞克，才響到第二聲他就接了起來。

「嗨，」我說。

「嗨，」他說。

他身邊很吵，但不一會兒過後，噪音便完全消失，大概是他進辦公室了吧。

「你還好嗎？」我問。

「嗯，就這樣囉，」他回答，「妳呢？」

「我沒事。米羅呢？」

「他一直在問妳的事。」

「你怎麼跟他說？」

「我說妳最近壓力很大，所以去玻妮拉家放鬆一下。」

「我很想他。」

「那現在呢？」

「我要回家。」

他沉默了許久。

「我知道你在想什麼，」我說，「但我已經好多了，而且我想跟米羅談談艾莉絲的事。」

「為什麼？」

「什麼叫為什麼？」

「這樣對他真的好嗎？」

「亨瑞克，米羅也是我兒子，」我說，「艾莉絲是他姊姊，所以他有權利知道真相。」

「妳要跟他說什麼？」

「說我相信她還活著。」

「妳非得這麼說不可嗎？這樣只會增加他的負擔吧？」

「即便如此，我也還是得講，畢竟艾莉絲是這一切的開端啊。」

亨瑞克清清喉嚨，說這事我們不該在電話上討論。他說米羅今晚要去喬納森家，他大概五點半會來接我，這樣我們就可以在米羅到家前先談一談。

我跟他說不用，「我會直接回家。」

「至少先等米羅出門吧。」

「好，」我說，「我會等他出去後再回家。」

我掛上電話。回家前還有一點時間，我得先把情況控制下來。

這次我要主動找出答案。

史黛拉

我開上哈馬比高地郊區的佩德諾斯特路，把車停好，拿著包包下車，望向馬路對側的一間公寓。莉娜・尼米就住在那兒。

那棟三層樓的建築顏色灰暗，屋內垂著百葉窗簾，屋外則有著小小的天線盤和被遺忘的盆栽。狹窄的陽台上架有白色欄杆，但邊緣兩側的那兩根卻不知為何被漆成綠色。其實我光是跑來這裡，就已經很冒險了。

我左顧右盼了一會兒後才過街，這時有個男人正好從公寓出來，於是我趕緊小跑上前，趁門還沒關上時跑了進去，上到二樓。

伯杰・尼米把門打開。

他一看到是我，便瞇起雙眼。

然後大吼道，「妳給我滾，」吼完後就想把門關上，這時他太太愛涅塔也從前廳探出頭來。

「是誰啊？」她問。

我踏入門內，把門推開，毫不理會擋在面前的伯杰，直接走入前廳。他們夫妻倆看起來都嚇壞了。

「莉娜在家嗎？」我問，「我有事要跟她談。」

兩人都沒有回答，只是面面相覷，然後瞪著我看。這時莉娜走出房門，靠在門框上，嘴裡嚼著口香糖，想裝出傲慢的模樣，但其實根本只是個迷惘又愛生氣的孩子。

「嗨，莉娜。」我走進屋內，坐到餐桌旁，示意她父母也坐下。他們雖然很不甘願，但終究還是乖乖照做。

「抱歉突然跑來打擾，」我說，「但有些事我非得弄清楚不可。」

愛涅塔避開我的目光，莉娜一臉不屑地嚼著口香糖，伯杰則把雙手叉在胸前。

我從包包拿出行事曆，抽出死亡恐嚇信，放在莉娜面前。

「這是妳寫的嗎？」我問。

她低頭讀信，再抬起頭時，眼中已不再充滿自信，反而滿溢著恐懼。

「這是什麼？」伯杰把信拿過去看。

「是我的訃聞，」我回答，「幾個禮拜前有人放在我家信箱的。我覺得莉娜最近可能又有跑去我家。」

她抖了一下，一會兒望向伯杰，一會兒又轉頭看愛涅塔。

「我們今年春天就有看到妳出現在我家外面，」我說，「而且不只一次。」

「什麼鬼啊……」伯杰開口，但我舉起一隻手，示意他閉嘴。

「你不用假裝訝異，」我說，「其實我早就說過了，是你們都不肯聽。」

「這次不是我。」莉娜說。

「妳不用擔心我生氣，」我說，「我只是想知道真相而已。」我停頓了一會兒，看著莉娜。她低頭盯著桌子，我則傾身向前，直視她的雙眼。

「我看過部落格，」我繼續說，「也知道妳父母有舉報我，而且還把妳的事告訴了某個女人，結果她竟然跑去報警，說我非法恐嚇、騷擾病人。莉娜，這麼嚴重的事都是妳造成的。」

「那不是我寫的。」她對恐嚇信撇撇頭。

「真的嗎？」

「我從來都不想要妳死啊，真的，我只是想跟妳當家人而已。」

「所以妳才跑去我先生公司，」我說，「而且還跟蹤我們？」

「對。」她小聲地說。

伯杰罵出髒話，愛涅塔倒抽了一口氣。

「妳為什麼想跟我當家人？」

「因為妳體貼又善解人意，總是很開心的模樣，而且妳先生看起來人也很好。」

「妳現在還是覺得我替妳諮商時有不當行為嗎？是我讓妳對我過度依賴嗎？」

莉娜望向窗外，緩緩搖頭。

「我只是惱羞成怒，」她說，「而且又很害怕。我不想讓其他治療師替我治療。」

「最近又有人站在我家外面偷看，最近一次是兩個禮拜以前。伯杰，是你嗎？」我看向他。

他漲紅了臉，怒瞪著我，但什麼話也沒說。

「訃聞是你寫的嗎？我知道你很討厭我，所以不必說謊。」

「不是，」他回答，「我才不會那麼離譜呢。」

愛涅塔沒膽做這種事，所以我壓根兒沒問她。我掃視他們三人，說抱歉打擾，然後就起身走向大門，這時莉娜追到前廳。

「史黛拉，等一下，」她拉著T恤，低頭看向地板，「原諒我。」

「莉娜，我早就原諒妳了，」我說。

「我會撤銷投訴的。我知道錯了，我不該那麼做的，這件事實在讓我覺得自己很糟糕。」

「希望妳之後一切順利，」我盡可能用和善的語氣這麼說。事實上，我也是真的希望她好。

我走出公寓大門，在人行道上站了一會兒。我看得出他們沒有說謊，所以訃聞並不是莉娜跟她父母寫的，而且她父親也沒有穿著雨衣跑來偷窺。換句話說，用雨帽遮臉的男子另有其人。

早上陽光雖暖，但現在天空已被鉛灰色的雲層覆蓋。此刻天色陰暗，雷聲轟然作響，我開過特朗博格橋時，大雨傾盆落下。

我開上車道，把車停在亨瑞克的 Range Rover 旁，下車衝進屋內。亨瑞克背對著我，站在廚房。

「嗨，」我說，「米羅出門了嗎？」

亨瑞克看看手錶。

「嗯，他大概三十五、四十分鐘前出發的。」

「他自己去？」

「對啊，他平常不也都是自己走路去喬納森家嗎？」

「我不是那個意思。只是雨下得這麼大，我有點擔心。」

「我有讓他穿雨衣，還叫他帶了雨傘。」

亨瑞克把碗盤都放進洗碗機後，終於轉過身來。「妳的頭髮怎麼會變成這樣？」他盯著我看。

「你覺得如何？」

「很驚訝。」

我可以理解他為什麼回答得這麼謹慎，畢竟我先前精神崩潰，他當然會想小心一點。我把手機放在前廳的櫃子上，脫下外套。

「妳有好一點嗎？」他說。

「有。」

這時我的電話響起。我拿起手機，看向螢幕。

「未知號碼。」我說完後接了起來。

結果又是陌生人打來，而且又是說米羅出事。

伊莎貝兒

我已經很久沒病成這樣了。明明就已經訂好車票，準備要回我久違的家，在斯德哥爾摩的家，結果卻繼續待了下來。我到底待了多久？我是怎麼一回事啊？

我睡睡醒醒，似乎還短暫地失去意識。媽在我身旁忙進忙出，叫我喝茶，盡對我說些鼓勵的話。

我不想再喝茶了，**甚至連這個家都不想待**，但媽卻依然故我，繼續幫我蓋被子，叫我休息。**妳不要逞強，再逞強也不會好得比較快**。

幾天前，我的意識一度比較清楚，可是後來情況卻再度惡化。今天我有好轉一點，不過身體還是很虛弱；可以起身坐在床緣，但只要坐個一兩分鐘就受不了，**怎麼會這麼離譜呢**。

我好寂寞，但只要一想到斯德哥爾摩還有許多在乎我的朋友在等我，就覺得很窩心。我叫媽打給喬安娜說我生病，會在家休息，但不知道她究竟有沒有照我的話講，至於費德利克大概也很疑惑我為什麼一直無消無息吧。我的手機不見蹤影，不知道放到哪了，也沒力氣去找；媽說我太不小心，說她把整間房子都翻過來找了一遍，都還是沒看到。手機對我來說太重要了，所以我不可能弄丟，但我實在太過疲憊，所以也沒多費唇舌去跟她吵。

我房間的角窗旁有張印花沙發，是爸從二手店替我買來的，但媽一直激動地說醜。從前我經常坐在那兒，看著窗外作白日夢。

我爬到沙發旁，拖著身子癱上沙發，光是這樣，就累得上氣不接下氣，不過我還是希望能在太陽下山前，享受一下日光。

我看見古妮拉站在籬笆的另一側，想跟她打招呼，卻連手都舉不起來。我低頭望向房子前側，想起自己小時候經常在那兒玩耍，但一看到信箱，就覺得好難過。不知怎麼地，兒時的記憶與情緒突然湧現在我心中，許多畫面都浮上心頭，隨即又再消失無蹤。

是因為諮商的關係嗎？還是史黛拉對我造成了什麼影響？或許是我在這恐怖的房子裡待了太多天吧，又或者是我發燒發到昏頭了呢？

童年的點滴就這麼襲上我的心，但我卻怎麼也不想去回憶。

史黛拉

米羅在一起肇事逃逸的車禍中受傷。

他失去意識，被救護車送到阿斯特麗德・林格倫兒童醫院。

我告訴亨瑞克後，重新穿上外套，拿了包包就衝去開車，他也緊追在我身後。我們抵達急診室時，米羅仍在昏迷之中，醫生就只說他太陽穴受傷，可能是跌倒時撞上人行道所致，另外臉部和手腳也都有擦傷，其中又以左腳傷得最嚴重。我們坐在等候室時，亨瑞克臉色慘白，牙咬得好緊。我打了電話給媽和他父母，把事情經過告訴他們，說我們人在醫院，要等候院方進一步通知。**拜託千萬不要是頭骨受損或腦水腫才好啊。**

我翻閱手中的小冊子，抬頭凝視窗外，重新把冊子翻過一遍，起身在走廊上踱步，重新坐下，拿起報紙翻了翻，完全不知道自己看了什麼，然後又站起身來，把牆上的告示一項一項全都讀完。這間醫院需要更多好心人捐血。

捐血一袋，救人一命。

讓我們一起打擊死神。

這標語讓我渾身不自在。當下的我實在很不想看到「死」這個字。

接著我又再按照順序，把剛才做過的事全都重複一遍。同一本冊子、同一份報紙、同一扇窗戶。

亨瑞克始終一動也不動地待在沙發上。我坐到他身邊，把頭靠在他肩上，說米羅一定會熬過來，叫他別擔心。他沒有回答，但握住了我的手。

我們等了好久，好像比一輩子還久，最後醫生才終於出現在走廊上。他走向我們時，亨瑞克把我捏得好緊，緊到我的手好疼。

米羅已經清醒過來，雖然有腦震盪的現象，但並沒有生命危險。醫生宣布我們可以去看他了。

米羅躺在病房中間的那張床上，整個人看起來好小。他面色慘白，臉上到處都是瘀青，頭上纏著繃帶，手臂也是青一塊紫一塊，左腳雖藏在醫院的黃色毯子底下，但仍可以看出腫得很厲害。

「媽。」他用微弱的聲音叫我。我摸摸他的臉頰，吻了他額頭。

亨瑞克用氣聲說他愛他。

「會痛嗎？」我問。

「全身都好痛。」

我請了一個叫愛倫的護士進來。她帶著開朗的笑容自我介紹，跟米羅聊天，解釋說她要怎麼處理，並讓米羅吃了止痛藥。

她說米羅的腳必須開刀，但他需要睡眠，所以手術不會今晚就進行。她叮嚀我們也要多休息後，便離開了病房。

「怎麼會有人撞到小孩後，還肇事逃逸呢？」亨瑞克低聲說，「實在太離譜了，米羅很可能會沒命。」對於他的問題，我完全沒有答案。

時間從傍晚來到深夜。米羅已睡得很熟，亨瑞克則閉著雙眼，靠在椅背上。

「你睡著了嗎？」我問。

「沒有，」他伸展了一下，定睛看著我，「根本睡不著。」

「要不要跟我出去走走，說不定可以買到咖啡。」

我們跟著在走廊上遇到的一個護士去到廚房，我拿了兩個杯子，放到機器底下，按下按鈕。咖啡呼嚕呼嚕地流完後，我把杯子遞給亨瑞克，又拿了自己的那杯，走向牆邊的沙發，坐到他身旁。

「妳一定很氣我吧，我完全可以理解。」他沉默了一會兒後這麼說。

「你怎麼會覺得我生氣呢？」

「因為我丟下米羅一個人，」他回答，「讓他自己走路，結果害他被車撞，還傷成那樣。」

「其實我幾個禮拜前就覺得可以讓他自己走路去了，而且他最近不都自己去嗎？」

「我上次看到妳的時候，妳的情況糟到極點，現在怎麼突然好了？」他問。

我把腳伸上沙發，壓在屁股下，喝了口咖啡，思考該如何回答。

「我不想再害怕了，」我說。

「所以我們就要假裝什麼事都沒發生，然後繼續過日子？」

「我不是那個意思。」

「那就好，因為我想把珍妮的事講清楚。妳怎麼會覺得我有跟她上床呢？」

我一抬頭，發現他用一種質詢式的眼神看著我。

「我知道你沒有，」我說，「我錯了。」

「我還以為妳很信任我。」

「我是信任你沒錯，」我握住他的手，「但我當時狀況真的很糟，所以才會那麼害怕、焦慮。」

「妳為什麼老是這麼誇張啊？」

「那天下午你離開後，我就陷入谷底，恐慌症發作，覺得自己永遠不可能查出艾莉絲究竟發生了什麼事，而且又想起我之前對米羅很惡劣，所以才很怕你們倆都離我而去。」

亨瑞克揉揉眼睛，「但為什麼是珍妮？」

「因為她老是傳簡訊、打電話給你啊。」

「她是我員工啊，妳應該知道吧？」

「我不曉得，而且她年輕又漂亮，還對你很有興趣，我當然會擔心啊。」

「妳不要講這種話好不好。」

「再說，你還把要傳給她的簡訊誤傳給我欸。」

亨瑞克皺起眉，好像完全不記得這件事似的，「有嗎？」

「那天晚上我有在 Instagram 看到你們倆的照片。」

「什麼照片？」

「還有，你就連睡我旁邊都不願意。」

「我是不想把妳吵醒啊！」

這時，兩個助理護士經過，看了我跟亨瑞克一眼，讓我們頓時沉默下來。兩人走掉後，我聳聳肩。

「這些都不重要啦，反正我已經不想再當膽小鬼了。我實在不知道整件事怎麼會扭曲成這樣。」

我把馬克杯放在桌上，湊到他身邊，他也伸手把我往他那邊摟。

「我很想妳，」他說。「那現在呢，要怎麼辦？」

「你說伊莎貝兒的事嗎？」

「對。」

「沒怎麼辦。」

「沒怎麼辦？」

「這事我真的也沒辦法了。」

我把他推開，好正眼看著他，但他的手仍摟在我肩上。

「她再也不想見到我了。」

我們回到病房時，米羅睡得正沉，呼吸聲又深又規律。我們就站在黑暗中，定定地看著他。

史黛拉

米羅的聲音叫醒了我。前一晚我以很不舒服的姿勢蜷縮在折疊床上，現在下背好痛。我坐起身來，看見亨瑞克坐在病床邊的扶手椅上睡。

「媽？」米羅的聲音很虛弱，「我好痛。」

我坐到床緣，在他身邊跟他說話。

「媽在這。」

「媽，我好想妳。」

「我也好想你啊，寶貝。」

我彎腰親他額頭，聞他的氣息，「之前的事我真的很對不起，你可以原諒我嗎？」

米羅抱著我抽噎。

「妳的頭髮變短了，」他觀察著我說。

「你的拖把頭是不是也該剪一下啦？」我摸摸他那撮從繃帶底下戳出來的頭髮。

亨瑞克站起身來，伸了伸懶腰。他的下巴和雙頰滿是鬍渣，雙眼也很疲憊。我輕撫他的臉，他也把頭靠在我手上。

不久後，一個我們沒看過的護士走了進來，說米羅早上要開刀。

「不好意思，你今天沒辦法吃早餐囉，」她說。

「沒關係，」米羅說，「反正我也不餓。」

這時亨瑞克提起米羅小時候很愛玩的超級英雄遊戲。如果可以的話，你會希望自己有怎樣的超能力呢？動手術的時候，應該要選哪一種超能力比較好？你比較想要完全不覺得痛？還是超強的復原力？又或者是讓時間過快一點的法力呢？

「我只想回到過去，阻止這一切發生，」米羅說，「這樣我就不會被車撞了。」

米羅說當時雨下得很大，天色又黑，所以視線很不清楚。他聽見身後傳來車聲，於是轉身看了一下。車子先是放慢速度，接著卻突然加速往前衝，直接往他身上撞。

「開車的人應該有看到我才對啊，我那天是帶妳的紅雨傘，有反光條紋的那把耶。」

他接下來說的話，我一個字都沒聽進去。

米羅撐著我的紅雨傘，結果就在天色昏暗、大雨滂沱的情況下，被車子狠狠輾過。肇事的人以為他是我。

史黛拉・伍德斯川突然離開了人世，沒有人會想念她，也沒有人會為她哀悼。

看來寫死亡恐嚇信的人並不止是出言恫嚇。

他到底是誰？

史黛拉

我看著醫護人員替米羅打好麻醉，然後才離開手術室去找亨瑞克。

現在我們也只能等了。

我的寶貝米羅啊，他手裡拿著我的傘，孤伶伶地癱倒在路上的畫面一直在我心中浮現。駕駛先是放慢速度，接著卻把油門踩到底，直往他身上撞，而後還肇事逃逸，讓失去意識的他就那樣血淋淋地倒在雨中。

此刻，米羅正躺在漆成淺黃色的病房裡，周圍全是廉價的畫作和花窗簾。他血色全失，全身瘀青滿佈，儘管害怕，卻表現得很勇敢。

開車的人顯然是想殺我，但最後卻是我的孩子替我受罪。

看來對方是非要我的命不可。

我開始細數自己過去這幾年來治療過的男性病患，但怎麼想，都不覺得哪個人有嫌疑，畢竟一直以來，我都過得很安全啊。

「應該是我要被撞才對。」

亨瑞克看著我。

「妳這是什麼意思？」

「他當時拿著我的傘。那把紅傘就算在幾公里遠的地方都看得到。」

我從亨瑞克的肢體語言能看出他不想再聽。

我打開包包，拿出死亡威脅信，「你還記得這個嗎？」

亨瑞克看著那張畫有十字架的訃聞，沒有說話。

「寫信來威脅我的人一定是看米羅拿著我的紅傘，所以才會去撞他，害得他現在必須動手術。上次不也有人打電話來騙我說米羅出事嗎？而且之前還有一個用帽子把臉遮住的雨衣男在監視我。」

亨瑞克把訃聞還給我，在我身旁坐下，謹慎地端詳著我。

「之前妳恐慌症有發作，對吧？妳是不是又開始想像一些沒發生的事了？」

我迎上他的目光，「真的有人打了兩通電話給我，說米羅出事，我也真的有看到一個男的**站在**我們家外面，同樣也是兩次。這些事和電話裡的聲音都不是我想像出來的。」

亨瑞克低頭盯著地板，「史黛拉，我對妳的狀況還是有點不太確定。」

「那這你總承認了吧？」我舉起恐嚇信。

「說不定是莉娜寫的啊，也有可能是她父母。或許就是他們其中的哪個人打給妳說米羅出事也說不定。」

「不是，我已經跟莉娜和她父母都談過了，不是他們在搞鬼。」

「妳跟他們談過？什麼時候？」

「昨天，因為我覺得我一定得把事情弄清楚才行。」

「但妳現在正在接受調查，怎麼可以跟莉娜還有她家人接觸呢？」

「他們會撤銷控訴。」

「真的嗎？那真是太好了，」亨瑞克看起來很訝異。「所以到底會是誰呢？是誰恨妳恨到這種地步？」

他指向手術室。

「我也不知道，但艾莉絲出現後，我馬上就收到這封信，」我說，「所以對方一**定**知道她當年為什麼失蹤，而且還刻意想製造出我精神錯亂的假象。」

亨瑞克笑了出來，但那短促的笑聲中完全沒有喜悅。看來他還沒跟上我的思路。

「只要讓大家都覺得我產生幻覺，就沒有人會相信我，」我繼續說，「所以對方才會故意打給我，叫我不用去接米羅，還騙我說他失蹤，害我跑去學校找人。」

「史黛拉，這未免也太牽強了吧。」

「而且對方還跑去報警，因為這麼一來，我就再也無法跟艾莉絲見面，但你想想看，我的罪名到底是什麼？我做錯了什麼？」

亨瑞克靠到椅背上，把雙手插進牛仔褲口袋。

「我完全沒有動伊莎貝兒一根寒毛，」我說，「諮商時也沒有對她做出任何暴力或威脅性舉動。我根本就沒有傷害她啊，你不覺得很奇怪嗎？」

「但妳一心認為伊莎貝兒是妳女兒，她母親會擔心也是很正常的吧。」

「可是伊莎貝兒從來都不怕我啊，只有我最後一次去找她時，她才顯得很害怕，而且我把真相告訴她時，她好像早就知道我會說她是我女兒似的，怎麼會這樣？她為什麼會知道我要說什麼？是誰先跟她說了故事的其他版本？」

「妳這是什麼意思？」

「站在我們家外面的不是男人。」

「不是？」

「這麼說來，一定是那個人，」我說。

「誰？」

「你已經見過她了。」

伊莎貝兒

媽猛力把門打開，走進房間，發現我在沙發上。我一定是無意間睡著，而且還睡了很久。我看向窗外，太陽又出來了，看來我一定是睡了整夜。

媽問我為什麼沒有躺著，然後便拉上窗簾。她的聲音冰冷無情，態度也很惡劣。

我說我想曬曬太陽。

她說生病的人不需要太陽，而是要好好休息，躺在黑暗中靜養，不能照到光線。

說完後，她就把頭一歪，對我露出微笑。**這下她可又換上慈祥的面具了**。媽說她會照顧我，叫我要喝雞湯，還說我很快就會康復，但必須躺在床上靜養才行。

我任由她摸我臉頰，也乖乖地喝湯，可是喝了一點就覺得又臭、味道又糟，但媽還是逼我把整碗喝光。

妳要是不吃東西的話，怎麼會好呢？

她看起來很開心，甚至還說等我病好了之後，我們可以去渡假。她幫我把棉被蓋好，但我覺得肚子好痛，不禁抽噎了起來。

媽摸摸我的頭髮，叫我安靜，然後把濕毛巾敷在我的額頭上。她說我很快就會康復，到時我們就能過著像從前一樣的生活了。**媽跟妳保證**。

我全身冒汗，又是一陣噁心。

我從來沒有把架子上的玻璃盆看得這麼清楚過。就算直接站到旁邊細看，也不可能看得如此細微。此刻，我可以看見那圓形容器的每一種樣貌，光芒照射的各種角度，不規則的所有線條，還有一些微小的空氣泡泡；天花板上的燈彷彿開始迴旋，然後砰然碎裂，一道道炫目的光隨之射出；桌上的那隻瓷製橙鳥也在空中盤旋，飛到我面前，漠然地用毫無生命的眼神盯著我看。我覺得天花板好像突然跟皮膚一樣有了彈性，一會兒下垂，一會兒又凹陷成倒U字型，牆壁也向內又向外地滑動，地板則成了大海，整個房間海浪陣陣。爸的聲音出現在我耳際。他說他在樓下的花園等我，問我要不要幫他洗車。

接著我又聽見風把樹木吹響，演奏出一首歌。

來了。從我麻痹的心中竄出來了。

來了，在我還沒能浮出水面時，就從我的夢裡湧現出來了。

從前的回憶都襲來了。

小時候，我一直覺得鐵門邊的那個信箱有股魔力。

除了我們家以外，誰家都沒有那種房子造型的信箱。亮黃色的箱體襯著像薑餅邊緣的半圓形花邊，門廊和塔樓也做得很齊全，甚至還有一路向屋頂延伸的瓷製花飾呢。我以前經常盯著一直看，假裝信箱就是我的家。**只要住在裡頭，應該就能永遠幸福快樂吧**。

有一次我騎腳踏車時，不小心撞上信箱。當時我還不太會煞車，又騎得太快，於是就迎面撞了上去，信箱隨之落地，結果就摔壞了。

我腰側很痛，雙腳的膝蓋也都磨破了皮，又因為撞壞媽的東西而覺得很羞愧，所以大哭失聲。

爸抱著我，說那不是什麼嚴重的事，還跟媽保證說他下班回家後一定會修好。但他離開後，媽卻把我拖到椅子旁，叫我面壁坐下，我坐了不知多久，也不斷哭著求她原諒，但她卻只在我身旁走來走去，對我聲嘶尖吼，說我多沒用，多讓她傷心，還說她為我付出了一切，我卻完全不知感激。當我回答我不是故意的，她卻直接賞了我一巴掌，然後甩頭就走，同時命令我待在原地不准動。

等到我坐到腿跟屁股都麻掉後，她才終於再次出現，沒說她去了哪裡，我也不曉得自己坐了多久。她把我從椅子上拉起來，說她是我母親，所以我必須愛她、尊重她，只要我乖乖照做，就不會有事。她說尊重就是愛人的表現，反過來說，我們只要對一個人有愛，就會給予對方尊重，所以愛與尊重其實是一體兩面。

接著她便開始大驚小怪地說我傷得多重，把酒精直接倒在我的傷口上，讓我覺得身體好像在燒，又哭得更厲害，但這會兒她卻開始安慰我了。她叫我安靜，說不消毒不行，然後替我擦乾眼淚，緊緊地抱住我，緊到甚至**有點痛**。傷口處理完之後，我們一起替爸烤了蛋糕，照常迎接他回家，一切和樂融融，就好像什麼事都沒發生過。

以前我跟媽經常一起在花園種植物，關於植物耐寒分區的知識就是她教給我的。我們家的花園整齊又漂亮，我最喜歡去當媽的小幫手，看她開心的模樣。某天我想送她一束花，所以就從花床剪了幾朵鬱金香，只留下莖部，結果在那之後，她就再也不准我幫忙了。

我每次受傷或生病時，她都會搖身成為慈母，念故事給我聽，幫我整理頭髮，安慰我，替我包紮傷口，可是我只要說錯一句話，做錯一個表情，或問錯一個問題，她的另一面又會馬上出現。我在她身邊時，從來都無法放鬆，所以老是提心吊膽，說話時總要字斟句酌，免得壞了她的心情。

地下室的樓梯。地下室那又陡又暗的樓梯朝我的方向上升、旋轉，還狠狠地摔在我身上，讓我的頭和手腳都被堅硬的梯緣打得好痛。我倒在地下室的地上，一抬頭只能看見門口有個暗黑色的身影，我一時間認不出是誰，於是開口問道：**你是誰？為什麼要推我？**

天花板上的燈亮了起來，方才的黑影瞬間消散，原來站在那兒的是媽啊。她一臉吃驚地用雙手摀住嘴巴，大聲尖叫，然後衝下樓梯，把我抱進懷裡。

她一再地安慰我，說我一定是因為四周太暗才會跌倒。**伊莎貝兒啊，妳得小心點，哎，小寶貝，妳怎麼會摔成這樣呢？**

爸知道她那樣對我嗎？應該不知道吧，不過我也不確定，或許他只知道一些，或許他是假裝沒看見，畢竟他這個人最討厭跟別人發生衝突了。但話說回來，有幾次她在爸面前失控，爸都有保護我，所以她後來都會挑在**我們獨處時**對我發難，而我也從未告訴任何人，因為我覺得惹她生氣是我自己的錯，要是說出來的話，說不定連爸也會站到她那邊去。

現在我終於知道我為什麼那麼恨她，恨到希望她死了。從小到大，我無數次幻想自己在她死後，到她的墳上吐口水。我對她雖然憤恨，但其實心底始終藏著一份恐懼，正因如此，我才一直不敢回憶童年往事。那些記憶讓我心驚膽戰。

媽很善於跟我和好，而且她對我好的時候，也真的會好到我希望那樣的快樂時光無止盡地延續下去，希望她永遠都那麼慈祥，但我仍會踩到她的地雷。她的真面目我也比誰都清楚，只是我不想面對罷了。事實上，她是我這輩子最大的恐懼。

她聲稱她愛我，但我們之間的愛完全得照她的規矩來。媽要我用她愛我的方式去愛她，但無論我怎麼做，她都還是嫌我做得不夠，所以我實在不知該如何是好。

我知道她很忌妒我跟爸感情好，不過事實上，她也很需要爸的陪伴。以前我都不知道爸的角色竟是如此重要。

爸死後，媽那恐怖的神情又回來了。我之前就曾看過無數次，也已經習慣。

但現在，她的表情又變得更加瘋狂。

她殘酷的那一面從未真正消失。

真不知道她眼裡的自己，是什麼樣的面貌。

而我在她眼裡，又是怎樣的人呢？

現在，我才發覺我怕的不是回憶，而是她這個人。

史黛拉

亨瑞克把手叉在胸前，等我解釋。我緩緩起身，走到窗邊，又再轉身往回走。

「就是跟你說我覺得伊莎貝兒是艾莉絲的那個人，」我說，「她想讓大家懷疑我的精神狀態，製造我心裡有病、精神錯亂，需要別人照顧的假象。」

亨瑞克皺起眉頭，一臉懷疑地看著我。

其實我自己也覺得很不可思議。她怎麼會知道？難道這麼多年來，她都一直在監視我嗎？

從頭到尾都是她在搞鬼。我第一次跑去她在巴卡加德的家時，其實就已經被她給看見。當時看到我的，根本就不只鄰居而已。

而且她已經發現我知道伊莎貝兒是我女兒了。

她怕事跡敗露，為了阻止我，竟然連我的命都不肯放過。

亨瑞克開口了，「來找我的那個女人個性很好，很隨和，她只是擔心她女兒罷了，絕對不是妳說的那種心理變態。」

從昨天到現在，亨瑞克一直對我的心理狀態存疑，而且專心照顧米羅才是當務之急，所以我默默把訃聞收回包包，我知道當下不是談論這封信的好時機。

「我要去買咖啡，」我說，「你要嗎？」

亨瑞克沒說話，只是搖了搖頭。

我搭電梯下樓，看見大廳也貼滿告示。**馬上加入捐血行列**。我買了咖啡，又再搭電梯上樓，出來後在走廊上的全景窗前站了一會兒。

此刻的天空，顏色就像石板般灰暗，醫院對面的墓園覆滿落葉，一旁的E四號公路上塞滿了要出城的車。今天是個平凡無奇的星期三，車上的人各有目的地，大家都一如往常地過著自己的生活。團體諮商很快就要在大廳開始了。艾莉絲今天會去嗎？不知道是哪個同事代替我主持？不過是誰都不重要，其實，這一切都不再重要了。

手術進行得很順利，米羅也已轉入普通病房。他左膝以下都包著石膏，頭上的繃帶雖已拆掉，但太陽穴仍貼著紗布，臉色也依舊蒼白，還沒醒來。

米羅清醒後，院方把他推回淡黃色病房，大家陪他聊天、玩牌，他也跟我介紹了一款手機遊戲。他臉上那些瘀青的顏色深了一些，巡房的醫生說接下來這兩天會變得更明顯。

「到時候你會變得很酷哦。」亨瑞克這麼說，把米羅給逗笑。

晚些時候，米羅的爺爺奶奶來訪。瑪格麗特給了我一個熱情的擁抱，而我也回抱住她，久久不放。

「妳精神似乎好多了，」她說，「對了，新髮型很好看哦。」

「我們也該吃點東西了，」亨瑞克說，「米羅，你應該餓壞了吧？」

「我要吃超級大麥克，外加一個起司漢堡。」

亨瑞克笑了。

「好，我會去附近看看有沒有賣。」他說完後又轉向我。

「我不餓，」我說，「喝咖啡就行了。」

「妳總得吃點東西的，」亨瑞克說，「不然妳體內的咖啡都要比血多了。」

我盯著他，「你說什麼？」

「啊？」

「你剛才說什麼，再講一次。」

亨瑞克露出狐疑的神情，「我說妳得吃點東西。妳都已經──」

「不不不，不是這個。你剛才說咖啡怎樣？」

「我說妳體內的咖啡──」

「都要比血多了。」

他這話雖傻，卻讓我想起一件顯而易見的事。我怎麼沒早點想到呢？

捐血一袋，救人一命。

讓我們一起打擊死神。

伊莎貝兒

尖銳刺耳的鈴聲劃破霧氣，**不絕於耳**，好一陣子後才終於平息，接著卻又一再響起，重複不停，就算我摀住耳朵也沒用。家裡那支舊電話的聲音實在是太可怕了，媽為什麼一直不接呢？

我坐到床緣，一陣吐意襲來，但我硬是忍住，奮力起身，倚著牆壁，拖步走出房間。

二樓門廳桌上的電話一直發出可怕的鈴響，我想趕快去接，身體卻不聽使喚。

等我走到桌邊時，對方已經掛斷。我癱坐在地上，背靠著牆，完全無力再走回房間。

這時電話再度響起，我伸手拿起話筒，放到耳邊，但卻覺得好重，重到幾乎握不住。

話筒另一端的女人一直叫我的名字，重複了好幾次。我好像認得她的聲音，但不是很確定。

我全身無力，只擠得出一句，「喂？」

她急切地叫我專心聽，又問我是什麼血型。

「為什麼要問這個？」我問。

妳有在捐血，對吧？她仔細地跟我解釋血型的原理，但我當下完全聽不懂。

女人所說的每一個字都從話筒中飛進我耳裡，沉入我的胸口和腹部，在我體內飛旋、打轉。

我又開始想吐了。

「慢一點，」我說，「妳，講慢一點。」

她慢下語速，重新解釋了一遍。現在我知道她是誰了。

「史黛拉，」我說。

我爬到樓梯旁，轉了個身，雙腳先踩到階梯上，然後再以腹部為支點，開始像小時候那樣向下滑。我知道自己不該這樣，要是被媽看到，她一定會氣得發瘋。雖然她現在不在家，**但誰知道她什麼時候會回來**。

我每爬一步就把頭靠在階梯上休息一次，吸氣、吐氣，抹去眼睛周圍的汗水，然後再爬，再繼續爬。

終於爬到一樓後，我卻覺得牆壁好像一直往我的方向壓，於是趕緊閉上雙眼，再睜眼時，那面牆才終於縮了回去。我再度感到噁心想吐，手腳都完全不聽使喚。

但我仍奮力爬到牆邊，坐起身來，一路往前廳的方向移動。我放在外套裡的錢包內有一張紙，紙上寫著我在學校外那台捐血車測得的血壓、檢測值和血型。我這個人很喜歡抄筆記，捐血的資料我當然也有寫下來，而現在，我必須去從錢包裡拿出那張字跡潦草的紙條才行。

太難了，我的身體好重、好無力，這一切也讓我覺得好複雜。

但我既然已經答應史黛拉，就不能輕言放棄。

我移動到衣帽架旁，抓住外套，把手探進內袋，拿出錢包，但雙手抖得太厲害，一個沒拿穩，錢包便掉到地上，我也只好雙腳跪地，開始翻找裡頭的那張紙。

紙上的數字和字母在我眼前飛旋。我瞇起雙眼，屏住氣息，逼自己聚焦。

血壓：110/60　血色素：129　血型：A型，Rh陰性。

我拿到紙條後，加速爬過前廳，告訴自己一定要趕快，絕不能被媽發現。**廚房裡的圖書室**。在這棟房子裡，我最討厭的就是那個地方了。那兒的褐色牆壁、破損不堪的V字形花紋地板、小窗前的灰色窗簾，還有靜靜藏匿的祕密都讓我覺得厭煩。

我拿出書架上的鑰匙，握在手上盯著看。我從沒偷翻過她的東西，從來沒有。如果被她發現，她絕不會放過我。

我冒汗的雙手沒能抓穩，讓鑰匙落到地上，又滑到桌子底下。我雙腳跪下，肚子貼地，把手伸到桌底，用手指又摸又找。地毯好臭，我吸進許多灰塵，最後，我的食指終於碰到鑰匙。我用手掌壓住，用力把手握成拳頭，緊緊地把鑰匙包在裡頭。

我覺得自己動作遲緩、步履維艱，四周的一切都變得好慢，彷彿我在深水中移動。我用雙手握緊鑰匙，告訴自己要呼吸、再呼吸，手也要握牢、再握牢，卻還是讓鑰匙刮到書桌下的櫃子，發出尖銳的摩擦聲。我瞪大雙眼，然後瞇眼瞄準鎖孔，再雙眼圓睜地把鑰匙往內插，可是鑰匙卻再度發出刮擦聲，還滑出我的手。

要是媽現在回到家，走進圖書室，看到我在做什麼的話……

我用上衣擦掉眼睛四周的汗水，吞下酸臭的嗝，再次用雙手握緊鑰匙，對準鎖孔插入，一個轉動便打開了櫃子，看見那本資料躺在裡頭。我拿出來後，放在地上，喘得上氣不接下氣，但我還是做到了。我要好好讀一讀，找出史黛拉想知道的資料，然後趕快放回去，並在媽回到家前趕快溜回床上躺好。

第一張是出生證明。

性別：女。出生時間：一九九三年八月二十九日晚上六點五十二分。

體重約兩千八百克，身長約四十八公分。

我繼續往下讀，最後終於看到史黛拉叫我找的東西。對，她說得沒錯。

媽是O型RhD陰性，嬰兒則是B型RhD陽性。

根本就沒有什麼Rh免疫作用或敗血症。

嬰兒明明就是B型Rh陽性啊。

但捐血中心說我是A型Rh陰性。

媽生產時之所以陷入危機，根本就不是因為胎兒的血跟母親的血混合。她說謊。

我把資料翻過來，發現背面有個塑膠袋。

裡頭放了些照片，第一張的背面就寫著**克絲汀和伊莎貝兒，一九九四年二月攝於哥本哈根**。她不是說沒有我小時候的照片嗎？為什麼連這也要說謊？

我把相片翻回正面。年輕的克絲汀微笑地看著鏡頭，手裡抱著一個女嬰，應該才幾個月大吧。她有著一整頭金色捲髮。

接著，我又找到一張在相同場合拍的相片，但這次是克絲汀的特寫。她看起來很開心，手裡一樣抱著金髮女嬰。

我仔細端詳那個嬰兒，發現她臉上雖然帶著微笑，卻沒有酒窩，而且右耳也長得跟我不一樣。她是誰？她才是真正的伊莎貝兒嗎？如果是這樣的話，那我又是誰？

我用力闔上資料夾，想放回去，但櫃子裡卻好像卡了什麼，我先把資料夾暫時放在地上，裡頭的照片卻散落一地。我往櫃子內一看，發現竟然是我的手機。媽把我的手機鎖在她書桌底下的櫃子裡，還說謊騙我。

我一定要趕快康復，逃離這裡。這時大門驟然被打開，有人在叫我的名字。

我耳裡傳來一陣腳步聲，接著是一聲長嘆，最後，我聽見自己的心砰砰地跳得好快。

我扭頭一看。

是媽站在門口。她看向我，看向桌子，又看向地上的資料夾和散落的相片。

她走上前，彎腰靠向我。

我閉緊雙眼，舉起雙手護著頭，只希望不要傷得太重。

史黛拉

她始終沒有回撥。

我等她電話已經等了好幾個小時。

她一定是出了什麼事。

亨瑞克和米羅都睡著了，但我覺得床鋪太硬，一直無法入睡。我翻身拿起手機來看，凌晨兩點十六分。

艾莉絲應該不會這麼晚打來才對。

她說她要去確認一下資料，但聲音聽起來昏昏欲睡，好像被下藥似的。我叫她馬上離開，但不知道她有沒有聽懂，不過她有保證會打回來給我。

克絲汀已經證明過她有多大能耐了。

她要是發現艾莉絲有跟我通過電話，不曉得會做出什麼事來。

我實在很想直接開車去博倫厄，但米羅需要我，所以我也只好按捺著性子，而且艾莉絲說她是自願回家的，我相信的確沒人逼她。我一直告訴自己，只要克絲汀不知道艾莉絲已經發現真相，她就不會有危險。至少暫時不會。

我又再看了一次手機，兩點四十八分，還是無消無息。我翻過身，閉上了眼。

亨瑞克抓住我的肩，把我搖醒。已經換好衣服的他蹲在我身邊。

「我有事要跟妳說，」他說，「我們去廚房講。」

他沒有等我便先行離開。我套上長褲、上衣和他的毛衣，跟了上去，走進廚房時，他已替我倒好一杯咖啡。

「警方現在正要過來，他們希望米羅能把案發當時的狀況仔細地跟他們說。妳會反對嗎？」

「如果他願意的話，我不反對啊。」我說。

「醫生已經批准了。」亨瑞克說。

「好啊，不如就趕快把這件事解決吧。」

亨瑞克把馬克杯靠在嘴上，雙眼看著我，「妳要跟他們談嗎？」

「談什麼？」

「妳會跟他們說這是蓄意殺人事件嗎？」

「難道不是嗎？」我說，「他被車子輾過，還奄奄一息地倒在路邊，我們怎麼可以姑息肇事的人呢？」

「我不是那個意思，你應該知道吧。」

「我昨天有打給她。」

亨瑞克盯著我，「妳在說什麼？」

「你說我體內的咖啡大概比血還多後，」我說，「我才突然想到伊莎貝兒的血型一定不對，所以非得打給她不可。」

我看得出亨瑞克的惱怒，但仍繼續往下講，「結果你知道她人在哪裡嗎?在博倫厄，在克絲汀家。」

「她在哪我根本不在乎。」

我放下馬克杯，「你別說傻話了。克絲汀都想殺米羅了，她為了不讓大家發現她偷了我女兒，什麼事都做得出來。」

亨瑞克用力把杯子摔到桌上，砸出好大的聲響。

「說傻話的人是妳才對。史黛拉，妳女兒二十多年前就已經死了，活著的只有妳兒子米羅，而且他現在就在這裡，他需要妳。」

「我就在這裡陪他啊，」我說，「不是嗎，亨瑞克。」

「妳非得弄到情況變得更嚴重才肯停手嗎？妳到底要做到什麼地步？就算必須犧牲一切，妳也不肯放棄是嗎？難道妳想棄**我跟米羅**於不顧嗎？」

「你現在是跟我下最後通牒，要我在兒子跟女兒之間選一個嗎？你要這樣逼我是嗎？」

他一語不發地搖搖頭，看著地上。

我沒有理他，只是逕自走入走廊上的廁所，握緊拳頭，用盡全身的力氣往牆上搥，然後坐到馬桶蓋上，雙手抱頭，讓自己慢慢冷靜下來。

男人真的是一種很奇怪的生物，他們一旦犯起傻來，真的是有理也說不清。亨瑞克現在就是這樣，又笨又固執，實在氣得我快要爆發。

我拿起手機，這才發現有人傳簡訊給我。我把螢幕解鎖，看見綠色的訊息圖示上有個小紅點，按了下去，但對方的號碼我並不認得。我第一次讀訊息時還有點困惑，再看一次後才恍然大悟——傳簡訊的人一定是克絲汀。

克絲汀

我可憐的小寶貝啊，妳病得好嚴重，但別擔心，媽會照顧妳。

妳很快就會康復了，等到毒素從妳體內排出，等到惡靈從妳心中退散，妳就不會再覺得噁心、想吐，就不必再受折磨了。這過程可能需要一點時間，但我會幫妳，我絕對不會拋棄妳。

電話響起，一再地響個不停，讓伊莎貝兒很是擔心。她已經幾乎失去意識，卻還是因為電話聲而翻來覆去。我拿起話筒，說我是克絲汀，問對方是哪位。

話筒裡傳來一個低沉沙啞的男聲，「我是斯德哥爾摩警局的麥斯・海丁。」

我根本就懶得聽他要說什麼，但還是忍住不耐，沒有直接掛斷。畢竟克絲汀・卡爾森平常就最識時務，最擅長忍耐了，不是嗎？

「哦，你好，」我說，「請問有什麼事嗎？」

「我有幾個關於妳女兒伊莎貝兒・卡爾森的問題想問妳，」麥斯・海丁說。

他說的每個字我都聽得很清楚，但心裡卻覺得不解。他打給我是想幹什麼？

「喂？」他說。

「還在嗎？」

「問題？什麼問題？」我說。

「妳最近有見到她嗎？」

這傢伙在暗示什麼？他想幹麻？關於史黛拉・伍德斯川的事，我已經把我知道的都告訴他了啊。

「我有沒有見到伊莎貝兒？」我說，「你這什麼問題啊？我當然有見到她啊，我才剛從斯德哥爾摩回來呢。」

「有人跟我們通報妳女兒失蹤，」麥斯・海丁說，「她朋友喬安娜最後一次見到她是上星期五早上，後來她就跟妳回達拉納了。喬安娜說伊莎貝兒原本四天前，也就是星期天，就要回斯德哥爾摩，但卻一直沒出現，而且音訊全無。她說她有試著跟妳聯絡，但也找不到人。」

「通報失蹤？」我脫口而出。

「妳之前就有通報她被威脅、騷擾，所以我們是很嚴肅地看待她的失蹤案件，不過首先，我們必須確定她沒有跟妳在一起。」

「沒有，」我說，「你們誤會了，伊莎貝兒沒有在這，她只是陪我去斯德哥爾摩的火車站搭車而已，喬安娜怎麼會說她跟我回家呢？」

「真的嗎？所以妳最後一次跟她聯絡是什麼時候？」

「就是在中央車站跟她道別的時候啊，我不是說了嗎，她陪我去車站呀。她該不會出了什麼事吧？」

麥斯・海丁沉默了一下，「目前還無法確定。」

「我就知道，一定是史黛拉・伍德斯川那個臭女人在搞鬼，要是伊莎貝兒出了什麼事，要是我女兒……」

「妳先別急，我又沒有說她出事。」

「在我離開前，她有去過瓦靈比，而且是直接跑到我女兒的住處樓下欸，我在窗邊看得一清二楚。那瘋女人一把抓住我女兒，害她嚇得要命，幸好後來有掙脫逃走，但她回到家時，心情完全無法平復，哭到整個人都在顫抖。」

「妳為什麼沒跟我們通報呢？」

「我都已經通報過幾次啦，結果你們也沒採取行動，再通報又有什麼意義嗎？我早就跟你們說過她是危險人物了，她一心以為伊莎貝兒是她孩子，想把我女兒從我身邊搶走欸。」

「所以說上禮拜五後，妳就再也沒有伊莎貝兒的消息了，是嗎？」

「對。」

「妳完全沒打給她嗎？」麥斯・海丁的語氣中有股評判意味。真是無禮。

「我很少打給她的，因為她不喜歡接我電話。她在斯德哥爾摩有自己的生活，所以我都盡量尊重，而且我想說她可能跟男朋友在一起，不想打擾他們。」

說到這裡，我已開始對著話筒抽噎。沒錯，我是個擔心到止不住眼淚的母親。

「但妳通報的那個女人都再次跑去騷擾妳女兒了，妳還是覺得最好不要打給她嗎？」

「我不太了解你為什麼要用這種指控式的語氣跟我說話，我有做錯什麼嗎？為什麼我總覺得我怎麼做都不對！」

「克絲汀，我沒有要指控妳什麼，」麥斯・海丁說。「她男朋友叫什麼名字？」

「費德利克，費德利克・拉爾森，好像是伊莎貝兒的同班同學。」

他沉默了一下，又說我說如果有什麼發現的話，一定要通報警方，也說他們會馬上偵訊史黛拉・伍德斯川。為什麼會拖到現在？你們不是早應該逮捕她才對嗎？

「我們是很認真地看待這個案件，也已經優先處理，」麥斯・海丁再次向我保證，「但警方不能在沒有證據的情況下就把人抓起來。」

我什麼話也沒說，反正再說也沒用。

我才不在乎什麼證據呢。每次我需要幫助時，都沒有誰肯對我伸出援手，警方也根本沒把我的話當一回事，所以我只好自行伸張正義，每次都是這樣。

麥斯・海丁說他們也會找她男友談，之後會再跟我聯絡。

我哭著向他道謝，並再次強調我有多擔心後才掛斷。真是浪費時間，我還有很多事得處理呢。

她男友。那個費德利克絕不可能當上伊莎貝兒的男朋友。他傳給她的訊息我每一則都讀過，也有看到她回傳什麼，他們之間的一切我全部知道。他想對她做些下流的事，而她竟然也**等不及**要在他面前賣弄淫穢，實在噁心到令人想吐。

她傳去的那些低俗照片我也有看到，簡直就像妓女賣弄風騷一樣，想讓他性慾高漲。這招想必有用，不過他當然沒有實話實說，只是稱讚她很漂亮，還說很想念她、想要她，至於想要跟她做什麼，我用膝蓋想也知道。她那張床亂糟糟的模樣我全都看在眼裡，天曉得他們當時在搞什麼鬼。

伊莎貝兒不知道她這樣色誘男人是多麼危險。我明明就告訴過她，也警告了她無數次，她卻還是沒聽進去。

男人心裡想的都是同一件事。一開始他們會花言巧語，面帶甜蜜的笑容許些承諾，但之後就會開始予取予求，還老愛使出粗暴手段。他會蠻橫地上她，對她需索無度。

然後離開她。

讓失去意識的她一個人倒在血泊之中。

他眼裡只有她的肉體，從頭到尾，他都只想上她。

只想扳開她的雙腿。

他想侵犯她、玷汙她。

想耗盡她的生命。

他一旦玩膩，就會棄她如敝屣。

他只想幹她。強暴她。

妳明明不想要，他卻強壓在妳身上。

他打妳的臉，吐妳口水。

他叫妳婊子、妓女。

叫妳臭婆娘。

妳痛到尖叫出聲。

叫到再也發不出聲音。

妳受了傷。

血流不止。

妳倒在血泊中，哀悼自己的痛。

這麼醜陋、可恥又殘酷的行徑為什麼可以促成嬰兒的誕生，我從來都不懂。一個小娃娃就這麼降臨到人世間，讓妳抱在手裡，全屬於妳。

她簡直就是這世上最美、最精緻的生命。

伊莎貝兒，我親愛的寶貝啊。
妳現在簡直是在玩火。
而妳卻迷失自我，渾然不知。
就像被下藥一樣。
妳還太軟弱了。
所以妳才會以為那是愛、是美妙的感情。
我救了妳、還保護妳，妳應該要慶幸。
有我這個母親，妳實在應該感激。

史黛拉

我在走廊上狂奔，一路跑進廚房，把螢幕亮到亨瑞克眼前。他把手機拿過去看，驚恐的表情也隨之出現。

他竟然沒死，還真可惜啊，我原本還希望妳能親眼看到他的屍體呢，這樣妳就連一個孩子都不剩了。

妳兒子會受傷，完全是妳的錯，其實被撞的應該是妳才對。妳這個一無是處的母親，老是棄孩子於不顧，就是因為這樣，妳兒子才會陷入危險。

她現在已經是我的了。

這時愛倫走了進來。

「抱歉打擾了，警方已經來了。」

「我們馬上來，」我說。

亨瑞克握住我的手，看著我的雙眼。

「我們得先讓米羅做筆錄，」他說，「然後再跟警方說這不是意外，而是蓄意謀殺。」

我跟亨瑞克在米羅身邊坐好後，奧莉薇亞・倫德維斯特和麥斯・海丁警探敲門走了進來。他們為什麼會出現在這？

不應該是由一般員警來做筆錄嗎？

亨瑞克跟我互望一眼後站起身來，我則坐在米羅身邊沒動。麥斯・海丁跟亨瑞克握手，並向我點頭，奧莉薇亞・倫德維斯特也一樣。

「嗨，米羅，我叫麥斯，這是我同事奧莉薇亞。你的傷似乎腫得很厲害啊。」

麥斯・海丁一屁股地坐到我們對面，把他結實的雙手放在桌面上。米羅嚴肅地看著他，亨瑞克坐回位子上，奧莉薇亞・倫德維斯特則靠著牆站在一旁。我盡量不去看她，但可以感覺到她在觀察我。

「聽說你出了意外，」麥斯・海丁對米羅說，「你可以把當時的狀況跟我說嗎？」

麥斯・海丁警探跟米羅說話時散發出溫暖又鎮定的氣息，完全變了一個人。

「我是大概五點半出門的，」米羅說，「那天是星期二，下午我要去喬納森家。他住得離我家很近，大概一點五公里吧。當時天色很黑，雨也下得很大，但我走在人行道上，四處都有路燈，而且我拿著我媽那把有反光條紋的紅傘，所以應該很顯眼才對。」

「你沒有做錯什麼，」麥斯・海丁說，「事發地點的照明很充足，我也有看過那把雨傘，可以確定你絕對夠顯眼，對吧，奧莉薇亞？」她點點頭，對米羅微笑，而他也回以笑容。

米羅說他聽見身後傳來車聲，於是就轉頭去看。車型和車牌號碼他不記得，只知道是暗色系的休旅車，好像是黑色，但也有可能是深藍色。駕駛一開始先放慢速度，接著卻踩下油門，往他的方向直衝上去。在那之後的事，他就完全不記得了。他似乎有試圖跳開，但不太確定。

「米羅，謝謝你，」麥斯・海丁說，「接下來我們得跟你父母談一下，你要不要跟愛倫去廚房吃點早餐？」

愛倫一聽到麥斯・海丁這麼說，就把門打開，對所有人露出微笑，然後把米羅從椅子上扶起來。他經過我面前時，我摸摸他的手臂，低聲說我愛他。

這會兒奧莉薇亞・倫德維斯特警探也坐下了。她翹起腳，兩只小巧的手掌放在桌上，交握在一塊兒。她轉向亨瑞克。

「我們有找到一個證人可以證明米羅剛才的說詞，」她說，「當時那台車的確有先慢下速度，然後才加速撞上你兒子，幸好米羅有跳開，否則小命可能就不保了。駕駛似乎沒有喝酒，米羅也說車子並沒有失控的跡象，這點證人表示認同，而且還說肇事者感覺像是故意要撞米羅。」

我把放在膝蓋上的雙手握得好緊。我想說我知道開車的人是誰，說克絲汀・卡爾森偷了我女兒，還想殺我兒子，叫警方趕快把她逮捕。

「現場沒有人目睹駕駛的外型，」麥斯・海丁繼續說，「他可能有戴帽子或滑雪面罩。」

我看向亨瑞克，他也對我使了個眼色。這下他終於知道我從頭到尾都沒說錯了。他把手伸向我，讓我握住。

「很可惜，證人沒能記住車子的型號和車牌號碼，但也說是深色的運動型休旅車或掀背車，」麥斯・海丁看起來很嚴肅，「我們希望駕駛能早日出面，為這起意外事件負責。」

「這不是意外，」亨瑞克說。

「不是意外？你這是什麼意思？」

「米羅當時撐著史黛拉的傘，所以駕駛才會以為他是我太太。」

「你為什麼會這樣認為？」奧莉薇亞・倫德維斯特說。

我拿出訃聞，把信攤在桌上，又把晚間收到的簡訊給他們看。

「我知道恐嚇我的人是誰，」我說，「也知道是誰開車去撞米羅。」

「所以是同一個男子囉？」奧莉薇亞・倫德維斯特說。

「不，是女的。」

「女的？」

「她這陣子一直跑來我們家外面偷看，每次都穿同一件雨衣，還用帽子把臉蓋住。開車撞我兒子的就是那個女人。」

奧莉薇亞・倫德維斯特警探把死亡威脅信拉到她面前。

「妳有報警嗎？」

「沒有，」亨瑞克把手放在我背上，讓我感受到他的支持，「但或許我應該一開始就馬上通報的。」

「是啊，」麥斯・海丁說。「這種事很常見嗎？」

「什麼？」

麥斯．海丁深吸了一口氣，然後緩緩吐出，「心理治療師經常收到這種威脅嗎？」

「的確有些治療師會被病人恐嚇，但說『常見』倒也不盡然，」我回答，「通常都是情緒失調、無法抑制衝動，或是有攻擊傾向的人才會做出這種事。」

「那對方為什麼會想殺妳呢？」奧莉薇亞．倫德維斯特問。

「簡訊裡不是說了嗎？因為我失蹤的女兒在她手上啊……」

「所以妳還有一個女兒？」

「我上次不就跟你們說過了嗎，」我說，「不過她二十一年前就失蹤了。幕後黑手全是同一個人，她綁架了我女兒，又想阻止我繼續調查，所以才決定開車撞我，殊不知認錯人，米羅才因此被撞。」

兩個警探聽完後互使眼色。奧莉薇亞．倫德維斯特拿起手機，把簡訊重讀一遍。

「但她根本就沒有那樣講啊，」她看著我說，「她有說她二十一年前綁架了妳女兒嗎？」

「她沒有講得那麼白，」我開始感到不耐，「但妳再重讀一遍好嗎。她不但希望我死，還說『**她現在已經是我的了**』，意思就是要我放手，而且她還說我老是棄孩子於不顧，就代表她一定知道我女兒的事啊，對不對？」

「關於這部份，我有個問題想問。妳是怎樣讓你兒子陷入危險的呢？」

我氣得咬牙切齒，心中的怒火快要噴發。

亨瑞克捏住我的手臂。「你們問這些問題，到底有什麼意圖？」他說，「我兒子被車輾過，我太太被人威脅，而且我們有證據可以證明肇事者的目標是她。簡訊都擺在眼前了，你們不是應該優先處理嗎？還是你們根本沒有認真看待這件事？」

「我們當然很認真，」麥斯‧海丁邊說邊露出一個讓我很看不順眼的微笑，「不過史黛拉，不好意思，我得先問問妳上禮拜五去了哪裡。」

兩個警探都看向我，亨瑞克也是。

「上禮拜五？」我說，「我完全不記得我那天做了什麼事。」

「不如就讓我來提醒妳吧，」奧莉薇亞‧倫德維斯特說，「妳跟蹤了伊莎貝兒‧卡爾森，想起來了嗎？還是需要我再多說一點？妳明明就應該跟她保持距離，卻還是跑到她家樓下，只因為自己情緒不佳，所以就在大街上抓住她。」

原來那是星期五的事啊，就是我決定孤注一擲的那天。

「我的確有去她家，但沒有抓她。」

「就我們所知，妳當時似乎精神錯亂，行為也很具攻擊性。」

「我沒有攻擊她，絕對沒有。」

「所以妳是承認妳精神錯亂囉？」

「我當時的狀況可能不太穩定。」

奧莉薇亞‧倫德維斯特噘起雙唇，「這是幾點的事？」

「大概十一、二點吧。」

「後來妳去了哪裡？」

「我先回家待了一陣子，後來去了米羅學校，大概是三點的事，然後下午又跟亨瑞克出去了一下。」

奧莉薇亞・倫德維斯特看向亨瑞克。

「是這樣嗎？」

「對，」他回答。

「那後來呢？六點到十點間妳做了什麼？」

「我一直都待在家。」

「你可以證明這點嗎？」奧莉薇亞・倫德維斯特再次看向亨瑞克。

我知道他不行，所以一顆心也開始沉了下來。

「妳問這個要做什麼？」他問，「要我請律師來嗎？」

「你想怎麼做是你的自由，」奧莉薇亞・倫德維斯特回答，「但如果你願意配合的話，事情會簡單得多。」

「我不在家，」亨瑞克說，「我大概四點半、五點左右送史黛拉回家，然後就直接去參加公司的活動了。現場至少有二十五到三十個人可以證明我在那裡。」

「我們不需要你的在場證明，」奧莉薇亞・倫德維斯特說。「你是去參加派對嗎？」

亨瑞克穩穩地看著她，「怎樣？參加派對犯法嗎？」

「你是什麼時候回家的？」她問。

「很晚。計程車收據我可能還留著。」

「三點半，」我說，「亨瑞克回家後不久，我就開車去朋友家了。她叫玻妮拉・道爾，妳可以問她我是什麼時候到的。」

「妳為什麼要去她家？」奧莉薇亞・倫德維斯特問。

「因為我們吵架。」

「吵什麼？」

「沒什麼。」

「沒什麼？就我所知，一般人沒事通常不會吵架，看來你們倆比較特別囉？」

「我們之間有點誤會，」我說著望向亨瑞克，見他對我露出微笑後，又再回頭看著警探，「只是個無聊的誤會。」

「聽起來似乎不像沒事，」麥斯・海丁說，「是怎樣的誤會呢？」

「我以為我太太有別的心上人，所以很忌妒，」亨瑞克，「後來才知道是我誤會了。這樣你高興了嗎？」

麥斯・海丁一副尷尬的模樣，奧莉薇亞・倫德維斯特則不屑地看著亨瑞克。

「所以從星期五下午四點半到隔天凌晨大概四點，都沒有人可以證明妳在哪裡囉？」麥斯・海丁對我說。

「沒有，你問這個做什麼？」

「有人跟我們通報伊莎貝兒・卡爾森失蹤，」奧莉薇亞・倫德維斯特說。

「失蹤？但我知道……」

「妳先別急，」奧莉薇亞・倫德維斯特警探舉起一隻手，傾身靠向我，「伊莎貝兒從不翹課，最近卻總是缺席，臉書的動態也沒有更新，自從上星期六以後，她就沒有再用社交網站了，手機也已經很多天沒接，所以她男友和室友都覺得她一定是出了什麼事。」

奧莉薇亞・倫德維斯特又再向我靠近，仔細地打量我。

「伊莎貝兒的男友說她之前覺得自己好像被跟蹤，所以很擔心，正好妳就是因為跟蹤她而被舉報的人，而且妳剛才也承認妳有去過她家，換句話說，除了她母親以外，最後見到伊莎貝兒的人就是妳了，所以妳就趕快承認吧，還是我們得把妳帶回局裡？」

「夠了，」亨瑞克說，「不要再說了，你們如果還有其他問題的話，請去跟我們的律師談。」他正要起身，但我按住他的手。

「我知道她在哪，」我說。

「哦，是嗎？」奧莉薇亞・倫德維斯特靠回椅背，「那我勸妳最好老實跟我說。」

「我昨天有打給克絲汀・卡爾森，結果——」

「妳打給她做什麼？」奧莉薇亞・倫德維斯特打斷我，「妳不是應該保持距離才對嗎？無論如何，妳都不能跟她們聯絡啊。」

「妳可以先讓我說完嗎？伊莎貝兒人在博倫厄，跟克絲汀・卡爾森在一起，所以你們應該去找她談才對。」

「我們已經跟伊莎貝兒的母親談過了，」麥斯・海丁說，「她不在那裡。」

「克絲汀說謊，伊莎貝兒**就是在那裡**沒錯，」我說，「我有跟她講到話，她聽起來似乎被下了藥，所以我勸你趕快打給達拉納的同事，叫他們盡快去搜查，免得克絲汀又再次帶著我女兒逃跑。」

「就我們所知，伊莎貝兒是克絲汀的女兒，但妳卻一直無法接受事實。」

「你們警察都是這樣做事的嗎？伊莎貝兒都已經失蹤了耶，我告訴你，她人就在博倫厄，在法盧路，拜託你們趕快去查。」

「妳先冷靜下來，」麥斯‧海丁說，「她們都已經檢舉妳了，要我是妳的話，可不會忘記這點，而且妳本來就對她有興趣到很不合理的程度了，現在她又失蹤，動機最強的人非妳莫屬，妳要是再這樣下去，很容易就會被列為嫌疑犯的。」

我站起身來，說話也變得大聲，「我女兒被綁架，我兒子甚至被車輾過，所以我拜託你們趕快處理，不然就來不及了。」

「請妳先冷靜一下，」奧莉薇亞指向椅子說道，「坐下。」

但我仍繼續站著。兩名警官看著我，一副準備要將我逮捕的模樣。

「該冷靜的人是你們才對吧，」亨瑞克說，「我兒子差點喪命，我太太也承受了極大的壓力，結果你們現在卻擺出這種態度，根本就是幫倒忙。」

「這是我們的職責所在，」麥斯‧海丁說，「伍德斯川太太，請妳坐下。」

「該說的話我都已經說完了，」我沒有坐下，「你們走吧。」

「請妳這段時間先不要亂跑，要隨時讓我們找得到人。」

我沒有回應。

「妳有聽到我同事說什麼嗎？」奧莉薇亞‧倫德維斯特雙眉一揚。

「我要去陪我兒子了。還有別的事嗎？」

「我們會再跟妳聯絡，」麥斯‧海丁說完後起身離開，奧莉薇亞‧倫德維斯特也跟在他身後，但走到門口時卻停下腳步。

「妳這種人最難應付了，」她說。

「我這種人？」

「妳這種不可一世的人。」

我走到她身旁，「妳對我的看法如何，我他媽的完全不在乎，我兩個孩子的安危才是現在的當務之急。」

奧莉薇亞・倫德維斯特警探的臉跟我靠得很近，有那麼一瞬間，我以為她會回酸我一句，或直接把我帶回警局，沒想到她單邊的嘴角竟微微上揚。

「那就隨妳吧。」她說完後便轉身離開。

史黛拉

亨瑞克把我抱在懷中。我們互擁著彼此，在房間正中央站了好一段時間。我靠在他胸前，感覺到他在我髮際呼吸。這陣子以來，我們經歷了那麼多風風雨雨，大概得花上幾天，甚至幾週的時間，才能把所有事都談過一遍，但此刻的我們不需要話語。

米羅回房後躺回床上，我坐到他身邊，把他姊姊還活著的事告訴了他。

「她不是已經死了嗎？」他說。

「我原本也這麼以為，可我錯了。你一定覺得很奇怪吧，但這事我也很難解釋清楚。」

「那她為什麼有墳墓呢？我還記得她的墓碑上有一隻白色的鴿子。」
「她的遺體一直都沒找到，所以墓碑底下其實沒有埋葬任何人。」
「但妳為什麼會覺得她還活著？」
「因為我有見到她。」
「妳有跟艾莉絲見面？」
「對。」
「什麼時候？」
「幾個禮拜前。我一開始還不太確定是不是她，畢竟她已經消失了好多年，所以我最近才會這麼奇怪。」
米羅摸弄他的毯子。
「妳最近實在有夠討厭的。」
「我應該早點告訴你才對，」我邊說邊輕撫他的臉頰，「拖了這麼久才把事情告訴你跟你爸，是我的問題，對不起。」
米羅看向亨瑞克，「爸，你說呢？真的是艾莉絲嗎？」
「對，我非常確定，」亨瑞克說，「那個人就是你姊姊。」
我把手機上的照片拿給米羅跟亨瑞克看，他們倆都很謹慎地端詳。
「媽，她跟我們一樣，都有酒窩耶。」米羅說。
「是啊。」我說。

「妳總說她長得像瑪莉亞，」亨瑞克說，「但我覺得她像妳比較多呢。」

「但她發生了什麼事啊？」米羅問，「她之前都跑到哪裡去了？」

「這事說來話長，我之後會全都告訴你，但現在，我得先去找她才行，」我給了他一個很長的擁抱，然後親了他額頭。亨瑞克跟著我一起走上長廊。

我們互吻後，他緊緊地抱住我，而我也看著他的雙眼。他緩緩點頭，意思是他不希望我去，但也知道我非去不可。

史黛拉

她們家的車道空空如也。我繼續往前開，經過法盧路上的幾間房子，但最後只剩下馬路另一側有間廢棄工廠，於是我停車迴轉，然後又再往來時的方向開回去。

我再次經過卡爾森家，但這次我把車開上房子右側的黃土窄路，停車熄火，從林間觀察房子的動靜。**我是不是應該直接報警呢？但警官今早已經把話講得很明白了。我現在可能被列為嫌疑犯，又被禁止接近她們，所以就算我真的打去警局，大概也是徒勞無功。**我下車後以樹林為掩護，一路朝房子走去。

我躲在一棵粗壯的雲杉後方，從樹枝的間隙偷看。房子的窗簾和百葉窗全數緊閉，屋內似乎沒人的樣子。

我走上草坪，爬上階梯，來到大門前，按了門鈴，不過鈴聲沒響，於是我敲了敲門，把耳朵貼在門上聽，並壓下門把，想試試運氣，但門已上鎖。我走下門梯，到百葉窗半開的廚房窗邊，爬上窗戶旁的老舊洗碗機，靠向玻璃往內望，可是只看見桌椅和鋪在地上的條紋塑膠墊。

我繞到房子後方，走上露台，幾隻烏鴉一哄而散地飛走，叫聲大到讓我在原地頓了片刻。房子的後門邊有個黑色垃圾袋，四周散亂著蛋盒、空鋁罐和廚餘。我走到玻璃門邊，從長窗簾的縫隙間偷瞄，看見廚房隔壁有個牆壁全漆成褐色的房間，還有張翻倒的桌子。

有資料！她藏在桌子裡頭，我非得拿到手不可。

我拿起手機，撥了卡爾森家的號碼。屋內傳來鈴響，但沒有人接。

我決定用重物把玻璃門打破，最後找到了一塊磚頭。我環望四周後，把磚頭往靠近門把處丟，周遭的寂靜就這麼被玻璃的碎裂聲給劃破。我屏住氣息，趕緊把手伸進洞裡，轉動門閂，把門打開，幸好過程中都沒有鄰居出現。

我走進廚房，靜靜地站在原地細聽，好像有哪裡在滴水，往四周一看，才發現角落放了一個黃色的塑膠水桶，正接著從天花板滲漏出來的水滴。

廚房的流理台上放了好多藥，我把藥盒翻過來看，是抗憂鬱藥物、胃酸抑制劑、安眠藥和神經控制藥物。

我走進廚房後面的那個房間，打開天花板的燈，發現地上倒了一個書架，還散落許多書本，大概是從旁邊那幾個空空如也的架上掃下來的吧。牆邊有張翻倒的裝飾用小桌，桌子離我最遠的那一角躺著一只燈罩碎裂的檯燈，燈旁則有個微微打開的櫃子。看來是有人曾在這兒大發雷霆。我彎腰把櫃子打開，但裡頭空無一物，於是我又再起身環望四周。倒落的書架旁飄著一條條又長又髒的灰塵，活像蛇蛻下來的皮。我拿起檯燈，看見一支 iPhone 半掩在書本下，撿起來開機後，桌面照片隨之浮現。

是艾莉絲。

相片上的她閉著雙眼，面露笑容，一旁有個金髮男孩吻著她的脖子。我想解鎖，但需要密碼，而且手機電量又低到快要自動關機，所以只好放回架上。地上散落著許多照片，我撿起一張，翻到背面，上頭寫著**克絲汀和伊莎貝兒，一九九四年二月攝於哥本哈根**，但我還沒能仔細地看，身後就傳來一個聲音。我把相片收進外套口袋，轉頭一看，發現有個銅棕色頭髮的女人站在門邊。她掃視屋內的一片凌亂後，用緊迫逼人的眼神看著我。

「請問妳哪位？」

我朝她走了幾步，對她伸出手，但她並不理會。

「我叫史黛拉・伍德斯川，」我說著把手放下，「是來找克絲汀・卡爾森的。我剛才繞到屋子後面，發現她家好像被人闖入。」

女人把我從頭到腳打量了一遍。我的謊言被她看穿了嗎？或許她有聽見玻璃碎掉的聲音也說不定？

「妳最近有看到任何人在附近出沒嗎？」我說。

她彎腰從地上撿起一隻斷腿的瓷製小鹿，放到書架上，然後定睛看著我。我聽著牆上的擺鐘滴答滴答地響，心裡有種不好的預感，覺得她一定會報警。

「我叫古妮拉，跟克絲汀是鄰居，」她說完後跟我握手。「有沒有人闖入我是不知道，不過昨晚我們有聽見她家傳來很恐怖的聲音，好像是有人在尖叫、大吼。我原本想報警，但尼爾斯說我們最好不要干預。」

「昨晚？」我說。一定是我打給艾莉絲之後吧。

「今天一整個早上，她都穿著她那件難看的雨衣，把大包小包的東西和行李往車上丟，來回搬了好幾次呢。」

「她要去哪裡啊？」

「我沒問。克絲汀不喜歡聊天，只要一問，她就會覺得我們多管閒事。」

「看來我來晚了，」我說，「我實在很想跟她談談呢。」

「她狀況似乎不太好，」古妮拉說，「看她那副模樣就知道。她經常喃喃自語，老是躲在屋裡，把窗簾全都拉上，而且工作也不用心，自從她丈夫漢斯去年春天過世後，她就變成這個樣子了。」

「真可憐啊，」我說，「所以她在哪工作呢？」

「她已經不做囉，」古妮拉不屑地哼了一聲，「之前她在一間叫哈斯佑之家的護理中心上班，但後來被炒魷魚了，是我在裡面認識的員工跟我說的。」

「那間護理中心在哪啊？」

「離這裡不遠，」她伸手指給我看，「只要沿著法盧路往下開一小段，到哈姆路時右轉就行了，路上有指標，妳一定會看到的。」

「謝謝妳，」我越過她身旁，往露台上走去，但踏上小路時，卻聽見她從屋裡出來叫我。

「喂，妳要走啦？」

我急急忙忙地走回車邊，雖然聽見古妮拉對我大喊，叫我留下，但仍趕忙爬進奧迪，啟動車子，開上法盧路，並打給亨瑞克。電話才嘟了一聲，他就接了起來，問我狀況如何，我說克絲汀家空無一人，凌亂不堪，而且我還發現許多藥物，怕是她已對艾莉絲下了毒手。

亨瑞克說他已經聯絡了律師，也叫我趕快報警，不要再冒險。

「我還有一件事得弄清楚才行，」我說完後便掛上電話。

伊莎貝兒

我躺在後座，媽在前面開車。她一直搖頭，還不時自顧自地咕噥，但我只聽見零星幾句。

我看向車外，卻完全不認得四周的景物。我們已經開了多久？而且要去哪？我閉上雙眼，記憶開始浮現，但眼前卻好像隔了一塊模糊不清又扭曲的鏡片，讓畫面中的動作全都失焦，聲音也完全聽不到。

媽回家後，看見我靠在桌上翻她的資料夾和照片，馬上氣得大叫、咆哮，不但把我拖走，抓我的頭撞牆，更推倒一整個書櫃，把其他架上的書全都掃落，又再拿起書對著我砸。我像子宮裡的胎兒般縮在地上，用雙手抱臉，想要爬走，媽卻對我尖吼，說我不懂得為自己著想，還一遍又一遍地說她為我付出了一切，我為什麼就這麼恨她。我沒有回答，結果她就舉起桌子往我腳上摔，丟我一個人在圖書室，自己走去客廳，把電視打開，一個人在那兒踱步，還自言自語、不斷咒罵，罵得比新聞還大聲。

她回來後就開始說我有多讓她難過，我求她原諒，也努力安撫她，希望情況趕快平息。媽說我不值得她寬恕，但她願意大發慈悲，再給我一次機會，說完後便把桌子搬走，開始安撫我，先是把我扶到沙發上躺，答應跟我和好，然後又泡了茶，叫我全部喝光，**而我也乖乖照做**。她輕撫我的頭髮，對我哼歌；電視開得很大聲，似乎是在播一齣關於城堡貴族的英國連續劇，但不一會兒過後，我就昏了過去。

家裡的電話一直在響。

我抬頭看向電話，心想說不定是史黛拉。媽拿起話筒，用很假的聲音騙對方說我不在，說我根本沒有和她一起回家，還扯到史黛拉，說她是危險人物。

我之前就見識過媽生氣爆發，也看過她使手段操弄別人，但這次我才終於了解到她已病入膏肓，而且永遠不可能康復。危險的人應該是**她**才對。更糟的是，她現在根本也懶得掩飾了。

她又再次逼我喝茶，但我覺得裡頭可能摻了什麼東西，所以都趁她沒看見時吐掉，還到廁所挖喉嚨催吐。

最後，她把我帶出屋外，叫我上車。

陽光直射我的雙眼，光芒炫目而刺眼，我左膝被桌子砸到的地方正隱隱作痛。古妮拉跟尼爾斯平常明明就幾乎都在屋外，現在卻不見蹤影。我放眼望去，四周一個人都沒有。

你們都跑到哪裡去了？你們為什麼不來救我？為什麼就放任她這樣對我？

小時候我一天到晚都跑去找學校護士，說我這裡刮傷、那裡瘀青，胃痛、頭痛，或許還有一點心靈上的痛，但她卻毫無反應，也從未問起我們家的狀況，為什麼？

媽把車子開到路上時，我轉頭看了一眼，心裡知道這大概是我最後一次見到這棟房子了。

後來媽停在一間加油站，我假裝睡著，但其實偷偷在監視她。她下車走進店裡，跟櫃台的男子說了些什麼，他聽完後便跟著她走了出來。媽現在又擺出一副開心、隨和的模樣，完全變了個人——她到底是怎麼辦到的？她向來都是個虛情假意的騙子，很會在人前說謊、裝模作樣，也總有辦法讓人相信她，甚至對她吐露心事，而且從來都沒有人能看清她的真面目，就連從小在她身邊長大的我，也被她欺瞞了這麼久。

櫃台的那個男子看起來人很好。我使盡念力，希望他能看穿媽的面具，揭穿她是喪心病狂的真相，但他卻仍跟她有說有笑，笑得好開心。

克絲汀

櫃台的男子對我微笑，我也回以笑容。哎呀，這事說來很蠢，我車子的其中一個方向燈好像壞了，你有辦法幫我修嗎？我不想驚動交通警察，你也知道被他們盯上的話，不是很麻煩嘛。

他說這只是小事一樁，剛好他手邊沒什麼工作，當然願意幫忙。我跟他又聊了一會兒，說我其實才剛把車子從修車行領回來，不過顯然店家沒有仔細檢查。這個男孩子友善又好相處，也覺得我很親切，我們又笑又聊，很是開心。說到表面功夫這檔事啊，我最擅長了，只要我想，要騙倒誰都不難。

妳女兒怎麼啦？看起來好像睡得很熟耶？他這麼問。

我說她生病，需要休息，所以多睡一點才好。

他祝我女兒早日康復。

謝謝你，她一定很快就會好起來的。

我不喜歡他看伊莎貝兒的那種眼神，但他幫我修好方向燈，所以我決定不跟他計較。我繞到後車廂，拿出水桶，跟著他走回加油站，買了些罐頭食品，付了錢，並向他道謝。

以前這種事都是漢斯在處理的，現在他走了，我只得什麼事都自己來，不過其實我也不是做不到嘛。漢斯還在我身邊時，我總是很軟弱地依賴他，但我不能繼續當弱者了，為了孩子，我必須堅強起來。我知道自己做得很好，現在的我比任何人想像中都還要堅強。

他怎麼可以介入我跟我女兒之間呢？那份屬於我的愛，他為什麼要來搶呢？他怎麼可以誘騙伊莎貝兒搬去斯德哥爾摩，還鼓勵她整個暑假都待在那兒，不要回家呢？

我也是逼不得已，才除掉他的。

他嚥下最後那口氣的瞬間，我也不再軟弱。「堅強」是他最後留給我的禮物，我從他的眼神中，看出他終於領悟到了這個真相。

一台底盤加高的大型運動型休旅車停在出口前方，音樂放得轟隆作響。說是「音樂」啦，但聽起來根本就像原始人在叫個不停。一群年輕人靠在車身上，其中有幾個身材壯碩的男孩，和一些穿著暴露的女生。我一從店裡出來，他們就開始對我做怪表情，還哈哈大笑。

一個把帽子反戴的年輕男孩朝我走來，經過我旁邊時撞了我肩膀一下。

「走路小心點。」我說。

他怒瞪著我，好像是我做錯似的，接著還對我比出中指，對我大罵髒話。

但我一如往常地吞下怒氣，繼續往前走。沒禮貌的死小孩。

我繞過轉角，把桶子裝滿水，往車子走回去時，沉甸甸的水桶一直撞上我的腳。我停下腳步，換了個手勢，才又把桶子重新提起。

等我終於走回車子旁邊時，車內卻空無一人。

伊莎貝兒

我一看見媽和店員走回加油站，就設法把車門打開，逃出車外，一顆心砰砰地跳得好快，腦袋也猶如瀑布傾瀉般地快速充血。我覺得身體好重，雙腿也走得踉蹌蹣跚。

停車場內還有其他車輛，但沒有一台有人。我看見不遠處有台公車和卡車，於是就跌跌撞撞地往馬路走去，這時有台小轎車朝我的方向開來，我對駕駛招手，但戴著棕色帽子和粗框眼鏡的那個老男人只是撇了撇手，然後就直接開走，消失了蹤影。

大路上的車流愈來愈多，卻沒人看見我無力地揮舞著手臂。我扯開嗓門呼救，但聲音實在太過微弱。我用袖子拭去臉上的汗水，低頭一看，才發現自己沒穿鞋，腳上的紫色襪子也早已被草地浸濕。

我左顧右盼地觀察周遭環境。這間連鎖加油站的名稱和紅白相間的旗子我都認得，所以我們應該還在瑞典，但確切的位置在哪，就無從得知了。我的右手邊有個遊樂場，左邊是高速公路，至於公路的另一側則是田野和牧地，再過去有幾間房子和穀倉，然後就是森林了。我轉過身，看見一塊紅底招牌上寫著亮綠色的字，瞇眼看了一下，才確定店名叫**菱格蘭餐廳**。

我得趁媽還沒出來前，趕快找到人幫忙才行。我走回公車旁，身穿駕駛制服的肥胖男子正在點菸。我向他求救，但他卻皺眉盯著我看，罵我是毒蟲後，就叫我滾蛋。

「求求你幫我，」我邊說邊向他靠近，「拜託，可以讓我躲在公車上嗎？」

男子把我推開，然後就掉頭走人。我跌到柏油路上，大腿一時抽筋，痛得不得了，頭也因為被媽抓去撞牆而一陣一陣地抽痛。我很努力地想站起來，但全身的力氣都已耗盡。

「哈囉，」我聽見有人這麼對我說。一個長髮蓄鬍的年輕男子蹲在我身旁。「妳還好嗎？他是不是打了妳？」他把手放在我肩上。

「救我。」

「妳是自己一個人嗎？」他起身環望四周，也瞄了加油站一眼。

我抓住他的手，把他往我的方向拉，用氣音對他說：「我們得趕快離開這裡。」

他聽完後扶我起身。「我的車就在那邊。」他指向一台銀色富豪汽車。

我馬上緊抓住他的手，他也用另一隻手臂摟住我的肩，支撐我的重量。他的車離媽停的地方很遠，所以她絕對不會看到我。

他打開車門，讓我爬進後座，副駕駛座上那個亞洲臉孔的平頭女孩轉頭看我。

「天啊，妳怎麼啦？是有人打妳嗎？」

「她應該是有被打，」男子說，「我們得送她去醫院才行。」

「妳想去醫院嗎？」女孩問。

我搖頭。兩人開始討論，但我求他們趕快開車。

「我們要去韋斯特維克，」他說，「妳想跟我們去嗎？」

我點頭。

這下車子終於發動，往出口開去。

我把頭靠在窗上，閉上了眼。

史黛拉

哈斯佑之家是一棟很大的磚製建築，有著綠色的屋頂，周圍那三棟圓柱形的附屬建築也全都漆成綠色。

我一連穿過兩道門後才進入內部，裡頭有個玻璃櫃，櫃裡放有一些手工藝品，像是隔熱手套、木製奶油刀，還有繡了文字的掛飾，大概是病人們參加藝術治療的成品吧。

眼前有條很長的通道一路延伸到一樓最遠處，右邊是蓋比美髮沙龍和專做腳指甲的美甲店，左側是咖啡店和藥房，前方有幾台電梯，再往前則是放有淺色木製桌椅的會議室。這裡的窗戶很大，一往外看，就能看見山谷和一排排的小房子。

從電梯旁佈告欄上的資訊看來，照護之家的病房都在二、三、四樓。我走進電梯，搭到四樓，一走出去，就看見一個身穿白色褲子和藍色手術衣的女人朝我的方向跑來，但她匆忙地跟我擦身而過，似乎沒注意到我。

我右轉後沿著長廊走，心裡實在不知道自己跑來做什麼，畢竟克絲汀根本就不可能把伊莎貝兒帶來這裡啊。

「妳有什麼事嗎？」一個身材魁梧的女人從儲藏室裡走了出來，操著一口芬蘭腔這麼對我說。

「我是來找朋友的，她在這裡上班。」我說。

「誰？」

「克絲汀・卡爾森。」

女人的臉色沉了下來。「克絲汀？」她說，「她已經離職了。」

我瞄向她手術衣上的名牌，上頭寫著**芮特瓦**。她拖步走回儲藏室，我也跟了上去，但只是站在門邊，沒有進去。

芮特瓦一邊從箱裡拿出消毒劑，一邊跟我說道，「她有好幾次都沒通知大家，就直接不來上班，而且就算有來，也老是被病人投訴。」

「投訴？」

「她一直都有點奇怪，不過她最近經常對老人家生氣，態度也粗魯又惡劣，而且她在的時候有很多藥都不翼而飛呢，」芮特瓦直起身來看著我，「妳跟克絲汀是朋友？」

「應該說是伊莎貝兒的朋友才對。」

「妳認識克絲汀的女兒啊？」芮特瓦說，「她小時候經常會來，是個可愛又甜美的小女孩呢。」

「我已經好多天都聯絡不到她了，」我說，「所以才想問問看克絲汀知不知道她在哪。」

芮特瓦關上儲藏室的門，走上長廊。「伊莎貝兒現在住在斯德哥爾摩，我已經很久沒看到她了，不過我記得她是個很乖的孩子，」我們走到員工室後，她停下腳步，「希望妳能順利找到她。」

「我也希望，」我說完後，目光隨即被牆上一張錶了框的圖片給吸引過去。框裡有一棵樹，每根樹枝末端都貼著一張相片。

「這些是我們這邊的員工，」芮特瓦邊說邊指給我看，「這是我，這是克絲汀。」

她用手指在右上角敲了敲。芮特瓦跟克絲汀的照片都褪色了，看來她們已經在這兒做了很久。

「看她變成現在這副德行，實在很令人感嘆。」芮特瓦說完後，就逕自走進員工室了。

我又再仔細地把照片看了一遍。她有著一張圓臉和小小的眼睛，頭髮稀疏，似乎有染髮。相片底下貼了一張手寫的標籤：**克絲汀・卡爾森**。

我之前就見過她。

但她當時用的是別的名字。

伊莎貝兒

我們離韋斯特維克愈來愈近了，我覺得好自由啊。車子每向前開一點，我心中的煩憂也就跟著減輕了一些。

我撐著半掩的眼皮，從副駕駛座的窗戶看向車外。沿路經過的田野都籠罩著一層薄霧，不過樹冠後方那一朵朵灰白色的雲似乎很快就會消散，讓陽光露臉。我們途經一座又一座的農田，看見馬和牛在吃草，也欣賞了綿延無盡的森林。

漢娜跟奧拉在討論待會兒要去哪家雜貨店買東西。他們似乎很愛鬥嘴，但也不時笑鬧、輕撫對方，我實在好想念費德利克。

「我可以跟你們借手機嗎？」我說。

漢娜轉頭把她的手機遞給我。話筒嘟了幾聲後，他接了起來。

「費德利克，是我。」

「伊莎貝兒？妳在哪啊？我大概打了幾百通電話給妳吧，妳知道我們有跟警方通報妳失蹤嗎？」

「我媽發瘋了。」我說。

「天啊，」他說，「妳還好嗎？有受傷嗎？」

「我沒事，」我說，「有好心人救了我。我現在正在去韋斯特維克的路上，但不知道要怎麼回家。」

「我去接妳，」他毫不猶豫地說，「我跟我媽借車，然後開去找妳。我可以打這支電話跟妳聯絡嗎？」

「現在暫時可以。」我說。

「那我十分鐘後打給妳。」

「好。」

電話掛上後，我擦乾眼淚，把手機還給漢娜。

「妳剛才打給誰呀？」她說。

「一個朋友。他要從斯德哥爾摩開車來接我。在他抵達前，我可以先跟你們待在一起嗎？」

「當然可以啊，」奧拉回答，「對吧，漢娜？」

「怎麼會不行呢，」她說，「我們一定要先確定妳安全無虞，才能讓妳離開。」

她對我微笑，我也回以笑容，這時我才體悟到自己遇見漢娜跟奧拉是多麼幸運。要是沒有他們幫忙的話，我根本就不可能逃跑；雖然不知道媽要帶我去哪，但我總覺得下場不會太好。

一會兒過後，漢娜說她要上廁所。奧拉問她剛才在菱格蘭時為什麼不上。

「因為我剛才還不想上啊。」她說。

「現在這裡不能停啦。」他說。

「為什麼不行？」

「就是不行啊。」

「可以啦！」

「不——行！」

「不然去霍爾登旅店。」

「我最討厭那個地方了，小時候我爸媽老愛去那裡買咖啡。」

「奧拉，你不要要任性好不好。」

「但妳也不能直接進去上廁所啊，一定得買東西才行。」

「那就去販賣部買支冰淇淋吧。」

「拜託，漢娜，現在又不是夏天。」

「不然買咖啡總行吧，」她轉頭看我，「伊莎貝兒，妳要咖啡嗎？」

「要，太謝謝妳了，」我回答。

「聽到沒！」她拍拍奧拉的後腦勺糗他。

「嗚嗚嗚！」他裝痛大叫，然後跟漢娜一起哈哈大笑，而我也笑出聲來。

我們行駛在湖的左側，經過寫著**霍爾登旅店**的指標，又再開了大約一百五十公尺後，奧拉轉了個彎，一棟紅色的湖濱建築隨之出現在我們眼前。他還來不及把車停好，漢娜就打開車門，跳下車往餐廳狂奔。

奧拉透過後照鏡跟我翻了個白眼，然後便開始調整方向盤，轉頭準備倒車。這時，我耳裡突然傳來一聲巨響，車子也被撞歪，安全帶彈到我的胸口，奧拉的頭則往方向盤猛地一撞——那瞬間，我彷彿能看見他的髮絲緩慢地向後飄動，然後才又往前飛揚。

而後四周便一陣靜默。

柏油路上傳來匆促的腳步聲，窗外也出現一個人影。我一開始還看不出是誰，但看清楚後，才知道為時已晚。

門打開的同時，我也倉皇地想解開安全帶，但媽一把抓住我的頭髮，把我朝車外拽，我尖叫不斷，跌出了車外。奧拉衝出駕駛座，擋在媽面前。他用手扶頭，表情因為疼痛而扭曲。

「妳他媽的在幹什麼？」他對她大吼。

媽一把推開奧拉，繼續把我拖向她的車。我用盡了全身的每一絲力氣掙扎。

「住手啊，妳這臭婆娘！」奧拉吼著抓住媽的手，但她卻一個轉身，把手臂猛地朝他一揮。奧拉的頸部立刻鮮血如注。他一臉驚恐地瞪著媽看，接著就跌坐在車門旁，上衣很快就被血浸透，而我的臉和衣服也都濺滿了血。這時我才發現媽手上拿著螺絲起子。她把凶器丟在一旁，繼續拖著我往車子的方向走。

一聲好長的尖叫劃破空氣。我一度以為發出叫聲的是我自己，後來才看見漢娜朝我們狂奔而來。

她跪在奧拉身旁，用手壓住他的喉嚨，試圖替他止血。

我的雙眼都在燃燒，眼淚也滑下臉龐。

媽猛拉我的頭髮，惡狠狠地說這都怪我太不識相。

她對我又扯、又推、又撞、又打，力道很大，毫不留情。「妳給我上車。」

我問她為什麼要這麼做，問她到底要我怎樣。

她冷冰冰地看著我，說她是我母親，所以會不顧一切地保護自己的孩子，就算必須為了我殺人，她也在所不惜。

她把握在手裡的黑色手電筒高舉至頭頂，我只能伸長雙手護住自己，承受她一遍又一遍的痛毆。

克絲汀

一輛銀色的富豪休旅車停在出口旁，駕駛是個蓄鬍的長髮男子，坐在他身旁的那個人頂著一顆平頭，不男不女的，看不出性別。

不過重點是，伊莎貝兒在後座。

我對那台車揮手，扯開喉嚨叫駕駛不准開走。**我女兒在裡頭啊**。他似乎沒聽見，不過他不可能沒看到我，所以想也知道是故意裝蒜。

他偷了我的孩子。

為什麼？

這什麼蠢問題？答案我不是心知肚明嗎？

我一想到他對她上下其手的模樣，冷峻的心中就燃起熊熊怒火。

他不知道我是誰，也不曉得我有多大的能耐。為了把女兒搶回來，就算追到海角天邊，我也一定會逮到他。

為什麼，伊莎貝兒，到底為什麼？妳欺騙了我，假裝在睡覺，卻趁機逃跑。我怎麼會沒想到呢？我應該更小心才對。

不過妳別擔心，媽來找妳了。

我知道妳現在一定很痛，但我不會讓妳白痛一場的。

痛苦使人堅強，而且妳再痛也痛不了多久，這一切很快就會結束了。到時，我會一如往常地安撫妳、照顧妳，擦去妳額頭上的血跡，抹掉妳臉上的淚水，說不定還可以跟妳一起做點心呢，巧克力馬芬怎麼樣啊？

妳睡著啦，那真是太好了。

我會好好看護著妳，這樣妳很快就會好起來了。

到時我們就可以從頭來過囉，畢竟我們以前不也總是吵架後再和好嗎？現在的妳根本就不是妳，我知道是妳心裡的軟弱因子在作祟，我會永遠待在妳身邊，帶領妳走上正確的道路，希望妳了解。妳應該知道妳對我來說有多重要吧？

妳要知道，我可是盼了好久，才盼到了妳。對我來說，妳就像上天賜予我的禮物。

妳為什麼就不能好好愛我呢？我只是希望我的愛能獲得回饋，我只是想好好照顧妳而已啊。妳難過時，我在妳身邊輕聲安慰，妳把自己弄傷時，我替妳包紮傷口，妳生病時，我也總是悉心照料。

大家看我這麼照顧妳，都對我讚譽有加，都說我是個懂得奉獻犧牲的母親。抱著妳、安慰妳、照顧妳就是這世上最甜蜜的負擔，所以啊，傻孩子，請妳不要一臉害怕，我這麼做可都是為妳好。

今天天氣晴朗，陽光也為我倆閃耀。我們很快就要到囉。

我們馬上就可以回家了。

史黛拉

我盯著相片裡那個面露笑容的女人。

我不但見過她，還和她聊過天，甚至跟她一起去喬治咖啡屋喝過咖啡。

照片裡的人是艾娃。

當時的她是那麼溫暖而富有同情心，讓我完全對她敞開心房，把關於艾莉絲的事全盤托出。我把我跟伊莎貝兒認識的過程告訴艾娃，還說我很確定那就是我失蹤的女兒，她說就算身旁的人都覺得我發瘋，我也一定要繼續追查真相。為了見艾莉絲而跑去瓦靈比和KTH的事，我都告訴了她，甚至還跟她說亨瑞克曾把我送進精神科的加護病房，我不確定他會不會相信我，所以並沒有對他完全坦承。

我全然放下戒備，跟她分享我生命中的一切，說我很怕再次成為母親，但沒能再多生幾個孩子，心裡其實也很難過。後來我還跟她提起米羅，說我很怕他也遭遇什麼不測，怕他也從我身邊消失。

艾娃耐心地聽，艾娃說她都懂。艾娃不但安慰我，還給了我一些好有用的建議。艾娃說她喜歡我的紅傘。

我正要離開照護中心時，突然想起外套裡的照片。我停下腳步，抽出相片，年輕的克絲汀手上抱著一個嬰孩。**克絲汀和伊莎貝兒，一九九四年二月攝於哥本哈根**。女嬰有著一頭金色捲髮，面帶笑容，但沒有酒窩。這絕不可能是艾莉絲。

既然不是艾莉絲，那這孩子是誰呢？

我走入大門外的停車場，坐進車裡，靠到椅背上，把事情從頭想過。

那是九月某個陰雨綿綿的日子。伊莎貝兒第一次走進診所，甩動她烏黑的長髮，對我微笑，那瞬間我就知道她一定是艾莉絲。

我的日記，裡頭所有的回憶。

丹尼爾，還有我們之間的往事。

我應該一開始就跟亨瑞克說實話才對，但我太害怕他不相信我，太怕我自己認錯人，也擔心會再次被關進醫院。

我受到艾娃誘騙，所以才把一切都告訴了她。不，騙我的人是克絲汀才對。

克絲汀查出亨瑞克的公司在哪，利用我對她吐露的心事反將了我一軍，還打給我說米羅出事，害我跑去學校大出洋相，最後亨瑞克才會帶我去找莎薇克醫師看診。

艾娃是口是心非的雙面人。這全都是克絲汀的謊言。

她誤以為米羅是我，所以才開車撞他。

我去找史瓦・尼爾森時，他口中的那條線索：**他想把一切都告訴我們，但他什麼都還來不及說，就突然死了**。

我跟丹尼爾去渡假後不久，史川德加登就關閉了。愛兒瑪雅說倫丁過世後，他女兒就拒絕繼續經營渡假村的事業。

他死得非常突然。

克絲汀一九九四年八月一定也在史川德加登，但我對她毫無印象。她為什麼會在那裡呢？當時我們推著嬰兒車四處閒晃、在沙灘上散步，跟其他房客都有聊到天，所以我可以確定她並沒有住在木屋。

羅傑・倫丁突然過世。

他本來想把一切都告訴我們的。

他**是不是**握有什麼內幕？他究竟知道些什麼？

倫丁有個女兒。**那年她有搬來這裡住了一陣子，但後來又消失了。我猜她是生了小孩後，覺得無力再打理這個地方吧。**

我找到的那張照片。**克絲汀和伊莎貝兒，一九九四年二月攝於哥本哈根。**

艾莉絲的聲音在我耳邊響起：**我是在丹麥出生的。**

我拿出手機，Google 到愛兒瑪雅的號碼後馬上打去給她。

「喂？」

對方鼻音很重，聲音很細，我一聽就知道是她。

「喂，愛兒瑪雅，我叫史黛拉．伍德斯川。我們幾週前在史川德加登見過。」

我等她回應的同時，話筒裡傳來狗叫聲。

「喂，妳說什麼？」愛兒瑪雅說。

我再次報上名字，跟她說我們之前見過。

「哦，我記得妳，」愛兒瑪雅說，「記得很清楚呢。巴斯特，我在講電話，你安靜點。」

「我有件事需要妳幫忙，」我說，「跟史川德加登那個地主羅傑．倫丁的女兒有關。」

「怎麼了嗎？」

「妳說他是一九九四年過世的，對吧。」

「是啊，就死在自家沙發上，真是個可憐人啊，」愛兒瑪雅說，「還好他女兒有發現，叫了救護車，不過車子抵達時，他已經回天乏術了。」

「他的死因是什麼？」

愛兒瑪雅咳了好一會兒，跟我說不好意思，然後才繼續講下去。「倫丁本來就有糖尿病，那年夏天他又特別貪杯，妳懂我意思吧？我這麼說可能有點直接，不過他簡直就是自己把死神找上門。」

「妳說他女兒曾搬回史川德加登，」我說，「而且還帶了一個嬰兒，對吧？」

「是啊，那年春天我有看到她帶著那個嬰兒出現過一兩次，大概是三四月吧，是個很可愛的孩子，像小天使似的。」

那不就是我們去渡假幾個月前嗎？那個孩子到哪去了？真正的伊莎貝兒發生了什麼事？

「但夏天開始後，她就把自己關在屋裡，」愛兒瑪雅繼續說，「怎麼都不肯出門，而且完全不跟大家來往，所以謠言傳得滿天飛呢。」

「怎樣的謠言？」

「大家都說她有問題。」

「是跟她父親一樣有酗酒問題嗎？」

「應該比較是心理上的問題，不過這只是傳言，沒有人能確定。倫丁死後不久，她就帶著孩子搬走了。」

「妳知道她叫什麼名字嗎？倫丁的女兒？」

「她只住了一小段時間就搬走，留下這一片廢墟，實在是太糟糕了。當初她要是願意經營的話，現在根本就不會搞成這樣！」她說完又咳了好一陣。

我開始不耐煩了起來。「愛兒瑪雅，妳有聽到我的問題嗎，」我說，「妳知不知道她叫什麼名字？」

「抱歉，我不記得了。」

「是克絲汀嗎？她是不是叫克絲汀・倫丁？」

愛兒瑪雅猶豫了一下，「好像不是，啊，等一下，我去找找看……」

話筒中傳來刮擦聲和劈哩啪啦的聲響，我也聽見愛兒瑪雅在遠處咕噥著些什麼。我等在電話線上，聽著她一邊自言自語，一邊東晃西轉地找東西。

「找到囉，」她終於回到話筒邊，「這是我們當地的年誌，塞在櫃子的最裡面了。」

愛兒瑪雅說年誌裡詳列斯托維克的建築和周遭環境，也記載著那些房子在過去百年來的擁有人，除此之外，還有歷史上的大小事件、軼聞，以及過去和現在的照片。她說寫書的人現在還有在賣，我要是有興趣，一定可以買到。作者叫蓓芮・拉森，跟她認識，如果想多了解斯托維克和史川德加登的話，買來偶爾翻翻還算不錯，而且價錢也不貴呢。

我好奇她到底要扯到什麼時候，也覺得自己或許是白忙一場。或許她跟史瓦・尼爾森一樣，只是想找人聊天，但其實什麼也不知道；說不定她根本就神智不清，我隨便講些什麼就能轉移話題。有那麼一瞬間，我真的覺得她可能也得了阿茲海默症。

「哎呀，找到啦，是全盛時期的史川德加登，有大片大片的花海，真是太美了，」愛兒瑪雅說，「這張照片拍攝於一九九四年六月，註解是這樣寫的：『創業家羅傑・倫丁從一九六九年就深耕於史川德加登，對於當今的成就，他相當自豪。照片裡的另外兩位，是倫丁的女兒克絲汀和孫女伊莎貝兒。』」

克絲汀

我第一次來到這裡時，長廊上種滿了花，有吊掛的花盆，有放在陽台上的栽培箱，也有一般盆栽。一片片悉心照料的花床盡情盛放，實在好美。

我最喜歡幫爸蒔花弄草了。這方面我很有天賦，顯然是遺傳到他。我剛搬來時，爸經常陪我，讓我覺得自在又安全。雖然進展很慢，但開始真正地感覺到自己逐漸活了過來。

為什麼我當年沒能在史川德加登跟他一起長大呢？如果有他陪在我身邊，我的人生必定會截然不同，偏偏我卻得四處寄人籬下，寄養家庭一個一個地換，所以從不覺得有什麼事值得珍惜，而且到哪都沒有回家的感覺。十二歲那年，我被送到愛娜家，她個性善良，也很替我著想，但我仍急著搬走，四處流離，最後落腳在哥本哈根。

我擺脫了伊莎貝兒她爸，也找到了自己的生父。我帶著親愛的小女兒從丹麥回國後，就覺得我們一定要住在史川德加登，讓她享受快樂、和睦的童年——我自己在成長過程中被剝奪的一切，我都要給她。

但計劃卻趕不上變化。

人生哪一次不是這樣？

我停好車後，下車伸展。真沒想到這趟路會這麼累人啊。我費了好大的功夫，才把伊莎貝兒帶進屋內。我說她得進屋小睡一下，她卻不斷反抗，還任性地吵吵鬧鬧。

她經歷了這一切，怎麼可以不休息呢？不過這次我只餵了她一小顆安眠藥，只要能讓她平靜下來就好。

她又哭又叫，呻吟著說她不要。我不要吃！妳從小就這樣虐待我，現在也該住手了吧，而且妳怎麼可以殺了奧拉？這孩子根本就不知道她在說些什麼，不過她受了驚嚇，會有這種反應也是很正常的。

我說我只是以正當手段自我防衛，而且那傢伙本來就應該受罰。我可是救了妳的命呀。妳現在得休息一下，知道嗎？

睡覺，休息。

當個乖孩子吧。

乖孩子都會安靜地休息、睡覺，因為小孩子本來就偶爾需要小睡啊，而且我們當母親的人有時候也需要屬於自己的平靜時光，讓心情沉澱，這很奇怪嗎？

她太激動，太不受控制了。這孩子就只會無病呻吟。叫個不停。還胡亂哭鬧。

再這樣下去不行。

妳得冷靜下來，要心平氣和，不要這樣吵吵鬧鬧。

妳不要激動。

最後，她終於就範。

我輕撫她的頭髮，在她身旁陪了好一段時間。

事出必有因，這點我非常確定。

燃木壁爐旁還留有一些木材和火種。我在爐子上頭的架上找到火柴，打開爐門，把木頭排好，然後點燃火種和幾張報紙，等到火燒起來，又再加了幾根木材，不久後，整間房子就變得暖和又溫馨。

我走下樓梯右轉，往地勢較低處看，那裡矗立著史川德加登那棟帶有露台的長型主要建築、一旁的小木屋、迷你高爾夫球場，還有營地旁的淋浴間和廁所。

這裡的黃金時期早已走入歷史，但在這世界上，只有這裡是我的歸屬，我這輩子註定要落腳在這兒。

我轉身走向懸崖附近的眺望點，摸摸一旁的石鹿。牠可是一直忠心地站在原地，見證我跟伊莎貝兒的故事呢。

這孩子可以說是我的一切，是上天賜給我的奇蹟。誰會想到我歷經的那些苦，竟能替我換來伊莎貝兒呢？

她現在就得去睡覺才行。我已經哄了她好一陣子，但她一直喊說胃痛，還哭哭啼啼地鬧個沒完。

我小心翼翼地打了她幾下，接著稍微加重手勁，結果她馬上出聲反抗，又再叫得更大聲。我伸手抓住她，同時用另一隻手打她，並把她的頭壓到枕上，動作雖然謹慎，但意志非常堅定。小孩子怎麼可以不知分寸呢？我把她緊緊壓住，繼續打她，不讓她逃，而她這個精力過剩的小傢伙當然也有反抗，不過我的態度非常堅決。身為母親的人就是要像我這樣，讓孩子知道家裡作主的人是誰，絕對不能讓步。規矩可是很重要的，要是沒了規矩，天下可就要大亂了，所以這孩子現在一定得去睡覺才行。我壓住她的頭，繼續打她，還一邊哼歌給她聽。

最後她終於在搖籃裡入睡，我也在她身旁睡著。

我醒來時，伊莎貝兒還在睡。

睡了好久，都沒有醒來。

我把她抱在懷裡，輕柔地對她說些甜蜜的話，但她卻一動也不動，小小的身體軟趴趴的，接著慢慢失去了溫度。要是她著涼可就不好了。我好輕、好小心地搖了她幾下，她沒有醒來，我又再輕推，可是仍舊沒用，這下我只好猛力搖晃她的身體，狂喊她的名字，甚至還狠狠地打了她幾下，卻怎麼也無法把她叫醒。

傻孩子。

妳這不乖的傻孩子，怎麼會傻成這樣呢？

在爸眼裡，這都是我的錯。

他沒有問我事情經過，卻用責怪的眼神看我。

他覺得是我痛下毒手，我看得出他很怕我。他怎麼會認為我傷了自己的女兒呢？她可是我的全世界啊。

我沒有做錯什麼。我是個好媽媽，我一向都是盡心盡力的。

我是個好媽媽。

日子一天天地過。我時時刻刻都把她帶在身旁，念故事給她聽，讓她在我床上睡覺，替她洗澡、梳頭，也帶著她一起吃早餐、散步。她全身裹著毯子，躺在地上，不哭也不鬧，讓我可以很輕鬆地唱歌給她聽。我們每天二十四小時都黏在一起，我跟她說想哭就哭，沒有關係，伊莎貝兒，我保證，媽不會罵妳的。

但她仍毫無聲響。

只是繼續沉睡。

某天晚上，爸走進我房間，當時伊莎貝兒裹著粉紅色毯子，躺在我身邊。她是那麼小，又那麼地毫無防備，所以我希望能永遠把她帶在身邊。我只是想保護她，不讓她被壞人傷害而已啊，爸為什麼就是不懂呢？

我又哀又求，但他卻無視我的眼淚，把我推到一旁，抓起伊莎貝兒，丟進垃圾袋，又再放入幾顆石頭，最後用尼龍繩綁緊。

我放聲尖叫，對他又踢又捶，可是他仍無動於衷。我使盡了全身的力氣哭喊、哀求，最後卻也只能站在懸崖邊，看著他划船出海。他提起垃圾袋，往船舷一甩，我的孩子就這麼沉入了暗黑的深海。

每天傍晚，我都坐在這裡陪她，即便太陽已經下山，我都還是會坐上好一陣子，想要貼近她的心，讓她知道我沒有拋棄她。我甚至還把石鹿搬上懸崖，讓鹿永遠照看她。

後來，**他們**出現了。

是對賞心悅目的男女，看起來很開心，好像把史川德加登當成自己家似的。

那個甜蜜小家庭的一舉一動我都看在眼裡。我看著那對男女在沙灘上散步，哈哈大笑、相互挑逗，還旁若無人地彼此摸弄，實在很不雅觀。兩人都只是乳臭未乾的孩子，根本還沒成年，說穿了就是大都市那種被寵壞的小屁孩，驕縱到不小心生了個嬰兒出來。他們倆逗著那個女嬰玩，笑得好大聲，一副無憂無慮的模樣，自以為了解快樂的真諦，還以為快樂能延續到永遠。

他們有體驗過悲傷嗎？他們知道每天都像頸上拴著枷鎖的動物一樣，被恐懼和自我憎恨囚禁，是什麼感覺嗎？

那種痛他們永遠不會懂。

他們做愛做得好開心，叫床聲也像動物一樣。這兩個傢伙根本就不知道嘴巴被摀住，內褲被扯掉，雙腳被扳開，下體被摸弄是怎樣的感覺。那種痛和恥辱會深植在受害者心中，憤怒卻無力的感受會像毒藥般在身體各處延燒，被撕裂的陰道也會永遠淌血。

但他們卻是那麼享受做愛的過程，還生了一個漂亮、健康的寶寶。

他們嘗受過失去孩子的痛嗎？當然沒有。

他們自己也不過是青少年而已，根本就不配擁有孩子。

我開始跟蹤那對男女，看他們彼此愛撫、親吻，聽他們呻吟。明明就有個小嬰兒在同間房裡睡覺，他們卻還是性慾高漲地蠕動著身體，實在讓我覺得噁心。

這兩個孩子需要有人來教教他們。一定要有人出面主持正義，讓他們知道人生無常，讓他們看見人生的黑暗面，嘗嘗痛苦的滋味才行。

我一遍又一遍地跑到小木屋監視、偷聽，好像有股隱形的力量驅使著我，讓我覺得跟蹤他們是我無法推拖的使命。

後來我真的看到了。

其他人一定沒看見，也絕對無法理解。

我的禱告終於應驗，願望終於實現。我就知道她會回來。

我的小寶貝回來了。

我親愛的伊莎貝兒。

妳終於回到我身邊了。

我順利通過了考驗，證明自己一點都不軟弱，是個堅強的人。現在輪到那個賤女人受苦了。我輕手輕腳地抱起我的小寶貝，親親她的額頭和軟綿綿的小臉。她現在已經屬於我了，她這輩子都得待在我身邊。

我才是她真正的母親。

我想讓爸也見證這個奇蹟，所以便抱著她，坐在壁爐旁的搖椅上等他回家。躺在我懷裡的伊莎貝兒哭得很厲害，但是沒關係，我會安撫她、哼歌給她聽，並輕聲叫她安靜。

爸說他不懂。我明明就很鎮定地跟他解釋，他卻不想聽，也不想了解。伊莎貝兒回到我身邊啦，爸，你看到沒？你不覺得這真是個奇蹟嗎？

我爸向來都膽小如鼠，是個軟弱的廢物。他要是夠有擔當的話，就不會把我丟給生下我的那個蕩婦了。

他說我有病，說我很可怕，說我嚇到他了。

你怕什麼？我實在不懂。我是你女兒耶，你為什麼覺得我恐怖？你怎麼可以說我發瘋，說我有病，還說這個伊莎貝兒不是我女兒？

我把她舉到他面前，讓他看個清楚。這就是你孫女**伊莎貝兒**，我們三個人會一起住在史川德加登，你、我，還有我的小寶貝。

爸不敢面對現實，抓了一瓶酒就開始喝，結果醉到不省人事，令我感到噁心、厭惡。他就跟我媽沒兩樣。他們這兩個廢物都活得毫無尊嚴，我絕不允許自己像他們那樣。

晚些時候，我聽見爸打給警察，口齒不清地說他握有關於史川德加登那個失蹤女嬰的情報，說他知道發生了什麼事。**你明天一早就過來，我會把一切都告訴你。**

我的心全都碎了。我跟他攤牌，說我有聽到他在講電話。爸，我可是你親生女兒啊，你怎麼可以背叛我？你這個胳膊向外彎的傢伙，我恨你。**不會有事的，克絲汀，妳不會有事的。**他說話時，滿佈血絲的雙眼盈著淚水，我一看就知道他在打什麼主意。這次他又想把孩子從我身邊奪走，包進毯子，放入垃圾袋，讓她葬身大海，好像她生來就是該被丟掉的垃圾一樣。

他喝醉後在屋裡到處跌跌撞撞，講話含糊不清，像個瘋子般胡言亂語。誰說我有病？發瘋的人**根本是他**。

最後，他在沙發上昏睡過去。

爸，你注射胰島素了嗎？來，我幫你吧。

事情比我想像中簡單許多。

我當初處理掉伊莎貝兒的生父時，也沒費多少功夫。那次我用了大量的海洛因。

完事後，我整個人既放鬆又開心。

而且覺得好自由。

不過我在注射胰島素時，還是啜泣了一下。雖然爸對我做了那麼多不可原諒的事，但我對自己的父親還是有感情的。沒想到我多年後要除掉漢斯時，心裡也有相同的感受。我每次偷放抗凝血劑時，都會忍不住偷哭。

可是人必須坦然地接受生與死。

這麼一來，人生還有什麼事不能解決呢？多虧了大半輩子的歷練，我才學到了這一課。

我親愛的父親就那麼走了。

隔天早上，警方跟我叫的救護車同時抵達。我說女兒才終於睡著，拜託大家保持安靜。她整晚都哭鬧不安，不過已經學會叫「媽媽」了呢。

媽媽，媽媽媽媽，媽——媽——。

她整晚都這麼叫個不停，我心中的喜悅實在難以言喻。

我把門打開，「謝謝你們這麼快就趕來，我爸就在裡面。」急救員和其中一名警察走進屋內。

「他昨晚喝得很醉，」我說，「但其實他平常就有飲酒過量的問題。他喝了一整夜，結果我今天早上就發現他癱在這裡，可能是低血糖症吧。」

「低血糖症？」警察問道。

「對，就是血糖過低，」我說，「其實這也不是他第一次發作了，他一直——不對，他**生前**就有糖尿病。」

史瓦・尼爾森很和善，他這種中規中矩的好人最好應付、最好騙了。我一看就知道他這輩子從沒吃過苦，也從未被迫活在陰影之中。

「妳應該知道昨天史川德加登有個小女孩失蹤吧，」他說，「妳父親說他知道內情。我知道妳現在一定很難過，但這件事我實在不能不問。」

「那件事我有聽說，實在是太可怕、太令人難過了。我們昨天剛好有聊到，但他當時已經喝了很多，整個人醉醺醺的。我自己也有個女兒，所以我知道那個母親一定非常煎熬。」

「他說了些什麼？妳記得嗎？」

「記得什麼？」

「關於失蹤女嬰的事。她叫艾莉絲。」

「抱歉，」我說，「這我恐怕幫不上忙。」

「妳父親說他知道事情經過，」史瓦・尼爾森說，「還說他會把一切都告訴我們。妳有可能猜到他是什麼意思嗎？」

「他說嬰兒車放得離海很近，那兒的海流又很強。爸對這一帶的海況瞭若指掌，但他喝醉時話總是很多，而且我女兒又一直沒辦法入睡，我多半都在陪她，所以他說了些什麼，其實我大概有一半都沒聽清楚。」

我擦乾眼淚，說父親突然過世，讓我驚嚇不已，想一個人好好沉澱思緒。我親愛的、可憐的父親啊，這世上再也找不到像他這麼好的爸爸了，我跟他那麼親，結果他竟然就這樣猝死，我實在傷心到難以平復。

史瓦・尼爾森十分善解人意。他道了個歉，說希望沒有造成我太大的困擾，然後就帶著其他警察離開了。

伊莎貝兒啊，這是我跟妳的第二次機會。我們又回到了這一切的起始之處，要重獲新生了。

伊莎貝兒

我聽見耳際傳來電話鈴聲，睜眼又看見一道光束閃爍。

我只記得自己昏倒前，腦袋彷彿快要爆炸。

此刻，我的頭仍抽痛不已。我試圖移動，想知道自己身在何處，但脖子卻無力到沒辦法支撐頭部。我伸手碰觸頭皮，在髮絲之間摸到一塊已經乾掉，但仍有些濕黏的東西，嘴裡有股鐵鏽味，鼻孔裡也飄來血味。

我躺在一個暗黑的空間裡，身上蓋著毯子。

我躺的那塊墊子凹凸不平，有股久久不散的霉味。寒氣從地板和牆壁滲入，空氣冰冷又潮濕，只有一道微弱的光線從護窗板的縫隙照進室內。

我不願回憶奧拉遭遇的事，但他卻一直出現在我腦海中。我還記得鮮血從他的喉嚨噴灑而出時，他的眼中充滿驚嚇與恐懼，無論漢娜多使勁地壓，都沒能把血止住。我衣服正面的硬塊，就是他乾掉的血。

費德利克呢？他人在哪？他跟漢娜通過電話了嗎？她又說了些什麼？他有報警嗎？警察有在找我嗎？

我掀開棉被，坐起身來伸展手臂和雙腿，感覺到關節疼痛又僵硬，也發現兩隻腳上的襪子都已不見。我全身發疼，臀部更是痛得厲害，而且飢寒交迫，即便穿了羽絨外套，都還是不停地發抖。

這時牆壁裡傳來沙沙聲，是老鼠嗎？我縮起原本踏在地上的腳，環望暗黑的四周。房裡有桌子、椅子、老舊的五斗櫃和靠在牆邊的書架。

我看見角落有個錫製水桶和一捲衛生紙，於是離開床墊，脫下牛仔褲，蹲在桶邊上廁所。尿完後，我走到門邊，盡可能以不出聲的方式呼吸，靜靜地站在那兒細聽，確定外頭沒人後，才壓下門把。

門鎖住了。

我往床墊的方向走回去，途中覺得腳好像踩到什麼，於是彎腰撿了起來。

是本宣傳手冊。

歡迎光臨！

史川德加登是波羅的海的珍珠

請和全家人盡情享受陽光、微風和海水吧

封面的文字下方印了一張照片，背景是陽光燦爛的沙灘，有一家人在水邊踏浪。我想翻頁，但紙張已被濕氣摧殘不堪，我才一碰，冊子就完全解體。

一會兒過後，我聽見腳步聲，門底的縫隙也透入黃色的光。鑰匙戳入鎖孔，發出喀啦聲，門隨之打開。

媽手裡拿著煤油燈，燈光由下往上地把她的臉照亮。她面帶笑容，嘴裡哼著歌，眼神空洞，眼球透亮得像彈珠一樣，我幾乎都要認不出來，也完全不敢問她打算對我怎樣。

她一語不發地抓住我的手臂，把我帶出房間，途經走廊，再走入廚房。那兒的窗上沒裝護窗板，採光比我被關的房間好一些，不過煤油燈一照，我就發現廚房其實跟剛才那裡一樣髒。這裡似乎已經很久沒人住了，不過屋裡卻很暖和；燃木火爐散出的熱氣溫熱了整個空間，也讓我的雙腳在解凍時感到一陣刺痛。

我環顧四周，發現廚房很寬敞，是採開放式設計，裡頭有幾只暗綠色的櫃子，牆邊放著幾張凳子，中間有張粗木條製成的餐桌，周圍則排了六張椅子；朝大型的窗外望去，可以看見花園與海。往海的後方再眺望，可以看見鮮豔多彩的，由橘色、粉色和紅色混合而成的天空，小孩子看了一定會很興奮。太陽就快要下山了。

媽繼續哼歌，一邊擦掉我額頭上的血，說我很快就會好了。**可憐的小寶貝啊，妳運氣還真差耶，不過是妳自己太不小心，所以也怪不了別人。**

她現在看我的眼神，我再熟悉不過了。她每次在我受傷後替我處理傷口時，眼裡都會閃爍這種光芒。她最喜歡小題大作地關心我、照顧我、呵護我，好讓大家覺得她是個慈母。

這次我終於看穿了她。

這番領悟讓我的頭痛瞬間消退，心底深處的恐懼也一掃而空。我整個人好像從做了一輩子的夢裡醒了過來，不再壓抑，也不再害怕。

只覺得好生氣。

「我之所以會受傷，都是妳的關係，妳老是說我把自己弄傷，但其實每次都是妳在害我。」我說。

媽停下動作，頭一歪，盯著我看。

「親愛的啊，」她回答，「妳怎麼毫無長進呢？我還以為妳會懂呢。」她又再用軟棉花球浸濕傷口，讓我感到一陣刺痛，但我還是狠狠地把頭轉過去瞪著她。

「有一次我只不過是想跟全班一起去特維利樂園，結果妳就抓著我的手往車門上砸，還砸了好幾次。我一直尖叫，求妳住手，但妳就是不肯聽，為什麼？傷害我對妳來說有什麼好處？」

「她就在附近欸，我怎麼可能讓妳在那邊到處亂跑。」

「**誰？誰**在附近？」我想聽她親口說出真相。

「伊莎貝兒，我從來沒有傷害過妳，一直以來，都是我在養育妳、保護妳，」她拿出ＯＫ繃，貼到我額頭上，「因為我希望妳堅強，知道嗎？作母親的人當然要照顧、保護孩子啊。」

「這是什麼地方？」

「是我們的祕密基地。這裡雖然跟外界隔絕，卻是只屬於我跟妳的小天地，所以就讓我們共度美好時光吧。」

「是不是叫史川德加登？這到底是哪裡？」

「是天堂。」

她轉身從廚房的流理台下拿出長柄深鍋，打開蓋子，裡頭是豆子湯。「妳一定餓壞了，我們先來吃飯吧。」

媽對我微笑，輕撫我的臉頰，但她一碰到我，我就覺得背脊發涼。

「妳有病！」我說，「妳根本就完全瘋了。」

她笑出聲來，而且是放聲狂笑，好像我剛才說了什麼蠢的離譜的話，但我也不甘示弱地擠出笑聲，想讓她知道我對她已不再恐懼。

「我們也該回家了吧，」我穩住聲音說，「回家後就可以重新開始啦。我們共同經歷了這一切，感情一定變得比以往更堅定了，所以我們不僅可以重溫舊時光，說不定還會處得比從前更好呢。」

為了說服她，我什麼話都說得出來。如果我假裝不在乎她的惡行，若無其事地說些她愛聽的話，或許會有用也說不定。

「而且我也該打給喬安娜了，」我說，「我最近有好多必修的研討課都沒去上，她一定覺得很奇怪吧。」

媽嘆了口氣，「伊莎貝兒啊，她根本是個壞朋友。」

「如果妳希望我搬回家的話，我也願意，到時我們就可以天天在一起了。」

她凝視窗外，一邊用勺子緩緩攪動鍋裡的湯。我從窗上看見她的倒影，覺得她簡直就像是雙眼凹陷的扭曲生物。我剛才說的話，她有在聽嗎？

媽攪湯的手停了下來。「不久前妳才想離開我，」她說，「妳是想去跟**她**見面，對不對？」媽說到「她」這個字時，語氣中充滿嫌惡。

「我不會再參加諮商，也不會再見她了。」

「她兒子會被車撞，全都是妳的錯，誰叫那把該死的紅傘誤導了我，讓我以為拿傘的人是她，我真的別無選擇。再說，她現在應該要好好照顧**他**才對，怎麼會一直跑來找妳，慫恿**妳**問東問西呢？這都是因為她根本就不關心自己的孩子，只會想到自己，她就是這種人。」

我胸中一陣反胃。她幹了什麼好事？她究竟還殺了誰？

「妳在說什麼？」我用氣聲說。

媽看著我，再度面露笑容，然後拿出麵包和一把刀，「親愛的，很抱歉，我們不能回家，因為她已經找到那裡去了，而且我看她絕對不可能放棄，所以她最後也一定會發現我們在這裡的。」

「那她為什麼想要找我們？妳說啊？」

「這一切都是她的錯，都是她害得我們必須逃離家裡。伊莎貝兒，妳自己想想看，妳認識她以後，心理狀態產生了怎樣的變化？我告訴妳，妳根本完全變了個人。我這個當媽的看女兒心情這麼差，還變了個樣，卻不能發表意見，妳覺得我會開心嗎？就算我真的跟妳談，妳也不可能會聽。」

她開始切麵包，但切到一半卻把刀拿起來看了看。那刀子鋒利又尖銳，是用來去骨的刀子，根本就不該用來切麵包。

這時，她的表情變了。

她臉上充滿怒氣、悲傷與憤恨。

「她什麼都有，但她根本不配，而且她從來沒在乎過妳，我告訴妳，其實我是幫了妳一個大忙好嗎，再說，我們都一直處得很好啊，不是嗎？」

「我不是妳女兒，」我說，「我們的血型搭不起來，妳根本就不是我媽。」

「這都不重要，反正妳現在已經是我的女兒，而我也是妳媽媽了。」

「妳藏起來的那些照片上有個嬰兒，她是誰？」

媽猛地轉身，舉起手上那把刀往我的方向丟，我還沒來得及反應，刀就從我手邊飛過，砸到我身後的牆，最後掉在地上。

隨之而來的沉默震耳欲聾。媽緊閉雙眼，雙手抱頭地站在原地顫抖、晃動。我看向大門，心想不知道有沒有鎖，但就算現在大門敞開，我大概也跑不了多遠。

「親愛的寶貝啊，妳看妳做了什麼好事。」媽又戴上善良的面具，用溫和的聲音說話了。

她走到我身邊，一遍又一遍地輕撫我的頭髮。

「妳一直都是我的呀。自從妳離開的那刻起，我就知道妳一定會回到我身邊。伊莎貝兒，別擔心，我們會永遠在一起的。漢斯當初就是想破壞我們的感情，不過我沒讓他得逞。」

我一點都不想聽，但媽還是自顧自地繼續講。

「我實在別無選擇，所以也只能讓他走，妳一定要體諒我啊。不過小寶貝，妳別難過，他死的時候一點也不痛，完全沒有感覺的哦。」

她抬起我的下巴，要我看她，但我把眼神撇開。

「伊莎貝兒，妳只是還不懂而已。作母親的人就是應該像我這樣，為了保護孩子而奮不顧身，不擇手段。」

史黛拉

我開上通往史川德加登的路時，時間已至傍晚。我把車停好，下車關門，四周只有風把樹木吹響和浪花擊打海岸的聲音。

夕陽把整片天空照成粉紅色、橘色和黃色。我一想到艾莉絲現在就在史川德加登，一想到我等了這麼多年，終於要找到失蹤的她，就覺得一切都好不真實。

過去這些年來，白日夢和惡夢我都作過。我無數次想像自己會如何把她找回來，我們倆重逢時又會是怎樣的場面，不知多少畫面曾在我腦海中上演。我心心念念地想找到她，卻又很怕自己會因而走火入魔。

主建築的護窗板仍舊鎖著，看起來並沒有人來過，廢棄的小木屋也還是空無一人。小丘上的那間房子一定就是倫丁生前的家吧。我走向憂煩小徑，又經過憂煩之環，但走了幾公尺後，就轉身回去撿了一塊石頭，放在手裡掂了掂重量，收進口袋，然後才繼續往前走。

我爬到高處，看見山丘上的房子。黃色的光從窗戶映射而出，屋外停著一台深色日產汽車。

那台車的顏色很深，好像是黑色，但也有可能是深藍色，或許是休旅車也說不定。我轉頭去看時，駕駛有先放慢速度，接著卻踩下油門，往我的方向直衝上來。

我拿起手機，打給亨瑞克，但他沒接，所以我傳了封簡訊，跟他說我人在哪裡，接著才往屋子走去。窗框的半圓形花邊像薑餅的邊緣似的，相當可愛。正當我要走上門階時，一個身穿鬆垮毛衣的女子開了門，手裡拿著一盞煤油燈。

「我就知道妳會來，」她說，「要不要進來喝杯咖啡？」克絲汀看著我露出微笑，看來她一直在等我。

她走回屋內。

我也跟了進去。

挑高的走廊空間很寬敞，往左邊一轉，就可以直接進到廚房。廚房灰塵滿佈，窗戶也需要清洗，裡頭放了好多盞煤油燈，還有一只散發熱氣的燃木火爐——看來電力已經被切斷了，畢竟這地方都廢棄了二十多年啊。烤麵包機、大理石臼和幾罐食品排在廚房的長凳上，一旁還有個裝滿的水桶；餐桌上堆著一疊報紙，最上面的那張發行於一九九四年，灰塵滿覆。

「真是個不錯的房子啊。」我說。

克絲汀歪頭看向窗外，「是啊，這裡從前很不錯呢，不過現在變成這樣，我看還不如一把火燒掉。」她點了一盞新的煤油燈，再次露出微笑。

艾娃。

克絲汀。

我的新朋友。

「燒掉也太可惜了吧，」我邊說邊往餐桌底下看，地上有一把刀。趁著克絲汀背對我時，我朝桌子走了幾步，我要把刀撿起，架到她面前，逼她說出艾莉絲的下落。

「我們之前就見過了，對吧？」我說，「在克羅納伯格斯公園。」我往前又跨出了一步，把動作放得很慢，一步，再一步。

克絲汀突然猛地轉身，衝向桌邊彎腰撿起了刀子，她把刀指向我，緩緩地搖了搖頭。

「妳當時就應該聽我的話才對，」她說，「我明明就警告過妳了。我叫妳放手，不要再繼續追，不是嗎？」

「妳開車輾過我兒子，」我說，「害他差點喪命。」

「是妳害我別無選擇，我非阻止妳不可。」

「那妳為什麼之前要鼓勵我追查真相？」

「因為我了解妳的心情，」她說，「失去女兒這種事太淒慘了，而且害她不見的人又是妳自己，所以妳一定很崩潰吧。這些我都懂，我真的懂，但妳得搞清楚，伊莎貝兒是**我的**女兒，這是**不爭的事實**。」

她對自己的話深信不疑，她是真的認為艾莉絲是她女兒。

「妳跑到我家外頭偷窺，」我說，「穿著雨衣站在街上，用帽子蓋臉，我都有看到；我家信箱的那封死亡威脅信就是妳留的，而且妳還打來騙我說我兒子出事，妳做這些到底是為了什麼？」

克絲汀笑出聲來，但隨即轉為嚴肅，「妳怎麼老是這麼自以為是，以為自己高人一等啊？其實妳的處境一直都像在走鋼索，要把妳推下懸崖根本一點也不難。」她把咖啡壺裝滿塑膠桶裡倒出的水，放到爐子上，又舀出一些咖啡粉，一副要跟朋友喝咖啡、話家常的模樣。我走到餐桌旁坐下。

「要整妳還不簡單嗎？」她說，「誰叫妳那麼輕易地就把我想知道的一切都告訴我啊？**哎，我老公，他不可能相信我的，他一定會覺得我瘋了**。妳一定覺得自己很可憐，畢竟像妳這種『成功人士』被送進精神病院，自尊心怎麼可能不受打擊呢？」

她的聲音善解人意又充滿同情心。

「妳根本就不了解我，」我說，「也不知道我經歷過什麼。」

「妳確定嗎？我知道的可比妳想像中多上不少。」

「那妳說啊，妳知道些什麼？我很好奇呢。這些年來，妳都一直盯著我嗎？」

她瞇起雙眼，表情也因為憤怒而變得僵硬。一開始我還以為她要拿刀攻擊我，但她馬上又回復平靜。

「妳把自己想得太重要了，」她說，「不過我當然有查出妳的身份，知道妳這些年來都在幹什麼。妳嫁了個出身名門的老公，不但變得有錢，社會地位也水漲船高。」她繼續說道，「不過坦白講，妳老公算是很討人喜歡的，我跑去把妳的事情告訴他時，他表現得很得體，哦，對了，長相也很英俊呢，妳對他應該很滿意吧？男人這種生物我太了解了，他們心底深處其實都是臭豬哥，跟野獸沒兩樣，而且大多數都喜歡把女人踩在腳下，不過妳老公不一樣，他很尊重我，也完全沒碰我。」

克絲汀坐到我對面。

「後來妳又再生了一個孩子，這我一點都不意外，妳一定覺得自己註定會再度成為母親吧？你們在昂貴的社區買了豪華的房子，衣食無缺，生活應有盡有，雖然妳這種罪人不配擁有這一切，不過我還是很替妳開心，甚至還為妳掉了一兩滴淚呢，這點妳可要牢牢記住哦。」

「伊莎貝兒跑來找我看診，」我說，「一定讓妳很糾結吧？心理治療師那麼多，偏偏她就被轉到我這兒，克絲汀，妳不覺得這完全是命運的安排嗎？妳相信因果報應嗎？妳不覺得做壞事的人終究會被懲罰，真相終會獲勝嗎？」

克絲汀起身開始擦桌子，接著又擺出一盤麵包，但手裡始終握著刀。

「膽小鬼才會那樣想，」好一會兒過後，她終於開口，「這種想法太軟弱了，不過倒很適合妳呢。」

「所以說妳很堅強囉？妳勇敢到有辦法面對這一切？」

「妳不可能會懂的，」克絲汀說，「妳根本就無法想像我這輩子經歷過多少試煉。妳這種人啊，只要稍有不幸，大概馬上就會一蹶不振吧。」

「我知道伊莎貝兒是我女兒，」我說，「她就是艾莉絲。」

克絲汀看著我，「妳配不上她。妳自己不也說了嗎，或許妳從來都不是當媽的料。妳讓女兒不見，還讓兒子被車輾，世上哪有像妳這麼糟糕，這麼一無是處的母親？這不用我說，妳自己應該也心知肚明吧，所以囉，她還是當我女兒比較好，妳不覺得嗎？」

「開車輾我兒子的人**是妳**，偷走我女兒的人也**是妳**。妳怎麼做得出這種事？世界上怎麼會有妳這種人？」

克絲汀的聲音變得很不屑。「哪種人？我告訴妳，我只是把該做的事情做好，不讓局面失控而已。妳以為我沒吃過苦嗎？」她說，「很多東西別人都視為理所當然，我卻往往得不到，生命也慘遭蹂躪，整個人破敗不堪，那種感覺妳懂嗎？不可能。妳憑什麼覺得自己可以甩脫當年的罪咎，可以毫不付出，就享有一切？為什麼妳就不用像我一樣吃苦受罪？」克絲汀把滾燙的水倒在咖啡粉上。

我把手伸進口袋，緊緊捏住石頭。其實我現在就可以動手，用石頭砸她腦袋，讓她失去意識。

但我決定按兵不動。我得先問出艾莉絲的下落才行。

「她在哪？」我說。

就在那瞬間，我的手機響起。我把空著的那隻手伸進另一個口袋，笨拙地摸找，最後才終於把鈴聲關掉。我拿出手機，在桌子底下檢查來電顯示。

是亨瑞克。

克絲汀輕輕地把咖啡壺放到桌上，看著我，對我伸出手。我現在要是敢接電話，大概就再也見不到艾莉絲了。我交出手機，克絲汀接了過去。她先是看著螢幕閃爍，接著就打開火爐的門，把手機丟入火堆，又再把門關上。

「這東西妳不需要了。」

「我再問妳一次，」我說，「她在哪裡？」

克絲汀沒有回答，只是拿起煤油燈，往前廳走去，並用拿刀的那隻手示意我跟上。經過客廳時，我發現家具全用白色床單罩著，火爐裡突然傳來電池爆炸的悶響，讓我不禁顫抖了一下。

太陽已經下山了。從長型的窗戶望出去，可以看見壯闊的海，還有殘留在天空中的幾道紅色餘暉。

我們停在走廊底端那個房間的門前時，我好害怕會看到駭人的畫面，口袋裡的手也把石頭握得好緊。克絲汀將鑰匙插入鎖孔轉動，門應聲打開。

房裡的家具全都堆在角落，另一角則放有水桶和一捲衛生紙，尿騷味很重。除此之外，地上還有一個床墊和一條很髒的毯子。

她就躺在那裡。

卻一動也不動。我來得太遲了嗎？

「妳幹了什麼好事？」我說，「妳把她給怎麼了？」

我往前跨出一步，手臂卻被克絲汀給抓住。

我想要掙脫，好拿出石頭，偏偏她緊抓不放，指甲還深深陷進我的皮膚。克絲汀的力氣好大，指甲也好尖。她把刀子戳向我，刀鋒離我頸部只有一公分的距離。

「她已經是我的了，我才是她母親。」

伊莎貝兒

房裡似乎比先前還暗，我幾乎什麼都看不見。我雖穿著外套，又蓋了棉被，卻還是冷得發抖。火爐的熱氣沒辦法傳到這裡，不過我寧願受凍，也不想跟她共處一室。

她明明就是殺人兇手，怎麼還可以在爸的喪禮上哭成那樣？她到底是什麼人？是多麼可怕的怪物？而且她到底想對我怎樣？

我要是有力氣的話，早就起身反抗，跟她拚命了，但我全身疲軟無力，根本無法再次脫逃。

如果我說我是她女兒的話，她會放過我嗎？我是不是該假裝我只屬於她一個人，沒有人可以搶走？

人身處在黑暗中的時候，任何聲音都能聽得一清二楚。一開始我覺得好像聽見幾百個人在低聲說話、在唱歌，好一會兒過後才發現那是海浪的聲響。

後來我又聽到屋外好像傳來車聲和狗叫聲，不禁想起個性執著的史黛拉。或許她會來救我也說不定，畢竟她是我的親生母親……我爬到牆邊，把耳朵貼在壁紙上，卻只聽見自己的呼吸聲和重重的心跳。

我開始對自己既生氣又失望。我老愛作夢，逃避現實，淨想些不可能發生的事，只為了讓自己好過一些。史黛拉根本就不知道我在哪，也不可能來救我，費德利克也是，他怎麼可能找到這裡來呢？沒有誰會來救我的。

我現在是孤身一人。

我一想到費德利克，就不禁在腦中描繪我原本可以擁有的生活。我會成為土木工程師，找到高薪又有趣的工作，交到許多好朋友，並跟我這輩子的摯愛結婚，過著幸福快樂的日子。我們會一起旅行，看遍這世界，或許哪天也會生小孩，一男一女似乎不錯。

但這樣的美好人生是不可能成真了。

我只能孤伶伶地被關在這，沒有人知道我在哪。

朋友們是很擔心沒錯，警察也正在找我，但時間正一點一滴地流逝。我就這麼無聲無息地消失，說不定失蹤的新聞會在電視、報紙和網路上報一陣子，可是終究不可能會有人找到我。

我就要永遠消失在人世間了。

一道黯淡的光滲入門底的縫。看來我剛才又睡著了。

我聽見她在說話。

那聲音既遠又模糊，但我是真的聽見了。**史黛拉在這裡**，她來救我了。她一直在找我，她沒有放棄。

但同時，我也聽見媽在說話。她的聲音冰冷又輕蔑，還透出一絲憤怒。

門打開了，但我不敢抬頭，只是等在原地。

史黛拉問媽對我做了什麼好事，但媽卻只是耀武揚威地說我現在已經屬於她。

我把頭髮撥開，往上一看，發現克絲汀正緊抓著史黛拉的手臂。我最討厭她這樣了，尤其是她那會戳進皮膚的指甲更總是讓我惱怒。

更糟糕的是，她手上竟然還握著刀，就是她先前用來丟我的那把。她放掉史黛拉，朝我走來，拉我起身。

「妳受傷了？」史黛拉的聲音聽起來很恐慌。

「這不是我的血，是……」

「親愛的，妳醒啦？」克絲汀打斷我的話，「來，我準備了咖啡和麵包哦。」

史黛拉雙手握拳，一副恨不得要衝上前去揍媽的樣子。

不對，克絲汀不是我媽，從頭到尾都不是。我不會再那樣叫她了。

我想警告史黛拉不要輕舉妄動，因為克絲汀這個人難以預料，她會做出什麼危險的事來，誰都不知道。

妳沒看到她眼裡閃著狡詐的微光嗎？

我使勁地望著史黛拉，希望她能領悟到我想說的話，沒想到竟真的奏效。她迅速朝我點了個頭，意思是她懂。

我靠在克絲汀身上，讓她扶我走向前廳。我瞄向她手裡的刀，但她把我抓得好緊，顯然是想警告我不准胡來。

最後我們回到廚房。那兒放了好多煤油燈，但光線還是很微弱，而窗外的滿月也毫無光澤，像個沒擦亮的銀幣一般，高掛在海面上。我坐到餐桌旁，史黛拉在我對面坐下，媽倒了三杯咖啡後也跟著入座，緊迫地盯著史黛拉的一舉一動。

咖啡我一口都沒喝。我怎麼會蠢了這麼久，才發現自己吃的、喝的東西裡都被下了藥呢？這咖啡史黛拉也絕對不能喝，否則我們倆就都不可能逃出去了。

我把咖啡杯拿在手裡，趁克絲汀起身去拿糖罐時，在杯子上拍了幾下，用表情示意，史黛拉馬上看了她的咖啡一眼，把杯子推開，又用嘴型無聲地問我：**妳沒事吧？**

我點點頭，卻止不住淚水，只好舉起手，笨拙地拭淚。史黛拉對我伸出手。

「住手！」克絲汀尖叫，還把大理石臼猛力摔到桌上，差點打到史黛拉的手。

「快喝，」克絲汀說，「把妳的咖啡喝掉。」她把蠟燭放在桌上，坐下後把刀拿在面前，「史黛拉，我可以給妳一個彌補的機會。」

「妳要我怎樣？」她說。

「求她原諒妳，」克絲汀朝我點點頭。

「原諒？」

「對，因為妳是個一無是處的母親，所以我勸妳最好趁現在求她原諒，否則之後可能就沒機會了。」

史黛拉什麼也沒說，只是緩緩起身，拿了根蠟燭，逕自走向牆邊，過程中克絲汀都緊盯著她。史黛拉把光舉到一張錶了框的剪報旁，照亮版面上半部的照片：一個笑容滿面的男子站在一棟建築前，身後的長廊種滿了花。

「這是妳父親，對吧？」史黛拉轉身把蠟燭放下，「羅傑・倫丁。他知道妳偷走我女兒，原本也打算把實情告訴警方，結果還沒開口就死了。」

「誰叫他要背叛我呢，」克絲汀說，「他跟我媽一樣，都是酒鬼。當初他根本就不該把我女兒從我身邊奪走的，誰叫他要擅自埋葬她？不過感謝老天，她最後終於又回到我身邊了。」

她在說什麼？她口中的「女兒」是誰？又為什麼被埋葬？我跟這一切究竟有什麼關聯？

史黛拉從她牛仔褲的口袋裡翻出一張照片，放到克絲汀面前。

「這就是妳女兒嗎？她是不是伊莎貝兒？」

是我在家中書桌底下的櫃子裡找到的照片。怎麼會在史黛拉手裡呢？

克絲汀看著照片。

「這才是真正的伊莎貝兒，」史黛拉柔聲說，「這才是妳女兒。」

「我的寶貝啊，」克絲汀說，「我親愛的小寶貝。」

「克絲汀，這是**妳**女兒，不是**我的**，不是艾莉絲。這才是真正的伊莎貝兒，對吧？」

克絲汀抬頭看向史黛拉，表情看起來很困惑。

「真正的伊莎貝兒，」她邊說邊把刀子指向我，「就坐在這裡啊。」

「我才不叫伊莎貝兒，」我說，「而且我明明就應該要在史黛拉身邊長大才對。妳把我從我母親身邊偷走，妳偷了我的人生。」

克絲汀轉向我。「才不是那樣，妳別胡說八道。」她低聲說。

「胡說的人是妳才對。妳從頭到尾都是個騙子，妳說的話沒有一句是真的，**完全沒有**。我這一生都活在天大的謊言裡，而且妳還逼我在妳這種喪心病狂的殺人魔身邊長大。」

克絲汀開始哀求，「可是我愛妳啊，伊莎貝兒，但妳卻從沒愛過我。我已經那麼努力地為妳付出一切了，為什麼還是沒用？」

史黛拉從口袋裡掏出石頭，衝向克絲汀，但克絲汀彎腰閃掉了攻擊，並馬上持刀反刺。史黛拉尖叫出聲，手裡的石頭也隨之掉落。她握住手臂，用憤怒的眼神瞪著克絲汀。

這時克絲汀已站到我身後，把刀架在我頸上。

銳利的刀鋒劃過我的肌膚。

史黛拉

艾莉絲動彈不得地看著我。她的神情渙散，臉上瘀青片片，眼裡充滿著恐懼，額頭上那兒童用的ＯＫ繃顏色繽紛，但卻無法完全貼住過大的傷口。我看著克絲汀站在她身後，把刀架在她頸上，馬上知道自己非得轉移這臭女人的注意力不可。

「我還有一件事想問妳，」我邊說邊舉起左手，按住傷口。

「什麼事？」

「伊莎貝兒是不是葬在石鹿旁邊？」

克絲汀抓住艾莉絲的手，把她拽到身旁，帶她走向門邊。

「妳拿一盞燈，我帶妳去看，」她走出門時，刀子仍壓在艾莉絲頸上。我抓起煤油燈，跟了上去。

天空就像巨型的黑色水晶穹頂，星斗如碎裂的冰晶般閃亮；一陣凜冽的風從海邊吹來，從嘴裡呼出的氣都成了白煙。我們肩並肩地在黑暗中行走，克絲汀牢牢地把艾莉絲架在我跟她中間，始終不肯放手，刀子也一直架在我女兒的喉嚨上，刀鋒被月亮照得微微發光。情況太危險了，我根本束手無策。克絲汀到底還要走多遠？

同時，我的右手已形同殘廢，不僅手指難以動彈，疼痛也越發強烈，感覺就像傷口著了火，火勢蔓延至肘部，又再一路延燒到我整隻手臂。克絲汀不時用懷疑的眼神看我，但我都假裝沒發現。我想讓她以為我已決定乖乖就範，不過不曉得她有沒有上鉤。

克絲汀肯定是想把我帶到史川德加登，讓我看看她當年是在哪裡偷走艾莉絲，不過實際情況會如何發展，我就不知道了。

我們來到懸崖邊的石鹿旁。月光照亮海面，風猛地吹襲樹枝和我的頭髮、衣裳。

「這裡真是太漂亮了，」克絲汀說。她聽起來很開心，好像我們是傍晚出門散步，結果意外發現美景似的。

石鹿依舊眺望著大海。克絲汀把艾莉絲拽向地面，自己則蹲在石鹿旁，摸摸牠的背，然後重新起身，將刀子指向海面。

「我女兒就在那裡安息。」

我把燈放到地上，想要伸展受傷的那隻手臂，但痛楚已然加劇，手指頭也完全沒辦法動了。

「她是怎麼死的？」我問。

「她只是一直在睡覺，沒有醒來而已，但爸就是不懂。他帶著我女兒划船出海，把她丟進海裡，不過我還是把屬於我的孩子給找回來啦，」克絲汀看了艾莉絲一眼，又再看向我，「她現在是我的了。她成了我的伊莎貝兒，我女兒已經回來了。」

「艾莉絲從來都不是妳女兒，」我說，「妳只是趁她在睡覺時，偷偷把她從嬰兒車抱走而已。」

克絲汀抓住艾莉絲的頭髮猛扯，要她起身，痛得她一邊抽噎，一邊用手護頭。

「妳才不是她媽，」克絲汀用嘶啞的聲音說，「她根本就不想跟妳扯上任何關係。她只希望妳趕快消失，不要再來打擾我們。」

我又再靠近了一些。

「我們彼此相愛，」克絲汀說著又將手臂環上艾莉絲的脖子，把刀子架回她的喉邊，「她是我女兒，我是她母親。」

「如果是這樣的話，妳為什麼還不把刀子拿開？妳沒看到她很痛嗎？」

「看來妳還是一樣自以為是啊。妳當年就不配擁有她，現在也還是一樣。」

她們已靠近懸崖邊緣。艾莉絲凝視著我，眼神說明了一切。**再掙扎也沒用了**。

伊莎貝兒

刀子架在我頸邊，銳利的刀鋒緊緊地壓在我的喉嚨上，我不敢呼吸。我還不想死。

「我告訴妳，事出必有因，」克絲汀用氣音在我耳邊說，「伊莎貝兒啊，這個地方一直在牽引著我跟妳，其實我們的心始終都沒有離開這裡。」我試圖掙脫，但根本使不出力氣。

史黛拉又再靠向我們，並伸出她沒受傷的那隻手，指向刀鋒。

「我已經知道妳有多大的能耐了，所以妳趕快停手吧。」

「妳怎麼還是不懂呢？」克絲汀的聲音聽起來很失望，「妳到底有沒有在聽啊？伊莎貝兒的生父就是犯了跟妳相同的錯，我自己的父親跟漢斯也都一樣。你們這些人，為什麼就是不肯聽我的話。」

「把刀給我。」史黛拉的手仍伸得很直。

「想要的話就自己來拿啊。」

史黛拉的神情訴說了一切，她**知道**情況已經難以挽救了。我很想跟她道歉，說我不該把她捲入這一切，卻連一個字也擠不出來。克絲汀把我抓得更緊，不斷往後退。我往旁邊一瞧，才發現懸崖有多高，只要再退一步，我們倆就會落到巨石上，摔得粉身碎骨。

「我們本來過得那麼快樂，」克絲汀尖吼，「妳為什麼就非得來打擾我們不可？」

下一秒，史黛拉朝我們衝了過來，她抓住克絲汀的頭髮，猛力把她往旁邊拽。克絲汀失去平衡，沒能把我抓好，我於是得以踉蹌地逃離懸崖邊緣，跌在地上。

克絲汀把一隻手扣在史黛拉背上，史黛拉也用雙手緊抓克絲汀不放，兩人就這樣牢牢地拴住對方。那幅畫面就好像她們在滿月之下，正緩慢地跳著舞。

突然間，史黛拉卻轉頭看向我。她雙眼圓睜，倒抽了一口氣。

克絲汀把刀刺進了史黛拉腹部。接著狠毒地又再追加了一刀，當她舉起手臂，想再繼續時，史黛拉終於即時掙脫，同時也讓她失去了重心。她的手開始在空中揮舞，拚了命地想找個什麼東西來抓。

然後，史黛拉出手向她推去。

克絲汀伸出手，可是史黛拉沒有任何動作，只是漠然地看著她墜落。

她不斷尖叫，最後整個人落在巨石上，叫聲才終於停止。我爬到懸崖邊，看見她雙眼圓睜，頭部鮮血直流，兩條腿被海水沖刷，身體呈現很不自然的「大」字型。

而史黛拉則倒在我身旁。

「妳還好嗎？」她用微乎其微的氣聲說。

我靠到她身上，沒有回答。她因為疼痛而發出一聲悶哼，身體也一陣抽搐。

我直起身來注視著她。

她勉強對我擠出一絲微笑。

史黛拉

我們在原地眺望大海，看浪花擊打克絲汀屍體下的石頭。

我把她推下懸崖，我殺了她。她對我伸出手，但我只是看著她墜落。

艾莉絲說她其實很高興克絲汀死掉，還問我她這樣是不是很糟糕，但我說不會。

我全身顫抖，心跳加速，呼吸又短又急，嘴巴也乾得不得了，好希望有什麼東西可以喝。

艾莉絲問我傷勢如何，於是我拉開外套看了一眼，腹部的出血在衣服上開出了一朵黑色的花，血正汩汩地流向我的腿——我們倆都知道情況很不樂觀。她一臉震驚地用雙手摀嘴，然後脫下外套，蓋在我的肚子上，接著又摸摸我額頭，說我全身冰冷，毫無血色。

警笛聲愈來愈近，藍色的閃燈也照亮黑暗。艾莉絲叫我要撐住，說很快就會有人來幫忙了。

我往側邊一倒，癱在地上，看著海面在陽光下閃耀。艾莉絲傾身湊向我時，我很想告訴她這是我們第二次在這兒欣賞滿月，但嘴巴卻不聽使喚。女兒啊，我有好多話想對妳說，卻一個字也說不出來。

艾莉絲用雙手捧住我的臉，看著我的眼睛，說了些什麼，但我聽不見。

她把頭靠在我肩上，我可以感覺到她在啜泣。真希望我能多少安慰她一下啊。

伊莎貝兒

陽光灑落的牧場上四處都是罌粟花和黃毛茛，還有矢車菊、亞麻花、法國菊和野生香芹，所有花草都一齊盛放。

我緩緩地走在花叢間，用手指輕輕掠過長得好高的草。陽光直射我的背，慵懶的微風也吹拂我臉龐。我聞到新割的乾草散發香氣，也看見地平線在遠方如藍色緞帶般展開。

我想永遠待在這。

「艾莉絲。」

我轉身一看。

妳騎著馬，但從妳臉龐後方射出的陽光太刺眼，我幾乎快看不見，只好用手遮眼。

陽光越發明亮、強烈，即便我已瞇起雙眼，卻仍感到毫無幫助。太陽離我愈來愈近，原先散發的熱能也轉為冰冷的寒意，滿帶侵略性的陽光更是完全抹滅了一切。我用盡全身的力氣，使勁地大喊妳的名字，但妳卻消失無蹤，只留下越發脹大的太陽，讓我全身灼燒。

我放聲尖叫。

「伊莎貝兒？」我耳裡傳來另一個聲音。

我無法動彈，索性決定閉上雙眼，把頭撇開。

「伊莎貝兒，妳冷靜點，」一個男子說道，「妳看得到我嗎？妳知道妳在哪嗎？」

男人握著光筆，另一隻手則撐起我的眼皮。他面戴眼鏡，身穿白袍。

「我叫約翰・索德伯，是奧斯卡港醫院的醫生，這位是負責照顧妳的護士蘿塔。妳現在感覺如何？」

「史黛拉呢？」我想要坐起來，但發現手好痛，上面被戳入了一根針，針頭經由導管連向一袋液體。此外，我手肘彎曲處也插了針。

「史黛拉在哪？」我又再問了一次，「她怎麼樣了？」
「妳住院的事，我們應該要通知誰呢？」醫生問。
「她還好嗎？」
「我們先確保妳順利康復再說吧，」醫生低頭看向文件，「妳有沒有……」
「你為什麼不回答我？我被送來後已經問了好多次，卻都沒有人要跟我說，現在到底是什麼狀況？」
「她昨晚有動手術，」蘿塔說。
「她應該不會有事吧？」
「很難說，」醫生說，「她目前還沒醒來。」
他的聲音有些不對勁，而且又一直不敢看我，讓我心中升起一股恐懼。
「她應該會醒吧？」我看向護士，但她有些猶豫。
「她現在情況危急，」她說，「失了很多血，心跳也停了好幾次。」
醫生嚴厲地瞪了她一眼後，她馬上拿出量血壓用的壓脈帶。
「我們得替妳測量一些重要數值……」
我打掉她的手，試圖坐起身，「她人在哪？我要去找她。」
蘿塔想把我壓回床上，但我奮力掙扎。
這時管子不知道勾到什麼，讓我的手一陣刺痛。她抓住我的手臂。
「伊莎貝兒，請妳冷靜下來。」
「她在哪裡？」

「妳現在不管怎麼做，都無法改變什麼了。」蘿塔說。

她不能死，絕對不行。

醫生抓住我的肩膀，叫我深呼吸，然後跟護士一起把我壓回床上。

「抱歉。」他說。

「你不能這樣，」我抽噎道，「拜託。」

「妳得休息一下。」醫生對蘿塔點點頭，接著她便在管子裡注入了些什麼。

我的皮膚彷彿被寒冰覆蓋，涼意也竄入每根血管。我的身體陷入床鋪，而且愈陷愈深，整個人彷彿沒入溫暖又柔和的水中。水面上有一男一女正盯著我，我從兩人的表情中看得出他們知道，只是不願告訴我而已。

來不及了，一切都太遲了，史黛拉已經不在了。

她死了。

伊莎貝兒

屋外下著雨，風也撲打著窗，窗上滿是雨絲的痕跡。

我腦海裡一片空白，空到我覺得好痛。

床邊的椅子上坐著一個男子，但他沒注意到我醒來。他看起來很累，似乎哭了好一陣子，至於他是誰，我心裡已經有了個底。

我一換姿勢，男子便抬起頭來。

「嗨，」他說。「院方叫我等妳醒來後通知他們。」

「不用吧。」

「要不要我幫妳拿什麼？妳會渴嗎？」他打開床邊桌上的瓶裝水，倒進透明的塑膠杯裡遞給我。我一飲而盡。

「你是我父親嗎？」他驚訝的表情讓我很後悔問出這個問題。我尷尬地低頭看著醫院黃色的毯子，但他握住我的手，讓我覺得好溫暖。

「我不是妳父親，」他回答，「我叫亨瑞克。」

「所以你是史黛拉的丈夫囉？」

他點頭。

「那你知道我生父是誰嗎？」

「他叫丹尼爾。」

我把手抽走，又換了個姿勢。膠布貼住的針頭周圍滲出一絲絲的血，看得我很不舒服，也很想直接拔掉。我根本就不想待在醫院。

亨瑞克用他哭紅的雙眼端詳著我，「史黛拉一直都想著妳，她從來沒放棄過希望。」

我不想談論史黛拉的事，於是伸手拿起水瓶，轉開瓶蓋，直接對著嘴喝，蓋緊後又再放回桌上。我知道亨瑞克在看我，卻怎麼也不願抬頭迎上他的視線。

「這一切都是我的錯。」我說。

亨瑞克靠向我，「怎麼會是妳的錯呢，妳不要這樣想。如果真要怪的話，那也應該怪我才對，如果我一開始就相信她的話，現在情況也不會搞成這樣。」

「我都還沒來得及認識她……」

亨瑞克臉上出現一種我難以理解的神情。「為什麼要這麼說呢？」他看著我問。

我還沒來得及回答，醫生便開門走了進來。

「伊莎貝兒，妳還好嗎？」他說。

「不怎麼好！」我回答。

「嗯，可以想像。」

醫生說警方把我送到急診室時，我體溫過低，也受了點傷，雖不嚴重，但還是會痛上好一陣子，而且我經歷過的心理創傷也會對身體造成影響。

「妳可以找我們的社工談一談，不過這並不強制，只是讓妳知道一下。」

我沒有回應，只希望他們讓我一個人靜一靜。

「伊莎貝兒，我會陪在妳身邊的，」亨瑞克說，「史黛拉也很快就會來陪妳了。」

我盯著他。

「史黛拉？」

「我們替她動了一場很複雜的手術。」醫生說。

「她的心跳一度停止，」亨瑞克說著又握住我的手，「我們都以為她走了，沒有人認為她挺得過來。」

「她沒有死？」

「沒有。目前我們只能先靜觀其變，」他露出微笑，「不過史黛拉可是我這輩子認識的人之中，最頑強的一個，所以我相信她不會有事的。」

「我可以跟妳借一下亨瑞克嗎？」醫生問。我搖頭，不過亨瑞克仍舊起身，跟我說他去去就回。醫生走到門口時轉過身來。

「等一下會有護士來替妳進行測量，另外警方也想跟妳談談。那麼伊莎貝兒，我們就晚點見囉。」

「我不是伊莎貝兒，」我說。

醫生一臉疑惑地看著我。

「我叫艾莉絲。」

銘謝

我想在此感謝促成這本書誕生、出版的所有功臣。

謝謝格蘭經紀公司的珍妮和莉娜，多虧了妳們的用心，最後的成果才會這麼棒，當然囉，也要謝謝蘿塔、安伯托和彼得。

謝謝瑞典伯樂利斯出版社的喬納斯和蘿薇莎，你們總是那麼地正向、有活力，專業度更是一流；另外，也感謝美國普特南出版社的各位。

謝謝我的所有家人，尤其是始終相信我的媽和姊妹。

最後，當然也不能忘了我的丈夫和孩子。我愛你們，很愛，很愛。

說妳是我的

Säg att du är min

作　　者：伊麗莎白・諾利貝克（Elisabeth Norebäck）
譯　　者：戴榕儀
責任編輯：李彥柔
封面設計：朱陳毅
內頁設計：家思編輯排版工作室
行銷企畫：辛政遠、楊惠潔
總 編 輯：姚蜀芸
副 社 長：黃錫鉉
總 經 理：吳濱伶
發 行 人：何飛鵬
出　　版：創意市集
發　　行：英屬蓋曼群島商家庭傳媒股份有限公司城邦分公司
香港發行所：城邦（香港）出版集團有限公司
香港灣仔駱克道193號東超商業中心1樓
電話：(852) 25086231
傳真：(852) 25789337
E-mail：hkcite@biznetvigator.com
馬新發行所：城邦（馬新）出版集團
Cite (M) Sdn Bhd
41, Jalan Radin Anum, Bandar Baru Sri Petaling,
57000 Kuala Lumpur, Malaysia.
電話：(603) 90578822
傳真：(603) 90576622
E-mail：cite@cite.com.my
展售門市：台北市民生東路二段141號7樓
製版印刷：凱林彩印股份有限公司
初版一刷：2019年12月
I S B N：978-957-9199-72-8
定　　價：420元

若書籍外觀有破損、缺頁、裝訂錯誤等不完整現象，想要換書、退書，或您有大量購書的需求服務，都請與客服中心聯繫。

客戶服務中心
地　　址：10483 台北市中山區民生東路二段 141 號 2F
服務電話：（02）2500-7718、（02）2500-7719
服務時間：週一至週五 9：30～18：00
24 小時傳真專線：（02）2500-1990～3
E-mail：service@readingclub.com.tw

說妳是我的 / 伊麗莎白・諾利貝克（Elisabeth Norebäck）作；戴榕儀譯. -- 初版. -- 臺北市：創意市集出版：家庭傳媒城邦分公司發行, 2019.12
面；　公分
譯自：Säg att du är min
ISBN 978-957-9199-72-8（平裝）
882.557　　108016482